苏中自选集

SU ZHONG ZIXUANJI

时代出版传媒股份有限公司
安徽文艺出版社

苏 中　曾任《长江文艺》《人民文学》《安徽文学》《百家》等期刊组长、主编及安徽省文联理论研究室主任,安徽省文联领导小组组长等。曾任中国文联五届委员、中国当代文学研究会理事、安徽省文艺评论家协会首任主席。出版有《现场即战场》《反击》《生活探索与艺术探索》《苏中文学评论选》《魂牵梦绕》《麦田公社史》等。

苏中自选集

苏中 ◎ 著

SU ZHONG
ZIXUANJI

时代出版传媒股份有限公司
安徽文艺出版社

图书在版编目（CIP）数据

苏中自选集/苏中著.—合肥：安徽文艺出版社,2018.3
ISBN 978-7-5396-6326-5

Ⅰ.①苏… Ⅱ.①苏… Ⅲ.①文学评论－中国－文集②随笔－作品集－中国－当代 Ⅳ.①I206-53②I267.1

中国版本图书馆CIP数据核字(2018)第001138号

出 版 人：朱寒冬
责任编辑：朱寒冬　韦　亚　　　装帧设计：徐　睿

出版发行：时代出版传媒股份有限公司　www.press-mart.com
　　　　　安徽文艺出版社　　www.awpub.com
地　　址：合肥市翡翠路1118号　邮政编码：230071
营 销 部：(0551)63533889
印　　制：安徽新华印刷股份有限公司　(0551)65859551

开本：710×1010　1/16　印张：20　字数：350千字
版次：2018年3月第1版　2018年3月第1次印刷
定价：59.80元(精装)

(如发现印装质量问题，影响阅读，请与出版社联系调换)

版权所有，侵权必究

目录

■往事回眸

九十回眸 / 003

从《长江文艺》到《安徽文学》
——我的编辑生涯 / 008

我与文艺批评 / 018

一段值得怀念的往事 / 024

风雨路·光明行 / 029

■作家作品评说

论《孤独者》
——魏连殳的形象塑造 / 037

论直面人生
——学习鲁迅的现实主义文学观 / 049

陈登科的小说世界 / 069

文苑失骏
——悼陈登科 / 080

第一个十年
——鲁彦周创作论之一 / 083

情节和人物 / 100

求新求异求变
　　——读《阴阳关的阴阳梦》／105

人性的视角
　　——《双凤楼》管见／109

追求
　　——贺《鲁彦周文集》出版／112

泣书别词
　　——悼彦周／114

爱情和写爱情
　　——略谈几个写家务事、儿女情的短篇小说／116

当代儒林群像图
　　——《同窗》人物谈／124

巾帼传奇
　　——评《画魂——张玉良传》／136

寻找自己的最佳位置
　　——关于熊尚志小说的杂议／143

《凡人》与作家其人
　　——读王英琦《凡人》／148

社会主义建设者的战斗记录
　　——兼论特写／151

我们将怎样理解"阿K"
　　——评《阿K经历记》／159

黎・穆特里夫的诗 / 166

收获
——安徽小说创作的一个轮廓 / 170

杂花生树
——邹人煜杂文印象 / 183

走笔传神 / 185

青年杂文家的朝气
——由《中国青年杂文选》引发的感触 / 188

丹心・丹青・丹枫
——吴树声的人品、文品、书品和画品 / 192

与时代同步的安徽当代诗词 / 195

倾泻真情
——序《贾梦雷诗文选》/ 197

我所认识的白榕
——序《花街》/ 201

祭白榕 / 205

活跃的艺术感觉
——序《小镇皇后》/ 207

乡恋——小城故事多
——序《徐瑛文集》/ 210

自然·从容·鲜活
——序汤湘华《漂洋过海香椿树》/ 215

活蹦乱跳的王兴国和他的小说 / 218

贴近人民的心声
——读《走入枫香地》/ 222

战争传奇小说的真与奇
——《冷枪》评说 / 224

深邃的人生洞察
——读许春樵中篇小说随感 / 228

《白鹿原》随想 / 231

读《归去来兮》的感受 / 235

勤奋成就了他
——温跃渊的春风秋雨 / 237

三个亮点
——《陈其美》印象 / 239

包容与个性 / 241

■ 文坛思绪录

慎言经典 / 247

活与乱 / 250

治治银屏上的错别字 / 253

说说官员写书 / 255

演艺行情推断录 / 257

《演艺行情推断录》续话 / 259

迎风户半开 / 261

耻论 / 264

搭台与唱戏 / 266

失衡之思 / 268

"妒"论 / 272

"哄"论 / 275

"异"论 / 277

"醉仙宝"遐想 / 279

圣人门前不卖《百家姓》/ 282

莫把老君当老子 / 284

思·随 / 287

法·德 / 288

"制"与"治" / 290

"有"与"缺" / 292

成也在人,败也在人 / 294

今日何来"父母官"? / 296

神仙与药 / 298

"美谈"之不美 / 301

游记之"最"和徐霞客的吃苦 / 303

换心的故事 / 305

"集腋成裘"旁解 / 307

摔跤·商品·超现实派 / 309

抛砖 / 311

往事回眸

九 十 回 眸

我今年九十岁了。从第一篇习作问世算起,我从事文学工作,已有七十个年头。

我从少年时代起就喜爱文学。大约是从小学四年级开始,我便吭吭哧哧地读课外杂书,在我的潜意识中,筑起了一道文学之梦的幻境。我十六岁时,便在煤矿做井下矿工,生存境遇使我无法唤醒这个梦并追逐这个梦,直到参加革命后,组织上安排我去冀察热辽鲁迅艺术文学院文学系学习,我的文学梦才被唤醒。

我在鲁艺学习不到一年,1948年底,冀察热辽鲁迅艺术文学院在锦州北大营进行了大整编、大改组,我被分配到平津文工团,从编制上说,这时我就算离开鲁艺了,但在情感上和习惯上我丝毫没有离开鲁艺的感觉。因为我们这个团的所有成员,从团长到炊事员,全是鲁艺的人马,大家见面还是喊老师同学,所以好像还没离开学校一样。

天津解放没几天,我们便开赴天津,在那里驻了半年,先是名为天津市军管会第五宣传队,后又改为天津市委第一文工团,我们创作部除了参加演出及宣传活动外,我还两次下厂体验生活,一次是铁路的津浦大厂,另一次是橡胶厂。在津浦大厂时,因组织工人座谈《白毛女》观后感,我受启发写了一篇评论性文章,题为《工人看了〈白毛女〉》,在1949年2月29日的《天津日报》上发表了,《中国解放区文艺大辞典》的解放区文艺评论目录里收载了这篇文章。这是我生平第一次写评论性文稿,尽管它很粗浅,但对我以后却起到了决定性影响。这年的6月,我们团南下到了汉口,文工团更名为中南文工团。到武汉后,我大部分时间是下到铁路局的江岸机厂、机务段体验生活,现在有一句流行语叫"挂职下放",那时我与沈沙就是以这种身份到江岸的,职工们把我们看成是军代表的成员。我们两人在江岸地区铁路工会参与工作，先是参加汉信段（汉口至信阳）线路大修，在总指挥部政工处属下任一个中队的指导员，和百十号工人一起翻修铁道线路，初冬的乍寒，连绵的阴雨，给工作带来很大困难，但刚获得解放的铁路职工，还是意气风发地起早贪黑抢着干，苦战了一个多月，终于胜利完工。我和沈沙因能够吃苦耐劳地与工人一块干，都被评上了劳动模范。此后，我主要在机厂、机务段一边观察和搜集创作素材，一边辅导工人的业余演出活动，协助他们编排节目，为他们写些小演唱之类的东西。1950年7月，我从江岸回到了文工团，没多久骆文和海默就通知我要调到外单位。那时候没有讨价还价一说，尽管我十分舍不得离开文工团，还是一口答应服从分配，没两天就背起背包到新单位报到去了。从这时起，我在情感上好像才真正离开了鲁艺，那是1950年8月下旬。我去的新单位是中南文联，具体工作任务是担任《长江文艺》编辑部通联组组长。刊物主编是诗人李季，当时他正筹划开展"长江文艺通讯员"运动，其方法是通过在中南六省一市及部队发展《长江文艺》的通讯员，开展一项规模较大的发掘、扶植、培养工农兵文艺新军的活动，以贯彻中南局提出的在新解放区实行"生根第一、普及第一"的文艺战略。我调到编辑部通联组就是具体承担和落实这项工作的。文艺期刊的编辑，一般都是策划、组稿、审稿、编稿、校阅等，但我们要把通联组办成既是期刊编辑组又类似文艺函授学校教员的双重身份。即每位通讯员的来稿来信，都要有问必答，有来稿必提出具体意见回复，还要帮助他们制订读书规划、写作规划以及代他们购买参考书。对他们提出的具有普遍性的问题，则要请专业作家、理论家写出深入浅出的文章，在刊物上公开回答。对重点作者，责任编辑还要定期总结其学习和创作的进展得失，并提出改进要求。李季当时给我们定的工作性质就是当通讯员的辅导员、服务员、"理发员"（帮助修改文稿）；还规定编辑的职责是发现和培养作者，应以"为他人做嫁衣"为荣，把个人创作放在业余时间和次要地位。在三年左右的时间里，我们先后发展了近千名通讯员，有近百人成为业余创作骨干，其中一些人，后来还成为国内文坛的知名作家。这些人的成功当然是靠他们自身的努力和天分，但与当时的《长江文艺》通讯员活动为他们提供了一个展示自己的平台，并且在他们初涉文坛时提供了一些辅导、启示和鼓励也是分不开的。我在这三年中也得到了很好的锻炼，坚定了热爱编辑事业的信念，奠定了热心扶植业余作者的终生信条。在鲁艺学习时，我们主要是解决人生观和文艺观的认识问题，而这段编辑生涯，则是在行动上实践这样的人生观和文艺观。我自己由于在开展通讯员工作中做得尽心尽力,得到了新民主主义青年团中南局直属团委在全中南地区的通报表扬。在做好编辑工作的同时,我还发表和出版了三个剧本和一些随笔,在政治上和业务上都获得了收获。1952年末,我与鲁艺三期同学中南文工团的黄珉女士结为夫妇,至今我们还相依相伴着。这一年大行政区建制撤销,我被调往北京全国文协(后改为作协)的《人民文学》编辑部。由于《人民文学》是全国最高层次的文学期刊,那里的从业人员许多都是名家高手,就连少数几个年轻人也都是名牌大学的高才生,又受到一定培训(如文学讲习所、中宣部干部培训班等),唯我是学历最低、文化底子最薄的一个,而我又被委任为评论组组长,终日打交道的多是全国知名作家、学者、教授,故深感个人水平难以适应工作需求,要去进修吧,当时离不开,所以就只好下定决心,咬紧牙关,通过读书学习和实践磨炼来全方位地提高自己的各种学识。我几乎把全部业余时间都用在了读书上,每周还要抽出两晚进政治夜校学政治经济学、哲学。其他如中外古今经典名著、历史、思想史、文学史、批评史、美学、文艺学以及杂七杂八的知识性闲书、野史、趣闻逸事等等,我都拼命往肚里塞,甚至不管读懂读不懂,都先囫囵吞枣咽下去再说(有的至今尚未消化),再加上我青少年时积累下的民间文学、戏曲文学、曲艺文学、通俗小说的底子,几年工夫,我好歹也算读罢了一个大学文科教师应读过的东西,总算基本上掌握了文学以及与文学有关的学识,算是虽无学历但有了学力了。几年间在知识海洋里的畅游,不仅填补我的知识欠缺,更重要的是丰富了我的精神世界,提升了我的人生境界,加深了我对文学事业的挚爱。如果说在《长江文艺》时,主要是培育起热爱编辑事业之心的话,在《人民文学》的这段时间则是把自己打造成一个合格的、称职的编辑。我主持的评论栏目,肯于大胆地推出文艺评论界的新生力量,支持了不少新生代评论家的成长,并陆续推出一批思想性、学术性很强的论文、随笔,在文坛产生较大影响。与此同时,我结合工作实际,对于当时文坛面临的一些创作上或理论上的问题,也进行了自己的思考与研究,不时地写出一些理论批评文章,在《文艺报》《人民文学》《文艺学习》《光明日报》等多种报刊上发表,谈论自己的观感与认识,久而久之,我也就成了文学评论队伍中的一个成员了。1956年12月,我被批准成为中国作家协会会员,时年二十九岁。

《人民文学》编辑部是我的最高学府,那里的前辈和同事,如邵荃麟、严文井、何其芳、秦兆阳、陈涌、李清泉、陈白尘、吕剑、唐祈等,都是我的老师和学长,他们对事业的执着、他们的人品和文品、他们的言传身教、他们的渊博学识,成了我永生享用的财富。

1958年我由作协下放至河北省涿鹿县双树村劳动锻炼一年，回京后与张葆莘等合作写了一部文学体的《麦田公社史》，先在《收获》杂志上发表，并由作家出版社出版。此书因是我国第一部文学体的公社史，当时又在倡导此类报告文学，故影响较大，我写的卷首开篇《麦田公社巡礼》，曾被北京市十年一贯制中学选入语文课本。

1959年3月我被调往安徽，在安徽文联的《安徽文学》编辑部担任评论组组长。1957年反右派时，省文联原来的领导和业务骨干被所谓扩大化扩进去不少，从外面调进来的几个人本来为着充实人力，谁知这年的"反右倾"运动，又把新来的不少人狠狠扫了一下。如女作家菡子被批斗之后下放农场去开拖拉机；另一位从部队来的女同志竟在会场上被斗得休克了；女作家李纳本是一位只知埋头写作的善良的文弱书生，仅因其与菡子关系良好也被牵扯进来洗了一次"热水澡"。我因初来乍到，在当地毫无人际关联，又是以戴罪之身来此地，平时只有安分守己地辛勤工作，故安然渡过这一关。随着反右倾运动的深化，加上"大跃进""五风"留下的致命的后遗症，安徽全省都进入了困难时期，家家食不果腹，文艺界自然也是在灾难中苦苦挣扎，直到"十年动乱"结束，才在新时期缓过气来。

"四人帮"覆灭以后很长一段时间，文艺界的主要任务是拨乱反正。我是个专业的文艺理论工作者，"文革"中深受"四人帮"迫害，此时理所当然地要把拨乱反正当作工作的重中之重，同时也把它当作个人事业的重中之重。这时，我以《安徽文学》为阵地，组织一批有实力的中青年理论家，对"四人帮"推行的反动文艺政策、文艺理论、文艺创作进行了深入的、有系统的揭露与批判。我们采取了普遍揭、逐个批、重点打、破中立的方法，将被"四人帮"破坏了的、颠倒了的、扭曲了的有关方针、政策和理论，进行了有理、有据、有力的清理和拨正，并在批判中进行了马克思主义文艺原理的正面建树。这一做法适应了当时的政治和文化形势的需要，适应了广大群众的需要，且做得有声有色，使我们的刊物和我省文艺理论界，在全国范围内产生了较大影响，国内外的访问者接连而至。当时我虽已年逢半百，但由于获得二度青春，所以精力特别旺盛，精神特别振奋，两年多的时间内我先后组织和参与了近百次理论研讨会，发表了几十万字的理论批评文章，有的篇章被誉为全国当时第一个争鸣声音，在我的人生旅途中展示了片刻辉煌。我绝不是夸耀个人有什么作为，我是借此由衷地讴歌粉碎

"四人帮"既是伟大的历史壮举,又是改变历史、推进历史的大转折,对我个人来说也是一次新的解放,使我的理想、信念和对事业的追求,都有了新的飞跃。新时期使我焕发了青春,新时期也给了我展示自己和奉献社会的机遇。在鲁艺打的基础,在文工团和《长江文艺》的磨炼,在《人民文学》的充电,在这阵子都发挥了良好的效能,无论是工作还是写作,好像总有使不完的劲儿。这样,我便在忙忙碌碌、高高兴兴的岁月中走进了晚年。在此期间,我先后担任过期刊编辑部、理论研究室和省文联的领导工作,出席过全国第四、五、六次文代大会,并被选为中国文联第五届全国委员会委员。1993年我离休了,步入了六十六岁高龄的老人期。

在文艺界混了一辈子,心总是离不开文艺界的。所谓离休,也就是离开了职务和岗位,心里想的事,手里干的活,大都还是自己所关心、喜爱的那些事。由于身体健康,耳不聋,眼不花,脑不衰,牙不掉,还吃嘛嘛香,所以就还得干点事以度时光。写稿,编书,出席学术研讨会,给研究生上上课,给文坛新秀们讲点我的想法,为新人新作写点鼓吹性文字,当然也找老友喝喝酒、打打牌、吹吹牛、抬抬杠,日子过得也算平淡而又充实。由于我能在晚年持久地积极参与思想文化界各种活动,2002年我荣获了省宣传系统的晚霞奖,同年还当选了安徽省文艺评论家协会主席。在这几年里,除了主编《文艺百家》理论刊物外,还主持了"大时代呼唤大散文""精英文化与大众文化的观察与思考"等七次《安徽文艺论坛》及作品研讨会等理论批评活动。

一晃,我已度过了二十多年的离休生活,我为自己总结了一下这段生活的特征,叫"四闲"和"四动"。"四闲"是:读休闲书籍以养性,写休闲随笔以寄情,打休闲麻将以自娱,饮休闲美酒以自醉;"四动"是:清晨动腿买菜,午间动手烹调,静坐动脑思考,得暇动笔抒怀。优哉,游哉!

2002年是我和黄珉女士结婚五十周年,我们和和美美地度过了半个世纪,其间不论我的处境有何等变化,她始终如一地陪伴着我,无怨无悔,荣辱不惊,含辛茹苦地把四个子女抚养成人,我感谢她给了我一个幸福的家,安定的家。为此,在纪念金婚的日子,我们拍了纪念照,办了金婚典筵,还应邀到电视台做了半个多小时的节目,共同讲述我们从鲁艺到今天的生活道路。这一年春秋两季我们还同赴福建、浙江等地畅游南国风光,享用社会和人民赏赐给我们的清福。在此,我们两人共同祝福文艺界前辈和共同成长、共同工作的朋友们健康、长寿、快乐,祝福我们所有的同学晚年幸福,我们在合肥恭候大家到安徽来玩。

从《长江文艺》到《安徽文学》
——我的编辑生涯

从事文学工作已有六十四年了。其间,在岗四十五年,离休后又赖在文学圈十有九年,至今仍是离而难休,时不时还主动或被动地参加一些文学活动。

在文学圈,我搞过创作,干过评论,还从事过管理服务,但干得时间最长、投入精力最大的,还是文学期刊的编辑工作。我是老编辑匠,说得时尚些叫资深编辑。

编辑事业,有人高看,有人冷眼。高看的人,认为编辑是牺牲自我,抱有为他人做嫁衣的崇高奉献精神;冷眼者认为,是才华不足,学识不高,才只好去当编辑。20世纪50年代,文学界有一个很流行的说法,叫"一等人当作家,二等人搞评论,三等人当编辑"。我虽然搞过一阵子创作,但大多是配合形势的应景之作,不可能在读者中产生什么影响;评论搞了几十年,但也多为针对文坛现状而发议论,有的虽在当时引起过关注,但也净是东一榔头西一棒槌的,终究成不了大气候;但于编辑事业,虽说谈不到有什么大的贡献,但一辈子干得踏踏实实,有滋有味,且心安理得。

我于1950年8月,由中南文工团创作部调往中南文联的《长江文艺》编辑部,任编辑部通联组组长,旗下有八九个弟兄。那时的《长江文艺》主编是诗人李季,为了贯彻和落实毛泽东的文艺思想和方针政策,在工农兵群众和基层干部中发现与培养新中国第一代工农兵作家群体,他领导大家开展"《长江文艺》通讯员"运动。当时在中南地区的六省一市和部队系统中,先后发展近千名业余作者为通讯员,并有计划、有步骤、有针对性地对他们进行辅导。编辑部就像函授学校,为通讯员的学习和写作提供全方位服务,包括提供读书清单,释疑解惑。我们说不透彻的就请专家学者书面公开回答,对重点作者的学习和写作进展要定期总结经验,对他们的稿件进行加工修改,他们的来信则每信必复,不采用的稿件一律提出具体退稿意见,对他们在生活或工作中遇到的难题也是想方设法予以解决。为此,我们通联组还专门办了一个内刊叫《长江文艺通讯员》,专门发表中外知名作家的创作经验和感悟性的文稿,以及指导创作的理论文章,也经常刊登编辑写的对通讯员代表性稿件的具体分析,也登载通讯员在创作中亲自体验到的得失和甘苦,以及编者与通讯员沟通的来往书简,等等。主编对我们的要求也很明确:一是要坚定编辑事业信念,把任劳任怨当好编辑作为终生事业来追求;二是要做通讯员的服务员、辅导员、理发员(指帮助作者整理稿件);三是要提高文学素养,以提高工作质量和刊物质量。

经过一段时间的艰苦努力,这项活动取得了良好效果。在众多的通讯员中涌现了一批有思想、有才华、有潜力的新生代创作人才,有的后来成为国内、军内、区域内很有影响的作家。在举办通讯员运动一周年纪念活动时,我们统计出这一年间《长江文艺》共发表130多篇作品,其中通讯员作品就有90多篇。当时中南局宣传部部长赵毅敏同志也出席了我们的纪念活动,并在讲话中给我们很大鼓励。他说:"党对中南地区的文艺活动提出了'生根第一,普及第一'的要求,但向谁生根向谁普及?又如何生根如何普及呢?你们这一支文艺新军的建立,就是表明我们的新文艺已在工农兵群众中生根了、普及了,并且还通过你们再在更广泛的工农兵群众中生根普及。"我在《长江文艺》工作不到三年时间,但在这里确立了我的文艺观和事业观,也在这里获得了荣誉。1952年我因参与文艺通讯员工作有良好表现,被中南局直属机关团委通报表扬,并将事迹材料报送团中央。

1952年底,我被选调至北京全国文协(二次文代会后改为作协)的《人民文学》编辑部工作,于1953年元月到岗。

《人民文学》是全国最高层次的文学期刊,全国各地的著名作家、理论家以及新生代的青年作家,都愿意自己的作品在《人民文学》发表,刊物既要广泛团结各地区、各系统、各流派、各层面的成熟作家,也要承担发现、推出、扶植新生力量的任务。刊物的内容及其风貌要体现全国水准,因此对编辑人员的素质要求也就必然要高些。这里的历届主编、副主编及编委成员都是文坛上的一流大家,许多同事也都在事业上卓有成就,就连一些新来的年轻人也多是名牌大学出身的高才生,唯我是底子薄、根基浅的一个。我能到这座高档文化殿堂工作,自然是喜不自胜,万分荣幸,但一投入工作,便发现自己能力不够。我当时又担任评论组组长职务,经常要和名家高手打交道,要读他们的文稿,要和他们进行学术观点上的交流，深感力不胜任。为了改变这一现状，我一面努力在工作实践中向领导、同事及作者们多求教、多学习，一面则发狠心、下恒心读书。我把所有的业余时间都交给书本，对于哲学、政治经济学、历史、通史、思想史、各类文学史、中外古典及当代名著、中国古代文论、俄国及苏联批评家的著述以及能增长社会文化知识的种种杂书，我都拼命往肚子里塞。一时读不懂的就先囫囵吞枣下去，慢慢消化一点算一点，不喜爱读的便硬着头皮死啃（一本《神曲》我啃了五遍才啃完），对自己特别需要的则写笔记、写心得，形成自己的理解与判断。与此同时，我还结合读书与读稿，思索一些当时创作上或理论上面临的问题，利用业余时间写些评论文章。几年工夫，我一方面初步填补了学识上的欠缺，能当一名比较合格的编辑了，一方面又在文艺评论写作中崭露头角，经常在《文艺报》《人民文学》《文艺学习》等报刊上发表一些文艺批评文章，渐渐地人们也把我算作评论界的一员了。

　　如果说《长江文艺》是给我愿意当编辑打下基础的话，那么《人民文学》则是培育我当一名合格编辑的学府。我感谢严文井、何其芳、秦兆阳、李清泉几位老师对我的教诲和帮助，他们的为人、为文、为事业的作为，都是我尊崇的表率，他们的言传身教令我终生铭刻于心。特别是秦兆阳同志，他思想活跃、才思敏捷，善于独立思考，在创作上有追求，在理论上肯探索，在办刊上更是常有新思路，所以我对他十分敬佩，也愿意经常和他在一起交流。他的重要论文《现实主义——广阔的道路》，是他针对文坛长期存在的教条主义束缚而发出的求新、求异、求实、求突破的真诚呼唤，发表后震撼全国，极大地促进了文艺思想的活跃，不料他却因此惹祸，于1957年的"反右"运动被淘汰出局。那次我侥幸未被"加冠"，接受了几场"帮助"后，光荣下放到地方"支援"当地文化建设。于是我就在1959年3月12日那天来到了安徽，被分配到《安徽文学》编辑部工作。

　　《安徽文学》的前身是皖北文联时期办的《皖北文艺》，省文联成立后改版为《江淮文学》，后又改为《安徽文学》。

　　《皖北文艺》和《江淮文学》时代，是安徽文学界的初创期，人才会聚期，也是创作活跃期。当时在文联和编辑部已经会聚了一批年轻有为的青年作家群体，除陈登科外，如鲁彦周、严阵、吕宕、耿龙祥、谢竟成、曹玉模、钱锋、贾梦雷、吴晨笳、吴文慧（白盾）等，都已经在全国文坛崭露头角；再加上办刊物发现推出的一批工农兵业余作者，如边子正、王兴国、王有任、王庆丰、孙枫、郭瑞年、孙君健等，队伍已基本形成一定规模。这支力量有一定的生活底子，创作热情很高，在文学上也各有追求,他们以自己的努力和辛苦,打造了那个时期的文学活跃景象。他们中的许多人已开始纷纷走出安徽,进军全国文坛,先后推出一批打得响、站得住的优秀作品。可惜好景不长,在1957年的"反右"斗争中,许多人被错误地打成右派。编辑部主编、副主编、主任、副主任及一批主力编辑,几乎全军覆没。于是,编辑部只得重建。我调到此地来,大约也就是填空补缺的。其实,不单是我,另外一些人也都是在1958、1959年这两年调进来的,大家虽然互不了解,但团结气氛和合作精神还都很好。但自我来到安徽直至"文革"结束,安徽文艺界没有过上几天好日子。1957年的"反右",已使安徽文学界大伤元气,1958年的"大跃进",文学界也跟着大闹腾了一年,1959年的"反右倾"运动,则又是雪上加霜。如从北京来皖的专业作家菡子、李纳两位女士,本来是潜心于创作的伴灯运笔的文人,但前者被戴上"右机"高帽赴农场去开拖拉机,后者洗了洗"热水澡"后长期下乡蹲点。有一位女同志因在新四军时和菡子同事过,被株连进来,斗得当场休克。还有几位老文艺工作者也都被整得鼻青脸肿。到了1962年,因经济形势有所好转及"广州会议"吹来一股暖风,有周总理语重心长的讲话和陈毅的"脱帽"演说,又有《文艺八条》的下达,文艺界才多少松了一口气,创作态势也随之出现了一些积极性的变化。1962年的《安徽文学》,出现了几篇引人注目的作品,如菡子的《父子》、江流的《还魂草》、张万舒的《黄山松》。应该说这是新中国成立后当代文坛极具突破性的作品。长期以来,我国文学创作对人性问题一直是讳莫如深的,对人情、人性、人道的批判,往往是非常简单和粗暴的。任何作品如果人情味稍稍浓了一些,便会遭到无情的指责和粗暴的打压。人们普遍认为这是一个碰不得的禁区。《还魂草》的突破性体现在作家一反当时流行的从政治理念和简单化的阶级分析视角,而是本着文学是人学的文学本体观念,从人性的视角来开掘主人公的个人命运和内心世界,把她对爱的渴求、爱的苦闷、爱的追求和爱的体验作为人的正当需求加以正面表现,凸现了生命意识和对生存权的强烈呼喊,这在当时是极具风险的。这就难怪小说问世后,立即引起一场关于阶级性与人性的持久辩论,更难怪在极"左"思潮再度勃起的情况下,小说被打成毒草,作家遭到十多年的迫害了。

1963年第一期的《安徽文学》在刊型版式上,来了个华丽大变身。在主编那沙的策划下,刊物放弃了传统的十六开本形式,采取了一种非规格化的近似方形的版本,封面则用花纹钢板模压成花纹铜版纸,纯白色,仅在刊名处用两个颜色,刊名字体也换成了由著名书画家童雪鸿先生题写的既美观又潇洒的四个字,刊内版样及尾花等也都采取了美化措施,令人眼前一亮,显得非常雅致、端庄,博得了广泛好评。

由于《还魂草》问世后,在社会上引起很大的反响,理论界也围绕这部作品展开了针锋相对的论战。

《安徽文学》连续用三期版面,客观地刊载了支持者与批评者两种不同观点的文章,同时还组织了由创作界、批评界和读者共同参与的讨论会,把从书面到口头又从口头到书面的讨论,引入了比较深入的方向。持批评态度的主要观点认为《还魂草》在表现人与自然斗争的过程中,以资产阶级人性论的观点,取代了阶级分析的立场,抹杀了阶级矛盾和阶级斗争,歪曲了社会生活本质,宣扬了活命哲学等等;持赞扬态度者则认为,作品高度真实地反映了血吸虫病患区受灾群众在新旧社会的不同命运,热情讴歌了社会主义新时代,深刻批判了旧时代的封建宗法势力及其伦理道德观念,成功地塑造了有血有肉、有情有义、有爱有恨的女主人公杨丽鹃,在思想和艺术上深深打动了读者。讨论持续的时间很长,参与人员也相当多,尽管争论双方的观点截然对立,但大家基本上还都坚持学术争鸣、思想交锋的态度,总体上仍是属于文艺批评间的正常现象。而在一年以后发生的对《还魂草》的围攻性大批判,则脱离了文艺批评的正常轨道,陷入了无理攻击和伤害人的境地。特别是在华东话剧观摩演出期间,那沙同志编剧的《这里也是战场》(原名《毒手》),遭到柯庆施的粗暴干涉与批判,又带出那沙在省文联二届二次扩大会议上的报告被指责为"否定党的领导",一时间便形成了省文联的《毒手》《报告》《还魂草》三大事件,随之省委派来庞大的工作组进驻文联,以"整风"名义对"三大问题"当事者展开了迫害性的大围攻,而且一直把它延续到"文化大革命"的进程中。

"整风"持续了近十个月,到头来虽然没有任何明确的实质性的结论,但沸沸扬扬的舆论批判,弄得人人自危。"整风"结束之后,陈登科全家搬到青阳县安家,鲁彦周举家迁往岳西落户,其他人大都参加"四清"工作队下乡去了。省文联的一切公务和业务活动全部停顿,直到"文革"开始才又重新"热闹"起来。除了每天有好多拨人来文联冲砸哄打,揪斗示众的"热闹"场面,还有派进来的形形色色的进驻人员开展形形色色的批斗活动。在这个只有七八十人的小单位,派进来的人员之多和级别之高实属罕见,除了工作组还有"军宣队""工宣队""红卫兵小分队""刘、陈、那专案组"等等。后来我们听一位别号"大马棒"的军代表头头说,"在文联好人是少数,多派人进驻是树立好人优势",这才明白了个中真谛。这次运动的重点,首先落在了刘秀山、陈登科、那沙头上。对刘秀山是翻历史老账;对陈登科则是抓住《风雷》是"为刘少奇树碑立传"的大毒草而开展的全国性大批判,省革委会还专门组织了一个专批《风雷》的庞大写作班子;对那沙是再算《毒手》、《报告》旧账。后来江青又点名"刘、陈是特务",于是就把他们三人定为"刘、陈、那特务集团",他们被长期关押,多次遭到人身迫害和凌辱。文联的其他业务骨干,除极少数暂时被列为"左"派者,其他则一律被定为"刘、陈、那特务集团黑班底"。那时,我们这帮人差不多都是四十岁上下,正是人生的黄金时段,可惜都得停下文学之笔,要写也只能写"罪行"交代、自我批判和胡乱揭发或批判别人的既言不由衷又伤人伤己的东西。

《安徽文学》于1964年"整风"后停刊。"文革"后期,由省文化局革委会出面成立一个编辑组,出版《安徽文艺》。但那两年的刊物只能在工农兵作者方面做点事,其他则只能应付场面。真正显示出刊物活力并令全国文坛注目的,是在粉碎"四人帮"后的新时期。这段时间的刊物有两件事需要特别提到:一是在培养新作者方面的新举措,二是在拨乱反正斗争中所体现的勇敢精神。

培养新作者本来是历届编辑部的重点工作,当时的主编江流提出把在工厂、农村、兵营基层的业余作者借来编辑部工作,一来改善他们的生存环境,二来为他们提供一个宽松的文化环境,三来为他们的读书学习和写作提供充裕的时间。在四五年的时间里,先后借调近二十名工农兵业余作者来编辑部工作,有的长达一年以上,有的三五个月。其中好几位后来都成为文坛的骨干。如王祖玲(笔名竹林)、孙中明、蒋维扬、周根苗、余国松诸人,都曾在编辑部蹲过许久。除此之外,江流同志还以超常的胆识,从一些体制外的自发性刊物中,选了一组作品,在刊物上特辟《原上草》专栏公开发表,并由我写了一则长长的编者按予以支持。此举风险很大,当时实为创举。我写的那则按语也曾招致某位文学界高层人物的不快,但明处他抓不到什么把柄,总算平安无事。

粉碎"四人帮"后,文艺界面临的最大任务是:一要重整队伍,二要拨乱反正。重整队伍,需要在组织上恢复被"四人帮"砸烂的文艺机构、团体,为饱受迫害的文艺工作者平反昭雪。1978年2月18日省委常委会议做出《关于坚决推倒"黑线专政"论,为安徽省文联彻底平反的决定》,并在2月21日由省委常委、省革委会副主任袁振在省文艺座谈会上宣读这个全国第一个也是唯一的一个为文艺团体平反的决定。这个《决定》指出:"'文化大革命'前的十七年,安徽省文联是执行毛主席革命路线的,创作了一批深受群众欢迎的文学艺术作品，成绩是主要的。在文联工作的同志绝大多数是好的。可是，长期以来由于受到'左'倾路线的干扰，特别是林彪、'四人帮'的法西斯专政，使文联深受其害。"《决定》还指出："'文化大革命'中，省文联被打成'特务集团''黑据点''王八窝'，用'庙小妖风大、池浅王八多'等恶毒语言咒骂省文联和在省文联工作的同志，把省文联所属各协会都打成'裴多菲俱乐部'，这些都属诬陷不实之词，应予全部推倒，为省文联及所属各协会恢复名誉。"同年5月，安徽省文艺工作者会议召开，恢复了省文联及所属协会的机构，选举了省文联及所属协会的领导机构及领导成员。至此，初步完成了组织上的重建与文艺队伍的重新聚合，在新的起点上开始了新的征途。

与重整队伍相比，拨乱反正工作则要难得多，复杂得多。这是因为在"四人帮"反动文艺思想的长期影响下，他们在思想路线和组织路线上已形成一个体系，他们在文艺领域里散布的大量政治上、思想上、理论上、文艺观念上的反动谬论，流毒极深极广，而且，尽管他们的谬论邪说本质上十分反动，但表面上都是打着革命的名义，或者是以捍卫毛泽东思想来体现的，有的则大量摘引《毛主席语录》来掩盖其真实意图。而当时又有"两个凡是"观点指导着国内的政治生活和政治斗争，这就给拨乱反正工作带来极大的难度和一定程度的风险性。另外，"四人帮"虽倒，但受其流毒影响较深和唱惯了"左"腔"左"调的还大有人在，因而要全面彻底清除"四人帮"的影响，必须以有理有据的科学论断，进行长期性、系统性的批判斗争，才能从根本上完成拨乱反正的任务。当时的安徽文艺理论界的同志，以非凡的勇气较早地站出来，在拨乱反正斗争中充当了冲锋陷阵的排头兵，打了一场持续多年的大战役。早在1977年1月15日至22日，安徽理论界就召开了粉碎"四人帮"后的首届理论座谈会，就批判"四人帮"在文艺领域所散布的种种谬论展开激烈辩论。那时刚刚粉碎"四人帮"两个月左右，有人对"四人帮"及其反动理论的认识还不很清晰，不很深刻，但绝大多数同志，都能旗帜鲜明、理直气壮地开展批评斗争。当时的《安徽文艺》杂志，成了理论界所依托的主要阵地，从1977年1月至1981年，刊物每期都刊有约占20%版面的评论文章，形成了一波又一波的持续斗争，引起了广大读者和文艺界的广泛关注。当时我们把拨乱反正斗争概括为"全面揭、逐个批、重点打、破中立"的战斗格局，以便有层次、有步骤地把批判斗争深入进行下去。

所谓"全面揭"，就是对"四人帮"在文艺领域所犯下的一切罪行，以及他们所操纵的"帮刊""帮报""帮笔杆子""帮诗""帮剧"等，都进行全面的揭露与批判;"逐个批"则是针对"四人帮"所鼓吹的各种理论说辞和他们所制造的作品,一个一个地拉出来予以批判;"重点打"主要是针对"四人帮"推行法西斯文化专制主义的核心理论,以及江青搞的那份《纪要》和代表性创作(如《反击》《春苗》《盛大的节日》等)予以重点打击;"破中立"则是要求对"四人帮"的斗争,不能停留在表义愤、造声势上,而是要能在大破中有大立,以正面阐述马克思主义、毛泽东思想的文艺理论来驳倒"四人帮"的谬论。

为了把批判斗争引向深入,我们多次围绕重大问题举行研讨会,然后分别撰文在报刊上发表。比如1977年1月的理论会议,主要是围绕江青所鼓吹的"空白"论(即从《国际歌》到所谓的样板戏的一百年间,革命文艺是一片"空白")、"新纪元"论(即样板戏开辟了革命文艺的"新纪元")、"根本任务"论等等开展批判和论辩的。会后,我针对论辩中提出的问题,写了一篇论文《一面标志反革命"新纪元"的黑旗》(署名集众),在《安徽文艺》元月号上发表出来,同时还有徐文玉、严云绶、梁长森、欧荻等人就"三突出""主题先行""根本任务"等谬论,发表了数十篇批驳文章。大概是1977年的三四月间,我读到上海《解放日报》和《文汇报》上共同发表的长篇论文《评反革命两面派姚文元》,对该文的矛头指向、批判界限、立论观点和方法,都产生了疑虑,认为该文把"四人帮"反革命集团核心成员姚文元,定性为"亦步亦趋紧随周扬"的"墙头草""两面派",实质上是把批判矛头指向了周扬,这完全是以"四人帮"的观点来批"四人帮",根本颠倒了批判界限,指错了矛头。同时,该文还在文中拉出多位深受"四人帮"迫害的作家(如欧阳山、杨沫、周而复)以及古人魏徵、郑板桥等来陪批,还把《三家巷》等一批好作品再用"四人帮"的观点重批一通,简直就是从另一个角度来继续批判所谓"黑线专政"论。对这些咄咄怪事,我以李文群的笔名写了一篇短文《一个值得注意的倾向》,以读者来信方式在《安徽文艺》7月号上发表出来,当即引起有关领导的关注,认为它是粉碎"四人帮"后第一个内部争鸣声音,并在某内刊选载。

如果说1977年拨乱反正主要集中在"全面揭、逐个批"的焦点上,1978年我们则在"重点打、破中立"方面下了更大功夫。1978年1月号的《安徽文艺》刊物上,发表了徐文玉的《连根铲除"黑线专政"论》,对"四人帮"在思想文化领域进行篡党夺权的理论基础,进行了深入的批判与解析,同年1月15日至17日,我们又举行了叫作"第二战役"的理论座谈会,专门对其所谓"黑八论"问题进行研讨和批判。对所谓的"黑八论"的"写真实"论、"现实主义"论、"反题材决定"论、"时代精神汇合"论、"反火药味儿"论、"离经叛道"论等观点，进行了科学梳理，指出它们的出现都是具有特定的思潮背景和特定指向的，它们的出现，大都是对活跃文艺创作而提出的建议、建言和理论建设，"四人帮"一伙完全歪曲原意，强加于人，目的就是为"黑线专政"论提供理论基础，打击迫害文艺界有识之士。会后，由刘天明、谢伦泰执笔写下长达八千多字的《斥所谓"文艺黑线"的"黑八论"》，《安徽文艺》在3月号发表出来，对"四人帮"利用所谓"黑八论"的险恶用心及其反动实质，展开了有理有据有力的批驳。

同年5月，我针对"四人帮"流毒的影响，如批"左"顾虑重重，或继续以"左"腔"左"调指责文艺界的活跃现象等问题，写出《荡涤文艺领域中极"左"流毒》，在《安徽文艺》6月号以"专论"形式发表。同年10月15日至29日，省文联主持召开了短篇小说和文艺理论座谈会，坚持实践是检验真理的唯一标准，针对林彪、"四人帮"在文艺领域设置的种种障碍和禁区，进行勇敢的冲击，荡涤帮风、帮气，为繁荣社会主义文艺事业，创造更好的新局面。中国作协党组书记张光年和《人民日报》文艺部负责人袁鹰参加了会议，并分别做了专题报告。人民文学出版社和《文艺报》《上海文艺》《汾水》《十月》编辑部以及杭州大学、武汉大学等单位，也都有人参加了会议。会上省委书记赵守一做了题为《做思想理论战线的勇士》的报告，给大家极大鼓舞和启发。会后，由傅腾霄、胡永年根据记录写出万余字的座谈纪要，刊载于《安徽文艺》12月号。文章就"写真实"所涉及的"创作方法问题""典型问题""悲剧问题""正确对待十七年问题"以及关于"艺术民主"等重要问题，从理论上、实践上充分阐述了我们应有的观点和态度。文中所述的观点，至今仍保持鲜活性、正确性。这次会议较好地体现了大破大立、破中有立、破得彻底、立得坚实的预期目标。此后，理论界又以穷追猛打精神，以极大的理论勇气和理论智慧，彻底推翻了江青主持搞出的那个《纪要》，砸烂了文艺工作者身上的枷锁，使他们得以身心舒畅地迎接全国第四次文代大会和党的十一届三中全会带来的文艺春天。

连续几年的拨乱反正斗争，清除了"四人帮"在文艺领域所散播的种种谬论，端正了马克思主义、毛泽东思想的科学文艺观，提高了广大文艺工作者的思想觉悟，也锻炼了理论界同志的理论水平，对在以后时日里偶尔吹出了"冷风"、唱出了"左"调（如"歌德与缺德"说、"题材排队"说、"十六年"说等），都能敏锐地发出义正词严的批驳。

在理论界奋勇扫荡"四人帮"反动谬论的同时，安徽创作界的老中青三代作家,也以无比昂扬的创作激情,在小说、诗歌、报告文学、散文、电影文学等诸多领域,创造出良好业绩,在全国多次获得大奖,形成了新时期安徽当代文学的高度活跃期。

这一时期的《安徽文学》又适应时代的发展,推出一批新时期成长起来的新作家的作品,如祝兴义的《抱玉岩》和《杨花似雪》、蒋濮的《半个月亮》、黄复彩的《墨荷》、王英琦的散文和短篇等,都曾引起省内外读者的关注。此时,刊物的名声在同行业中也很被看好,先后有十多个省市的兄弟刊物来肥与我们交流,并有美国、英国、德国、澳大利亚等国的汉学家来我刊访问。这些都表明,在编辑部全体同志的努力下,刊物办活了,省内的创作和理论也活了。

1982年我离开编辑部到理论研究室工作,又在那里办起理论刊物《百家》。离休后,我在2002年被选为省文艺评论家协会主席,之后又办起《文艺百家》,直到2010年省文艺评论家协会换届,这才算不当编辑了。

当了一辈子编辑匠,从《长江文艺》到《人民文学》再到《安徽文学》,在这个园地里当了一辈子园丁,当了一辈子摇篮的守护者,当了一辈子作家学府的学生。

我与文艺批评

我从文六十五年了。在岗时，我当文学期刊的编辑兼及文艺批评写作；离休后，仍然时不时当当编辑也时不时写点文艺批评。这两件差事伴随我一生，虽然哪件事都没做好，但除此，我无可告白于世，只能将拉拉杂杂记下来的心得和拉拉杂杂写的所谓文艺批评稿件，整理出来存作资料。

我参与文艺批评工作纯属偶然。1949年初，随着天津解放，我所在的文工团进入了天津。那时我是文工团的创作员，主要任务是写演唱材料，个人的梦想则是写出一批歌词谱曲后能传唱开来，更高的目标是创作出一部能够上演的话剧或歌剧，并且一直为这个梦想而孜孜不倦地准备着、努力着。我们文工团在天津的主要演出活动，除综艺晚会外，重头戏是演出歌剧《白毛女》。一次在天津的津浦大厂（火车头检修的大型机械厂）对工人慰问演出后，我在厂内与工人聊天时，他们谈起了看《白毛女》的印象，我汇总了他们的议论，写了一篇题为《工人看了〈白毛女〉》的文章给《天津日报》，并在1949年2月21日的报纸上发表出来（此文被收录于《中国解放区文艺大词典》）。这是我生平第一次撰写的涉及评论性的文章，不料被领导认为我可以写这类文稿，南下至武汉后，便指派我写类似的宣传文稿。尽管我于此道并无兴趣，目标还是盯在戏剧和演唱材料上，但那时年轻，有发表欲，只要有稿子能见报，也就喜滋滋地自鸣得意，可以说我是无意间涉及这一工作的。1950年8月，我从中南文工团调至中南文联，被任命为《长江文艺》编辑部通联组组长，从此便走上了编辑岗位。尽管那时文学界流行一种说法叫"一等人当作家，二等人搞评论，三等人当编辑"，但我认为那可能是针对成熟的文人来说的，像我这样20刚出头的小青年，能在这样的大型刊物当一名编辑，已经是荣耀非凡之事，哪还管什么几等人的身份？我个人认为，编辑工作虽有为他人做嫁衣的一面，也有学习条件极为良好的一面，比如经常与成熟的作家们打交道或阅读他们的文稿,便能从他们的言传身教中领悟到文学理念、创作经验、社会学识、语言功力等方面的学识;即便是阅读初学写作者的文稿,也能从中体会到得失的所在,对以后无论是从事创作、评论还是文学组织工作,都是大有裨益的。更重要的是,当编辑的人,出自版面安排和组稿需求,往往都要关注、观察或追踪文艺创作、文艺活动、文艺思潮、创作态势的走向、趋势等等现象,并要对这些现象的正误、是非、优劣、得失、高下等等状态,进行思考与辨析。这无形中就促使我对文艺创作或文艺思潮的热点话题,必须投入较深的思考和探究,逼着我无意间走进其中参与议论、表态或对应,如果我写成文稿表述一下,便是被拉进了文艺批评圈子里,我就是这样"误入歧途"的。

  1953年1月,我被调入中国文协(二次文代会后改为作协)《人民文学》编辑部工作,当时的执行编委肖殷让我拿能展示个人业务能力的东西给他看,我把出版过的两个剧本和几篇评论性文字给他。他只看了看那几篇评论文稿便说:"现在评论组缺人,你写过这方面的东西,就到评论组吧!"老实说,我内心是想到小说组的,但那时候谈工作,是没有讨价还价这一说的,因而就立即成了评论组的一个编辑,而且也从此就算正式进入文艺评论的圈子了。过了一段时间,编辑部再度改组,由邵荃麟接替丁玲任主编,严文井、秦兆阳任副主编,执行编委肖殷被调往《文艺报》,另一位执行编委杨思仲(陈涌)被调往北京大学文学研究所(何其芳任所长,即中国社科院文研所前身),根据工作需要,我被任命为评论组组长。我因资历浅、学识低,文化底蕴不足,美学理论薄弱等等缺陷的存在,自感难以担当重任,压力很大,便横下心来,几乎把所有的业余时间都付与读书、学习、求教、钻研,力求全面提高素养,同时也在评论写作上争取跟上时代步伐,在实践中提高理论批评水平。

  由于工作性质的关系,我参与的文艺批评活动,多是针对当时的文艺思潮和创作态势所面临的现实问题而发出的议论,因此它的针对性、现实性和时效性都比较强,有些人不无讥讽地说此类文艺批评为"时文",意思是说它是因时因事而作,没有长久的生命力。时至今日,学术界仍有人认为当代文艺批评是没有多少学术理论价值的,故不屑此道。这是偏见。其实"时文"也有"时文"的长处和独特作用,是其他学科取代不了的。因为文艺运动的发展,总是在动态中行进的,其间必然会出现以前不曾有过的新现象、新课题、新矛盾、新挑战,文艺批评有必要也有责任对文艺活动面临的新情况和新问题予以关注和辨析,提出自己的思考、解读和认知。无论你是认同也好,商榷也罢,倡导也好,劝阻也罢,总是可以充分运用文艺批评的力量,引导和促进文艺思潮的正常健康发展。这种针对性和时效性,如确系从当时的实际情况出发,定然会产生一定的正面作用,这样的时效性是积极的、有价值的实效,是文艺运动发展过程中不可或缺的。即使后来的实践证明,当时的参与者的观点未必完全正确或全面,但也为后来人的认知积累了一些经验和教训,这是人的认知历程必有的积累。当然,这是指正常的学术范围内的文艺批评而言,至于那些在政治运动中披挂上阵、找碴子、抓辫子、打棍子、扣帽子的棍棒批评,是不在我们所说的话题之内的。更重要的是,一些有思想深度的当代文艺批评,并非只是时效短暂的速朽之作,而是从批评中提炼出具有独创性的理论原则或思想体系,极大地丰富了文艺美学的内容和涵盖量,构成了文艺美学的主体成分。别林斯基、杜勃罗留波夫都是俄国那个时代的最权威的伟大批评家,他们的评论对象,大多是当时俄国当代文学家,这些文论不仅没有因针对性和时效性而减弱它的理论价值或成为速朽之文,相反倒成了当时和后人的双重经典。莱辛的《汉堡剧评》,几乎是跟着每部上演的新戏走的戏剧批评,但同时也是那时和后世的戏剧理论经典论著。鲁迅的文艺思想中的许多精辟论断,也多是在当时的文艺思想交流中迸发而出,然而它的时效性却是至今永存。我国许多从事或参与当代文艺批评的批评家和作家,也曾在不同时期,就文艺的发展问题和文艺的基本规律问题,发出强力的呼唤,提出积极的改革建议。如20世纪50年代中期和60年代初期钟惦棐的《电影的锣鼓》、秦兆阳的《现实主义——广阔的道路》、胡风的《我的意见书》、张光年的《题材问题》等等,包括后来被"四人帮"诬为"黑八论"的许多理论批评,都是富有理论智慧的真知灼见,堪称我国当代文艺批评史上的经典篇章。它们出现时虽遭到强力打压,但它们为历史留下了宝贵的思想财富。可见"时文"并非只有时效,它是可以与永恒性共存的。

1959年春,我被调至安徽,还是在文学期刊当评论编辑。这时,除了忙于组建理论批评队伍和积极开展理论批评活动外,个人的评论关注点则主要集中在本地区的文学活动、文学思潮和文学创作的态势上。从学术眼光和批评视野的角度看,这样做是有地域局限的,但我想只要能为地域文化出点力,既算是对一方水土一方人的回报,也算是对整体的文学事业尽了一点绵薄之力(哪怕只是从外围的角度或基层的角度)。当然,在工作和我个人的写作上,我也努力做到立足地域,放眼全国,尽可能地使地域的理论批评活动与全国性的课题挂钩或对应,以增强地域基层对全国的参与度。20世纪70年代末至80年代初,我们所主办的多次理论批评活动,刊物的评论版面,以及我个人的评论写作,都在这方面做出了相应的努力,力求与全国声音共鸣,尽可能地使地域文化与全国的大趋势和大格局融为一体。

我的编辑生涯是以服务性工作为主,自忖在服务态度和服务质量上都说得过去,但于文艺批评写作,则属一般般,很少有闪光之言。不过因年深日久,也无形中积累了不少篇什,从中选择出一部分多少有点资料价值的杂论编成这本文集,算是在文坛上干了六十多年的一个回顾与交代。我自知这些文章的理论价值不高,让它面世,主要是展现一个文坛老人对经历过的文坛诸事的记忆和心得,从中可以部分地折射出昔日文艺思潮的起伏状态和文艺创作的点滴景象,以供文学史家和地域文化学者研究文坛过往备做资讯之用,我的文章多是因时、因事、因地而作,既没有理论框架,更没有思想体系的系统性,故只好把它分为上下两部分,一为"批评论",一为"创作论"。"批评论"部分,一是对批评自身的性质、任务、地位、意义、功能、价值等等方面的思考与认识,二是对不同时期文艺批评发展态势的观察、思考与进言,三是对某些问题的认识分歧的质疑与争议。"创作论"部分,主要就是对作家和作品的评论以及对某些创作问题的探讨。

出于评论编辑的职业习惯,我平时很喜欢观察文艺思潮的变化和起伏,也喜欢对我尚未弄通的问题提出求解性的质疑。比如《爱情和写爱情》那篇东西,就是针对当时(20世纪50年代中期)一度对爱情题材和书写爱情大力挞伐的反批评。又如1977年春,上海《解放日报》和《文汇报》同时发表的论文《评反革命两面派姚文元》,完全是沿用"四人帮"的理论和观点,来批判姚文元"亦步亦趋紧随周扬"的种种表现,于是以批姚为名,让周扬当上了头号罪人,同时还拉上了欧阳山、杨沫等等一大批作家陪批,把矛头直指周扬和所谓的周扬黑线人物,从而颠倒了斗争的方向,混淆了是非,将拨乱反正变为驳正返乱。对此我写了一篇题为《一个值得注意的倾向》的短文,严正指出其干扰拨乱反正斗争的危害性。再如,20世纪80年代初,北京出版的《时代的报告》杂志,以捍卫毛泽东《在延安文艺座谈会的讲话》为名,将"文革"十年与十一届三中全会后新时期的六年相提并论,提出"十六年"的提法,混淆了两个历史时期的本质区别,引起了思想混乱,干扰了文艺运动的正常发展。我在安徽评论界组织了一场小型研讨会,批评了"十六年"提法的危害性,以《对十六年提法的异议》为题,公开发表了我们质疑的声音。还有,20世纪80年代中期,文坛正在热议"宽容"的时候,我在《百家》杂志《创刊词》中,提出一个"兼容"的观点。因为当时我觉得,要求"宽容"或给予"宽容"虽有积极的正面意义,但总还是属于恩赐观点的反映,而在多元文化并存的开放社会里,各种文化理念应是兼容的、包容的,无论是何种创作方法或何种批评模式,都应当有竞争的生存权与发展权,应当在竞争中检视其能量、活力与作用,在竞争中决定其生死存亡,在竞争中由历史和公众来选择,而不是要求对谁宽容些、宽厚些、宽松些,用意是以兼容取代宽容。这篇短文只有一千多个字,却引起了一位理论家的关注,他在1988年第二期《文学评论》上发表文章呼应并支持了"兼容"一说。文集中还有一些篇章也是争鸣性的,如《从"真实的辩证法"走到真实的禁区》《请模特作证》等。不是我好斗或爱找碴,而是出于一种求知、求解和较真的情绪,希望在交流中把问题弄明白。我一直以为,文艺思想上的问题,都应当通过探讨、研究、商榷、争鸣的方法来求同存异或化异为同,而不能一言独尊。

"批评论"还收录了几篇我参与拨乱反正所写的文稿,这些篇章,现在都已时过境迁,今非昔比,当时所破解的难题,如今已不复存在,当时激昂慷慨的话语,现已随时间的推移化作过眼云烟。但在这里有记忆,它既是我个人记忆的储存,也是文坛在一段历史里留下的记忆。

"创作论"中的篇章,多属作家作品评论和我对某些创作问题的思考与探究。撰写作家作品评论时,我虽然力求深入创作内部规律里去,但限于我对形象思维规律的认识不足和把握不够,故往往流于涉及作品内容及其社会意义层面者较多,而深入发掘艺术表现技巧层面者则相对薄弱,难免有泛泛之嫌,又因在皖工作时间较长,评论对象多属本省及省内基层作家。他们的代表性各有不同,但我于他们,绝无尊卑亲疏之分,其中既有老中青三代专业作家,也有基层业余作家乃至刚出道的新手,无论高官挚友或素不相识者,我一视同仁,完全出于尊重他们的创作、认同他们的成就而做出的评议,有的做综述性评析,有的是解读,有的是赏析点评,有的是读后感悟,有的是读书札记,有的是即兴发言。这些评论是否深刻或准确得当,我不敢说,但所说全是真话实话,没有刻意为谁造势捧场之意,更无对谁挑刺之心,有些批评性或否定性意见,也是当时的认知,只是个人的读后观感引发的质疑,并无存心伤人之念。

在对创作问题的思考和关注上,我除了对人物塑造个性化谈论得比较多以外,对文学题材、主题的开掘、深化和艺术处理,议论得也相对多些,再就是对美与刺也就是所谓的歌颂与暴露的关系问题,也进行过较多的思考。在强化文艺为政治服务、政治标准第一的年月里,文学题材问题往往被过度政治化,甚至导致题材决定论的片面观点。题材的新颖性、独特性和重大性对创作会有一定的影响,但绝非是关键的决定因素,决定作品成败的关键,不是写什么,而是怎样写和写得怎样,也就是说对题材的思想深度开掘和精巧的艺术处理,才是根本性的关键。不过,那时我对题材问题的议论,多是着眼于突破题材禁锢,呼唤多角度多层次多侧面地开放题材视野,力求题材的多样化和多彩化,这和我们当前所面临的情势,则完全不同。当下的文艺创作,在题材多样化方面,是做得卓有成效的,天上地下,古往今来,人间万象,异彩纷呈。眼下面临的问题是,一方面是欠缺如新闻界所倡导的走基层精神,即欠缺直面基层百姓生存境遇的真实书写,同时又在"票房第一""娱乐至上"的商业理念支配下,过度痴迷于某些题材领域,如宫闱争宠、阿哥谋权以及谍战特战等类题材的一窝蜂地扎堆,雷同、因袭的情况十分严重,许多人拥挤在一个狭小的胡同里,也是十分值得注意的倾向。

我随着中国当代文艺批评的发展历程走过了一生,个人在批评实践中虽毫无建树,但也从前辈和同代朋友那里,学到和悟到批评之道,在于求真、求实、求异。求真就是说实话,求实就是尊重文本和评论对象的实际,求异就是说出自己的真知独见。眼下的评论风气是,谀言太多、虚言太多、同言太多、难见真言真话、难闻争鸣求异之声,此风必须改一改。

一段值得怀念的往事

"往事如烟",说的是世间许多事情过去以后,慢慢就会自然而然地如烟散去。其实也不尽然。有些事,哪怕过去很久很久,人们依然记着,想着,甚至当作一种美好的记忆,怀念着,思索着,眷恋着。20 世纪 70 年代末和 80 年代初的安徽文艺界的一些事,至今仍萦绕在我的心头。我怀念那时理论界的生龙活虎般的披荆斩棘之勇,怀念创作界那种热情奔放的开拓创新精神,怀念那时文艺界的朝气与激情。是他们以创造性的辛勤劳动,迎来并铸造了安徽当代文学史上的一段辉煌时日,也正是由于那时的奠基,才有了安徽文学事业一步一步走向繁荣发展的今天。

1976 年"四人帮"的覆灭,是全国人民的政治大解放,更是文艺界挣脱法西斯文化专制主义枷锁,使广大文艺界人士恢复人身自由,恢复身心健康,恢复创作生机,一直到恢复文学的独立品格,恢复文学的本体化、多样化、开放化精神,使"双百"方针得以真正贯彻落实实施。有了这些,才有了人们在新的政治机遇下的新的奋斗和新的崛起,才留下了使我们永远怀念的那些人、那些事、那些文、那些思想火花。

粉碎"四人帮"后,文艺界面临的最大任务是:一要聚合力量、重整队伍;二要拨乱反正。重整队伍,需要在组织上恢复被"四人帮"砸烂的文艺机构、团体,为饱受迫害的文艺工作者平反昭雪。这项工作虽然困难重重,但中共安徽省委以敢为天下先的气魄,在 1978 年 2 月 18 日由省委常委会议做出《关于坚决推倒"黑线专政"论,为安徽省文联彻底平反的决定》,并在 2 月 21 日由省委常委、省革委会副主任袁振在"省文艺座谈会"上宣读了这个全国第一个也是唯一的一个为一个文艺团体平反的决定。这个《决定》指出:"'文化大革命'前的十七年,安徽省文联是执行毛主席的革命路线的,创作了一批深受群众欢迎的文学艺术作品,成绩是主要的。在文联工作的同志绝大多数是好的。可是,长期以来由于受到'左'倾路线的干扰,特别是林彪、'四人帮'的法西斯专政,使文联深受其害","'文化大革命'中,省文联被打成'特务集团''黑据点''王八窝',用'庙小妖风大、池浅王八多'等恶毒语言咒骂省文联和在省文联工作的同志,把省文联所属各协会都打成'裴多非俱乐部',这些都属诬陷不实之词,应予全部推倒,为省文联及所属各协会恢复名誉。"《决定》同时还对被"四人帮"残酷迫害的一批文艺家及一批作品,也"一律推倒被强加的一切诬蔑不实之词,恢复名誉"。

《决定》义正词严,旗帜鲜明,体现了党的领导的大胸怀、大气度,令全省广大文艺工作者深受感动、深受教育。在《决定》的正确指引下,同年5月10日至23日,召开了安徽省省文艺工作者会议,在深入揭批"四人帮"的斗争中,全面恢复了省文联及所属协会的机构,并适应形势的需求,重新选举了省文联及所属协会的领导机构及领导成员。至此,则可以说基本上初步完成了组织上的重建与文艺队伍的重新聚合,令文艺界在新的起点上开始了新的征途。

与重整队伍相比,拨乱反正工作则要大得多,难得多,复杂得多。这是因为受"四人帮"反动文艺思想的长期影响,他们推行的法西斯文化专制主义,在思想路线和组织路线上已形成一个体系,他们在文艺领域里散布的大量政治上、思想上、理论上、文艺观念上的种种反动谬论,流毒极深极广,而且,尽管他们的谬论邪说本质上十分反动,但表面上都是打着革命的名义,或者是以捍卫毛泽东思想来体现的。有的依托毛主席的"两个批示",有的则大量摘引《毛主席语录》来掩盖它的真实意图。而当时又有"两个凡是"观点指导着国内的政治生活和政治斗争,这就给拨乱反正工作带来极大的难度和一定程度的风险性。另外,"四人帮"虽倒,但受其流毒影响较深和唱惯了"左"腔"左"调的还大有人在,因而要全面彻底清除"四人帮"的影响,绝不是一朝一夕就能解决的,必须以有理有据的科学论断,进行长期性、系统性的批判斗争,才能从根本上完成拨乱反正的任务。当时的安徽文艺理论界的同志,以非凡的勇气和坚强的斗志,较早地站出来,在拨乱反正斗争中充当了冲锋陷阵的排头兵,打了一场持续多年的大战役。早在1977年1月15日至22日,安徽理论界就召开粉碎"四人帮"后的首届理论座谈会,就批判"四人帮"在文艺领域所散布的种种谬论展开了激烈辩论。那时是刚刚粉碎"四人帮"两个月左右,有人对"四人帮"及其反动理论的认识还不很清晰,不很深刻,但绝大多数同志,都能旗帜鲜明、理直气壮地开展批评斗争。当时的《安徽文艺》杂志，成了理论界所依托的主要阵地，从 1977 年 1 月至 1981 年，刊物每期都刊有约占 20% 版面的评论文章，形成了一波又一波的持续斗争，引起了广大读者和文艺界的广泛关注。当时我们把拨乱反正斗争概括为：全面揭、逐个批、重点打、破中立的战斗格局，以便有层次、有步骤地把批判斗争深入进行下去。

所谓"全面揭"，就是对"四人帮"在文艺领域所犯下的一切罪行以及他们所操纵的"帮刊""帮报""帮笔杆子""帮诗""帮剧"等，都进行全面的揭露与批判，让人们从各个层面认识其狰狞面目；"逐个批"则是针对"四人帮"所鼓吹的各种理论说辞和他们所制的作品，一个一个地拉出来予以批判；"重点打"主要是针对"四人帮"推行法西斯文化专制主义的核心理论（如"黑线专政"论、"新纪元"论、"黑八论"）以及江青搞的那份《纪要》等和代表性创作（如《反击》《春苗》《盛大的节日》等）予以重点打击；"破中立"则是要求对"四人帮"的斗争，不能停留在表义愤、造声势上，而是要能在大破中有大立，以正面阐述马克思主义、毛泽东思想的文艺理论来驳倒"四人帮"的谬论。

为了把批判斗争引向深入，我们多次围绕若干重大问题，进行有准备、有交流、有争论的研讨会，然后分别撰文并在报刊上发表。比如 1977 年 1 月的理论会议，主要是围绕江青所鼓吹的"空白"论（即从《国际歌》到所谓的样板戏的一百年间，革命文艺是一片"空白"）、"新纪元"论（即样板戏是开辟了革命文艺的"新纪元"）、"根本任务"论等等开展批判和辩论的。会后，我针对辩论提出的问题写了一篇《一面标志反革命"新纪元"的黑旗》的论文（署名集众），在《安徽文艺》4 月号上发表出来，同时还有徐文玉、严云绶、梁长森、欧荻等人就"三突出""主题先行""根本任务"等谬论，发表了数十篇批驳文章。大概是 1977 年的三四月左右，我读到上海《解放日报》和《文汇报》上共同发表的《评反革命两面派姚文元》的长篇论文，对该文的矛头指向、批判界限、立论观点和方法，都产生了疑虑。我认为该文把"四人帮"反革命集团核心成员姚文元，定性为"亦步亦趋追随周扬"的"墙头草""两面派"，实质上是把批判矛头指向了周扬，这完全是以"四人帮"的观点来批"四人帮"，根本颠倒了批判界限，指错了矛头；该文还在文中拉出多位深受"四人帮"迫害的作家（如欧阳山、杨沫、周而复）以及古人魏征、郑板桥等来陪批，还把《三家巷》等一批好作品再用"四人帮"的观点重批一通，简直是从另一个角度（表面批姚）来继续批判所谓"黑线专政"论。对这些咄咄怪事，我以李文群的笔名写了一篇《一个值得注意的倾向》的短文，以读者来信方式在《安徽文艺》7月号上发表出来,当即引起有关领导同志的关注,认为它是粉碎"四人帮"后第一个内部争鸣声音,并于某内刊选载。

如果说1977年拨乱反正斗争主要集中在"全面揭,逐个批"的焦点上,1978年我们则在"重点打、破中立"方面下了更大功夫。1978年1月号的《安徽文艺》刊物上,发表了徐文玉的《连根铲除"黑线专政"论》,对"四人帮"在思想文化领域实现篡党夺权的理论基础,进行了深入的批判与解析。同年元月15日至17日,我们又举行了叫作"作二战役"的理论座谈会,专门对其所谓"黑八论"问题进行了梳理、研讨和批判,对所谓的"黑八论"的"写真实"论、"现实主义广阔道路"论、"现实主义深化"论、"中间人物"论、"反题材决定"论、"时代精神汇合"论、"反火药味儿"论、"离经叛道"论等观点,进行了科学梳理,指出它们的出现都是具有特定的思潮背景和特定指向,它们的出现,大都是对活跃文艺创作而提出的建议、建言和理论建设,"四人帮"一伙完全歪曲原意、强加于人,目的就是为"黑线专政"论提供理论基础,为打击迫害文艺界有识之士制造冤案。会后,由刘天明、谢伦泰执笔写下长达八千多字的《斥所谓"文艺黑线"的"黑八论"》,在《安徽文艺》3月号发表出来,文中对"黑八论"是怎么回事、"八论"都是"黑"的吗、为现实主义恢复名誉、要多样化、意见与希望等等大家极为关注的话题,进行了正面的理论阐述,并对"四人帮"利用所谓"黑八论"的险恶用心及其反动实质,展开了有理有据有力的批驳。

同年5月,安徽召开了省文艺工作者会议,在斗争中恢复了文联,此时我针对"四人帮"流毒的影响,如批"左"顾虑重重,或继续以"左"腔"左"调指责文艺界的活跃景象等问题,写出《荡涤文艺领域中极"左"流毒》一文,在《安徽文艺》6月号以"专论"形式发表出来,呼唤进一步端正思想,扫荡流毒。同年10月15日至29日,由省文联主持召开了短篇小说和文艺理论座谈会。会议要求,运用马列主义、毛泽东思想的强大武器,坚持实践是检验真理的唯一标准,针对林彪、"四人帮"在文艺领域设置的种种障碍和禁区,进行勇敢的冲击,把被他们搅乱了的是非,重新颠倒过来,无情地荡涤"帮风""帮气",为繁荣社会主义文艺事业,创造更好的新局面。中国作协党组书记张光年和《人民日报》文艺部负责人袁鹰参加了会议,并分别做了专题报告。人民文学出版社、《文艺报》《上海文艺》《汾水》《十月》编辑部以及杭州大学、武汉大学等单位,也都有人参加了会议。会上,省委书记赵守一同志做了《做思想理论战线的勇士》的报告,给了大家极大鼓舞和启发。会后,由傅腾霄、胡永年根据记录写了近万余字的座谈纪要,刊载于《安徽文艺》12月号。文章就"写真实"所涉及的"创作方法问题""典型问题""悲剧问题""正确对待十七年问题"以及关于"艺术民主"等重要问题从理论上、实践上充分阐述了我们应有的观点和态度。这次会议较好地体现了大破大立、破中有立、破得彻底、立得坚实的预期。此后,理论界又以穷追猛打的精神,以极大的理论勇气和理论智慧,彻底推倒了江青主持搞出的那个《纪要》,砸烂了枷在全体文艺工作者身上的枷锁,使文艺工作者身心舒畅地迎接全国第四次文代大会和党的十一届三中全会带来的文艺春天。

连续几年的拨乱反正斗争,有理有力地清除了"四人帮"在文艺领域所散播的种种谬论,端正了马克思主义、毛泽东思想的科学文艺观,提高了广大文艺工作者的思想觉悟,也锻炼了理论界同志的战斗意志和理论水平,对以后时间里偶尔吹出的"冷风"、唱出的"左"调(如"歌德与缺德"说、"题材排队"说、"十六年"说等),都能敏锐地发出义正词严的批驳,维护了文艺界的安定团结,保证了文艺活动的健康发展。

在理论界奋勇扫荡"四人帮"反动谬论的同时,安徽创作界的老中青三代作家,也以无比昂扬的创作激情,在小说、诗歌、报告文学、散文、电影文学等诸多领域,创造出良好业绩,在全国多次获得大奖,形成了新时期安徽当代文学的高度活跃期。那时的作家,几乎把所有的潜能都调到了至高境界,故能在思想上、艺术上、情感上体现出较强烈的震撼力,打动读者,燃烧读者。

那是一段值得怀念的日子,我永远记着。

风雨路·光明行

我是1959年3月12日那天来到安徽省文联的,被分配到编辑部评论组,这是我意料中的工作,也是我愿意干的工作。因为我虽然在20世纪50年代初期搞过一段创作,但自从1952年调到《人民文学》工作以后,就一直担任评论组组长,自己的业余写作也从创作转向理论批评,到安徽来,理所当然地还要干老本行了。那时,我对安徽文艺界的情况一无所知,想找老同志打听吧,编辑部的老同志都在反右派斗争中被打光了,什么主编、副主编、主任、组长,都被拢进了所谓的戴岳反党集团,编辑部现有成员大多数也都是新来乍到。我只好依靠翻阅刊物报纸和向比我先来的同志打听一些见闻,来了解安徽文学界的情况。据我观察,那时安徽文学界的评论力量似乎比较薄弱。参与者人手不多阵地又小,活动甚少,还没有形成一支像样的理论批评队伍。面对此情,我一踏上岗位,便把眼光放在以刊物阵地为核心,逐步组织一支有活力的理论批评队伍上,除了继续联系已在省内评论界崭露头角者,也与省内几所文科高等院校、专业宣传文化部门进行广泛接触,通过组织、访谈、座谈、笔谈等多种方式,逐渐把联系面扩大,把刊物的评论版面扩大,把评论内容扩大,因而就自然而然地把理论批评的参与者扩大了,队伍也就算初步形成了。据我的体会,搞评论性活动要有一定的人员参加,而人们是否参与某项活动,首先在于拟定的话题是否切合实际和是否为大家所关注;再就是参与者的观点和文章要通过报刊传播出去,以造成社会影响并激励参与者的热情与信心。我是以刊物为核心开展理论批评活动的,所以首先必须把刊物的评论版面活跃起来,使评论篇幅不是应景应对的点缀,而是既有现实针对性又具有一定理论深度的学术园地,加强评论的活泼性和严肃性的统一,令读者能够从较为轻松的阅读中得到有益的启示。为此,我们先后在版面上组织了笔谈《江南曲》、笔谈"短篇小说的凝练"、笔谈抒情诗的时代精神、笔谈《还魂草》等几次规模较大、参与者比较多的讨论会,把更多的专业和业余的评论工作者团结到刊物周围,逐步把安徽的文艺理论批评活跃起来,使其与创作共生共进、和谐发展。

特别是关于《还魂草》的讨论,应当说那是安徽当代文学史上值得提及的一笔,也是安徽文学理论批评界,以高度严肃的态度体现学术争鸣精神,以高度热情关怀文艺创作现状的思想交锋。讨论中涉及的问题,远不只是对于《还魂草》一个作品的评价,而是涉及文学创作本体性中的至关重要的理论问题。

《还魂草》是我省已故作家江流同志的一部中篇小说,发表于1962年的《安徽文学》。故事的背景是叙述血吸虫流行区病患群众在新中国成立前后两种不同的遭遇。一般同类题材的作品,大多是从阶级斗争的时代变迁的视角,来开掘主题和刻画人物的。但《还魂草》的作者,不但紧扣住了时代变迁给人物命运带来的重大影响,同时还从人性的视角,从开掘人生、人情、人的心灵的角度,关注人物的生命意识,不仅真实而细腻地描绘女主人公杨丽鹃的情感世界,甚至还触及她的性心理的冲动与搏击。小说的故事生动曲折,人物形象美丽动人,既有执着追求情爱的柔性美,又有敢于抗争封建宗族势力的刚性美,这在当时的文学创作中,是一个相当大的突破。因为人性问题历来是创作实践和理论研讨中的主要禁区之一,所以《还魂草》的问世,立即在广大读者群体和文学界引起极大的关注,随之而来的便是理论批评界围绕这个作品展开了针锋相对的论战。《安徽文学》连续用三期版面,客观地刊载了支持者与批评者两种观点不同的文章,同时还组织了有创作界、批评界和读者共同参与的讨论会,把从书面到口头又从口头到书面的讨论引到了比较深入的热潮。持批评态度的主要观点认为,《还魂草》在表现人与自然关系的斗争过程中,以资产阶级人性论的观点,取代了阶级分析的立场,抹杀了阶级矛盾和阶级斗争,歪曲了社会生活本质,宣扬了活命哲学等;持赞扬态度者则认为,作品高度真实地反映了血吸虫病患区域受灾群众在新旧社会的不同命运,热情讴歌了社会主义新时代,深刻批判了旧时代的封建宗法势力及其伦理道德观念,成功地塑造了有血有肉、有情有义、有爱有恨的女主人公杨丽鹃,在思想上深深打动了读者。

这次讨论,持续的时间很长,参与的人员也相当多,尽管争论的双方观点截然对立,但大家基本上还都坚持学术争鸣、思想交锋的态度,总体上仍是属于文艺批评间的正常现象。而在一年以后发生的对《还魂草》的围攻性大批判,则脱离了文艺批评的正常轨道,陷入了无理攻击与伤害人的境地。特别是由于在华东话剧观摩演出期间,那沙同志编剧的《这里也是战场》(原名《毒手》),遭到柯庆施的粗暴干涉与批判,又带出那沙在省文联二届二次扩大会议上的报告被指责为"否定党的领导",一时间便形成了省文联的《毒手》《报告》《还魂草》三大事件,随之便以整风名义对"三大问题"当事者展开了迫害性的大围攻,而且一直把它延续到"文化大革命"的进程中。在"十年动乱"的灾难岁月里,所有的正常的文艺批评全部被扼杀了,代之而起的是对"四人帮"反动文艺路线及其帮派歪理邪说的喧嚣与鼓噪,同时配以对作家艺术家及其作品的迫害与攻击。安徽文艺界是深受其害的重灾区,除了对前述"三大事件"升级围剿,同时也对安徽作家艺术家所创造的一切成果全部予以扼杀,而陈登科又因遭到江青公开点名诬陷,而使其长篇小说《风雷》受到了世所罕见的批判。1968年7月8日的《人民日报》,以《彻底砸烂中国赫鲁晓夫篡党复辟的黑碑》为题,并加了大段编者按语,极尽捏造歪曲之能事,诬陷《风雷》是为篡党复辟树碑立传的大毒草,此后省内大报以两篇社论、十个版面的篇幅开展围剿,各种报章公开批判文章之总和不下百万字,省内某领导人甚至主持召开全省广播大会声讨《风雷》,其批判规格之高,规模之大,时间之长,罪名之多,堪称文坛"珍闻"。

"十年动乱"结束后,文艺界特别是理论批评所面临的主要任务是拨乱反正。也就是要把被"四人帮"颠倒了的、歪曲了的、篡改了的、搅乱了的党的文艺方针、路线、政策和理论原则,按马列主义、毛泽东思想的基本原理,重新端正过来,恢复党的正确文艺方针路线的本来面目,彻底粉碎"四人帮"的法西斯文化专制主义路线,彻底清除"四人帮"阴谋文艺反动谬论在文艺领域里的流毒和影响。在这至关重要的历史时刻,《安徽文学》杂志挺身而出,较早地站在斗争前线,再一次将理论批评界同志团结在自己周围,以刊物为阵地,集中人力和集体智慧,有组织、有规模、有层次地展开了声势浩大的拨乱反正的理论斗争。早在1977年元月中旬,我们就召开了以批判"四人帮"所鼓吹的"根本任务论"为主旨的理论座谈会,经过反复讨论与争辩,产生了一个《座谈纪要》,推倒了"四人帮"的"三突出"理论的根基——"根本任务论"。当时的文化部政策研究室非常重视这个信息,并派一个小组来皖调研,赞扬并支持我们的做法。同年3月我们又举行恢复现实主义原则,推倒所谓"黑八论"的理论座谈会;11月又举行了以推倒江青制定的《部队文艺工作座谈会纪要》(简称《纪要》)为主旨的理论座谈会,又使文艺界的思想解放向前推进了一大步。我们举行这些座谈会的目的是,既要澄清理论是非,又要把拨乱反正的理论观点和事实依据公之于众,所以从1977年2月号起,《安徽文学》每期都要以显著地位和较大篇幅发表历次座谈会的《纪要》和相关的评论文章。如2月号发表了批判"根本任务论"和"黑线专政论"的多篇评论;3月号发表了批判"四人帮"阴谋文艺代表作《春苗》的文章;4月号发表了现实主义问题座谈会长约万字的会议综述,除正面阐述了现实主义原则并据驳斥了制造所谓"黑八论"的荒谬邪说外,同时还为因坚持现实主义原则而被诬为"黑八论"当事人的理论家、作家冯雪峰、邵荃麟、秦兆阳、张光年等一批人士公开平反昭雪,这在地方刊物上是很少见的。特别值得一提的是,在推倒江青炮制的《纪要》的理论交锋中,突破了"两个凡是"的羁绊,较突出地显示了安徽文艺理论界的求实精神和理论勇气。这一时期的刊物以连续不断的方式对"四人帮"的理论体系及其代表性创作(如《春苗》)、代表刊物(如《朝霞》)进行了普遍揭、逐个批、重点打、破中立的有系统的批判,在拨乱反正中造成了一定声势,在全国文艺界发生了较大影响。与此同时,我们也注意到了某些重要报刊发表的批判"四人帮"的文章,在观念上和立足点上有很大混乱之处。如《评反革命两面派姚文元》一文,便是沿用"四人帮"的极"左"论调来批判姚文元"亦步亦趋追随周扬"的右的面目,且把欧阳山、杨沫等一大批深受"四人帮"迫害的作家拉进来陪同批判,这很可能造成某些新的思想混乱。我当即写出了《一个值得注意的倾向》短文在《安徽文学》上发表出来,以澄清某些混乱思想和模糊意识。此文被当时评论界认为是粉碎"四人帮"后第一个内部争鸣的声音。在此后很长的一段时间里,我们始终保持了支持在思想学术问题上争鸣的态势,如在关于文艺与政治关系的讨论中及对若干有争议作品和言论的评论中,我们都在刊物上发出自己的声音,以积极关注的态度参与全国性的讨论。

理论批评倡导的思想解放,一面在解决理论自身的发展和深化,同时也大大促进了创作思想的活跃和创作实践的兴旺繁荣,使安徽的文学创作在小说、诗歌、报告文学等许多方面都出现了较大的突破与进步,涌现了一批与时代思潮相适应的优秀作品,如祝兴义的短篇小说《抱玉岩》、鲁彦周的中篇小说《天云山传奇》、张弦的短篇小说《被爱情遗忘的角落》、张锲的报告文学《热流》都获得全国性大奖;其他如肖马的中篇小说《钢锉将军》、刘克的中篇小说《飞天》也都是属于当时全国性的名篇力作;诗歌在当时更有占尽风情之势,被誉为"井喷期",1981年的全国诗歌评奖,在全部获奖的三十五人中,安徽占了六人,其中有公刘的《仙人掌》、韩瀚的《重量》、刘祖慈的《为高举和不举的手臂歌唱》、梁小斌的《雪白的墙》、梁如云的《湘江夜》、张万舒的《八万里风云录》，等等。应当说这一时段是安徽当代文学史上辉煌时刻，是刊物最具活力的时刻，是出理论、出创作、出人才的珍贵历史时刻。这些成果的获得，离不开党中央发出的拨乱反正的号召和思想解放运动的指引；离不开邓小平同志在全国第四次文代会上代表党中央的《祝词》中，对文艺与人民的关系、文艺与政治的关系做出了最精辟、最深刻的全新论断，为新时期社会主义文艺的发展道路指明了方向，极大地鼓舞了作家的创作热情和使命感，从而激发了文艺创作和文艺理论批评的一次飞跃与突破。

这一时段也是安徽文艺理论工作最具活力的时刻，通过拨乱反正活动中一次又一次的冲刺，极大地锻炼和提高了理论批评队伍的战斗力和学术水平，特别是从初期的揭批转入以正面理论建树来批驳"四人帮"歪理邪说，则要求必须加强自身的理论素质和思辨能力，以求用马列主义、毛泽东思想的科学真理，粉碎"四人帮"所鼓吹的形形色色的谬论。安徽的理论批评队伍在斗争中成长起来并日益走向成熟，因而他们能够随着形势的发展，随时改变理论批评的关注重点。当一批又一批青年作家拥入文坛并取得良好成果后，理论批评家们便也把主要注意力放在对作家作品的评论方面，他们为老作家喝彩，为新作家鼓劲，时时刻刻关注着文学创作的走向，也关注着文艺活动中出现的种种新问题。

当新时期文学进入20世纪90年代以后，文学界出现了很大变化，文学思潮中的这个热那个热过去了，什么现代后现代的热浪也鼓得不太高，而商业文化的兴起和形形色色大众文化的日益兴旺，使得严肃文学的处境也日益艰难起来，理论批评的阵地急剧萎缩了，理论批评的声音沉寂了，参与理论批评活动的人也日益减少了。当今的严肃文学阵营，虽然仍有许多人坚守着精神家园，但也有很多人已经或行将被商业文化收编与改造，他们把文艺界变成了娱乐圈，把作家变成了"枪手"；把文学创作的个人精神劳动变成了作坊型的生产线式的流水作业；把文学的美的品格以及它所追求的思想深度和精神力量，转化为追逐片刻的感官快乐；把作家的社会责任意识异化为屈从于市场经济的利益驱动；把用心灵写作转化为身体写作，用时尚、流行、快捷等手段吞噬了文学的永恒精神，以所谓求新求变切断了民族精神的传承。所有这些现象都是在市场经济条件下，在文学被纳入文化产业趋势下，难以避免发生的，但这些现象消极面也非常迫切需要运用文艺理论评语来正确引导与匡正。当然文艺批评不能取代管理，不能用强制手段去规范什么，但它可以用有说服力的理论对某些文艺现象的正误、是非、优劣、高下提出中肯的评论,或者理直气壮地对某些不良现象、歪风恶习叫停。可惜的是,当下文坛恰恰出现了理论缺席、批评失语的状况,理论评语没能像以往那样发挥自己的能量。时下的媒体批评,充斥着为自己叫卖、为朋友吹嘘、为评选拉票、为圈里人助阵的炒作;学者批评虽富有学理和真知,但他们大多不肯直面当代文学面临的现实问题,难以使书斋学问与现实需求很好地结合起来;鉴赏性批评虽有可读之处,但限于零言碎语难起振聋发聩之效;网络批评虽有快人快语的犀利锋芒,但多属于即兴而发的直观印象,而缺少深入的思考和求实的分析,故也不足担当理论批评界的重任。实事求是地说,安徽文学理论批评界的绝大多数成员,仍心怀满腔热情期待着重整队伍,重振当年的奋进精神,为改革开放大业,为安徽文学事业的重新崛起,为文学新生代的成长与成熟,以与时俱进的姿态,在建设社会主义先进文化的大潮中贡献自己的力量。我来安徽已有四十六年,长期与他们相处,长期为他们充当联络员和服务员,深知他们是一支有思想、有学识、有活力、有闯劲的理论批评队伍,希望有关的领导部门对他们给予更多的关怀与支持,为他们提供更好的条件与机会。关注培养理论批评界新生代,使理论界和创作界密切合作,共创安徽文艺事业的美好未来。

感谢安徽理论评论界老中青三代学人对我的支持与帮助,感谢省文联为我提供为理论批评界服务的平台,我虽已年迈力衰,仍愿有生之年还在这个平台上以业余志愿者的身份为他们服务。

作家 **作品** 评说

论《孤独者》
——魏连殳的形象塑造

读完《孤独者》以后,总觉得有一种什么东西在脑中萦绕着,不肯离去。那就是:在我眼前仿佛浮现着一个"短小瘦削的人,蓬松的头发和浓黑的须眉占了一张脸的小半"的人,在深夜中长号,这哭声里,夹杂着"愤怒和悲哀"。

这是魏连殳的哭声。

从这"惨伤里夹杂着愤怒和悲哀"的哭声中,我仿佛听到了一个被旧势力毁灭了的善良而正直的人的抗议,一个旧秩序的破坏者反转来又被旧秩序征服了肉体绞碎了心灵,但又不甘于这种征服的弱小人物的哀鸣。

魏连殳的终生命运,是旧时代、旧制度所制造出来的知识分子的悲剧。

作者用强烈的震撼人心的笔触,描写了魏连殳的一生。在这个既是短小的生活断面,又是能概括时代剪影的画幅里,对毁灭普通人的生存权,毁灭正义和理想的阴暗社会现实的深刻批判和强烈抗议,对一个被毁灭了的善良、人道、正直的知识分子的深厚同情,对一个在旧势力面前无能为力,而终于不得不屈从于旧势力,并"恭行他先前所反对的一切"的知识分子弱者的谴责,是那样错综复杂地交织在一起,是那样真实地、生动地和深刻地展现出来了。作品的雄厚的艺术魅力,使得我们在阅读时,不能不在任何一分钟里为之震动,即使我们放下了作品,积郁在心头中的难以说明的情思,也久久不能离去。而这一切,总是围绕着魏连殳这一典型形象的独特命运发生着和发展着。

对从辛亥革命前后到五四运动前后的知识分子命运的刻画,在鲁迅的小说中是占有相当重要的地位的。作为思想家,同时又是对现实有着深刻而清醒的洞察的革命现实主义作家,鲁迅不仅了解知识分子在革命激流中的进步的一面,而且也了解他们有弱点的一面。因此,作者在揭示形成知识分子悲剧命运的历史因素时,除了猛烈地鞭挞了制造这种悲剧的现实社会生活以外,也沉痛地谴责了知识分子自身的弱点。

魏连殳所处的时代,正是旧的革命风暴已成为过去,而新的革命风暴尚未来临的沉闷的年代。尽管人民的革命斗争,还像蕴藏在火山腹内的岩浆似的,正在酝酿着喷射和爆发,但重新抬起头来的封建势力暂时还是处于优势地位,代清王朝而起的封建军阀和外国帝国主义相勾结的残暴统治,使得曾在人民心目中闪现出的一线光明,又被新的(实际上还是旧的)阴霾所笼罩,在人民的心灵中布了一层黑沉沉的暗影。作为经受过辛亥革命新思潮洗礼的知识分子,魏连殳也正像当代的许多觉醒的知识分子一样,由于遭受了黑暗现实所加之于他的苦痛,因而对现实是不满的,并且也曾经以自身的行动,向封建势力进行过冲击。因此,他不能见容于周围的世俗人群,被人们称为"吃洋教"的"新党",被视为"异类"。但,也就是这个对旧现实疾恶如仇的人,后来竟"出卖"了自己的信念,几乎是用自己的两手戕害了自己的生命,从而结束了也是最后完成了他的悲剧故事。

魏连殳一出现,便不是以单一的性格,而是以他身上交织着的相互矛盾而又统一的性格,站立在我们面前的。一方面,他对人爱理不理;另一方面却又爱管闲事,而且对于善良纯洁的人有着深切的人道主义关怀。一方面他对封建世俗是憎恶和反对的;另一方面他又在他憎恶的旧势力面前低头。一方面他用冷漠和激愤的态度对待人生;另一方面在胸膛内又蕴藏着一颗正直、善良和向往真正人生的心。他给我们的外部印象是空虚和孤独的"异类",但一直到他被残酷的旧现实毁灭之前,给我们的实质印象,都是用冷漠包裹着内在热情的亲切的人。更使我们难以把握的是,这个曾经是旧现实的反对者,突然间又走上了背叛自己生活信念的道路,去从事他先前所反对的一切。他,从始至终,都是以一个极为复杂的独特形象,呈现在我们的面前。

魏连殳的生活态度,虽然还称不上是那个时代最先进的态度,但也是和旧社会处于对立地位的。在黑暗势力和革命思潮尖锐斗争着的 21 世纪 20 年代前后,我们有理由把他的那些无法被庸俗人群理解的"异样"举动,看作是那个时代的觉悟者所具有的新品质,他的行为可以说是能够对旧习俗、旧观念、旧伦理、旧势力起着冲击和破坏作用的革命行径。但也正像那个时代的许许多多的知识分子一样,他是兼带着进步性和软弱性同时走进生活里来的。他虽然对现实有着深刻的不满,但他并没找到甚至也没有去寻找如何改造现实的道路,他只是孤单地向压抑他的旧势力抗击。这种举动虽然也能像投向江河中的石子似的,使水面激起波澜,但最终还是要被江河所吞噬,不可能把江河打开裂口。因此,尽管强大的旧势力给予他的打击虽未曾使他立即低头,却把他包围起来,使他透不过一口气。惨淡的现实人生,逼使这个"吃洋教"的"新党"只能越来越消沉、寂寞和孤独。然而,这个一举一动都在遭受着冷眼和歧视的魏连殳,对于追求生活的欲望并未平息,他多次表现出的所谓异样的行动,依然闪耀着他那美好品质的光辉面。其中,人道主义思想在他转折前的全部生活中,占着极其显著的地位。

他在村中最后一次完全背弃旧社会常情的行动,要算是把祖母生前所有器具大半烧给祖母,余下的便赠给对祖母生时侍奉、死时送终的女工,并且连房屋也要无偿地供给她居住了。这个连亲戚本家说到舌敝唇焦也终于不能阻挡的慨然举动,我们绝不能看作是一种怜悯或施舍,这里面不仅有着他反对旧习俗的坚毅性,而且有着他对人与人之间关系的不同看法。生活教育他认识了哪怕是一个与他家族毫无血缘关系的女工,但待人只要是真诚的和忠厚的,也远比所谓亲戚本家那种虚伪的对人态度崇高得多。因此他才那样决然地违反常情,把本应送给直系本家的遗物和房屋送给了女工。而且在同一事件上,把他对女工的态度和对他堂兄的态度一比,就益发看得出他的同情是在哪方面了。堂兄要把儿子过继给他,但他一眼就看穿了堂兄的秘密,他说:"他们其实是要过继我那一间寒石山的破房子……他们父子的一生的事业是在逐出那一个借住着的老女工。"这句话,不仅饱含着对惨淡人生的愤慨,和对虚伪的家族关系的深沉剥露,而且也表露出了他对那女工命运的诚挚关怀。这事情在作品中虽然只不过有那么两笔,却是能够深刻体现魏连殳思想面貌的有力的两笔。

魏连殳对于孩子的态度,也是和他冷视世态的情绪截然相反的。房主人的几个孩子(大良、二良等),要什么他就给买什么,一见到他们就可以改变他平时那种冷冷的样子,而兴奋起来,把他们看得甚至"比自己性命还宝贵",对他们的诚挚关怀,有时竟如发了痴的一般,人家的孩子发了红斑痧,"竟急得他脸上的黑气愈见其黑"。他爱护他们,一方面是由于把真正人生的希望寄托在未来一代,同时,也由于和孩子们相处,是真挚而纯洁的,没有什么虚伪的人世关系。从这些方面,我们看得出魏连殳是相当纯真而正直的。

他同情和尊敬曾经抚育他长大的善良的继祖母,以及那位曾关照过他祖母后半生的女工,但对那些无人道的所谓亲戚本家却是深恶痛绝。

在为祖母送殓时,所有的参加了丧事的亲戚本家,都例行公事地哭了,唯独

死者的孙儿连殳却没哭,正当人们为连殳的不哭而感到不满的时候,魏连殳竟突然发出了一场历时半点钟的大哭:

> 但连殳却还坐在草荐上沉思。忽然,他流下泪来了,接着就失声,立刻变成长号,像一匹受伤的狼,当深夜在旷野中嗥叫,惨伤里夹杂着愤怒和悲哀……

在我们还不完全了解魏连殳的思想面貌,以及他的整个生活历程的时候,这奇异的哭声曾使我们感到困惑,我们分明感觉到了这哭声不完全是出自哀悼祖母的死亡,觉察得出那里面有着一些魏连殳对生活所发出的悲鸣。因此,我们就产生了迫切要求了解这哭声由来的心情。以后——当我们跟随着作者的笔,巡视了魏连殳的全部生活道路,了解了魏连殳的思想基础与封建家族关系有着不可调和的对立性矛盾以后,我们就懂得了这哭声里所包含的复杂内容了。魏连殳用他自己对人生的感受,回答了这个问题:

> 她(指祖母)的晚年,据我想,是总算不很辛苦的,享寿也不小了,正无须我来下泪。况且哭的人不是多着吗?连先前竭力欺凌她的人们也哭,至少是脸上很惨然。
>
> 哈哈!……可是我那时不知怎的,将她的一生缩在我的眼前了,亲手造成孤独,又放在嘴里去咀嚼的人的一生。而且觉得这样的人还很多哩。这些人们就要使我痛哭……

看来,魏连殳的情感是真挚不过的了。他的失声、长号是发自他的内心深处的悲鸣。而与此相对照的,则是另外一种虚假的人情世故的表现:他们可以为亡人的孙儿不哭感到气愤,但他们自己所流出的眼泪没有一滴不是假的,而且连先前欺凌死者的人也哭,至少是脸上很惨然。那么"哭""很惨然",不正是对用虚伪的黑纱所蒙罩着的封建道德的嘲弄?哭如此,劝慰又何尝不是如此?连殳大哭的时候,有不少人曾使劲劝告过他,但他记得:

> 我父亲死去之后,他们要夺我的屋子,要我在笔据上画押,我大哭着的时候,他们也这样热心围着使劲来劝我……

不管是"哭"也好,"劝"也好,人们所需要的绝不是真诚,而是旧习俗的一切表面形式,需要为"抢房"之类的欺凌行动蒙上一层"道德"黑纱。虽然那一切都是建筑在虚假和可厌的基础上,但它是那个社会意识的本质面貌。沉溺的人们都在牢固地遵行着。连殳对那些作为所发出的冷诮而辛酸的言辞,是生活给予他的,那词中充满了对丑恶、龌龊把戏的强烈憎恶。

这一切,魏连殳所憎恶和反对的一切,是那样深刻和顽强地袭击着他,折磨着他,怎能使一个善良而正直的有觉悟的知识分子不为此而激愤,而反抗呢?而他敌视这一切的行径,又怎能不为冷视他的人把他认作"异类"呢?孤独,并不是他的天性,而是惨淡的现实人生迫使他不能不走这条路啊!

他的确很孤独。但这孤独不仅表明一个知识分子在黑暗现实下找不到出路,并且没有否定现实能力的弱点,而更重要的是,他的孤独也正如他的"异类"一样,是他那样的知识分子的必然表现。像他这样的人,在那样腐朽的社会生活里,不能不用冷漠把自己包裹起来,孤独地生活着、挣扎着。

但生活并没有让魏连殳能保持一颗正直的良心,清白地哪怕是孤独地生存下去。社会现实制造了这样一个孤独者,反过来又吞噬了这个孤独者。由于他对世俗的抨击,由于他常常发表一些那个社会所不能见容的文章,他,始而被小报攻击,接着就失业,再后就是极其穷困,紧接着又落得连最起码的乞求式生存欲望也无法实现,最后,他竟背叛了自己的生活信念,改变了自己的生活道路,走上了他先前最憎恶的毁灭自己的生活道路。

他做了一位师长的幕僚,变成了魏大人。

这时,魏连殳的形象和性格发生了突变。这时的魏连殳和以前的魏连殳,虽然还是同一个躯体,但在精神状态上已好像是两个人了。

表面上看,魏连殳已不复是孤独的人了。旧时的冷清的客厅里,现今有新的宾客、新的馈赠、新的颂扬、新的钻营、新的磕头和打拱、新的打牌和猜拳,新的……当地的报纸(也许就是原来大肆攻击他的报纸),现在也把他当作中心人物来颂扬和议论了。他的生活仿佛是快活而满意,但他的心灵却增加了无数倍的空虚、痛苦、孤独。

他原来所具有的正直、善良、人道思想,现在竟以非人性(这是他先前最憎恶的)的行为代替了,对于房东太太他呼之为"老家伙",他自己不吃的东西就摔在院子里,叫"老家伙,你吃去吧"。他先前是那样纯真地喜爱孩子,甚至竟爱到可怕的程度,而今孩子再要求他买东西的时候,他要叫他们"学一声狗叫","磕一个响头"。无聊地打牌,放荡地说、唱、笑、闹,猜拳行令,饮酒赋诗他都做。他似乎是以笑谑的、玩世不恭的态度对待人生,不知是出于对现实生活给他的磨难的报复,还是出于心灵被损伤而发出的破坏性的抗击;他生存着,然而却是堕落地生存着。一直到他离开了这绞碎了他的心灵、扭曲了他的精神的现实世界为止。

这形象的突变给我们以极大的震动。但是,当我们经过反复的思索,分析了这一突变的种种合理因素,分析了这个前后截然矛盾的性格的某些连贯性因素,这时,我们不仅要信服这形象的真实性,而且由此也越发地体会到这作品的现实主义力量如何雄厚,和作者塑造典型形象的艺术技巧是如何高明了。

魏连殳形象的突变,并不曾离开生活逻辑的必然发展,而是依据社会的知识分子自身的种种合理因素,以及魏连殳性格中的两重性的激变而形成的。魏连殳的转向,并不能简单地视为纯是出于人物自身的软弱和妥协,相反,这个事实乃是黑暗现实吞噬了一代知识分子的罪恶写照。作品的立足点,显然是怒斥毁灭和绞杀人的社会现实。对于中国几千年来的剥削和压迫的历史,特别是对于对人的精神虐杀,鲁迅是把它当作"吃人"来看待的。就在写作《孤独者》的同一年代,作者在一篇有名的政论文字——《灯下漫笔》中,还曾表明过这种思想。

> 所谓中国的文明者,其实不过是安排给阔人享用的人肉筵宴。所谓中国者,其实不过是安排这人肉筵席的厨房。
> ……
> 于是大小无数的人肉筵席,即从有文明以来一直排到现在,人们就在这会场中吃人,被吃,以凶人的愚妄的欢呼,将悲惨的弱者的呼号遮掩。更不消说女人和小儿。
> 这人肉筵席现在还排着,有许多人还想一直排下去。扫荡这些食人者,掀掉这筵席,毁坏这厨房,则是现在的青年的使命。

如果说,当时的社会是安排这人肉筵席的厨房的话,那么,魏连殳也该算作被"厨师"所蒸杀了的一个被吃者了。虽然魏连殳是自己走进这厨房的,但他连被诱进来的都不是,而是被逼迫进来的,尽管他也知道走进这里的结果将会怎样。鲁迅对这"筵席"和"厨房"是仇恨和鞭挞的,他号召青年们起来,"掀掉这筵席,毁坏这厨房",但像魏连殳这样的人,还远不是足以胜任这一使命的革命者。相反,他们自己的弱点,还是促使他们走进悲剧命运深渊中去的一个重要原因。但即使如此,鲁迅的同情,还是在魏连殳的一边,并为他们的命运呼喊。

是的,魏连殳是叛变了他先前所崇仰和主张的一切了。从这个人物的终生道路来看,我们看得出,一个在旧世界里生活着的并且不满这旧世界的知识分子,如果不能和人民相结合,不去寻找真正能改变历史的道路,而仅凭他自己的良心或正义感来和现实搏斗,到头来,他的结局也只能是此种或彼种的悲剧。鲁迅的现实主义高度之所以有别于当时其他一些进步作家,也体现在同是描写小资产阶级知识分子的生活道路时,鲁迅是把探求知识分子问题和整个社会联系起来看,他并没有完全肯定知识分子的道路,而是把他们的进取性、革命性,连同他们的软弱性都做了真实而深刻的揭示。因此,假如我们忽略了作品的批判现实的主导倾向,单是强调作家是在沉重地鞭挞知识分子的动摇性,我以为,那不仅对魏连殳是不公的,对作者也未必公允。

魏连殳的向旧势力妥协,不仅不是出于自愿,而且在当了魏大人以后的一连串的堕落行为,也不是他自己看得起或者是安于那样做的。正如他致申飞(即作品中的人物"我")信中所表明的那样,他愿意像过去那样活下去,哪怕"为此求乞,为此冻馁,为此寂寞,为此辛苦"。但生活逼使他连这点最起码的生存权也无法实现,甚至连愿意他活几天的人也被敌人诱杀了。对生活绝望,无法为生的困苦,整个说来是残酷现实给予他的猛力打击,使得他在痛心中毁灭自己,扭曲自己,做他自己所厌恶的事情。对于失业者来说,他找到了一项能够被许多人羡慕的"好"差事,可以算作是"胜利",但他坦然承认自己的新道路是"失败了"。因此,他对自己的行为也是采取冷消和讥讽的态度,他甚至对申飞说:"你将以为我是什么东西呢,你自己定就是,我都可以的。"从这些方面来看,魏连殳虽然在行动上是向旧势力妥协了,但在精神领域内却仍然隐藏着痛苦和悲愤,所以,我们才不能把转折以后的魏连殳,简单地看成"坏蛋",我们才不能把愤怒的情感投向被毁灭了的魏连殳,而要投向那毁灭了魏连殳的残酷现实。

但是,他这种妥协行径难道和自己毫无关系吗?或者说这个人物形象的突变,和原来的性格毫无连贯因素吗?这个人物的两段完全不同的生活历程,是不是前后毫无一致性的方面呢?如果真的是这样,那我们就无法理解这人物的典型性了。幸而事实否定了我们的怀疑。魏连殳的错误道路,是和他即使是在正直情形下的性格的另一面有关系的。

作品一开头，即在他回家办理祖母丧事的时候，他对族人们所规定的整套封建礼习的无条件顺从，我们虽不能据此就简单断定是向封建势力投降，但他那反常行动，无论如何也显示着他的性格弱点的一面。此外，他把生活看得太坏，他的不与人交往的孤独，特别是他不满意现实又无能也不曾想去探寻改造现实道路的个人主义生活观，都是促使他在无可奈何情形下改变自己生活信念的某些契机。前面说过，鲁迅对于当代现实和处在那个现实中的知识分子，是有着清醒的认识的。鲁迅一方面曾把改造中国社会的希望寄托于当时的觉悟的知识分子，但现实也教育他认识了知识分子是远不能担负这种伟大使命的。鲁迅说过：

中国现在的人心中，不平和愤恨的分子太多了，不平还是改造的引线，但必须先改造了自己再改造社会，改造世界，万不可单是不平。至于愤恨，却几乎全无用处……（《热风》）

魏连殳面对社会现实的态度，几乎就是这种不平和愤恨的人的典型。这"不平"和"愤恨"，虽然也促使他向现实进行过零星的抗击，但他受过的那一点可怜的新思潮的启迪，还不足以使他认识"必须先改造了自己"，然后才能"再改造社会，改造世界"。因此，不管他的"愤恨"也好，反抗也好，始终不能免掉个人主义色彩和旧民主主义色彩，他的"不平""愤恨""反抗"，也就不能不带有较大的软弱性，他的最后的"翻跟斗"，我们有理由说是和他的整个生活观有密切联系的。这是魏连殳思想面貌前后有着连贯性的最基本方面。其次，从另外的角度来看，魏连殳转变后的表现，也并非和以前的——作为反抗现实的魏连殳性格——毫无相通之处。当了师长顾问，交了"红运"，可以被旧时代的许多庸俗知识分子看成是喜剧的结局，但魏连殳丝毫也不满意这个道路，他坦白地认定自己"失败了"。这种对生活的看法，难道不是和以前魏连殳对生活的观点，有着共同的基础吗？他那种玩世不恭地对待人生的许多行径，我们当然不赞同，但那些举动里，不是饱含着对绞碎了他的心的现实人生的一种报复性的抗击吗？虽然这是一种心灵被扭曲了的人物的并不正当的抗击，但即使在这时我们依然可以窥察出他原有的反抗性格的成分。从上述种种情形来看，我们就不难找出这个人物形象突变性发展的合理原因了。

魏连殳的终生命运就是这样:他愿意做的和能够做的,是社会所不容许的,而社会希望他做的,又是他自己不愿做的。个人和社会的矛盾,构成了这个悲剧命运的根本基础,而这个悲剧,又是通过一个复杂的在性格上交织着矛盾而又统一的典型形象体现出来的。

但是,这形象越复杂便越能真实地表现出这一类典型知识分子悲剧命运的社会性;便越能透过这个人物揭示旧制度的残酷,便越能更深刻地体现作品的现实主义力量的深度。

作为一个短篇小说,《孤独者》达到了相当精湛和完美的地步。作者善于通过一个人物的命运,透视出了那个时代生活的剪影,善于运用最平凡的生活事件来表现最深沉的思想。作品的取材和对题材的处理,都表明着作者对生活有着深刻的思索和理解,表明了作者真正是钻进了生活深处,发掘了生活的本质,把"伟大的生活之书"反映在一个窄小的画幅里,让丰富的生活内容在这里得到了真实而鲜明的再现。

整个作品的篇幅是很小的,总共也不过一万四千字,但它的容量却相当大。它概括了一个知识分子的一生命运,但在作品的具体描写中,作者所施用的笔墨却又相当吝啬,甚至到了写进作品中的每一句话都不可更动的地步。

魏连殳性格的发展和具象化,以及他的形象的突变,都不是在一个中心事件按层次发展的,也不是直接依据不同营垒的人物相互交锋来表现的,而是凭借最富有典型特征的情节来表现的。比如,作品写了魏连殳的一生,但作者未曾具体描写过他的全部经历中的各个方面,而只选择了他一生中两个最重要的阶段,前者是反抗现实的阶段,后者是当师长幕僚的阶段,在前一阶段中附带提及了主人公的童年境遇,后一阶段一直写到他死后送殓。这样,尽管作者并没有写主人公的其他生活面,但这两个阶段就足以表现这个人物形象的全貌了。又比如,对虚伪的家族关系的憎恶,虽然在魏连殳思想上占有相当重要的地位,但作者也不曾依据一个中心情节的发展直叙,而是运用几个小插曲就把这一深刻思想表现得充分无余了。而那极短的小插曲,有时只是人物的一句话:"连先前竭力欺凌她的人们也哭,至少是脸上很惨然……"却也是包藏了极丰富的生活内容。

关于魏连殳失业后的穷困遭遇,写得也十分巧妙。作者用作品中的"我"在旧书摊上,发现了连殳原来藏的最贵重的善本书——汲古阁的《史记索引》,就一下子显示了一个知识分子所处的贫困境遇了。知识分子原是爱书如命,而今,连自己最珍视的书都已出卖,纵然不再去描写如何穷困,不也就足以说明问题的严重性了吗?当"我"到连殳家里之后,作者又写道:

> 满眼是凄凉和空空洞洞,不但器具所余无几了,连书籍也只剩了在S城绝没有人会要的几本洋装书。……
> 不知怎的我此时看见空空的书架,也记起汲古阁初印的《史记索引》,忽而感到一种淡漠的孤寂和悲哀。

这里,作者也未曾直接描绘魏连殳的穷苦生活的具体状况,而是通过另一个人物的眼睛反映出来的,几次重复提到书,也是非常符合人物身份的典型细节。

这种运用外人的眼睛和感应来表现主人公,和"窥一斑略知全豹,以一目尽传精神"的表现手法,是作者在作品的一开头便采用了的。

翻看作品,映入我们视线的第一行是:

> 我和连殳相识一场,回想起来倒也别致,竟是以送殓始,送殓终。

正如作品中的"我"感到和连殳相识有些别致一样,我们也觉得这作品的开场,是相当别致的。在我们还没有和主人公见面之前,我们就从作者借助于外人的侧面叙述中,多多少少地知道了这个"异样"人的"异样"行动了:学的动物学却教历史,对人爱理不理却又喜欢管闲事,常说家庭应该破坏,而领薪之后却一日也不拖延地把钱寄给祖母……随后,我们又从他祖母的丧事事件上,在族人筹划对付这个"吃洋教"的"新党"一系列的措施中,通过族人的眼睛、嘴、耳、情绪、行动,反衬出这个人物的"异样"特征。族人们估计到了这个曾经是反抗旧秩序的人,不会按着封建常规来办理这件丧事,于是这些旧秩序的坚决维护者,便联合起来准备打击这个"异类",要他屈从于旧习俗的一切一切——穿白、跪拜、请和尚道士做法事。从那个准备好了的"一同聚在厅前,排成阵势,互相策应"的"并力作一回极严厉的谈判"场面上,以及村人们都"咽着唾沫,新奇地等候消息",并期待观看一场"意外奇观"的"争斗"的气氛上,我们不难清楚地看到了那些封建秩序维护者的可憎和可厌的嘴脸,这里也相当成功地反衬了魏连殳这个封建秩序叛徒的威力,以及他的性格的基本特征。尽管这时我们还没有听见魏连殳说过一句话,但我们已经从反面阵营的气氛中,感觉到了这个人物不是好惹的,对封建习俗、封建常规的抗击不仅曾经有过,而且也必然是很坚决的。这就是说,在主人公出场以前,而且也只是在总共还不到一千字的篇幅里,就已经把这个人物的基本轮廓勾绘出来了,紧接着,作者又把我们引到了一个出乎意料的"异样"境地:

> 传说连殳的到家是下午,一进门,向他祖母的灵前只是弯了一弯腰。族长们便立刻照预定计划进行,将他叫到大厅上,先说过一大篇冒头,然后引入本题,而且大家此唱彼和,七嘴八舌,使他得不到辩驳的机会。但终于话都说完了,沉默充满了全厅,人们全悚然地紧看着他的嘴。只见连殳神色也不动,简单地回答道——"都可以的"。

这个看来完全是反常的行动,不独出乎族人们的意料,又何尝不出乎我们读者的意料呢?如果说,他以前的"异样"是对于世俗和旧观念,而这个"异样"则是对于他自己的精神面貌了。这就难怪族人们一方面放下了重担,但又觉得似乎"反而加重"了。这种"异样"举动,使读者不能不要求进一步认识这个人物,要求了解他为什么如此"异样",他的精神面貌为什么在一开始就呈现了这样的矛盾状态,他的生活道路和命运将是怎样的,等等。这样,一开始,作者便把人物的复杂的精神面貌呈现在读者面前,并能用最简短的篇幅把这个具有独特性格的人物,和他周围的封建世俗人群之间的内在冲突艺术地表现出来。

从魏连殳当顾问一直到死,这中间经历了相当长的时间,并有着许多过程和事件,而且人物内心又有极其复杂的矛盾和痛苦,对于一个喜欢叙述事件过程的小说家来说,仅仅为这个过程和人物的这段经历,写上三两万字,也是完全可能并且也许是无可指责的。但鲁迅并没有正面铺叙这段过程,他依然用最精练的侧叙笔法,把人物在这时期的生活状态和精神面貌做了相当清晰甚至是细微的描画。作者只用了如下三个细节:魏连殳致申飞的信;申飞看到了连殳所在地的报纸关于连殳新行径的记载;连殳死后,申飞所见的丧事情景和他与大良祖母的谈话。每个细节都有不同的生活内容,把这三个细节连在一起,便构成了这时期魏连殳整个生活历程的鲜明的图画了。一封致申飞的信总共也不过千字,但它把魏连殳曾经怎样挣扎着求生,怎样和为什么绝望,怎样和为什么叛离了自己的生活信念,转变以后怎样和以什么态度生活着,自己的精神世界小又有着怎样的痛苦和悲哀,等等,都做了动人心弦的淋漓尽致的描绘。在我们读这封信的时候,就好像看见了魏连殳含着怒、笑、悲、泪的面孔,在诉说着自己的悲剧人生似的。

和大良祖母的对话,几乎就是一个独立的生活画幅。在这个画幅中,通过大良祖母对连殳生活状况的叙述,使我们具体地接触到了人物在这时的种种扭曲了的行径,以及他心灵中的隐痛。通过这个叙述,不仅生动地勾画出了魏连殳的面影,而且也活生生地画出了故事叙述者的性格特征。在大良祖母的眼睛看来,魏大人是交了好运,因此她对魏连殳对她所表现的非人性的态度,以及一连串的不正当行径,反而都认定是合乎常情的良好行为。她也同情魏连殳,但她并不是同情这个人物的毁灭,而是惋惜他没能在生时积上一笔钱,买上一位姨太太,以至死后连哭一声的亲人都没有。她是用她的生活观点来看魏连殳的,而这个小插曲就是通过这么一个不理解魏连殳的人的叙述,生动地描绘出了魏连殳的行为和思想。

每一个热爱鲁迅作品的人,都十分惊羡他那种高度凝练的艺术技巧,但我们则太缺少对这种技巧的钻研和分析,我们常赞叹先生的作品"短而深",却没有很好地思考"它们是怎么短的",从《孤独者》里,我们应该得到这样教益。

> 魏连殳在痛苦和悲哀中结束了他的孤独的一生。
> 他在不妥帖的衣冠中,安静地躺着,合了眼,闭着嘴,口角仿佛含着冰冷的微笑,冷笑着这可笑的死尸。

这个悲剧人物是在嘲弄自己的一生吗?但我们却在这个"冷笑"里,听出了作者冲破"凶人的愚妄的欢呼"的遮掩,将"悲惨的弱者的呼号"传之于世的声音,让人们认识了那个腐朽社会的可憎面目。

(1957年1月初稿,1957年7月重改)

论直面人生
——学习鲁迅的现实主义文学观

真的猛士,敢于直面惨淡的人生,敢于正视淋漓的鲜血。

——鲁迅 《记念刘和珍君》

一

为悼念一位年轻的女战士,为纪念在"三一八"惨案中英勇牺牲的"为了中国而死的中国青年",鲁迅先生怀着极大的悲愤和由衷的敬意,写下了前面引文中所说的那句名言。然而,当我们纵览了鲁迅的全部光辉著作后,不仅可以看到鲁迅本人毕生的战斗历程,就是一位最勇敢、最深沉、最坚韧的"真的猛士"的表率,而且还可以把这种"敢于直面惨淡的人生"的精神,理解为恰是鲁迅的现实主义文学观的体现。

鲁迅的战斗的一生,经历了从一个彻底的革命民主主义者转变为马克思主义思想家的过程。他的文艺思想,自然也经历着从民主主义思想,向马克思主义科学文艺观的演变。但是,无论何时,他始终坚持着清醒的、严格的、革命的现实主义文学观,一直把"大胆看待人生","敢于直面惨淡的人生",深刻地思考人生,"为人生,而且要改良这人生",作为他一切创作活动的指导思想。

早在1925年,鲁迅就在《论睁了眼看》一文里疾呼:

> 中国的文人,对于人生——至少是对于社会现象,向来就多没有正视的勇气。
>
> 中国人向来因为不敢正视人生,只好瞒和骗,由此也生出瞒和骗的文艺来,由这文艺,更令中国人更深地陷入瞒和骗的大泽中,甚而至于已经自

己不觉得。世界日日改变,我们的作家取下假面,真诚地,深入地,大胆地看待人生并且写出他的血和肉来的时候早到了,早就应该有一片崭新的文场,早就应该有几个凶猛的闯将!

鲁迅不但正是开拓中国"崭新的文场"的"凶猛的闯将",而且是领导着新文学运动以及后来的无产阶级革命文学运动的英勇旗手。他的作品,无论是小说、诗歌、杂文、散文,无不鲜明地体现了他的"敢于直面惨淡的人生","真诚地,深入地,大胆地看待人生"的革命现实主义精神。

作为这种现实主义精神的全面体现,鲁迅还在理论上,特别是在他的创作实践上,妥帖地解决了创作与生活、文艺与革命、真实性与倾向性、阶级性与人性以及世界观与创作等方面的关系。所谓"直面人生""看待人生"并写出他的血和肉来,实际上就是要求把真实性作为文学创作的首要的基本问题提了出来。他认为文学的生命在于真实。他曾说:"我们需要的,不是作品后面添上去的口号和矫作的尾巴,而是那全部作品中真实的生活,生龙活虎的战斗,跳动着的脉搏,思想和热情,等等。""讽刺的生命是真实","其实只要写出实情,即于中国有益"。鲁迅之所以提出要"敢于"或"大胆"直面人生,并且把这样的人称为"猛士"或"凶猛的闯将",那是因为在他生活的那个时代的文场,是充满了"瞒和骗"的,当时的反动统治阶级,又总是利用封建主义旧文化来欺骗人民,愚弄人民,"夸大、装腔、撒谎,层出不穷",因此,他认为:"说真实自然须有极大的勇气的,假如没有这勇气,而苟安于虚伪,那也便是不能开辟新的生活的人。"

然而鲁迅所要求的真实性,绝不是指对生活表面现象的肤浅的描摹,也不是作家个人小小悲欢的展示,甚至也不是如晚清谴责小说那种简单地暴露社会丑闻或黑暗现象。他是要求敢于撕破旧社会的吃人的假面,掀掉吃人的筵席;提出重大社会问题,揭出病苦,引起疗救者注意的有着人生的血和肉的那样的真实。而要做到这一点,只凭对社会生活的浮光掠影的了解,或者仅仅抱着对劳动人民一般同情的态度,是远远不够的。所以他主张作家必须"和实际的社会斗争接触","到大众中去学习","革命的文学家,至少是必须和革命共同着生命,或深切地感受着革命的脉搏的"(《上海文艺之一瞥》)。

与以前的民主主义者和旧现实主义作家不同,鲁迅不是孤立地把"直面人生""看待人生"提了出来,而是把它和"为人生""改良人生",即把文学的反映生活和改造生活,作为一个统一体提了出来。而要使文学起到改造生活的作用,那就要求作者要自觉树立先进的世界观,投入社会实际斗争的旋涡,先做"革命人","革命人做出东西来,才是革命文学"(《革命时代的文学》)。"现在的文艺,就在写我们自己的社会,连我们自己也写进去,在小说里可以发现社会,也可发现我们自己,以前的文艺,如隔岸观火,没有什么切身关系,现在的文艺,连自己也烧在这里面,自己一定深深感觉到;一到自己感觉到,一定要参加到社会去!"(《文艺与政治的歧途》)这样,鲁迅就以他的逐步完备的理论及其丰富的创作实践,把我国的现实主义文学发展道路推进到一个新的阶段——革命现实主义的阶段。

鲁迅文学观的形成,是以他对历史的深广研究和对现实的深入考察得来的事实为依据的,正如他自己说的,"启示我的是事实"。

鲁迅少年时代目睹了家庭从小康走入困顿,体察到了世态炎凉,目睹了父亲的病被庸医所误,痛感中国国民的愚弱,这使他萌发了改良人生的人生观,而到日本学医,便是受这种人生观的驱使。他满以为学了医,有了先进的科学技术知识,就可以改造社会、改良人生,只是由于后来电影中一个场面的刺激,才使他改变了看法,"凡是愚弱的国民,即使体格如何健全,如何强壮,也是只能做毫无意义的示众的材料和看客……所以我们的第一要著,是在改变他们的精神,而善于改变精神的是,我那时以为当然要推文艺,于是想提倡文艺运动了"。他的弃医从文,目的仍是为了改良人生。所以他的人生观和从事文艺的宗旨是一致的。

为人生,首先必须敢于直面人生,解剖社会,把病根揭示给人们看。

中国封建社会几千年,鲁迅把它的本质概括为两个字:吃人。这期间不断演着改朝换代的戏,但不管朝代怎样更替,"中国人向来就没有争到'人'的价格"。在这个吃人的社会里,当然封建统治阶级是奴隶主,是吃人者,农民和其他劳动人民是奴隶,是被吃者。尤其可悲的是,在封建宗法制度和封建礼教的长期统治和熏陶下,奴隶们一方面麻木地被吃,一方面也不自觉地吃更弱者。千千万万的不觉悟的封建性的小生产者,成了封建统治的支柱,使中国封建社会得以延续了几千年。

鲁迅对封建社会和封建礼教深恶痛绝。辛亥革命发生了,鲁迅是兴奋的,欢迎的。但不久,辛亥革命便失败了,笼罩着中国的依然是浓重的黑暗,人民群众也依然处在水深火热之中。辛亥革命为什么失败了?鲁迅在思考着,探求着,那答案便是:中国封建势力的根深蒂固,中国资产阶级的软弱妥协,群众特别是农民群众的不觉悟,而辛亥革命恰恰没有做唤起民众的工作。中国必须进行新的革命,用异常强大的力量才能把封建制度推翻。

鲁迅亲自参加并领导了五四新文化运动,他经历了战斗、冲刺与呐喊,他看到了战斗的胜利以及妥协和分化,他也曾经有过暂时的彷徨、忧愤和求索,但他终究是不断追求真理的勇士,终于在党的影响,特别是在实际斗争和学习马克思主义著作的启示下,使他从一个革命民主主义者走向马克思主义,变成了一个无产阶级的文学家、思想家和革命家。他的文艺思想,自然也在这种转变中发生了新的变化。

然而,鲁迅的小说创作,却多是完成于他成为一个马克思主义者以前。一般研究家向来认为,在写作《呐喊》和《彷徨》时期,鲁迅的思想是属于革命民主主义思想。而革命民主主义和现实主义伟大作家,"能够深刻地反映现实,特别善于反映农民的状况,农民的愿望和情绪",但是由于"他们的阶级基础是农民阶级,因而他们还不可能完全认识到消灭中世纪残余,消灭封建主义以致最后消灭人剥削人的制度的真正道路",并据此认定鲁迅"也和欧洲其他革命民主主义的作家一样,恰好反映了农民这个阶级的弱点"(陈涌《论鲁迅小说的现实主义》),指出鲁迅的前期思想与后期有质的不同,是完全正确的。

陈涌同志在鲁迅研究方面有极高的造诣和成就也是人所共知的。但如认为写作《呐喊》《彷徨》时期的鲁迅是"和欧洲其他革命民主主义的作家一样",仍是个旧现实主义作家,我们以为未必妥切。这是因为,第一,鲁迅与欧洲那些作家所处的时代条件不同。从五四运动的兴起,中国工人阶级已开始登上了政治舞台,马克思主义的科学宇宙观也开始在中国广为传播,与鲁迅共同参加并领导了五四运动的,就有信仰共产主义的知识分子,中国共产党成立后所提出的革命纲领和斗争实践,又把中国的旧民主主义革命转变为新民主主义革命,而这些都是欧洲其他一些革命民主主义作家所不曾具有的时代条件和客观环境。第二,鲁迅所具有的彻底反帝反封建精神,特别是要求从根本制度上推翻反动统治,打倒制造"吃人"筵席的厨房(即统治机器)那样强烈的、不妥协的、彻底的革命精神,也是欧洲其他革命民主主义作家所不曾达到的境界。因此,我们总是把果戈理、契诃夫、赫尔岑归到旧现实主义——我们通常所说的批判现实主义作家行列,对鲁迅,我们则有理由把他视为中国革命现实主义文学的开路人。也就是说,我们既要看到鲁迅与欧洲其他革命民主主义和现实主义作家相同的一面,又要看到他们不同的一面。

不错,鲁迅在写作《呐喊》《彷徨》时期,他的确还没有认识到"最后消灭人剥削人的制度的真正道路"。但在他的作品中,我们通过艺术形象所感受到的鲁迅对当时中国革命基本问题的清醒认识,以及他对社会根本制度的挑战,不能不使我们想到恩格斯《致敏·考茨基信》的名言。恩格斯说:"我认为作家不必要把他所描写的社会冲突的历史的未来的解决办法硬塞给读者","如果一部具有社会主义倾向的小说通过对现实关系的真实描写,来打破关于这些关系的传统幻想,动摇资产阶级世界的乐观主义,不可避免地引起对现存事物的永世长存的怀疑,那么,即使作者没有直接提出任何解决办法,甚至作者有时并没有明确地表明自己的立场,但我认为这部小说也完全完成了自己的使命"。无疑,鲁迅的小说,在动摇旧世界方面,在引起人们怀疑并否定旧制度、旧秩序方面,是有着强大的威力的。因此,我们有理由说,鲁迅超越了旧现实主义的范畴,走向了革命的现实主义。

二

鲁迅的小说创作的数量并不特别多,但他为世界文学画廊提供的典型形象却是极多的。我们虽不能说《呐喊》《彷徨》两个集子中的每一篇章都创造了不朽的典型,但我们却可以说,鲁迅笔下的每一个人物,都有显著的特色,都有各自独到的社会意义。其中,像阿Q、祥林嫂、孔乙己、狂人、华老栓、闰土、吕纬甫、子君、单四嫂子等,都是我国新文学宝库中的不朽的典型,并且早已为世界文坛所公认。尽管鲁迅终生没有去写篇幅浩瀚的画卷式的长篇著作,然而他的短篇艺术是无与伦比的,他在创造典型方面所做的贡献,那些典型形象所概括的历史内容和它的丰富的社会性,不但国内作家至今难以企及,也在同时代国际知名作家中罕见。

在《呐喊》和《彷徨》两集的小说中,鲁迅以较多的笔墨描写了农民和知识分子。这是很自然的。因为第一,这两方面是鲁迅最熟悉的生活领域,第二,农民问题是中国革命的基本问题,知识分子是一切社会变革最敏感的阶层,通过对这两种题材的深入开掘,就必然把握住中国社会问题的关键,反映出那个时代的某些本质方面,成为我们认识那个时代的镜子。

鲁迅的现实主义文学观的特征之一,是力主写作自己最熟悉的题材。他在《致李桦信》中曾说过:"现在许多人,以为应该表现国民的艰苦,国民的战斗,这自然并不错的,但如自己并不在这样旋涡中,实在无法表现,假使有意为之,那就决不能真切、深刻,也就不成为艺术。"又在《叶紫作〈丰收〉序》一文中提出:"作者写出创作来,对于其中的事情,虽然不必亲历过,最好是经历过。……我所谓经历,是所遇、所见、所闻,并不一定是所作,但所作自然也可以包括在里面。"他自己也曾很关切某些革命斗争题材,但终因不熟悉而未动笔,并且表示"因为我不在革命旋涡中心,而且久不能到各处去考察,所以我大约仍然只能暴露旧社会的坏处"(《答国际文学社问》)。对于农民和知识分子,鲁迅是极为熟悉的。他自己就是经过几次重大历史变迁和个人思想变迁的知识分子,知识界各类型人物的特征及其心理状态,鲁迅几乎都了如指掌,体察入微,写起来也得心应手,他善于从这些人物身上开掘出具有重大社会意义的主题,更善于从这些人物身上勾画出时代的面影。关于农民,鲁迅也是从个人经历和社会考察中得到了深刻的感受。他在《英译本〈短篇小说集〉自序》中曾说:"但我母亲的母家是农村,使我能够间或和许多农民相亲近,逐渐知道他们是毕生受着压迫,很多苦痛……"

在封建社会里,农民阶级作为和封建地主阶级两大对立阶级的一方,是被封建统治阶级的金字塔式的宝座压在最底层的,受到的剥削和压迫最惨重,不仅肉体被奴役,而且精神被揉搓、被愚弄。然而,他们中的绝大多数是社会物质文化的直接生产者和实际承担者,所以,农民问题是中国的基本问题,也是近代中国革命的基本问题。所谓反封建,没有农民的广泛发动、觉醒和参加,那是不可想象的,也是绝难收到实际效果的。鲁迅关于农民问题的作品,在他的小说里占着特别显著的地位,他是中国近代文学上第一个真正从最底层的农民群众的角度提出反封建主义的,这就使他站得比同时代的作家高得多。

鲁迅反映农民问题的小说,至少有三个方面的特点:一、最真实地,也即按照生活本来的面貌,不加任何粉饰地描写出典型环境中的农民的悲剧性的生活状况和精神面貌、心理状态,塑造出真实的农民形象;二、从逼真的情节和生活画面中自然而然地流露出辛亥革命失败的表现和原因;三、从对农民落后性的否定和对辛亥革命的批判中,探索新的革命道路。

在鲁迅笔下众多的农民形象中,《祝福》中的祥林嫂是一个极为成功的典型。祥林嫂是一个再普通不过、再平凡不过的农村妇女了,她的全部愿望和最高希冀,就其实质来说,也不过是要做一个供人驱使的奴隶,过上安稳的奴隶生活。但是,就连这个极其微末卑下的愿望她也难以实现和保持:一次次的生活打击和精神折磨,使她坠入越来越深沉、越凛冽的冰水之中,在恐惧和战栗中死去。

祥林嫂淳朴、善良、诚实、安分。她死了丈夫,被介绍到鲁四老爷家当佣工。一个人承担两个人甚至更多一些的劳动,吃的是残羹剩饭,但祥林嫂"很满足",不仅身上长了肉,而且精神也是愉快的,显然她感到日子是幸福的。当然,这是可悲的奴隶式的幸福。但生活的进程并没有让她这样"幸福"下去。不久,她被婆婆卖给了山里的贺老六。她又哭又闹,还一头撞到了拜堂的香案上,头上留下了被人看作耻辱的伤疤。但,贺老六老实,有力气,会做活,又有房子,日子还过得去,年底又添了孩子,她又算是"交了好运了"。但这"好运"也没有维持多久,男人得伤寒病死了,儿子被狼吃了,房子被大伯收去了,她又不得不来到老主人家里。但由于这一次的打击太沉重,她不仅脸色青黄,手脚不灵,而且神情麻木,记性很坏。她向别人诉说她的不幸,人们渐渐地当作了笑料,只报以讥讽和嘲弄。更可憎的是,鲁四老爷这个理学先生认为她"败坏风俗",不叫她忙她过去一向忙惯了的祭祀的饭菜和一切礼仪,只叫她在灶下烧火。柳妈又用迷信的话来吓她。她陷入恐怖,只好用一年的工钱到土地庙里捐了门槛,当自己的替身,让千人踏万人跨,赎自己的罪,以求到阴司不被两个男人争,不被阎王爷锯成两半。她也满以为捐了门槛,就可以忙祭礼了。但鲁四老爷仍然认为她是不干不净的人,祭祀的事仍然不让她沾手。这一次的打击,使她的精神已经无法支持她的肉体了,而鲁四老爷还把她无法支持的肉体赶出了门,风雪终于在祝福声中把她沦为乞丐的躯体掩埋了。

依附于封建政权的族权、夫权、神权和封建的伦理道德等,把勤劳的、善良的、安分守己的祥林嫂害死了,而害死的不光是肉体,更重要的是精神的、心灵的折磨、摧残和颠来倒去的种种苦刑。祥林嫂是带着恐怖的心情死去的,她的灵魂是不会安息的!这是多么令人悲哀和愤怒的事啊!鲁迅对劳动人民的热烈的爱和对封建社会的强烈的憎跃然纸上,如惊雷滚动,不能不强烈地震撼我们的心灵,激起我们喷出烧毁封建社会的怒火。

如此罪恶累累的封建社会再也不能原封不动地存在下去了,反帝反封建的辛亥革命也早在祥林嫂死之前发生了。然而,辛亥革命只是推翻了一个皇帝,或者说只是赶跑了一个皇帝,并没有触动封建社会的实体,革命的一切基本问题都没有解决,农民更没有得到什么实际的好处;软弱的资产阶级和顽固的封建势力达成妥协,地主阶级和资产阶级化了的地主阶级知识分子、封建的遗老遗少们大多投机革命,参与维新了,他们成了实际掌权者,辛亥革命失败了,只到每年双十节的时候,才出现这样的情景,"早晨,警察到门,吩咐道'挂旗!''是,挂旗!'各家大半懒洋洋地踱出一个国民来,撅起一块斑驳陆离的洋布。这样一直到夜——收了旗关门,几家偶然忘却的,便挂到第二天的上午。"人们忘却了革命,革命也把人们忘却了。鲁迅用他艺术的笔,从农村这个最底层透视,解剖了这场革命和革命以后的情势,使我们看到:

1. 封建势力仍然如浓厚的乌云和沉重的磐石压在农民头上。辛亥革命只革掉了七斤的一条辫子,还是被城里人越俎代庖的,并不是七斤自己自觉革掉的。但就连这一微小的不自觉的实绩,也被赵七爷看作大逆不道,张勋复辟的消息一到,他便声色俱厉地向七斤全家示威了,"长毛时候,留发不留头,留头不留发",弄得七斤和他的女人"仿佛受了死刑宣告似的,耳朵里嗡的一声,再也说不出一句话"。一场大难临头的风波搅乱了全家。还有《离婚》里的那位威严的七大人,一声"来……兮!",便有一个垂手挺腰木棍似的人立在面前,全客厅里便也立即鸦雀无声,然后七大人"嘴一动",尽管"谁也听不清说什么","木棍"却规规矩矩地去执行命令了。在这威压下面,本是"沿海三六十八村"的人物的庄木三顺从地按照七大人的吩咐办,连本来深受夫权、族权压迫,要拼个"家破人亡"的爱姑也后悔自己在七大人面前"太放肆"了。还有《长明灯》里的郭老娃、四爷、阔亭们,竟把一个要吹熄象征封建统治的长明灯的青年当成疯子,关了起来。所有这些,都发生在辛亥革命以后的农村里,这就艺术地说明:辛亥革命失败了!自然,这结论是事实的启示,是从小说的真实情节和场面中自然而然地流露出来的,并不是直白地说出来的,这就产生了一股令人信服、撼人心弦的力量。

2. 农村是一幅破败凋敝的景象,农民仍生活在饥寒困苦中。鲁迅是这样写他的故乡的:"时候既然是深冬,渐近故乡时,天气又阴晦了,冷风吹进船舱中,呜呜地响,从篷隙向外一望,苍黄的天底下,远近横着几个萧索的荒村,没有一些活气。我的心禁不住悲凉起来了。"这故乡甚至还不如二十年前的故乡。生活在这里的闰土,日子过得"非常难","先前的紫色的圆脸,已经变作灰黄"了;少年时代的天真烂漫、生气勃勃,也被石像和木偶人取代了,对少年时代哥弟相称的伙伴,也恭敬地改称"老爷"了,闰土从外貌到精神都改变得如此厉害,真正达到了令人凄凉、悲哀、痛苦的程度。这改变是怎么来的呢?是"苛税、兵、匪、官、绅"造成的,简言之,是封建剥削、压迫和封建世俗造成的。显然,辛亥革命不仅没有给农村带来活气,给农民带来实际利益,反而造成了"今不如昔"。这除了上述举到的事实之外,再看那水生,与二十年前的闰土相比,脸色也要"黄瘦些",颈子也"没有银圈"了,不也可以算作一个小小的佐证吗?!

3. 农民和其他劳动人民仍处在普遍的不觉悟的精神状态中,不仅受到封建势力的压迫和践踏,而且在自己同阶级的父老兄弟姐妹中也找不到同情,这就使他们的悲剧命运更悲、更冷了,不能不使人产生深广的忧愤。祥林嫂诉说她丧子的悲哀,希图引起别人的同情,以稀释自己的痛苦,但得到的却是冷冷的眼光、烦躁的情绪。后来人们更把她的痛苦变成咀嚼赏鉴的笑料,而和她处在同一生活地位的柳妈不仅不同情她的遭遇,还认为她再嫁是犯了罪,用迷信来吓她。单四嫂子生命的希望宝儿害了重病,何小仙的敷衍塞责不用说,二流子红鼻子老拱和蓝皮阿五还要在酒桌上拿她开心,阿五甚至在她抱着将死的宝儿时还去从她乳房上揩油水、寻刺激,而王九妈这位老人,在单四嫂子央她开开法眼时,却也只是"唔……""把头点了两点,摇了两摇",连一句负责的话、宽慰的话也不肯说。但当宝儿死后,王九妈一大堆人却来穷忙乎封建礼教的那一套了,然后是吃饭,走开,完事大吉,何尝对单四嫂子有一点真正的理解和同情!群众的普遍的不觉悟,就使少数觉悟分子陷入了孤立的境地。《长明灯》里的坚定反封建的青年不被周围的群众理解和同情,而《药》里的革命者夏瑜的鲜血,却被小商人华老栓蘸了馒头给儿子"治病"。本来应是资产阶级民主革命主力的农民群众和其他小资产阶级群众,还在不自觉地支持着封建势力及其上层建筑的统治,而领导革命的资产阶级却没有看清这个重大问题,更没有去发动、教育、提高他们,这便导致了辛亥革命悲剧性的结局,也充分显示了资产阶级已经丧失了领导革命的资格。

鲁迅在他的小说里也描写了农民对自己悲惨命运的反抗和搏斗。但那是一种什么样的反抗和搏斗呢?祥林嫂以头撞斋醮的香案,已经打上了封建礼教的印记,到土地庙里去捐门槛,更是去向造成她悲剧命运的封建政权、神权祈求保护了。爱姑算是泼辣勇敢者,反抗精神也不可谓不强,但她反抗的只是直接压迫她的老畜生(公公)和小畜生(丈夫),却不反抗这种压迫的代表——封建官府及其权势人物,而且还相信七大人会主持公道,为她解除痛苦。小生产者的地位,使她们眼光狭隘,明明是阎王爷索去了她们的"生命",却还要去向阎王爷"告状",这是一种多么软弱无力、没有任何实际意义的"反抗"和挣扎啊!这种"反抗",仍然是不觉悟的表现。

对于群众的不觉悟,鲁迅是怀着深沉的悲哀、痛苦的忧愤的。但他没有回避这些,掩盖这些,而是正视这些,真实地写出这些。这正是他"敢于直面惨淡的人生,敢于正视淋漓的鲜血"的体现。鲁迅这样写,是植根于他对农民的热烈的爱。正因爱得深,他才能那么冷静地、深入地解剖、批判这些不觉悟的国民的灵魂。在这里,鲁迅是用否定的方式,给农民指出肯定的出路的,也是以否定的方式,指出中国必须有另一种样式的革命的。

在深入开掘农民的悲剧命运的历史根源和思想根源时,鲁迅一方面把批判的锋芒,直指反动统治阶级以及延续了几千年的封建伦理道德,另一方面也沉痛地指出,受统治阶级思想影响而变得精神麻木的不觉悟状态,也是造成农民悲剧命运的原因之一,"至于百姓,却就默默地生长,萎黄,枯死了,像压在大石底下的草一样,已经有四千年"(《俄文译本〈阿Q正传〉序及著者自序传略》)!他要"画出这样沉默的国民的魂灵来",他要揭出这病苦,引起疗救的注意。于是,鲁迅在文学中提出了一个改造国民性的问题。他后来曾深有感慨地说:"人能组织,能反抗,能为奴,也能为主,不肯努力,固然可以永远沦为舆台,自由解放,便能够获得彼此的平等,那命运是并不一定终于送进厨房,做成大菜的。"(《倒提》)尽管鲁迅并不曾在《呐喊》《彷徨》的任何一篇小说中直白地表达过这种观点,但他是在艺术形象里,通过批判国民性中那种落后、麻木、消极的一面,呼唤着另一种灵魂的诞生。

如果说鲁迅在《祝福》《故乡》《风波》《明天》等篇章中,以极高的艺术成就创造了祥林嫂、闰土、杨二嫂、九斤老太、单四嫂子等一系列典型,充分揭示了他们的灵魂,并把作者对农民的爱之也深、痛之也切的感情,极为深刻地表达了出来,那么,在《阿Q正传》里,无论对辛亥革命的批判或对国民性弱点的批判,也不论对农民悲剧命运社会根源的开掘或对"病态社会"相的无情揭露,都达到了最深刻、最集中、最有力、最透彻的境界。鲁迅以冷峻而又火热、诙谐而又严酷、愤怒而又沉痛的笔,创造了阿Q这个光辉的典型。在这个人物身上,鲁迅把他多年积聚的对农民的"哀其不幸,怒其不争"的心情,把他主张"改造国民性"的强烈愿望,把他对辛亥革命失败的清醒认识,都做出了最深刻的表现。在这里,被压迫农民的悲剧和辛亥革命的悲剧有机地融合了,鲁迅对"改造国民性"和实现这种改造必须依赖于另一种革命的思考有机地融合了,不幸与不争也在阿Q性格上完全融合了。

阿Q没有姓氏,没有"行状",也没有自己的房子,是一个除了为别人"帮忙"、当笑料,就被人忘记的雇农。他虽则有着"真能做"的力气和优点,但不幸和失败却一个接一个地向他袭来,以至于在"恋爱悲剧"发生后,连生计都成了问题。在失败面前,通常是应该开出反省、上进的路的,但他没有,而是远离现实,用诸如"我们先前——比你阔得多啦!""我的儿子会阔得多啦!""你还不配——""我总算被儿子打了"一类欺骗自己的方法,也即所谓的精神胜利法,开出可耻的逃路来。他有时也痛苦于自己的失败,却不知道自己失败的真正原因,反而迁怒于和自己同命运的小D,认为是小D夺了他的雇主,终于演出了一个小时的"龙虎斗"。这些看似诙谐地写来,实际上浸染着鲁迅的极大痛苦,不能不令我们苦涩盈口,冷泪钻心,无论如何也笑不出来!阿Q的精神胜利法,包容和闪现的是麻痹,是奴性,是苟活,是自欺,是失败,是逃遁,是昏睡,还兼有几分卑劣和可恶。这精神是不觉悟的阿Q的,因而使阿Q具有了鲜明的个性,成为一个独特的典型,但看看中国的历史和当时的现实,精神胜利法也是不同程度地存在于一般国民的灵魂中的,所以阿Q又是一个有着广泛共性的典型。这是鲁迅的现实主义的深邃洞察力和高度概括力凝聚成的艺术硕果;形成阿Q精神胜利法的原因,主要是长期的封建压迫,同时也有着小生产者中的落后农民本身固有的一些缺点,阿Q被杀头虽然已经半个多世纪了,社会也发生了翻天覆地的变化,但今天我们还不能绝对地说,我们的某些人就没有一点阿Q相或阿Q性了,也许在我们的实际生活中还可以找到和阿Q共名的人。

鲁迅批判农民的弱点,却没有对农民的革命性失去信心,或者更确切点说,他深信革命的伟力是蕴藏在农民之中的。鲁迅依照客观生活的实际进程和阿Q性格的内在逻辑,艺术地描写了阿Q的革命性。虽则阿Q受了封建主义的长期熏染,曾对革命党的造反"深恶而痛绝之",但由于自己的实际生活地位,也由于革命在一向压迫他的封建地主和封建官僚中引起了极大的恐慌,他便很快地对革命有些"神往"了。虽则阿Q还不知道革命的具体方法和途径,所谓的革命也只是某种声明,并没有参加到实际的革命运动中去;但他毕竟一边得意地走着,一边大声地嚷道"造反了!造反了!",显出了强烈的、不可遏止的革命自发性,并且体会了革命是于自己有益的、扬眉吐气的事,因而焕发出了他的革命热情。虽则阿Q对革命的认识还停留在他个人特有的那种似懂非懂、朦胧而又向往的状态,其理想也带有农民革命的局限和弱点,甚至要奴役和自己处在同一阶级的小D和王胡,但他毕竟已经直觉地意识到,革命是"拿着板刀、钢鞭、炸弹、洋炮……"的暴力,是要杀赵太爷、秀才、假洋鬼子的头,并没收其财产的。

如果辛亥革命的领导者看到了，理解了这一点，及时地去组织并教育，提高广大农民，那是足以形成强大的革命力量，把封建主义的旧世界打得落花流水的。但辛亥革命不但没有去找他们，反而让城里的知县大老爷、举人老爷、带兵的把总们在做一个改换名称的小小游戏之后，原封不动地统治人民，反而让乡村的封建势力如赵秀才、假洋鬼子之流投机革命，成了"柿油党"，堂而皇之地把银桃子挂在大襟上，凶神恶煞般地对阿Q举起了"不准革命"的哭丧棍；后来又和城里的换上革命招牌的封建势力勾结，以示众、杀头的手段专了阿Q的政。虽然糊里糊涂，但热烈倾向革命的雇农阿Q死了！实质上是农民革命，却没有发动农民的辛亥革命，也就必然地、真正地"死"去了。六年后，毛泽东同志在《湖南农民运动考察报告》中对辛亥革命做了科学的理论的总结："国民革命需要一个大的农村变动。辛亥革命没有这个变动，所以失败了。"鲁迅从他的伟大的现实主义艺术实践中流露出来的结论，和毛泽东同志的科学总结有着惊人的一致，这足以显示出鲁迅的清醒的、深刻的、彻底的现实主义的辉煌灿烂的成就。阿Q是性格悲剧、历史悲剧、社会悲剧的典型。阿Q的性格特征是历史的产物，也是当时中国社会的产物。阿Q的一生，是被侮辱与被损害的，他软弱得可怜，愚盲得可笑，麻木得可悲，他被欺压、被剥削、被凌辱了一生，却又总是在精神胜利的自我麻醉中度过。他向往革命，却成了玩弄革命那帮人物的牺牲品，糊里糊涂被送上了断头台。直到临死，使尽平生力气连个圈也画不圆，这是何等可悲而又可怜的不幸角色啊！历史和社会孕育并创造了阿Q，但社会不能见容阿Q，不允许他像常人一样生活，不允许他革命，最后更不允许他生存于世上，这就是阿Q的悲剧所在。鲁迅正是通过对阿Q精神的否定，发出改造国民性的强烈呼声。

三

在写作《彷徨》的1924—1925年，鲁迅把较多注意力转向了知识分子。这一时期，正如后来他自己总结的"见过辛亥革命，见过二次革命。见过袁世凯称帝，张勋复辟，看来看去，就看得怀疑起来，于是失望、颓唐得多了"。因而他的《彷徨》也就不能不笼罩着孤寂、苦闷的沉重空气。但鲁迅毕竟是一个炽烈地爱着他的祖国和人民的战士，所以他并没有在苦闷中消极沉沦，而是在社会现实中苦苦地思索，积极探求。他在思索和探求着改变当时中国黑暗现实的力量和出路,也即把知识分子的问题和中国革命的问题紧密结合在一起来观察、来研究、来表现,这就使他的这类作品和描写农民的作品具有同样强烈的时代感和巨大的思想深度,而在塑造栩栩如生的、个性化的知识分子典型上,也取得了令人叹服的艺术成就。

鲁迅笔下的知识分子是各种类型的。他对他们的态度,也严格遵循着"直面人生"的现实主义原则,因人而异,这里有作为旧制度、旧秩序的代表或维护者的反面形象,如《孔乙己》中的丁举人,《阿Q正传》中的白举人、赵太爷、假洋鬼子,《祝福》中的鲁四老爷,《肥皂》中的四铭、何道统,《高老夫子》中的高尔础等;有受封建科举制度毒害和虐杀的知识分子,如《孔乙己》中的孔乙己,《白光》中的陈士诚;有受过辛亥革命新思潮的洗礼,随辛亥革命的高潮而奋起,又随辛亥革命的失败而失望、彷徨以至消沉、颓唐变态的知识分子,如《在酒楼上》里的吕纬甫,《孤独者》中的魏连殳,以及《故乡》《头发的故事》里的"我";有在五四运动新思潮影响下成长起来的新一代知识分子,如涓生与子君;有作为反封建的斗士和民主革命英雄而出现的人物,如《狂人日记》中的狂人和《药》中的夏瑜。

鲁迅生活在社会大变动的时代,那些变动都必然十分敏感地反映在各类型知识分子身上。鲁迅关于知识分子形象的描写,是他思考和解剖整个中国社会的一个组成部分,他把知识分子命运与时代变迁紧密联结在一起,写出了时代中的人和人所处的时代。

鲁迅向来十分重视对题材社会意义的开掘,一方面他主张:什么题材都可以写。但同时又明确指示:"选材要严,开掘要深。"文学创作绝不能满足于描绘一般的生活现象,而应当从作家所熟悉的生活领域中,深入地开掘它的社会意义,这也是鲁迅的现实主义文学观的又一显著特色。尽管鲁迅对各种知识分子都十分熟悉,但鲁迅决非一般地勾勒几个他所熟悉的人物面影,更不是像同时代有些作家那样沉湎于知识分子的自我表现。他的小说,像解剖刀一样,解剖着社会,解剖着人的灵魂,解剖着知识分子的历史命运。狂人、孔乙己、吕纬甫、魏连殳、子君和涓生以及四铭、高老夫子等一系列典型,构成了那个时代的儒林画卷,他们的奋斗、追求、抗争、动摇、消沉以至颓唐,显示了知识分子个人命运不能在自我追求或自我奋斗中解决,他们受着时代的制约,受着一定历史时期的政治和经济的制约。鲁迅运用艺术形象告诉人们:中国社会倘无根本性的变革,知识分子是没有出路的。《孔乙己》是人们熟知的名篇。就它内容之凝练,思想之深厚、个性之鲜明、描写之简洁等方面来说，堪与世界任何短篇大师的精品媲美。鲁迅以同情和哀怜的笔，描写了无能、无用但又无辜的孔乙己的不幸的一生。对于这个过了时的知识分子的守旧和盲目自负，对于他既不敢正视现实又不敢正视自己甚至不会营生，作家当然是持以批判态度的，但孔乙己的穷困潦倒，是社会造成的，是腐败的科举制度和腐朽的封建观念虐杀了这个小人物。他——孔乙己——终究也是病态社会里的不幸人们中的一个。所以，鲁迅把批判的主要锋芒还是指向了那个可诅咒的社会。

吕纬甫、魏连殳大约是鲁迅最熟悉的一类知识分子。他们似乎就是鲁迅同时代人，又似乎就是生活在鲁迅的身边，在同一营垒中生活过、斗争过，曾有过大致相同的希望和失望，然而终于又在探索人生的路上分手。鲁迅对这类人物的描写，来得特别深切和真切，同情与惋惜、痛楚与愤懑之情，力透纸背。

吕纬甫、魏连殳都是当时的新型知识分子。他们能首先敏锐地感到时代的病痛，也能首先觉悟到消除这病痛的必要。当辛亥革命高潮到来时，他们便跃身投到革命的洪流中，生气勃勃地战斗着，希望着；但由于时代和阶级的局限，他们当时还不大可能和群众打成一片，或者说，他们一般是脱离群众的，所以一旦革命走向低潮，他们便迷惘、动摇、颓唐起来了。鲁迅对吕纬甫当年的革命积极性虽然着墨不多，但那"同到城隍庙里去拔掉神像的胡子"，"连日议论些改革中国的方法以至于打起来"的行动，也是可以分明见出他的激烈亢奋的。到了1924年"我"再见到他的时候，情形已经大不相同了。他身体衰瘦，眼睛"失去了神采"，行动也变得"格外迂缓，很不像当年敏捷精悍的吕纬甫了"。他教小学生的是"子曰诗云"之类，而不是新鲜的"算学"和"A、B、C、D"；他小兄弟的骨骼、头发都烂完了，他还要去迁葬，这做的完全是无聊的事，他已经在"敷敷衍衍，模模糊糊""随随便便"地混日子了！他是这样总结他的生活道路的："无非做了些无聊的事情，等于什么也没有做。"不过是"飞了一个小圈子，便又回来停在原地点"了。以后呢？他是什么也不知道，连明天怎样也不知道，连后一分钟怎样也不知道。他的精神瓦解了，成了一叶任生活风浪晃荡的小舟，或者说成了一堆熄灭了精神火焰的死灰，只是偶尔还闪出一点转瞬即逝的火星——那是在回忆"当年"的时候。

虽然和吕纬甫有着类似的经历，但魏连殳的变化，却显示了另一种生活道路并由此产生了另一种精神状态。魏连殳出外游学，后来在S城中学堂教历史，"常爱管别人的闲事"，"常说家庭应该破坏"，成了人们眼中的异类，被称作吃洋教的新党。人们对他的侧目而视,并没有阻止住他对生活的热爱,他热情地接待"不幸的青年"或者是"零余者"的来访,他尊敬作为房主人的老太太,爱怜地热心地照顾着房主人的一堆小孙子,也喜欢对社会和政治发一些奇警的议论。但他的反封建主义的行为和发表文章针砭社会时弊,已经不见容于族长和本家,更不见容于社会,终至丢了职业,但他还想挣扎,先是在祖母死时,忽然由失声变成长号,"像一匹受伤的狼,当深夜在旷野中嗥叫,惨伤里夹杂着愤怒和悲哀",后是到处找工作,卖书,卖东西。但不独工作没有找到,"连买邮票的钱也没有","几乎求乞了",而且更可悲的是,客人也不来了,连他一向关心爱护的大良、二良们,也见了他就走,连他的东西"也不要吃了"。他深深地感到了人世的冷酷寂寞、卑鄙龌龊,已经没有人愿意他活下去了。然而,他"偏要为不愿我活下去的人们而活下去",于是,他采取玩世的态度,"躬行我先前所憎恶,所反对的一切,拒斥我先前所崇仰,所主张的一切"。他给杜师长做了顾问。于是宾客盈门,"新的馈赠,新的颂扬,新的钻营,新的磕头和打拱……"接连不断,络绎不绝,报上还出现了关于他的诗文,连先前他的被传为笑柄的事也被称颂为"逸闻"。他把贵重的仙居术一类东西像丢一根骨头一样地摔给他的老房东,叫道:"严老家伙,你吃去吧。"他叫大良、二良们学狗叫之后,把衣服鞋子赏给他们。他用报复的、嘲弄的眼光欣赏着一切,感到"快活极了,舒服极了"。然而这快活和舒服是虚假的,只不过是一种已经咀嚼过的失败、悲哀、痛苦、孤独的变态反应罢了!他用游戏人生和糟蹋、戕害自己生命向社会做最后的抗争。但这抗争太无力了,连旧社会的一根毫毛也不能损伤,只能是一个孤独者的徒然的悲鸣。

  吕纬甫、魏连殳是废除科举制度后,改上新学堂或出过洋的知识分子,他们的激烈和颓唐,鲁迅是深为了解的。鲁迅解剖了吕纬甫、魏连殳的灵魂,对于他们的命运给予了深切的同情,但对于他们的失望、孤独、颓唐却予以坚决的否定,这当然也可以看作鲁迅对自己的解剖和对自己的彷徨的否定。所不同的是,吕纬甫、魏连殳并没有在失望或失败中振作起来,而是倒下去了,但鲁迅,却在否定中"挣扎出来了"。"我的心底就轻松起来,坦然地在潮湿的石路上走。"所以读鲁迅的这类作品,又使人于沉重中萌生了一种奔赴艰难前程的勇气和韧性。时代的灾难和苦痛,会使人窒息,但作为一个对时代有责任感的人,则不应该在这种窒息中绝望,等死,而应该摸索着冲出去的路,去争取新鲜的空气。在《在酒楼上》和《孤独者》中,我们再一次看到了鲁迅的严格的现实主义的真实和浓烈的革命倾向性的有机结合。

比起吕、魏型的人物，子君和涓生则属于当时社会最新一代的新型知识分子。他们是在五四运动以后成长起来的新人，受过新式教育，接受了新思潮的影响，他们已不只是在言论上，而且敢于在行动上向封建压迫和封建礼教进行反抗和斗争，自然，像当时的大多数青年知识分子一样，他们的反抗和斗争，还不是指反抗社会的政治经济制度，而是为争得个人的爱情自由、婚姻自主、个性解放而斗争；然而这一行为本身，在当时是有着重大社会意义的事件。所以，当他们不顾家庭的阻挠，环境和舆论的压迫，邻友的睥睨歧视，终于实行自由恋爱并自主成婚以后，很快就遭到来自整个社会的非难和压迫；其中最要紧的是，涓生的职业被解除了，使他们失去了独立生活的唯一经济来源。他们的反抗终于失败了。涓生又回到原来的会馆里，子君又回到了封建家庭里，死了。从这个意义上说，涓生、子君和吕纬甫、魏连殳的命运是相同的，只不过像蝇子的故事所显示的那样：飞了一个小圈子，又回到原来的地方。他们都曾经勇敢地斗争过，但正如毛泽东同志在《中国革命和中国共产党》中所指出的那样："知识分子在其未和民众的革命斗争打成一片，在其未下决心为民众利益服务并与群众相结合的时候，往往带有主观主义和个人主义的倾向，他们的思想往往是空虚的，他们的行动往往是动摇的"，所以他们都失败了；鲁迅从对他们所走道路的否定中，已经用他的深刻的、伟大的现实主义艺术实践得出了和毛泽东同志相似的结论。鲁迅在对他们的弱点的否定中，探寻着中国知识分子的出路。《伤逝》已颇为明确地显示了如下两点：1. 知识分子的解放离不开社会的解放，知识分子首先要有为社会解放而奋斗的明确的目标和理想；2. 精神的解放离不开物质条件，因为，"第一，便是生活"，所以知识分子必须首先为社会的经济解放而奋斗，而经济的解放又是以政治的解放为前提的，否则，官僚衙门又要来解除你的职业了。正因为鲁迅从生活的逻辑中得出了这样清醒的、深刻的结论，所以他才没让涓生在失败中沉沦，而是赋予这个在极度悔恨悲哀中的形象以新的亮色，让他"向着新的生路跨进第一步去"。

我们没有能力全面阐述鲁迅小说各方面的伟大成就，仅从前面所提及的几个角度，便能使我们清楚地看到，鲁迅的小说创作，正是他力主直面人生和"真诚地，深入地，大胆地看待人生并且写出他的血和肉来"的最充分的体现。他面容冷峻而内心里藏着火，他怀着深情和痛楚，把人民的不幸、人民的痛苦、人民的希望，真诚而深入地写了出来。他就是一位"真的猛士"和"凶猛的闯将"，他用自己的毕生战斗,为我们开拓了一片"崭新的文场",用自己的丰硕的创作实践,为我们开拓了革命现实主义的光辉大道。

四

鲁迅的现实主义道路,被我们一代又一代作家继承着,发展着。

早在20世纪20年代,与鲁迅同时代的一批战友就积极协同鲁迅,为开展中国的新文学运动,特别是为提倡和发展"为人生"的现实主义文学,做出了积极的贡献。茅盾、叶圣陶、郁达夫、巴金等许多杰出的作家,都用自己的优秀创作显示了新文学的强大威力,组成了浩荡的新文学大军,使封建的、反动的、没落的旧文学望风披靡。之后,随着无产阶级革命文学的兴起,又有一大批年轻的左翼作家会同坚持进步、坚持爱国主义的作家,在鲁迅的领导或者在他的思想影响下,粉碎了国民党反动派的文化"围剿",革命现实主义及其他进步流派的文学在斗争中日益壮大,积极地影响并推动着人们为改变自己的命运而斗争。鲁迅这时已掌握了马克思主义这个强大的思想武器,在这次反"围剿"中,冲锋陷阵,所向无敌,表现了最坚强、最勇敢的大无畏精神,成了中国文化的伟人。

1942年,毛泽东同志总结了五四以来的以鲁迅为代表的中国革命文艺运动历史经验,结合当时文艺工作面临的新情况、新问题,发表了他的著名的《在延安文艺座谈会上的讲话》。这个讲话,正确地回答和解决了文艺与人民、文艺与生活、文艺与革命、世界观与创作方法、继承与革新等一系列根本问题,成了在新的历史时期指导中国革命文艺运动的基本纲领。《讲话》闪耀着毛泽东思想的光辉才智,其中也包含对鲁迅文艺思想的继承和发展。毛泽东同志对鲁迅先生的至高无上的评价,也说明他是把鲁迅当作中国思想界的导师来看待的。一代又一代的有成就的中国作家,从鲁迅生前的战友到今天的年轻一代,几乎没有什么人不曾受到鲁迅精神、鲁迅思想的影响和启发,他们的创作,无论他是属于哪种风格流派的,几乎也都要从鲁迅的文艺思想和他的创作宝库中吸取营养。鲁迅为我们开创了新文学,又为这新文学的延续、发展、壮大和提高哺育了一代又一代的继承人。尽管我们的社会主义文学艺术,承认多种风格流派的作用和价值,甚至鼓励各种风格流派的自由竞赛,但革命现实主义文学,迄今仍是我国文学创作中发展的主流,并且正在越来越受到人民群众的欢迎与重视。很显然，这正是我们坚持和发展了鲁迅的现实主义道路的结果。新中国成立以后，我们的文学事业，是在全新的社会和全新的条件下来进行的。在社会主义社会里，革命现实主义文学艺术的内容、任务及其倾向，当然应当随着时代的变化而有所变化。同样地，对鲁迅的直面人生的现实主义文学观，我们也应当有新的理解和认识。

鲁迅当时提出的那些主张，是要揭露旧社会及反动统治阶级的"吃人"本质，他要求作家要敢于正视现实，要敢于把那蒙在肮脏腐臭的社会尸体外面的漂亮外衣和面纱扯碎撕烂，其重点自然是"暴露旧社会的坏处"，让人们痛恨那样的社会，以动摇它的统治。又由于那时的人民还没有真正觉醒起来，作家（包括鲁迅）也还没有实现和人民的结合，因此，描写"病态社会的不幸的人们"，"揭出病苦，引起疗救的注意"，便是当时的重要任务。但到了1942年以后，由于文艺事业已开始走上和群众相结合的新时代，更由于人民群众已在共产党的领导下组织起来，为解放自己而投入斗争，因而描写人民群众的新的精神面貌，反映人民群众争取自由解放的斗争，便成为新的课题了。毛泽东同志在《讲话》中提出："例如一方面是人们受饿、受冻、受压迫，一方面是人剥削人，人压迫人，这个事实到处存在着，人们也看得很平淡，文艺就把这种日常的现象集中起来，把其中的矛盾和斗争典型化，造成文学作品或艺术作品，就能使人民群众惊醒起来，感奋起来，推动人民群众走向团结和斗争，实行改造自己的环境。"这段话，和鲁迅所主张的正视人生、为人生、改造人生的精神是基本一致的，我们也可以把它理解为是鲁迅的现实主义文学观及其在创作中充分体现了的现实主义精神的发展。

如果说在抗日和解放战争期间，还只是身在解放区的那部分作家，能够实现和新时代的群众相结合，能够直接投入实际斗争的旋涡，能够得以表现新世界里的新人物的话，那么在新中国成立以后，则所有作家都有了这样的条件和义务。在实现了人民民主专政的社会主义国家里，在几亿人民感奋起来，从事着改造自己环境的轰轰烈烈事业的时候，革命现实主义的文学艺术，理所当然地应当把表现新的社会、新的人物的精神面貌作为重点。在当前，就是要热诚地表现人民群众在四化建设中的英勇斗争。不承认由时代的变化而带来的文学任务的变化，死板地照搬鲁迅当年的一些主张和观点，当然不能认为是对鲁迅思想的正确理解。但是，作为革命现实主义文学的基本精神，鲁迅所提出的必须"正视生活"，"直面人生"，敢于"真诚地，深入地，大胆地看待人生并写出他的血和肉来"的主张,并未失掉它的意义。一个现实主义作家,对待生活必须有深入体察、敢于正视的态度,有自己的清醒的认识,才有可能写出他的血和肉来。倘对生活没有一个严肃态度,既无体察,又不正视,浮光掠影,追风赶浪,不辨真伪,不明曲直,或用观念将生活模式化,认为一切尽善尽美,或鼠目寸光、一叶障目,硬说到处黑暗一团,那是写不出任何站得住脚的作品的。因为现实主义文学的基础是真实,没有真实性是不可能有生命的。

我们曾有过这样的教训:当我们不加分析地把"写真实"作为错误口号而加以批判之后,当我们把现实主义的真实性原则和关于它的"广阔"性及"深化"要求,统统作为错误理论而加以批判之后,特别是当我们一度迷恋于虚假的浪漫主义(不是正确意义上的浪漫主义)所制造的浮夸文学以后,我们曾间或不自觉地离开了现实主义道路,我们的事业也因之而蒙受一定损失。革命文学,如果它丢弃了真实性的原则,不管你愿意不愿意,概念化的、无冲突论的、粉饰性的以及说假话、说大话的东西,则必然会乘虚而入,应运而生。"四人帮"一伙专搞"瞒和骗"的阴谋文学,是由其反动政治目的决定的,但我们也不能否认,他们在这方面也确曾利用了我们的某些失误。

粉碎"四人帮"以后,特别是党的十一届三中全会以来,革命现实主义传统得到了很好的恢复并有了较大的发展,老中青几代作家,都在经历过一场大动乱后,变得更勇于直面人生和更善于思考生活的真蕴了。在短短几年的时间里,文艺界出现了空前的活跃和繁荣景象,文学创作出现了一大批确属"真诚地,深入地,大胆地看待人生并写出他的血和肉来"的优秀作品,在小说、诗歌、散文、报告文学、电影、戏剧、曲艺等各个领域,都不乏鲁迅所期望的有着"真实的生活,生龙活虎的战斗,跳动着的脉搏,思想和热情"那样的作品。然而其间,我们还不时听到某些对现实主义的责难声,或骂"缺德",或斥"混乱",或力主真实性必须服从倾向性,或鼓吹以本质取代一切。还有的认为文艺的基本品质是"美",真实与否无所谓,故根本就不该向文艺提出真实性的要求,也有的认为真实性没有固定的客观标准。公说公有理,婆说婆有理,因此不能把它作为衡量文艺创作的一个标准。还有的把"写真实"的提法曲解为"暴露黑暗",连把批判"四人帮"罪恶的作品也统统名之为"暴露文学"。

这里,我们不准备就其中的任何一个问题进行讨论,而只想指出,根据我们曾有过的经验教训,我们不能丢弃现实主义原则,不能使社会主义文学失掉真实性这个生命,不能把刚刚恢复并日益兴旺起来的革命现实主义浪潮打下去,不能走概念化的道路。我们应当以鲁迅为榜样,脚踏实地,直面人生,积极投入社会主义现代化建设的洪流,用我们的笔,热诚地、真实地、大胆地、深入地写出我们今天新时代新生活的血和肉来。

(本文与梁长森同志合作,原载《安徽文学》1981年9月号)

陈登科的小说世界

1950年10月11日的两期《说说唱唱》杂志上，连载了一部中篇小说，书名《活人塘》，作者是陈登科。这是一个当时在文坛上鲜为人知的名字，但这家杂志的主编却是大名鼎鼎的赵树理，而这位著名作家不但选中这位新人的新作予以发表，而且还为书中四个主要人物题写了四首热情洋溢的赞美诗，发表在同一刊物上。与此同时，他还写信给这家刊物的编委田间、康濯等人，力荐这部作品，并要求他们撰写评论文章向公众介绍这位新起的工农作家。康濯在1951年4月22日的《人民日报》上发表了题为《陈登科和他的小说》的评论文章，指出《活人塘》"朴实、自然地描写了解放战争初期的情况"，"一切惨烈无比的甚至很难用文字表现的场面，作者都大胆地展示开来，色彩浓、气势大，使我们完全感到当时中国人民严重的情况和斗争情景"，"小说是那个时代的真实记录"。此后不久，在6月25日出版的《文艺报》上，周扬又以十分热情的语句，称赞陈登科"写出了劳动人民的强烈的真实情感和力量。在他的作品中，简直不是作者在描写，而是生活本身在说话。生活本身就是那样一场惊心动魄、天旋地转的斗争风景"。我们知道，周扬的文艺批评往往是从政治角度探视多于学术探究，但他这句"生活本身在说话"却十分简洁又十分确切地概括了陈登科的文学特色。我们甚至可以说，它不仅道出了《杜大嫂》《活人塘》的基本特色，它还概括了陈登科毕生文学生涯的最显著、最个体化的特征。无论是成名作《活人塘》，还是扛鼎作《风雷》，抑或是晚年力作《三舍本传》，他几乎都是"以生活本身在说话"这样的叙述方式，展现着生活真实和人物性格的复杂性和多样性，他的小说世界和生活本原世界浑然一体，时代影像、地域风情、人物话语等，都是以逼真而又传神的形态出现在读者面前，所以他的小说艺术魅力，主要不是靠情节设计的诡谲多变或故事的波澜起伏来吸引读者，而是靠真实的生活情境、真实的人物形象、真实的感情表达、真实的地域风情、真实的性格化语言等特色,构筑起陈登科小说世界独特的艺术个性。当然,我们这样说,不是意味着陈登科不善于应用情节和故事。不,作为农民出身的作家,他自幼受到许多民间文学、传统戏曲及曲艺文学的影响,他深谙故事情节的巧妙曲折对于打动读者的作用,而且他也是编织故事的能手,但他的小说特色主要不在于讲述或演绎一个有趣的故事,而在展现"生活本身在说话",并使读者走进其中,亲历生活本身的多面、多层、多边、多样、多变、多彩等形态,让读者从中领略生活本身给你的启迪、感悟与认知。

这一特色,构成了陈登科的文学个性,也贯穿陈登科的整个文学生涯。然而,《活人塘》只是形成这一特色的起点,它只是作者按照个人生活体验来复制生活本来面目,因而它不可避免地还受着素材的限制,受着真人真事影子的限制,缺少更高的艺术概括力,故多多少少带有自然主义痕迹。作家在以后的长期实践中,逐步摆脱了这种模拟现实的非自觉的创作状态,逐步领悟了形象思维创造性特征,在忠于"生活本身在说话"这一基本素质的同时,将艺术典型化原则,将想象、提炼、虚拟、集中、烘托等诸般现实主义方法与技巧,融入他的创作过程之中,从而使作品展现的生活景象不再受一时一地之局限,其人物也不再受真人真事的拘泥,而是将作家的广泛的生活积累和人生体验,融于塑造更富有典型性、更具美学涵盖性的人物形象上。特别是在《风雷》的创作过程中,作家花费了多年心血,精心构思,反复修改,刻意打磨,终于体现了将"生活本身在说话"的艺术特色,发展和提高到成熟阶段,形成了陈登科特有的真善美相统一、直面人生与作家党性良知相统一的现实主义道路。

"生活本身在说话"从起步、形成到成熟,是与陈登科的个人生活经历及其个性本能密切相关的,也是伴随着他的文学实践而逐步走过来的。

陈登科于1919年出生于江苏省涟水县上营村的农民家庭。12岁时,靠母亲为塾师洗衣而进私塾读了两季寒学。但因"愚钝"且顽皮,被先生视为"只能放猪,不能读书"而逐出学门,从此便在家里务农。又因父亲早故,15岁便担负起全家的生活重担。1940年参加新四军,先后在涟水、阜宁、淮安、盐东等地参加抗日游击活动,当过警卫员、侦察员、通信员等。他杀敌英勇,斗志顽强,手刃伪军、匪军百多人,且在上级的关怀和帮助下,刻苦学习文化,逐渐掌握了写信、写日记、写墙报稿的基本要领。1944年秋,他在《盐阜大众》报上发表了第一篇通讯稿,题目是《鬼子抓壮丁》,内容是记述游击队小队与日寇一次遭遇战情况,此稿共60多字,其中的错别字竟有20多个,经编辑钱毅校订修改发表。从此陈与钱毅交上了朋友,并由此产生了写稿热情。以此为起点,陈登科开始了新闻写作,在1945年1月5日至4月5日期间,他在《盐阜大众》通讯员活动中写稿32篇,发表29篇,被评为盐阜区特等模范通讯员,并被该报聘为"特约工农记者"。同年7月,正式调入《盐阜大众》任工农记者。组织委派钱毅同志在思想、学习和写作上对他进行辅导与帮助,使他的文化水平和写作能力得以日益提高。在此后的五年左右时间里,陈登科连续发表了数百篇通讯报道以及战地小故事。这为他日后的文学创作积累了素材,也锻炼了他的写作能力,且在不知不觉中培养起一种"生活本身在说话"的写作路子。1947年5月,他发表了第一篇报告文学《铁骨头》,从此开始了文学创作生涯,并在1948年冬出版了第一篇中篇小说《杜大嫂》,成为开创他的小说创作的起点。1950年《活人塘》的问世,则标志着陈登科正式步入了新中国第一代优秀工农作家群体,并以这部小说显示了陈登科身上蕴藏的文学潜能和非凡的毅力。

《活人塘》的成功,使陈登科有机会被送入由著名作家丁玲主持的培养中青年作家的文学研究所(后更名为文学讲习所,今为鲁迅文学院)学习和深造。在两年多的时日里,陈登科受到了关于文学史、文学基础理论、中国和世界文学名家名著选讲、作家修养、创作方法与技巧等方面的系统性培训。尽管他的基础文化理论不高,但他以加倍的刻苦和虚心,很好地完成了学业,使他的思想理论水平和文学素养有了较大程度的提高,并在就学期间,完成了长篇小说《淮河边上的儿女》最后定稿,于1953年在《人民文学》上全文连载发表。这是陈登科第一次驾驭长篇,其情节和人物都超过了《活人塘》的规模,特别是由于人物较多,战斗场面又要一个接一个,要避免模式化和雷同化,其难度是显而易见的。但由于作品所描写的内容都是陈登科所亲历过的生活情景,其人物也都是他十分熟悉的战友和亲人,因此他仍能运用"生活本身在说话"的叙述方法,将故事和人物都写得真真切切而又鲜活生动,比之《活人塘》,它在更广阔、更复杂的背景下,真实而具体地描写了解放战争最激烈时期的一段惊心动魄、可歌可泣的历史斗争。作家怀着强烈的爱憎,朴素地描写了那场斗争的严酷、惨烈和悲壮,以昂扬的崇高感赞誉着李振刚等英雄人物,又以强烈的仇视和蔑视之笔,描写了敌人的血淋淋的残暴和叛徒的可耻堕落。这部小说发表后,丁玲曾在1954年2月号《文艺报》上发表了《给陈登科的信》,指出作品"有生活,真实,能感动人,使人惊心动魄、提心吊胆,使人对书中的故事和人发生感情。因此这是一部有内容的结实的作品"。另一方面,丁玲也指出"人物毕竟还没有立体地显示出来,人物本身行动少,而由你讲述得多,你越用力就感到你缺少办法……你笔下的战斗打得局促,打得不精彩,而且使人疲乏"。丁玲在分析其原因时又指出"你看见一些山、一些水,但由于你的修养,这些山水在你脑中还不能成为'丘壑',你还缺乏一种天然的创造,也就是说你的创作还有些勉强,还不成熟"。此外,丁玲还要求他在原来的生活上,要有"新的提高,而且应当是相当大的距离的提高"。丁玲的信只有两千多字,但她以成熟作家的眼力和真知,看准了陈登科创作上的优势和劣势,堪称对症下药地向陈登科发出了切实而有益的忠告。从《活人塘》到《淮河边上的儿女》,表明陈登科的"生活本身在说话"仍是处于初级阶段的自在状态,他一方面能够再现生活的本原面貌,另一方面又缺欠艺术上的提炼和再创造,故难免有堆积素材之嫌。

讲习所学习结业以后,陈登科从新闻单位转入文学界从事专业创作活动。由于他牢记毛泽东同志一再强调的作家必须深入生活的教导,回皖不久,就立即全身心地投入治淮大军的佛子岭水库工地。在现场,他担任一个工区的教导员,管理一百多个民工,除参加日常实际工作外,还要从创作需要出发,走访各方管理人员、工程技术人员、高级专家等各路人才,使他的眼界从一贯关注农民和战士的角度,开始涉及他原来不熟悉的工人和科技界的高级知识分子。随着生活视野的转变,陈登科的表现对象也发生了一定程度的变化。他写出了一系列描绘水利战线新人新事新风的散文、特写、小说,结集出版有《治淮的人们》《春水集》和中篇小说《黑姑娘》等。这些篇章既敏锐地反映了新中国第一个大型水利建设工程的风貌,同时也为陈登科积累下了大量新的文学素材,并在此基础上孕育了长篇小说《移山记》的构思。

《移山记》是1958年由中国青年出版社出版的。这是陈登科的第一部规模宏大的长篇小说,也是新中国第一部宏观描写水利建设中的路线斗争、思想斗争和表现建设者们的艰苦奋斗历程及英雄主义精神的长篇小说,作为一个农民出身的作家,作为第一次涉及工业题材和工人及中高级知识分子生活领域的作家,陈登科面临的新课题、新挑战是多方面的。他虽然已在工地生活多年,对周边的各色人物都有了一定程度的熟悉和了解,但他毕竟是从泥土中走来、在战火中锤炼的具有典型农民性格的人,他对来自农村的民工和一些与农民有着千丝万缕联系的工人,自然容易把握,但对工程技术人员,特别是高级知识分子及高层管理人员的思想状态和感情世界的了解和把握,便难以达到非常深入的境界。不可能再像他写《淮河边上的儿女》时所说的那样:"那些人(指书中人物)吐出一口唾沫是什么样的动作我都清清楚楚。"再加上从宏观角度表现大型水利建设工程,涉及的矛盾、斗争也远比从一支游击队角度写战斗故事要复杂得多,因而在生活体验和创作过程中,必须多观察、多思考、多琢磨、多费心思地去刻画他们的性格,展现他们的精神世界;在结构故事时,还要顾及工程建设中所出现的各种错综复杂的矛盾,包括建设路线上的、思想上的、方法上的、人际关系上的以及敌我与人民内部之间的多重矛盾相互交错的实际情况,梳理好中轴主线与横竖支线的关系,再现人在改造大自然过程中改造自我的宏伟图景和人的精神面貌的变化。尽管摆在陈登科面前的新课题和难点很多,但他仍以当年学文化、学写新闻稿的顽强毅力,以全身心地投入和在实践中学习的劲头,努力拓展自己的知识领域,多方面地接触人,深入探索各色人物的精神世界,在日常的观察和思考中,积累起众多人物形象,经过反复构思、反复结构、反复推敲、反复修改,终于啃下了这一块硬骨头,完成了新中国第一部反映新中国第一项伟大治水工程的长篇小说——象征着中国人民用智慧和力量,进行移山填海的《移山记》。

《移山记》的问世,表明陈登科追求开拓新的表现领域和驾驭长篇巨著的努力是应予肯定的。在作品中,他塑造了袁久皋、常云翔、江海峰、杨熙等一系列有个性、有特点、有情趣的人物形象,并在展现他们与大自然搏斗的同时,也展现了他们之间以及他们自己的灵魂搏斗历程。值得注意的是,陈登科在把握和处理这一规模宏伟的素材时,敢于正视人民内部矛盾,敢于正面表现工地上出现的闹事风潮,并在妥善处理事件的过程中,有力地表现了常云翔那样的高层领导干部的智慧和魄力,也批评了某些干部的官僚主义作风并揭露了暗藏的敌人的挑拨。应当说,这种不回避矛盾、不粉饰生活的态度,是陈登科继续坚持"生活本身在说话"叙述方式的延伸。但由于受到历史思潮和当时流行的文艺观念的限制,另有作家本人才力尚未达到应有高度,驾驭大型长篇尚力不从心,使得《移山记》有图解政策和人物标签化痕迹,也有结构不严、松散拖沓和对高级知识分子心态缺少理解等弊端。

《移山记》写于1956年,出版于1958年。这期间中国文坛发生了一场空前浩大的政治运动。陈登科因与丁玲师生情谊深切,加之他的某些短篇小说受到公开批评,险些被纳入右派罗网。据他自己后来回忆说,是因周扬替他说情,以保护工农作家名义,使他得以宽大处理,免于加冠。但未加冠不等于过了关。

随着无休止的批判和检讨,随着身边的一批文友被打成右派,纷纷被送去劳改或劳教,他一方面茫然不知所措,另一方面又要自觉地感谢党对他的教育和挽救,故在《文艺报》上发表了《回到党的怀抱里来》的表态文章。而在1958年的"大跃进"日子里,他又会同几位作家并领衔发出《我们要红旗,不要钞票》(取消稿费)的呼唤,成了中国文艺界第一批向所谓资产阶级法权宣战的"斗士"。与此同时,他又在"大跃进"声浪的催逼下,写出歌颂"大跃进"的《卧龙湖》(与鲁彦周合作)、《柳湖新颂》等电影文学剧本和一些散文与短篇小说,为"大跃进"泡沫撒了一点彩粉。应当说,粉饰生活、讴歌浮夸、颂扬"五风"等,是与陈登科真正的文学观念格格不入的,但一来是当时的风气使人们大都不自觉地跟着瞎起哄,二来也是陈登科以负疚的心情在创作上显示一下他在政治上的悔悟之态。那时,有人以个人意志可以改变客观规律为信念,创造了"大跃进"神话,但客观规律本身,无论是自然规律还是社会规律,却并不以任何个人意志为转移,你硬要违背它,它就发了个大脾气,很快把"大跃进"变成了大灾害。在三年左右的时间里,建设停顿了,生产停滞了,田园荒芜了,老百姓吃不饱了。党和政府为了扼制此种现象的发展和蔓延,决定派出大量工作队赶赴农村基层开展整社工作,陈登科也奉命领导一个工作队,去淮北某地参与此项工作。工作重点是在基层整顿干部作风,整顿因"五风"(共产风、浮夸风、强迫命令风、瞎指挥风、高征购风)所造成的严重后遗症,抢救农民健康,逐步恢复生产,查处少数严重违法乱纪分子,等等。当时的工作条件极端艰苦,工作队也面临着饥饿和营养不良的威胁,且各种问题繁多,事事棘手,既要想方设法让农民有食物入肚,又要医治那些因饥饿而造成的种种病状,还要打点生产自救,恢复农村生机等事项,可谓难而又难。但陈登科凭着共产党员的良知,凭着他对农民的天然的关爱情怀,他率领的工作队认真执行党和政府的各项政策,体察党的良苦用心,经过两年多的艰苦奋斗,终于妥善地扭转了危机局面,使农业生产得到了一定恢复,农民得到了休养生息,农村面貌得到了某些改变。

我们之所以在这里提及这段经历,是因为这段经历不仅是陈登科的工作经历,而且也与他的文学经历以及他的小说创作有着极密切的关系。这段经历使他从盲目跟风写作的境地走出来,使他再次回到了直面人生、正视现实、关怀人民的命运的正确轨道,并且为他彻底修改《寻父记》(初稿名《樱桃园》,后改为《寻父记》,出版时更名为《风雷》)积累了最鲜活的素材,也提供了变更主题、变更中心情节、变更切入点的新颖构思。这期间他曾经陆续发表了《写不完的日记》《百岁图》《三省庄的一段插曲》《短篇三题》等短篇。这些作品一扫早年的热情有余而深沉不足和"跃进"期的虚浮痕迹，显示了作家对农民命运的深切关怀和对现实的深入思考，在短小的篇幅里，融进了作家关心人、爱护人以及尊重农民自主意识的呼唤。

《风雷》的原始初稿始于1958年。但那时只完成了十七章，1960年下乡工作后就没有继续写下去，1962年返回原单位后，他把在整风工作中对农村和农民问题的观察、体验、思考、感悟以及各色人物形象的积累，作为重新改写这部作品的立足点，以主人公祝永康寻父为线索，将改造落后乡所面临的多方位、多层次的曲折复杂斗争，全面铺展开来。形成展现农村社会主义改造历程的立体画卷，生动而逼真地记载了那一历史时刻中国农民为改变自己命运所付出的汗水、泪水、智慧和苦搏，刻画出祝永康、陆素云、熊彬、杨秀英等一系列个性鲜明、富有典型意义且饱含内心隐秘的人物形象。陈登科再一次回归到"生活本身在说话"的创作境界，突破了农村题材作品中常见的图解政策、人物分属阶级标签或成分符号的观念化、模式化的框架，而是将生活本身的纷繁景象，将变动着的阶级关系、社会思潮和多种多样的农民心态，都做出了惟妙惟肖的逼真描写，形成了一部全景式反映中国农村的政治、经济、文化以及淮北地域的民风、民俗、民性、民情、民心、民气的长幅画卷，令读者对那个时代的农村和农民的生存状态和心灵状态，在身临其境中，产生真切的感受和认知。《风雷》的另一重大贡献是塑造了一个被权力和私欲异化了的腐败分子区委书记熊彬的形象。这个人物可以说是中国当代文学中最早出现的非符号化、非脸谱化的真实而可信的腐败分子典型，在当时的文学界曾引起很大的震撼和争议。尽管陈登科这部作品是回归"生活本身在说话"的基本叙述方式，但此次回归，乃是陈登科的文学生涯走向成熟、走向创作自觉的飞跃。此时的"生活本身在说话"，已不再是《活人塘》时那样简单地复制生活原貌的自在状态，而是自觉地遵循现实主义原则，以直面人生、再现真实为圭臬，以创造典型为宗旨，以表达农民心声为己任，以求索改变农民生存环境为理想，以追求上乘的艺术表达为目标，基本上体现了思想、内容与技巧较为完美的融合。使陈登科的"生活本身在说话"，从初级阶段上升到成熟阶段，使他从此不再仅仅被人们视为欠缺文化修养的工农作家，而是当代文坛中的一位有胆、有识、有为、有才的成熟作家。

《风雷》的创作过程正是陈登科追求自我超越并实现了自我超越的过程。

从初稿到定稿,历时五年有余,1963年完稿时定名为《寻父记》,在朋友、同行、编辑间多次征求意见后,又进行了数十次较大幅度的增删、修改和润饰。可以说陈登科为这部作品所付出的心血和汗水是空前的。他为了写出真实,写出当时农村面临的内外交错的种种矛盾,写出独具个性的人物,他显示了一个党员作家应有的勇气、胆略和良知,他以入骨之笔刻画了熊彬,又以绝妙之笔塑造了杨秀英,更以神来之笔描绘了陆素云,复以史鉴之笔书写了祝永康的寻父情结实为改变农民命运的求索情怀。另外,作者对地域风情的描绘和语言的运用,也都做到了刻意琢磨,精益求精,力求传神。

《风雷》出版以后,在创作界、批评界和广大读者群众中引起极大反响。在不到两年的短短时间里,发行量达百万册以上,不少"四清"工作队把它作为认识农村、了解农村的必读书,人手一册。《文学评论》杂志在1965年第4和第6期两期上,连续发表论文对《风雷》的成就和不足展开了深入的评析和认真的探讨。

当然,由于历史思潮的局限,《风雷》在思想和艺术上也的确存在某些不足和缺憾,比如作品把阶级斗争,特别是敌我矛盾描写得有些过分严重或者失之于牵强,有些人物仍有符号化痕迹,对某些人和事的认识,尚有受当时"左"倾思想影响的偏颇。尽管如此,《风雷》仍不失为当代文学中反映农村题材长篇著作中颇具独创性的力作。它提供的形形色色的人物典型,至今仍富有魅力,它以"生活本身在说话"所展示的农民和农村干部的生存状态和心理状态,至今仍富有极高的认识价值。作家在创作这部作品中所体现出的心血、勇气、见识和才力,也都可以使其在当代文学史中留有一席地位。

不幸的是,《风雷》的成功,不仅没有给陈登科带来好运,相反却使他遭劫受难,蒙受了五年牢狱之苦,身心备受摧残。在"十年动乱"时期,江青公开点名诬指曾与国民党军队血战数年并手刃敌人百多名的陈登科,是"国民党特务",是"黑手";他的《风雷》则被定性为"特务文学",为"刘少奇树碑立传"的"复辟资本主义黑碑"。由于《风雷》在广大公众中具有深厚影响,"四人帮"为了把它"批倒批臭",不惜花费大量人力、物力和财力,组织起多次规模宏大、声势浩大的批《风雷》运动,除见之于大报小报的胡言乱语的所谓大批判外,省内还组织了一个专门从事批《风雷》工作的专业写作班子,耗时经年,抛出署名"安学江"的《彻底砸烂中国赫鲁晓夫篡党复辟的黑碑》的大批判"杰作",于1968年7月8日在《人民日报》和《新安徽报》同时发表。《人民日报》所加的编者按语中的一段话,提纲挈领地概括了这篇大批判的重点,说什么"《风雷》这株反党反社会主义大毒草,是在中国赫鲁晓夫亲自授意下炮制出笼的。它披着'写农业合作化'的外衣,大刮反革命的黑'风',大打资本主义妖'雷',穷凶极恶地攻击我们伟大的党,肆无忌惮地诬蔑无产阶级专政,为中国赫鲁晓夫篡党复辟制造反革命舆论"。在这以后,《新安徽报》又以两篇社论、十个版的文章和报道进行了旷日持久地批《风雷》活动,省革委会还专门组织了一次全省广播大会,让全省人民都来听省革委会领导人的批《风雷》的报告和一片嘈杂的批判与表态。我们可以毫不夸张地说,围剿《风雷》规模之大、时间之长、气焰之烈、帽子之多、参与之众实为文坛罕见、历史罕见。

但牢狱之灾和大批判唾沫都不可能消除陈登科对党的忠诚和对文学事业的挚爱。尽管他身患高血压、心脏病、糖尿病等多种病症,甚至被下达过三次"病危通知",他依然铁骨铮铮,坦然面对牢狱生活,甚至用铁钉在狱中墙上刻下"一时强弱在于势,千秋胜负在于理"的诗句,以表明他不向恶势力低头的心态。在狱中,他先后构思了《不废江河》《颂歌声中》《烽火大地》《破壁记》等四部长篇小说,并着手写了《不废江河》的提纲和回目设计。因此,他在出狱不久,便很快完成了这部近五十万字的长篇小说,并定名为《赤龙与丹凤》。

粉碎"四人帮"后,陈登科已步入花甲之年,且体弱多病,心力交瘁。但他在精神上、气质上、思想解放的前卫性上,却都显示出青春焕发、朝气蓬勃之势,不仅积极参与政界、文艺界等社会各界的各种活动,且旗帜鲜明地表示他对党的十届三中全会路线和全国第四次文代大会上邓小平重要讲话的竭诚拥护,理直气壮地与"两个凡是"观点以及"四人帮"极"左"思潮余毒进行针锋相对的斗争,而且创作精力上也显示出一种一发而不可收的活跃态势。除了在报刊上发表了大量的散文、随笔、回忆录、报告文学、文艺思潮见解外,他还相继完成了《赤龙与丹凤》《破壁记》(与肖马合作)、《三舍本传》、《暴尸滩》等四部共一百五十多万字的长篇巨著。其中,除《暴尸滩》(实为《三舍本传》下集)系已完成之手稿,其他则均已公开出版。此外,他还与鲁彦周、肖马、韩瀚等人合作有电影文学剧本《柳暗花明》《淝水大战》《徐悲鸿》等多部。就陈登科的小说世界而言,《赤龙与丹凤》是以土地革命和抗日战争为背景,反映农民革命斗争悲壮历史故事的;《活人塘》《淮河边上的儿女》是以解放战争为背景的;《移山记》是描绘新中国成立初期大型水利建设工程宏伟面貌的;《风雷》《三舍本传》是表现中国农村改造之路的;《破壁记》则是揭露"四人帮"制造"十年浩劫"的历史悲剧和呼唤改革开放的。可以说,陈登科是为中国社会变革历程书写了它的方方面面,书写了中国人民在这一历程中的奋斗史和心灵史。他把自己毕生的人生体验和人生感悟都献给了他的小说世界,同样他也是在小说世界里咀嚼着自己的人生体察。其间特别值得我们关注的两部作品是《风雷》和《三舍本传》。不仅因为陈登科最关注的题材是农村,他最关爱的对象是农民,他最善于描写的人物是农村的老老少少、男男女女,他的语言是农民口语,他的民俗情趣也重在农村,而且更为重要的是,他一直把关注农民命运的变化视为自己的永久性主题。《赤龙与丹凤》是寻求农民革命的路;《活人塘》《淮河边上的儿女》是寻求农民解放的路;《风雷》《三舍本传》则是寻求农民发展的路。如果说写作《风雷》时,陈登科还不可能完全摆脱当时政治思潮和政策影响的话,写《三舍本传》时的陈登科,已经能够站在新的历史高度,重新审视过去年代农村所发生的一切。因此《三舍本传》便能更好地体现作家的主体意识,更真切地表达作家对农村发展道路的思考与叩问。《三舍本传》虽然在题材和立意上与《风雷》形同姊妹,而且也是以淮北农村为背景,把小镇上的三教九流各色人物都纳入一个共生的生存环境里,但作家此刻已没有了左顾右盼的疑虑,没有原有的那些条条框框的限制,没有对文学的非文学干涉,能够更加自如地把"生活本身在说话"发挥得淋漓尽致,写活了姣姣、五斗、三舍等一大批人物形象,妙趣横生的生活情景、令人啼笑皆非的生活情景、叫人怒不可遏的生活情景,时不时地把读者引入其境,让读者和作家和书中人物一起品味生活本身的苦辣酸甜。《三舍本传》几乎是陈登科笔下的农村社会百科全书,上上下下、方方面面,贤愚良莠,个个扮演着历史赋予他的角色,且鲜活生动无比。可惜,由于作家没有来得对作品进行深度加工,没有像对《风雷》那样反反复复地打磨、修饰、润色,故而显得粗糙一些,某些人物交代得不清楚,某些细节尚有漏洞,个别场面写得有些过于直露。但不管怎么说,《风雷》和《三舍本传》既是标志陈登科文学成就的主要代表作,也是体现陈登科关怀农民命运的政治思想和社会理念的代表作。陈登科的心在农民一边,陈登科关注农民的心也在这两部书里。

陈登科以不自觉地应用"生活本身在说话"开始了文学生涯,又在长期的创作实践中提升和完善了这种叙述方式。它的成熟过程就是现实主义精神在陈登科的小说世界里完美体现的过程。它要求真实、真诚、真切,以真诚的话语表达人民的心声,以真挚的情感关怀人民的生存际遇,以真知来诉说作家的思考,以真心来回报养育他的人民和培育他的党。

陈登科的小说世界是一个"真"字。

陈登科的"生活本身在说话"也是一个"真"字。

文苑失骏

——悼陈登科

万万没有想到,老陈辞世的噩耗来得那么突然,那么难以令人接受。就在他辞世的前一天,我还和家人和朋友谈到他近时病情大有好转:能说了,能吃了,能走动了,还爱坐轮椅观观街景,国庆节之夜还去了闹市赏灯,精神状态和生活情趣,都表现得相当良好。我甚至说:"这简直是奇迹!"不料第二天中午,女儿告诉我,"陈伯伯摔了一跤,已送医院抢救",晚上又告诉我:"陈老已去世。"这一夜我辗转多时,想起我们多年相识的情景,想起身边一位忠厚长者离去,想到文苑失去一位德高望重的大家,颇多黯然神伤之情,并腹拟了两副挽联,其一是:"泥土中走出,战火中锻炼,铸就了民魂正气胆;小百姓视角,大作家胸怀,谱写出千古醒世文。"另一联是:"著作等身,彪炳史册;文苑失骏,悲哉痛哉!"第二天清早,正好陈夫人梁寿淦大姐嘱我草拟追悼会灵堂大厅的挽联,我便把第一联托书家刘天明书写送去。两副挽联都藏着我对老陈的敬意与悼念。

我于1959年来皖,与老陈共事四十个年头。在皖省文苑他是长者前辈,在工作上他是我的上级,在私交上则是相知相敬的朋友。我们之间有过长久的融洽共事,有过诚挚的文字切磋,有过愉快的对饮,有过海阔天空的神聊,当然也有过口角、争吵,甚至也有过某一小小过节。但不管在怎样的情况下,我始终对他怀有敬佩和尊重之情。我敬重他是一个真实的人、奋进的人、正义坦荡的人。

真实,是陈登科文学的灵魂,也是他为人的灵魂。纵观陈登科的创作历程,无论是初登文坛的《活人塘》,还是巅峰之作《风雷》以及晚年的巨制《三舍本传》,全部是以真实为魂,以真实来展现时代风云变幻和现实人生的千姿百态,以真实来刻画各色人物,把艺术描写的真实性和塑造典型较完美地融为一体,令读者情不自禁地走进他的艺术天地。在做人方面,陈登科也是表里如一,言行一致,敢爱敢恨的人。他不矫饰、不装腔、不包藏自己的真心真话。为此他得罪过朋友,得罪过同行,得罪过领导,甚至惹过是非,招致误解与指斥。但他还是他,还那样口无遮拦,笔无粉饰,行无藏头缩尾,我认为这就是一个真实的人的可贵可敬处。要知道,在高度张扬阶级斗争的年代里,做一个真实的人是很难很难的。特别是文艺界,历来被视为阶级斗争的晴雨表,多少人就因为写了真实,说了真话,表达了真情,吐露了真心而被整得死去活来或家破人亡啊!老陈也为此付出了惨痛的代价,"文革"中两年多的逃亡,五年的牢狱之灾,数不清次数的批斗,长年累月的审查逼供,疾病的折磨,家人的灾祸,他都经受了,但他依然故我,始终保持本色,真实地做人,写真实的生活。

奋进,学习奋进和写作奋进是陈登科一生的求索,也是他事业成功的通天大道。他是20世纪50年代初以工农作家身份登上文坛的,那时还有与他相仿的一批人同时崭露头角,但随着时间的推移,有的人销声匿迹了,有的人势头渐衰,但陈登科却日益精进。在连续推出《淮河边上的儿女》《移山记》等长篇小说之后,又把一部震撼力极强的长篇小说《风雷》奉献给读者。这部小说以思想的深刻、内容的丰富、人物形象的典型、故事情节的生动、艺术描写之传神与语言运作之贴切,被视为当代长篇小说精品,并也以此奠定了他在当代文学史上应有的地位。尽管这部作品也有某些时代思潮的局限,但形象大于思想,我们今天读着它,还是被那浓郁的生活气息、鲜活的人物形象所感染和震撼。在五年的牢狱生活里,他写出了数十万言的《赤龙与丹凤》,古稀之年以后,又捧出五十万言的力作《三舍本传》,这期间还发表出版了近百万字的散文、随笔、中、短篇小说。我认为他能始终保持旺盛的创作精力,主要是靠勤奋的学习和勤奋的写作实践。他虽是文化起点不高的工农出身的作家,但从他开始笔墨生涯起,就不间断地读书、学习,扩大知识面。去文学讲习所算是他进了一次正规学习的科班,更多的则是从大量阅读同辈的、前辈的以及中外古今名著以及各类书刊中索取知识,开阔视野,领悟技巧,提高素养,充实自己的思想和文化境界,从而逐步改变了原有的知识结构。同时他又在不间断地创作实践中,努力改善自己的观察能力、认识水平和写作技巧,故而才能成为当代文坛中拥有良好声誉并在文学史上占有一席地位之人。

富有平民意识和正义胆略,也是陈登科为人为文的一个重要方面。他的作品之所以具有强烈的真实性,不仅是因为他深入了生活,而是因为他能够站在人民的立场,以平民意识来感受和把握生活的真谛,敢于直面现实人生,既不歪曲生活也不粉饰生活,既不邀功也不媚俗,以这样的情感来颂真扬善,鞭丑挞恶,故能显示出民魂、正气。例如在三年困难时期,不少地方明明是民不聊生,但某些作家偏偏唱甜蜜蜜歌,吟乐悠悠曲。陈登科那时一面在实际工作中替群众排忧解难,申冤解困,又通过《百岁图》等系列短篇发出关心人、尊重人、爱护人的呼唤。以后又在《风雷》《破壁记》《三舍本传》等著作中深入地开掘了这一理念,借助艺术形象表达了他的平民意识和正义胆识,实是一个党员老作家的党性和良知高层次的体现。

陈登科人虽走了,但他的作品仍在,他的可敬佩的精神仍在。

第一个十年
——鲁彦周创作论之一

我与鲁彦周是老相识了。从20世纪50年代末我调来安徽,我们便在一个单位工作。那时,鲁彦周已是当代青年作家群中的一个引人注目的角色,话剧、电影、小说、散文他都去摸一摸,而且都拿出了具有一定影响的作品。当时我对他每一篇新作的发表或演出,大都认真看了,有的连原稿、校样都看过几遍,那是因为我当编辑经手他的作品的缘故。久之,鲁在我的心目中逐渐形成了这样一个印象:他是一个热诚的、勤奋的、多能的作家。他并非饱学之士,也未见有什么非凡的特异才华,他的多能和多产,很大程度上取决于他的勤奋。无论在学习知识上或者是在生活探索与艺术探索上,他都是极为勤勉的。

但我们之间,那时还只是相识而并非相知。交往虽不少,交流则不多,倒是"十年动乱"的七斗八斗,把我们斗到一起来了。开始时,我们是一条黑线上的什么什么,继而又共获一个什么集团的"黑班底",并使我们从"一个战壕里的战友",变成了一个"牛棚"里的"棚友"。于是,我们实现了朝夕与共的同吃、同住、同劳动、同"请罪"的"四同"。

"牛棚"也是一个世界。那里既有人与人之间的绝对隔膜和高度提防,也有一生中最难得的倾心相交。人们在那里有时竟好像得到了某种解脱似的,因而有些人便产生了情真意切的思想交流。有过类似经历的同志都会记得,蹲"牛棚"的人,除了例行公事地"请罪"、挨批、服苦役以外,也是要思考和对话的。他们所谈所论,除了牢骚、愤懑、感伤、哀叹、失悔、懊恼之外,大家都不约而同地回顾自己,从自己所走过的生活道路中,要寻找出或者说是总结出某些经验和教训。而对于从事文学事业的人来说,当然也就不可避免地要总结一下自己的文学道路。在彼此倾心的交谈中,我发现,鲁彦周同志对自己以及同时代人的创作,是进行了认真的回顾、考察和自省的。他坚信,党的文艺方针是正确的,他自己所走过的道路，在努力反映现实生活，为工农兵服务这一点上是没有什么错误的。他当然有自责，但与"大批判"所强加给他的"罪名"相反，他根本不认为自己受了什么"黑线"或"封、资、修"的影响，而是感到自觉或不自觉地接受了太多的教条主义的东西，因而使自己对生活的理解和表现，都失之于太简单化了。他说："我写的东西不算少，电影也拍了几部，但能留下的，恐怕没有什么，原因不外是艺术功力不足和简单化。"他似乎颇有感悟地对我讲："现在看来，生活是多么复杂呀！人又是多么复杂呀！可是我们作品中反映出来的，却是那么简单，那么肤浅，看不到生活的真貌和全貌，怎么能站得住？我的作品，差不多都是紧跟形势的，凭良心讲，都是满腔热情歌颂新生活的，他们从政治上怎么批也批不出名堂，但有些作品本身的简单化、概念化倾向，却无法使它们站得住。假如将来我还能再写……"

事情竟是这样奇怪，"大批判"越是猛烈，上纲上得越高，被批判者却越是偏偏从它的反面汲取某种启示。动乱的制造者们，原是要通过文化专制主义来禁锢和扼杀人们的思想的，但人们偏偏在那样的岁月里学会了独立思考，学会了不是按钦定规范而是按事实真相来判断是非和思考自己的人生道路的。

鲁彦周的这个反思式的自我小结，在今天看来可能是极平常的见解，但在当时却是异端，所以还只能藏在心底或悄悄和少数"棚友"交流。现在看来，他那时所产生的一点感悟，虽然还有很大局限性，但为鲁彦周后来在创作上走向成熟，奠定了思想的和美学的基础。我甚至认为，他的这个反思，也为我们考察作家本人在"文革"前后两期的创作思想和创作实践的变化，提供了一把钥匙。是的，标志鲁彦周走向成熟的，是中篇小说和电影《天云山传奇》的问世。但这一作品的出现，不但有新时期当代文学思潮的影响和催化，更深远的内因是作家自己在创作思想、美学思想上早已萌发了某种潜在变化。他在"动乱"年月中的思考和回顾，就是这个变化的起点。从那时起，他开始思索和酝酿着一种新的美学追求，《天云山传奇》正是这一追求的结晶，并且构成了鲁彦周创作道路上的一个新的里程。

鲁彦周生于安徽省巢县的一个普通农民家庭。幼年读过几年私塾，这使他接受了一些中国古代书史和一些旧小说的影响。1946年就读于采石中学，由于对国民党反动统治不满，1948年即辍学返回家乡参加革命。在地方搞民运、支前工作。1950年到皖北行署文教处工作，1952年调至皖北文联，做过编辑及组织工作，从1957年起开始从事专业创作。

1954年他在上海《文艺月报》上发表了短篇小说《云芝和云芝娘》。这是一幅清新悦目的田园风俗画。写的是农村合作化初期年轻姑娘打破陈规学犁田的故事,情节很单纯,但篇中洋溢着作者对新生活和一代新人的热诚颂赞。这是作家的处女作。他在创作上的起步,显示了他对农村生活有着细微的体察和真挚的爱。新的生活和新的社会风尚所培育起的一代新人,是他关注和表现的主要对象,揭示新旧交替时期两种思想的斗争和转化,则是贯穿在他的一系列作品中的主旨。

　　然而,尽管鲁彦周是以小说为起步走向文坛的,但当时他把主要精力放在戏剧和电影创作上。1956年上演和出版的独幕话剧《归来》,使他成为引起文艺界注目的青年作家,不久又以电影剧本《凤凰之歌》《三八河边》《风雪大别山》(与陈登科合作)以及一系列小说、散文和戏剧创作,赢得了文艺界和广大读者层的重视与欢迎。从1956年到1966年的"动乱"之前,是鲁彦周创作的崛起期,十年间他发表出版的作品有:《春到淮北》(电影剧本,1955年艺术出版社出版,拍片后改影片名为《春天来了》),《归来》(独幕话剧,1956年全国话剧会演时荣获剧本一等奖,通俗出版社、戏剧出版社出版有单行本,《中国文学》发表英文译本),《凤凰之歌》(电影剧本,获文化部第一次电影征文奖,1957年发表于《中国电影》,1958年中国电影出版社出版单行本,上海电影制片厂摄制),《三八河边》(电影剧本,1958年发表于《收获》,中国电影出版社出版单行本并被收入《中国电影剧本选集》第四集,上海电影制片厂摄制),《风雪大别山》(电影剧本,与陈登科合作,1959年发表于《安徽文学》,原名为《相会在天安门前》,上影与安徽电影制片厂合制),《卧龙湖》(电影剧本,与陈登科合作,安徽人民出版社出版,安徽电影制片厂摄制),《淮北寄语》(散文集,安徽人民出版社出版),《找红军》(中篇儿童小说,上海儿童出版社出版,译有蒙文版),《桃花汛前》(短篇小说集,安徽人民出版社出版,此书曾被越南翻译出版),《五金凤》(大型戏曲剧本,1956年公演,1958年安徽人民出版社出版单行本),《波澜》(多幕话剧,1957年发表于《江淮文学》),《雏鹰》(电影剧本,1964年发表于《电影文学》),《人在春风里》(多幕话剧,1963年公演)。除此,还有一批散见于报刊的未结集的短篇小说、散文以及一部长篇小说《在这块土地上》的初稿(文稿在"动乱"年代被抄遗失)。

　　无论从创作精力之旺盛或多才多能任何一个方面看,鲁彦周都称得上是一个忠诚于党的文艺事业的勤奋作家。须知,那十年期间曾接连有一系列的政治运动,作者几乎要用去一半左右的时间泡在运动里,在这种情况下,还能向读者和观众奉献出一百多万字的各种形式的作品,不能不说是丰硕的成果。

当然,并非一切问世作品都是成功的。我们前面所罗列的篇目中,确实包含有个别失败之作,也有一些随着历史的烟云消散而消散的作品,但这里有着作家的足迹,有他自己的也有特定历史时期所加之于他的局限性,有着不仅是他个人而且几乎是同时代作家所共有的深刻教训。鲁彦周是从这条路上走过来的,他付出了艰辛的劳动,获得了丰硕的成果,但这成果并不单单是文学本身,即不单单是几部电影、小说、戏剧等,而是还包括作家在这十年写作生涯中所积累起的智慧和才华。从某种意义上说,非成功的一面所给予作家的启示,往往是大于成功的经验的。

像当时的许多新涌现的青年作家一样,鲁彦周是怀着满腔热情从事创作的。新中国成立初期的一段时间,我国在政治、经济、文化建设和社会生活的各个方面,都处在蓬勃发展之中,这些都给了作家很大激励,他不停脚地投入生活激流中去,不停笔地书写着一章又一章的歌颂新生活的热情之歌。"我望着晴朗的天空,高耸的山林,悄悄地打开我的稿纸。"(短篇小说《渡口》结尾)"'多么好啊!'局长感叹地说。突然,好像他的称赞似的,播音喇叭大声歌唱起来,雄壮的歌声满山满谷地滚动,整个森林都唱起来了!"(短篇小说《晨曲》结尾)"在我的周围什么地方,美妙的动人的山歌又开始响起……"(短篇小说《山歌》结尾)

这是 20 世纪 50 年代鲁彦周的创作基调,清新明快,热诚真挚,并且总是把美好的理解寄托在自己的作品之中。然而,他并不是一个无视社会矛盾或一味粉饰现实的人。他热情地赞颂新生活的同时,也十分严肃地正视新旧交替时期的诸般社会矛盾和思想冲突。他特别对于封建意识、封建主义所培育起的自私、保守、愚昧有着明澈的洞察,因而在许多作品里,都融进了对于封建意识的批判与谴责。独幕话剧《归来》、电影文学剧本《凤凰之歌》、中篇小说《婆婆妈妈小传》,都是鲁彦周的早年力作,它们都通过人物命运的发展与演化,揭示了一定历史时期的相当尖锐的社会矛盾和思想冲突,并且也都着重表现了作家怀着沉重与愤懑的心情对于封建意识的强烈批判。

《归来》是作家的第一个话剧剧本,由于它在 1956 年全国话剧会演时荣获剧本一等奖,因而作者得以在文艺界崭露头角。

剧本的情节内容并不新颖独特。事实上,因婚姻上的喜新厌旧而酿成的悲剧,在古今中外的文学中不乏多重表现,但鲁彦周在《归来》中,并没有因袭"痴情女子薄情郎"那样的线索去编织这一婚姻悲剧,相反,它是从歌颂女主人公道德上的至善至美和精神上的自尊自立这个角度,来映衬和鞭挞负义者的卑微灵魂的。两种灵魂的对比,是鲁彦周在若干代表性著作中常用的艺术方法,这一特点也体现在他的最早问世的《归来》之中。正因为作家把着眼点放在开掘人物的灵魂上,故使得《归来》摆脱了某些社会问题剧所存在的观念化弊端,而是在场面和情节的演化中,一步一步地揭示了一对夫妻的两种灵魂。一面是童蕙云的善良、贤惠、勤劳的高尚品德和坚强的自尊自立的精神风貌,一面是王彪的自私、忘本、负义而又装腔作势的小人嘴脸。人们在两个人物的灵魂对比中,既看到了作家对附在王彪身上的封建主义幽灵的愤激鞭笞,同时又看到了在童蕙云身上成长起来的人格自尊、精神自立的新型劳动妇女的社会意识,从而使这个作品既具有了针砭时弊的现实感,又富有鲜明的时代精神。

　　弃妇之怨恨,古今曾产生过无数悲歌。赵五娘、秦香莲、敫桂英、霍小玉皆因身遭遗弃,或寄希望于清官出气,或假托化作厉鬼而申冤,然在真实生活中的同命运的妇女,她们实则只能含恨而死,除在悲剧文学中赢得几点同情之泪而外,是什么也得不到。因为那时的妇女处于人身依附地位,整个社会从精神上、道德观念上一直到法律上,又都是全力维护这种依附关系的。妇女没有社会地位,没有独立的人格,没有主宰自己命运的能力和权力,因而在精神意识上便也没有自主自立的价值观。所以在古诗《上山采蘼芜》中,我们竟然能看到弃妇路遇故夫时,还要"长跪问故夫,新人复何如"那样的令人痛心的场面。就连敫桂英、杜十娘那类极富反抗精神的女性,也只有以死来抗争社会和负义男儿所加诸给她们的不幸。

　　然而生活在新中国的童蕙云,却可以不再走这条路了。尽管王彪也是像陈世美、王魁一样背信负义、抛妻弃子,童蕙云也曾被这突如其来的打击震惊得几乎不能自持,但她在彻底认清了王彪的忘本变质的真面目以后,明白了"我呢,不过做了自私的人的八九年的垫脚石,把人家垫高了,就被一脚踢掉"以后,她不是含悲乞求,不是忍痛哀诉,更不是俯首就范,而是在悲愤中站立起来,自信"离开你我能活得更好",并清醒地看到社会、集体以及周围群众都会给她以力量和支持,故能义正词严地批判王彪不过是一个"掉在粪坑里的人","总有一天叫你后悔都来不及"。于是,在我们面前,站起了一个意识到自己的独立人格并敢于主宰自己命运的新型劳动妇女形象。

　　王彪自然不是陈世美的简单重复,但他们的灵魂是一脉相承的。不管他编织了多少新式的堂而皇之的理由,他所承袭的仍是封建社会遗留下来的那种观念:女人只应是合乎男人身份的享乐占有物,作为男儿富贵尊荣的标志,必须伴有不断地重筑新巢之举。结发之妻,不论他们之间曾有过怎样的患难与恩爱,也不论他们曾有过什么样的海誓山盟,更不论妻子一方为他的长进付出过多么大的牺牲,一旦他感到她不再适应他的新的享乐需要时,就会不顾任何道义去追逐新欢。王彪在婚姻道德问题上暴露出的极度自私和负义,实质上是当时一部分干部进城以后思想蜕变的一种反映,它有着我国封建社会长期形成的历史根源和社会根源,因而才能在一定时期里成为相当突出的社会问题之一。《归来》正是从这个角度来挖掘王彪的灵魂的,并且预示了王彪所制造的这个悲剧苦果,在新的社会条件下,最终只应由他自己吞下。

1957年,鲁彦周的第二个电影创作《凤凰之歌》问世了。这也是一个以反封建为主旨的作品。这个反映新中国成立初期边远落后山区社会变革的故事,以出人意料的魅力,吸引了城乡广大观众,甚至创造了当时城市上演农村题材影片的最好上座率。1958年,它获得了文化部颁发的"电影征文奖"。与《归来》不同,《凤凰之歌》在题材和情节上,都有一些新颖、别致、独到的东西。作品写的是一个最贫穷落后山乡里的最贫穷落后家庭中的最受人歧视的童养媳的争取解放、追求进步成长的故事,作品所展示的生活情景,既吐露着浓郁的山乡泥土的芬芳,又时不时在人们眼前展现一幕幕令人酸楚的悲歌。

作品的背景是解放了的山乡。但生活在这里的人们,在精神上、思想上、道德观念、社会习俗以及人与人的关系上,都还没有获得真正的解放,他们依然被封建主义的精神枷锁牢牢地禁锢着,甚至就连政治权力的某些方面,也为封建的宗族势力所操纵。山乡人民是质朴、善良、粗犷、刚毅的,但他(她)们身上同时又混杂着愚昧、落后、保守与无知,封建残余势力正是利用农民的这种落后意识,控制着人们的思想和行为,并以此来对抗农村的社会主义变革。生活在这样环境里的主人公王金凤,又是一个处于最底层的童养媳,她不仅在别人眼里没有任何地位和价值,就连在自己心目中她也根本搞不清她在世上究竟有什么价值。不错,她有健美的血肉之躯,有清脆动听的歌喉,有善良的心地和对幸福的渴望,但她没有自主的人格,没有主体意识,没有唱歌的自由,甚至连主宰自己的血肉之躯的自由也没有。她曾有过一个可怜而又可悲的梦幻,设想一旦和"丈夫"圆了房,就可以摆脱备受折磨、任人蔑视的屈辱处境。但连这样的梦也破碎了,因她的"丈夫"早已在外面斩断了这根捆绑自己幸福的绳索,故使她几乎是从绝境中起步走向真正的人生路途的。作品一开始,就把这样一个特殊环境下的特殊人物,推到我们面前。

整个作品围绕王金凤争取解放和进步的艰难历程为中心,展开了多层次、多角度的矛盾冲突。这里既有尖锐的政治斗争和阶级斗争,也有社会解放、人身解放与封建宗法观念、宗族势力的斗争,还有为维护纯真爱情与各种陋俗的斗争。作品有层次地并且是由表及里地表现了女主人公从蒙昧走向觉醒,从争取个人的人身解放(即她向往的"一个人能自当家,自立事,自作自主多好"),走向为公众献身一直到成长为站在时代前列的战士的历程。这历程是艰难而曲折的。从人物自身来说,王金凤是在社会变革的激发和时代精神的感召下,逐步萌发了主体意识的,但从她朦朦胧胧地发现了自我价值到争取实现她的追求和理想,每走一步都要付出沉重的代价。比如,她唱歌很好,在吴、李两庄的群众联欢会上,她的一曲悲歌使很多观众流了泪,引起了一片唏嘘声、吸鼻涕声,但仅仅是因为她——一个童养媳竟敢抛头露面登台表演,就不但招来了辱骂和责难,还挨了一顿致命的毒打。打她的,是她的公公。他是全村寨最穷困、最软弱、最无能、最可怜的下层劳动者,但强烈的宗法观念却能支配他在比他更软弱的无辜的童养媳身上大逞威风,一扁担就将金凤打得头破血流。从而昭示了王金凤是没有独立自主的人格的,连唱歌也既不能见容于村寨内的封建习俗和宗族势力,又不能见容于家庭内的封建法规。又比如,她曾好心好意约几位姐妹上民校,但得到的回答却是:"人家不要的货,想活动活动找男人。""我说金凤,她丈夫是有孩子的人啦,你不要天天来约她!你不在乎,人家家里可要出人命啦!""荡女人,不要脸!"等等,等等,使她再一次捶着胸绝望地喊出来:"你们要打就当面打,不该将我这样来糟蹋,金泉山下大路多,为什么我的路这样狭?"再如,她原本好心劝解李庄的乡亲们不要上坏人的当,不要聚众生事,欺骗政府,但得到的又是"许多人围上来,拳头雨点似的落在金凤的头上、身上……"她本来就是孤苦伶仃无依无靠的人,只好把收养了她的公婆家当作自己的家,把公婆当作父母,吃苦受累,做牛做马般忍受一切,为的是能得到一点点父母般的爱怜,然而她没有得到这些,得到的是时而要以四担黄豆的价格把她卖给二流子李小毛,时而又强行把她赶出家门。她的养父虽然贫穷和无能得可怜,但又愚昧和软弱得可悲,故总是要屈从于宗族势力和宗法观念的压力,把灾难强加给王金凤。后来王金凤在阻拦两村因水利纠纷即将形成的械斗仇杀之时,她又一次几乎赔上了性命。不过,王金凤并没有为苦难所扼杀,相反,倒是在与苦难搏击中站了起来，像山间的竹笋一样，任何坚厚的土层和坚硬的岩石，都压不住她的生命的挺进，终于要破土掀石，挺立于山崖。

王金凤与苦难、重压搏击的过程，实质上就是一代新人从觉醒走向成熟的过程，也是她不断改善自我、提高自我、超越自我的过程。但从另一面说，王金凤的成长又是时代思潮和社会变革的产物，因而她的成长过程又是社会变革的一个缩影。在这里，作品巧妙地将人物命运的变迁与社会环境变迁交织在一起，互为经纬，互为依存，在社会变革的急流中表现人物的成长，从而较充分地展现了人物性格形成的社会因素、历史因素和环境因素，使人物自始至终保持着鲜明的时代色彩和浓郁的地域色彩。同时作品又借助人物命运的发展揭示了社会变革中错综复杂的艰巨情景，使人们看到了社会变革最终是要靠人来实现的，而参与变革社会并在变革社会中变革自身直至超越自我的人，又不是一个简单的社会变革的受动者，而是从自发到自觉地与来自社会的重重阻力、层层压力以及种种传统势力的搏击中获得自我的确立和社会的认同。因此，人物所经历的一切个人的痛苦与欢乐，她的困惑和抗争，挫折与希望乃至她的全部内心感应，也就构成了一幅社会变革的全景图。

当然，我们如此从人物与社会的关系的角度来考察女主人公，绝不意味着我们只承认王金凤是一个抽象的社会典型。不，王金凤自身告诉了我们她是一个可感、可亲、可信的艺术形象，在当时的影、剧创作中，我们甚至可以赞誉她具有一定程度的突破意义。这是因为作者在塑造这个人物时，没有被当时颇为盛行的无冲突论和一些教条主义理论所束缚，没有当时常见的那种以说教代替行动，以排列事件代替细节描写，以图解观念代替刻画性格，以超凡的英雄化代替人的正常思想感情的表达等等倾向，特别是在表现劳动人民纯朴忠厚美德的同时，也没有回避积淀在农民身上的封建意识、宗法观念、愚昧落后等消极现象，在某些特定的场景中，作者甚至以十分沉痛的心情，把批判的锋芒着重指向了传统的积习，故而使作品既能展现生活的多种侧面，增强了真实感，又加重了它的反封建思想力量。然而也正是这一点既给作品带来了成功和声誉，也给它招来了非议和责难。创最好的上座率和获奖，自然是成功的一面，但另一面则是遭到公开的非难和批评，它被指责"夸大了农村的封建思想""落后于时代精神""给农村抹黑"等等，甚至在粉碎"四人帮"以后，还有人写大批判文章给它扣了许多帽子。"抹黑论"是某些教条主义批评家惯用的一件法宝，他们从不正视现实生活的纷繁复杂性，拒不承认文学艺术的批评性功能，一看到作品中写了缺点、错误以及生活中的阴暗面,就大叫"歪曲""抹黑",而且对真实性越强的作品就批得越凶,不知有多少作品曾被这种理论所扼杀和伤害。党的十一届三中全会以来,随着"双百"方针的深入贯彻执行,"抹黑论"不那么流行了,但它的潜在威胁仍在,仍然时不时冒出来吓唬人。远一点的对影片《天云山传奇》,近一点的对影片《芙蓉镇》,好像都有一些人愤愤然大叫其"抹黑"。

其实,《凤凰之歌》所描绘的那样的山乡,不但在新中国成立初期,存在着强大的封建网络和形形色色的封建观念,就是在几十年后的今天,也不能说封建主义思想已在我们国土上断了根、绝了种,对人已不再有任何危害了,因而也就不再是文学创作应予关注的课题了。《凤凰之歌》的反封建锋芒,既是作家意识到的历史使命的呼喊,又是艺术忠于生活真实的必然产物。如果我们提出更高的要求,我们也只能说《凤凰之歌》对于封建思想对人们的精神虐杀,表现得不深、不透、不足,对它的劣根性、顽固性开掘得不深,表层现象的描写多于灵魂的渗透,冲动的呼唤多于冷静的深思,而绝不是什么"夸大了封建思想"力量,或者给谁抹了什么黑。更何况,这里出现的落后现象,都是作为两种力量的较量而存在的,它们处于被改造或行将被根除的地位,比之于那种以赏玩的心情专门展览某些角落的落后、原始、蛮荒、俗野、人之动物本能,等等,是根本不同的。

中篇小说《婆婆妈妈小传》是与《归来》《凤凰之歌》及作家的其他小说在风格上迥然不同的作品。尽管《归来》《凤凰之歌》也着重写了人物,写了人物的命运,写了人物灵魂的激荡,写了人物的觉醒和成长,但我们总觉得这些人物还有点平直,有点近似扁平而不是一个圆整的形象,或者说缺少点独具特色的性格魅力。因此,我们完全可以从社会学的角度把童蕙云、王金凤称为一代新人的典型,但从美学角度,我们虽然也承认她们是具有一定感染力的艺术形象,但还不能说她们已经是被塑造得很成功的艺术典型。因为检验典型的标志,不是社会学的代表性,不是统计学的平均数,也不是某些思想倾向传声筒,而是典型环境中的典型性格,即独到的、个性化的、能揭示心灵隐秘层的、活生生的"这一个"。我们要求于艺术典型的,不是某种共性的复合或提纯,而是个性所涵盖的巨大的生活容量和思想容量,有了这种概括力,才能使形象超越自身、超越时空成为永恒。典型,是作家的艺术巅峰,是作家艺术成就的最高标志。当然,这样的艺术典型,对于任何一个作家来说,都是毕生追求而不可多得的。鲁彦周的早期创作,自然还远没有达到这样的成就,但在《婆婆妈妈小传》中,我们都看到了作家在这方面的刻意追求,看到他登上了步往艺术巅峰的阶梯。这是鲁彦周早期创作中最有特色的作品。

《小传》里的两个主要人物花燕红与罗步高，都是个性鲜明、音容举止历历在目的形象。特别是花燕红，从描容绘貌到开掘内心，作家都以自然而又真切的笔调，把她写得活灵活现，真好像抬眼就能见到其人，侧耳就能听到她的声音一样。

她性格开朗偏被不幸命运压抑着，她心地刚强却长期处于被损害的地位，她渴求忠实的爱情却因三次婚变而被视为水性杨花，她争强好胜谋求致富却又伤害了别人也伤害了自己，她实心实意地为丈夫好，却偏偏把丈夫推到了他不该走、也不愿走的道路，以至一度形成了两人间的家庭危机。她与罗步高的奇妙结合使两人都获得了幸福，然而又是在两人进一步追求幸福的过程中发生了不幸的波折。总之，花燕红是矛盾的，又是和谐的，是美的，又被视为丑的。她有自己的性格特征、自己的语言、自己的感情世界、自己的心灵秘密，是那个时期文学创作少见的"这一个"。当她刚与读者见面时，年仅二十几岁，脸蛋儿"白里透红，梳着一个燕子飞的老式头，头发净亮净亮，穿着袖口、襟边镶着天蓝色边的白褂子，身材婀婀娜娜"。她还有和人自来熟的本事，"不到三天，小伙子们她都能喊出名字。你要和她扯，她不怕；你要和她闹，她也陪着。眼皮一搭，酒窝一现，一排雪白的牙齿一露，伸手要打人，却又不打，变成一个掠头发的姿势，这一掠把那些光棍汉掠得心里火辣辣的……"唯一不受这种撩拨的光棍汉只有罗步高，他始终是"心里老大不舒服"，认为她是"狐狸精"，"自打她一来，搅得瓦块都翻了身"，"她正像大风耗水一样悄悄耗着人的心"。于是，这位专门爱管闲事号称"婆婆妈妈"的人，决定要"对付对付她"。然而，我们这位可怜的老实人，他的所谓"对付"，其实不过是拼上整天的时间，坐在通向花燕红住处的巷口，谁要是来了，他就一把拖住他，一面请他吃烟，一面施展出他那婆婆妈妈一套本领，连说带劝，连讲带骂，连哄带吓，把"来玩的人居然都被他弄走了"。当花燕红所见了罗步高是在说她的坏话时，她始而气恼，继而悲伤，并以泪水和着悲愤维护了自己的尊严，倾诉了自己的不幸身世并斥责了罗步高："我像狗一样被人踢来踢去……到现在连个家都没有，你还这样骂我，坏我的名誉，为什么？我到底做了什么对不起人的事啊！……"这个意想不到的撞击，使罗步高"像掉在冰窖里，全身冰凉，软叽拉瓜地在墙角边上坐下来"，甚至"没吃下饭"，"好像欠了人家一笔债"。于是两个对峙着的人儿互相发现了对方，两个似乎是冰火不同炉的人儿竟然奇妙地结合在一起了。在这里，作家并没有故弄玄虚，也没有卖弄偶然性的传奇色彩,而是遵循两个人的性格逻辑,写出了这种奇妙结合的合理因素。

然而,不管作者用了多少篇幅描写花、罗两人的爱情波澜,也不论某些细节写得怎样魂摇神荡、惟妙惟肖,但它不是一则乡村罗曼史,也不是一支田园情歌,而是围绕两个人物命运由悲到喜,再到悲,又到喜的螺旋形变迁,来反映农业合作化过程中两条道路斗争的。作家在花燕红身上所倾洒的那些浓墨重彩,对她那酣畅的绵绵情意和出色的精明的细腻描绘,一面固在刻画性格,但在思想倾向上实则是将其作为个体的小农的自发性本质来表现的。作家要把可怜的花燕红、可爱的花燕红和可悲的花燕红统一起来,目的在于教育农民,使之认识到农民的根本出路是必须根除自身的资本主义自发性、必须坚持集体化道路这样一个观念。于是,在这个人情味十足、生活气息极浓的故事里,融进了一个十分严肃的政治主题,花燕红则成了表达这一观念的工具。可是对读者来说,虽然在理智上不得不接受作品内容引申出的思想倾向,然而在感情上可能更为两个人物的命运所牵动。也就是说,读者易于接受作家用同情和赞赏的笔调画出的那个可怜和可爱的花燕红,而难以接受作家以批判眼光所责备的那个可悲甚至带几分可恨的花燕红。这是形象大于思想在"作怪",还是思想和形象发生了游离?

毫无疑问,作家的原意是要批评花燕红身上体现出来的资本主义自发性的,但艺术形象却又实实在在地昭示了普通农民对温饱和小康生活强烈渴求的正当愿望。这是因为艺术形象倘是按照生活的真实面貌并遵循人物性格的逻辑塑造出来的,它就可能以它的真实性向读者昭示某些作者不曾意识到的甚至与作者本意相反的东西。花燕红正是这样。你看,花燕红婚后就要为罗步高创家立业,从平地盖起楼来了。凑齐了一条牛以后,罗步高激动得嘟嘟哝哝和牛说道:"你可没有想到吧,我罗步高,婆婆妈妈,居然有条牛,一条整牛,好好跟我干,伙计,以后日子好了,我天天喂你黄豆吃。"准备添进二亩田时,花燕红对丈夫说:"……你是十八世修的,敲破了八十八个木鱼,点了八十八盏长明灯,念了八十八卷罗汉经。要不我怎么会这样对你呢,你看,我的心血都耗尽了。……这下我的本钱可足啦,我们有五亩好田,年年吃不了,年年有余钱,和村上最高的人家差不多啦。我们再生个儿子,教他上学堂,念中学,念大学。"就这些梦一般的追求,是那样执着地牵动着一个青年农妇的心。为此,她宁愿"喝黄连吃苦豆",宁愿和木匠师傅一起拉大锯为丈夫打一张顺手犁,宁愿田里家里忙得脚不停汗不止，甚至宁愿冒险背债，她都想慢慢挣个小康日子和被人瞧得起的人格。她的这种渴望其实是亿万农民的共同愿望，但在那个历史时期，是不能被理解也不能被承认的。然而不管花燕红的意愿和行为怎样被当作自发倾向加以责难，但形象自身客观昭示的那种愿望的正当性，却与作品正面所表达的思想主题并存在那里，它们同时从两个完全不同的角度，启发着人们的思考。我以为这是《婆婆妈妈小传》坚持写真实、写性格，写出人物的真情实感所产生的意外效果。

花燕红形象的另一客观意义是，她延续了童蕙云、王金凤的某种思想线索，再一次表现了妇女追求自尊自立的价值观。尽管她们是三个完全不同的人，但她们都身受封建意识的迫害，她们都是敢于同命运挑战的强者，都通过冲破封建罗网而获得了独立的人格。花燕红的三次婚姻不幸，完全是由于穷苦和被人玩弄、欺骗、遗弃而造成的，她本身是受害者，但在封建意识浓厚的世俗眼中，她却成了不正派的女人。不过她没有向坎坷多难的命运屈服，没有向世俗观念低头，她在"天晴太阳亮"的新社会，敢说敢笑，敢唱敢闹，敢于蔑视恶言秽语，敢于自主地去争取自己的幸福。她在爱情上追求"拿心贴我心"的自主行动，在做人上追求不做"受气包"、不"被人踢来踢去"的尊严感，在生活上追求温饱有余的小康理想，从本质上看，仍是童蕙云、王金凤那种争取自主、自尊、自立的价值观的延续。只是由于花燕红有着相当强烈的主体意识，她可能是一个更富有挑战性的新型女性形象。不论作家是否明确地意识到了这一点，这个人物形象的客观效果是包涵了这层意思的。

《婆婆妈妈小传》一般并不被认为是作家早期的重要作品，它也不曾像《归来》《凤凰之歌》那样给作家带来重大声誉，发表和出版后也都不曾引起评论界的注目，被埋没了二十多年。其实它是极有特色的作品，是非代表作的代表作，虽然以今天的眼光看来在思想倾向上有某些失当，但它是一篇有风格、有文采、有特色的好小说。

《归来》《凤凰之歌》《婆婆妈妈小传》是不同题材、不同样式、不同主题、不同风格的三个作品。它们当然不足以代表鲁彦周的全部早期创作，例如他的中篇儿童故事《找红军》就很有特色，不但对儿童，就是对成人来说也很有吸引力，故曾多次再版，并被译成外文，介绍到国外。电影《风雪大别山》（与陈登科合作）把情节的传奇性与老区革命斗争的复杂性很好地结合起来，真实地再现了老区人民配合红军指战员进行的艰苦卓绝的斗争，是同类作品中的佼佼者。作品的时间跨度很长,人物延续两代,情节变幻较多,但仍能集中刻画一两个主要人物,做到了奇巧不失真,情节跌宕却始终与人物命运紧扭在一起。散文《故乡书简》也以其深沉的抒怀而名噪一时。但《归来》等三个作品又确实从不同方面显示了作家的思想和艺术才华,可以使我们从中窥见作家早期创作的某些基本特色和局限性。

鲁彦周是一个善于开掘女性心灵并勇于为妇女解放而呼喊的作家,他的作品为我们留下了有一长串名字的巾帼群芳谱。这可能和作家对当时社会生活中残存的封建网络有着明澈的洞察有关。他以一个作家的思想敏感力看到,在我国从政治上和经济上完成了民主革命以后,庞大的上层建筑特别是意识形态领域,并未完全一致地随着基础的改变而改变,那源远流长的封建主义传统思想,是那样深而又广地盘踞在生活的角角落落,在某些道德观念领域,它甚至还在统治并支配着人们的思想和行为。宗法观念、封建伦理、落后习俗等,严重地制约着广大妇女,成为妇女解放的最大阻力,同时也构成了直接阻碍和抵制社会改革的巨大威胁。文学艺术要真实表现新旧社会交替的社会变动,便不能不触及在社会主义条件下继续反封建的问题。而在这个领域中,妇女问题更有充分理由占据显要地位。鲁彦周正是从这样的观点出发来思考和塑造妇女形象的,他的这种社会观体现在美学倾向上,则是在描写妇女生活时,不是着眼于柔情蜜意来牵动读者的魂梦,而是在开拓社会矛盾的大背景下来刻画妇女命运的。他笔下的女主人公们,尽管也有秀丽、娇媚的一面,但更多的是坚韧、刚强,我们甚至可以说,他写的女性是脂粉味儿少、火药味儿多。这当然不是说鲁彦周不长于抒写儿女情。不,无论是桑间陌路上的悄悄话,或者是知识女性的缠绵悱恻,他都有情真意切的妙笔,甚至在十分严肃的政治性作品中,在刻画某些大政治家的诸般政治活动时,他也没有忘记写上几笔动情的儿女态。这一点我们从他新时期的一系列作品中看得很清楚。但他的早期创作,从总体上看,鲁彦周是把妇女个人命运放在社会变革的矛盾斗争中加以表现的,主人公们大抵要在自己的人生海洋里,迎风搏浪,左冲右突,在参与解决社会矛盾的过程中,实现自身的解放和自我超越。这样的女性,往往不是那种鸣啼爱情组曲的杜鹃,而是搏击风暴的海燕,故而脂粉气自不能不少一点。

鲁彦周很注意开掘女性的柔情的另一面——刚气。当然这不纯是男子汉式的刚强血性,而是依托在女儿家身上的巾帼须眉精神。不但早期创作中的童蕙云、王金凤、花燕红、《三八河边》里的陈素贞、《风雪大别山》里的吴红英,都凭着一股刚气得到了锻炼成长，就连他在粉碎"四人帮"以后许多新作里，女主人公也都分明地透着几分刚气。不错，宋薇（《天云山传奇》）、徐竹卿（《春前草》）曾有过较多的柔，但最终还是以刚克了柔，至于田嫂（《柳暗花明》），冯晴岚（《天云山传奇》），韩越芳（《呼唤》），耿秋英、邓云姑（《彩虹坪》）等一系列重要人物，则无不是在刚柔兼济中以刚为质。这里不是说刚柔气质有什么高下优劣之分，而是说鲁彦周在刻画女性形象上显示了作家的某种美学追求，他似乎偏爱开顶风船的妇女，这种由早期创作奠定了的审美趋向一直到近年的一系列新作之中，从王金凤到耿秋英，作家都始终致力于塑造那种靠自己奋斗、靠参与社会斗争、靠在逆境中坚韧拼搏而获取人身价值的女性典型。他不鄙薄滴艳的海棠和恬静的睡莲，但更厚爱傲霜的山菊和餐雪的寒梅。他认为新时代造就了这样的女性，这样的女性又是参与造就新时代的强者，人民和时代都更为需要这样的女性，故从早期创作开始，他就把深情厚望寄托给她们，使这样的形象在自己的各类作品中均占有显著的地位，并以这样的形象影响更多的同时代人。

鲁彦周早期创作的另一特色是鲜明的时代感和当代迫切主题相结合。

他是一位艺术准备并不充分但又出手不凡的作家。这里，除了勤奋、刻苦、贴近生活以及勇于艺术探索之外，选材得当、主题适应社会心理的迫切感，对他创作的成功起了不可忽视的作用。《归来》触及了当时的社会生活中十分敏感的道德意识，它所抨击的正是人们怨愤的一种社会现象；《凤凰之歌》提出了在社会主义革命时期必须继续反封建的课题；《春天来了》《三八河边》则是踩着合作化、公社化高潮的锣鼓点儿问世的；《桃花汛前》《故乡书简》及一系列短篇小说，差不多也都是与现实生活同步而生。作家对新颖题材的敏锐感和他对某些重大社会问题的思考，使他的作品常常能够和社会心理紧密呼应，传达出人民群众的一些呼声。《归来》大快人心之处是它的批判锋芒，而这种批判精神，则正是针对干部进城以后的某种思想演变以及它在一般群众心里所激起的义愤而发出的呼喊。《凤凰之歌》曾因其在社会主义时期写了一个民主革命的课题而受到批评，说它落后于时代精神。其实作家所把握的反封建主题，恰恰是抓住了当时社会生活实际中摆在人们面前的一个极为尖锐、极为迫切的课题，因为社会主义改造，不仅要体现在政治和经济领域，更要体现在人的思想、人的感情、人的心灵这个较为隐蔽的领域里，而清除封建余毒，即在人们心灵深处荡涤许许多多延续了几千年的封建传统观念，那是一场更为艰难的改造。作家从生活实际出发而不从教条出发来评价生活和开掘作品的思想主题，与生活自身提出的课题及群众的愿望是完全合拍的。

由于作家十分关注当代现实题材,他自身便也保持了积极贴近生活的姿态。他不停地追寻生活的发展和变化,不停地参加各项社会活动,整社、救灾、水库建设等,他都争取投入进去,足迹遍及江淮大地,主动和普通群众贴心交友,获取了丰富的生活营养。在1964年,为了深入生活底层,他把全家迁到了大别山脚下的岳西县,个人又只身走访许多深山僻谷的村寨,既体察了现实,又了解了大别山老区的斗争历史,为后来的创作积累了大量的素材。热情地关注现实和敏锐地反映现实,使鲁彦周的早期创作形成了与生活保持同步的基调,显示了作家在那个时期特有的政治热情和社会责任感,它的主导面应当说是积极的。但另一面,由于过分注重配合形势的政治需要,有时也常常给他的创作带来图解观念,空泛说教或者使艺术新闻化、简单化、概念化的倾向。《三八河边》便是一个最典型的例子。作品的前半部虽有某些认识偏颇,但总体上是写生活、写人物的。后半部则因按照"五风"的观点来表现公社化的过程,故而使作品完全成了鼓吹"五风"的浮夸虚假之作,可见艺术一旦背离了真实,便不能不失去生命。收在《桃花汛前》集子里的某些短篇,今天重读不仅会有时过境迁之感,有的也明显地感觉到作品跟着那个时候的错误政策和错误倾向而宣扬了错误。造成这种情况的原因是多方面的,当时文艺指导思想上的片面性和理论上的教条主义,有其不可推托的责任,但作家本人对生活洞察得不深,对文艺基本特性把握得不足,也是不可忽视的。因此,我们一方面积极地肯定鲁彦周早期创作中体现出的那种饱满的政治热情,并高度评价他的那些关注现实的优秀作品,同时也需指出,一个作家热心追踪现实生活中的新颖题材,还必须与透彻地熟悉生活,正确地认识生活和艺术地表现生活很好地结合起来,才能使作家的政治激情化为真正的艺术果实。

鲁彦周早期创作的再一个特点是多样的追求和多样的探索。

我们在前面说过,鲁彦周是一个多产而又多能的作家。这多产和多能,是他的多样的追求和多样探索的结果。任何一个作家的早期创作都有一个选择过程,无论是艺术样式、题材内容、技巧手法、风格形式,大都经过几番选择,才能逐步被化为个人的美学趣味。鲁彦周选择了什么呢?他选择了什么都摸摸,什么都试试,什么都钻钻的态度。这看起来似乎是无定见,其实就是一种明确的定见。从艺术样式上说,他的处女作是短篇小说,但正式打响的第一个作品是戏剧。紧接着他又去写电影剧本,然后又是多幕话剧、戏曲、散文、特写、儿童故事、中篇小说、长篇小说，都被他尝了个遍，而且除长篇小说《在这块土地上》因原稿在"文革"中遗失未得出版外，其他各类形式作品都得到了公之于社会的机会，并有各自的代表作。从题材内容上看，他也是什么领域都去接触，农村、山区、工地、老区、城市的许多角落，都在他的作品中得到过真切的描绘，现实题材和革命题材也同时在他的作品中占有主要地位。从风格手法上看，他也是多方兼容不死守一格，《归来》似乎激越，《婆婆妈妈小传》则是娓娓而谈的，《凤凰之歌》明快而又深沉，《故乡书简》以抒怀见长，《人在春风里》以凝重取胜。看来，他的选择就是多样的艺术和艺术的多样，可能压根他就没有打算成为一个以什么为主或者是只善于写什么的作家。这种多样的追求和探索，给作家带来的最大好处是多方面地训练了自己的才能，有助于扩大自己的艺术视野，容易将多种艺术的特长融于自己的创作，从而逐步形成他个人特有的风格特色。有趣的是，作家早期创作这个特点，也如同前两项一样，已经延续到作家的整个创作生涯里，直到今天，他还在多样的艺术和艺术的多样中探索着前进，所不同的是，今天是以比较成熟的姿态进行着创造和探索，而早期创作则显露几分稚嫩的尝试性。

从 20 世纪 50 年代中期到"文革"开始，鲁彦周的早期创作，基本上经历了十个年头，我把它称之为鲁彦周创作的第一个十年。

在这十年中，不论有多少客观的和主观的局限性，鲁彦周的收获是丰硕的，几部代表性的作品奠定了他在文坛的地位，百余万字的数量表明了作家的辛勤耕耘。然而更重要的是，他在成功和失败两面都获得了有益的经验，本文开头所说的他在"牛棚"里进行的自省，就是在正反两面经验的基础上进行的，而那个自省，又恰恰是鲁彦周在新时期的创作中走向成熟和实现超越的基础。从某种意义上说，"牛棚"生活从反面促进了鲁彦周的超越，或者说是给鲁彦周帮了个大忙。

从鲁彦周整体生涯看，他的第一个十年，还是他的文学的准备期。尽管他有的作品得了奖，有的作品被译到了国外，有的作品也可能在影、剧文学史上占有一席地位，但那时的鲁彦周还不能算是已经成熟了的作家，他的作品多数也不能算是成熟的文学。

作为成熟作家的标志，至少应当包括：个人风格的形成、明确艺术观的固立、具有独立评价生活的哲学辨析力、具有创造的自觉意识，等等。那时的鲁彦周还没有达到这样的境界，虽然他热情洋溢，刻苦勤奋，并在文学上表现出了多方面的才能,但那还是作家走向成熟的准备,而不是成熟自身。也许那一阶段的文学还没有完全进入自觉的时代,因而那时的作家也难以建立起明确的、自觉的主体意识。鲁彦周早期创作的最大局限性,是他有一些创作的动因,并非来自自觉的创造欲望,或者说不是来自生活唤起的创作冲动,而是来自形势的召唤、政治任务的需求以及某种大气候的影响等。哪怕所有作品都是自己主动写出而不是外部强派的,我们仍然不能认为这种动因是自觉的创造欲望,因为它的本质不是发自自我的真情本态,而是非文学的外力强化。在这种条件下产生的作品,总是观念的因素大于情感和形象,难以构成具有创造意义的文学。

当鲁彦周顺着当时的文艺从属于政治的观念,顺顺当当地走下去的时候,他获得了肯定和称赞,获得了作家的称号。但也正是在他这样走下去的时候,正是在他获得了所获得的一切的时候,他并未真正获得文学——那种富有鲜明主体意识的文学。

《天云山传奇》的问世,显示了鲁彦周创作道路上的一次突破性超越,作家的思想和美学个性都成熟了,作家以精湛的艺术描写,为我们塑造了宋薇、冯晴岚、吴遥这样的典型形象。在此以后的《呼唤》《山魂》等新作中,作家又有新的追求和成就,使我们看到了鲁彦周的创作,既有延续他早期创作的传统的一面,又有跨越新的层次,登临新的阶梯,攀向新的高度的一面。关于这些,笔者准备在另外两篇文章《第二个十年》和《跨越自我》中加以考察。

(1984 年 12 月初稿,1987 年 7 月修改)

情节和人物

"无巧不成书",是来自群众的一句很有意思的评语。这所谓巧,我想,不论是巧妙、巧合、新巧、奇巧,大概总不外是指作品的情节要有些曲折变化、别出心裁、出人意料之处吧。巧,本来是生活中含有偶然性因素的现象,可是人们却偏偏把它看作是艺术情节中必不可少的成分,其功用可算是不小了。真的如果我们不把"巧"仅仅理解为惊险离奇、玄虚难测,那我们在小说、戏剧、电影这类作品的情节里,便往往可以看到某种巧处。

有的作品看起来很朴实、很单纯,就像生活本身在说话一样,不露什么离奇凑巧之迹,但那朴实、平易之中仍然藏着巧,比现实生活本身总是更富有集中性和巧妙之处。有的作品巧趣横生回流万转,置偶然于必然之中,置意外于情理之内,每每出乎所料,但又虽巧而不失真,虽奇而不失理。看来,不论是藏巧露巧,它都是作家按不同情况处理生活素材,表达主题的手段,比起自然形态的生活来,它总是不能不包含着某种巧的因素。朴中见巧,自然很难;直接露巧,却也并非易事。这里所难的,主要的也许不在于要找到巧的情节,而是在于使情节既要巧妙非常,又要逼真可信;既要敢用险笔,又要来得自然贴切,不漏丝毫缝隙。情节的巧妙与否,并不单纯是为了使作品生动并增加吸引力,它乃是为展示人物性格服务的。情节是性格的历史,离开了性格创造,单纯追求情节的巧趣,往往会落入肤浅的境地里。"无巧不成书"绝不能成为追求荒诞情节的借口。在这个问题上,我觉得影片《风雪大别山》有很大的成功处,但同时也还有一些弱点。

影片一开头,作者就用旁白交代说:

这不是一个惊险的故事,也不是一般的战斗故事,它也许有些巧合,也许还有些传奇,但是它却是一个真实的而且是革命的故事。

的确,《风雪大别山》是很富于传奇色彩的。和某些看头知尾的作品不同,它运用了一系列的带有偶然性的巧合情节,把我们带入了一个别开生面的艺术天地里,使我们和影片的主人公共度了一场交织着战火、仇恨、痛苦、欢乐的革命斗争生活。

两个革命家庭——郑从义夫妇和小龙、林天祥夫妇和小芳的命运变迁,组成了这个真实的革命传奇故事,而故事情节的曲折变化,又不但恰恰是人物命运变迁的反映,同时也是那个时代的许许多多革命者的个人命运和集体命运关系的反映。在这里,两个革命家庭的个人遭遇的特殊性和千百万革命群众的共同命运是统一的,巧和生活发展的必然规律是统一的,传奇性和真实性是统一的。

大别山地区的革命运动,把林天祥(拴柱)一家和郑从义一家联结在一起,至高无上的阶级的爱使他们之间产生了比亲兄弟更为亲密的感情。这在林天祥,不但是找到了郑从义这样一个最好的大哥,更重要的是他找到了一个最好的老师,使他从自发反抗的失败中找到了彻底解放本阶级的光明大路。当林天祥对郑从义说"我就拜你做我的大哥,让我们两家永远在一起"的时候,我们看到从此他也就和革命"永远在一起了"。严峻的阶级斗争考验、是大哥又是老师实际上也是党的领导人对他的教导,使他从一个普通的农民逐步成长为一个勇敢的阶级战士。是红英和秀英共同绣起的那面党旗,照亮了林天祥和大别山全体人民的光辉路程,并结成了林郑两个革命家庭的友谊,但也正是为了保卫这面红旗,使得他们在大别山离散。然而,当这面红旗出现在北京"革命文物展览会"的时候,又仍然是这面红旗使得他们重逢。《风雪大别山》情节的传奇性,主要的也就集中体现在从离散到重逢的过程中。这个过程的时代背景,是中国革命从暂时的挫折走向新的革命高潮的掀起直到取得最后胜利的年代,影片主人公的离散和团聚,正是革命斗争的发展和变迁在他们身上的反映。要说巧合,事情实在有点太巧了,你看,在"反围剿"的战斗中,郑从义英勇牺牲之时,郑的儿子小龙被林救走了,而在同一次战斗的另一个场景里,秀英牺牲之后,林的女儿小芳却又被红英救走了。林和小龙曾目睹了红英跳崖舍身救群众的壮举,自然以为她是牺牲了,但身负重伤的红英带着小芳寻找队伍时,途中又偏偏碰见了掩藏着的丈夫的尸体,也会由此很自然地想起失踪的小龙的命运,他们同在风雪弥漫的大别山里找到了队伍,但他们并没找到一块去,而林天祥随队伍长征北上,又使他们越离越远,更加失去了相会的可能性。以后,红英和林天祥分别抚养着小龙和小芳这一代,在革命队伍中把他们都教育培养成为像父辈一样的战士。可是,当林天祥率领队伍再次打回老根据地的时候,配合他们共同作战的游击队偏巧就是由红英所领导的;把重要情报送给林天祥的,又恰巧是他的女儿小芳;在协同作战时红英用身体掩护了的解放军突击队长,却是她的儿子。然而,在这里相会了的父女、母子、童年时代的朋友,又是对面不相识。他们都以革命战士的责任感在完成着共同的任务,但谁也不知道(甚至想也没有想到)身边就是自己的亲人,而他们的重逢相识却又在全国胜利以后的天安门前。这一连串的情节岂不都是巧而又巧吗?这里,我们且不去评论究竟哪一个细节更自然、更富有艺术的说服力,或者哪个细节多少带有些斧凿痕迹,就整个情节的巧合性来讲,我觉得,它基本上是具有可信性和说服力的。这些巧合性的情节并没有离开时代背景和生活真实的基础,人们可以理解这些巧事是生活中可能发生的或者是确实发生过的。大别山人民的命运、无数老根据地人民的命运、许许多多革命战士的特殊生活经历,为这种传奇情节提供了生活基础。作家在运用这一传奇性的戏剧情节的时候,他们也并不是单纯从情节出发,而是根据人物命运的发展演变出这样的情节。当然,为了使整个故事更有曲折变化,作者在安排情节时的确弄了一下巧。我们可以感到,有的地方处理得很好,比如,红英抱住白匪军官跳崖的场面在最严峻的时刻里突出了红英的高尚而又英勇的品质,同时又使林天祥和小龙亲眼看见了这一悲壮的行为,既增加了他们的悲愤之情,也照应了以后的情节发展。红英无意中遇见丈夫尸体一节,看起来似乎与整个戏剧情节关系不大,好像仅仅是一个巧遇而已,其实这是红英继跳崖之后又一次显示她的英雄性格的重要细节。在这里,她并没有做出任何像跳崖那样惊心动魄的事,她却受到了一次不亚于跳崖那样的考验。在战争失利,群众惨遭杀害,孩子失踪,自己身受重伤之后,又发现自己的丈夫阵亡,那巨大悲痛之情,是可以想见的。但无论肉体上的巨大创痛还是精神上的重大创痛都没有压倒红英,她仍能怀着希望,背着小芳在风雪漫天的大别山走着、爬着去寻找红军。在影片里,这是一段相当动人的情景,倘没有中途偶遇丈夫尸体的这个细节,恐怕就会影响更突出地表现红英在这一段路途上所体现出的高尚精神境界。当然,也有某些巧趣用得比较一般或露斧凿之迹,像红英以身掩护突击队长郑云龙(小龙),以及郑从义那只挂表的几次出现,都显得一般,它们并没在突出人物性格上以及在整个情节的进展中起到多大的作用。但是,就《风雪大别山》整个情节安排来说,它的传奇性并没有损害真实性,两者基本上是和谐的。引人入胜的巧妙情节为这部影片增加了一定的艺术魅力。

然而,在艺术创作里,使情节的巧而不失于真,奇而不失于理,这还仅仅是我们考察处理情节成败的一个重要方面,而另一方面,则不能不进一步探讨一下这样或那样的情节安排,是否更有助于揭示人物的精神面貌。所谓情节是性格的历史,我想那不但是说情节本身就是人物行动以及人物相互关系的具体表现,同时也就是意味着只有最充分揭示性格发展的情节才是最成功的。在叙事体作品中,人物和情节是交织在一起的,它要求作家必须很好地把握住人物的性格特质和性格冲突来开展情节,倘若离开了性格刻画去追求情节的生动性,那就往往会损害或者减弱人物形象的艺术力量。

在《风雪大别山》里,作者歌颂了两个革命家庭的两代战士对革命事业的坚定信念,并通过这表现了革命者的个人命运和集体命运的关系。在影片的前大半部里,作者的笔触也颇为注意对人物性格的刻画,像林天祥参加革命之初的思想动态,特别是红英的一系列的表现,以及小芳成长后的出现,都曾经给观众留下了较深的印象。可是就整个影片的艺术形象来说,我又觉得作者虽然比较注意情节的传奇性和真实性的统一,却未能更充分地注意到使主要情节都能有助于深化人物形象。相反,为了照顾这样一个曲折多变的巧妙情节,影片的人物比较分散,某些主要人物性格特色也不够鲜明。两个革命家庭共有六个人,他们都要在这个离散和团聚的故事里扮演主要或重要角色,戏就不能不分散,从大别山农民的自发反抗斗争一直写到全国胜利,而且要穿插进曲折多端的故事,就更加要求作家用最经济的笔墨,也就是用最具有典型意义的情节来揭示人物的性格特征,要不然那是很容易面面俱到但又浮光掠影的,林天祥的形象就可以说存在着这种弱点。因而使人觉得在排长林天祥和师长林天祥之间,究竟还保留着什么样的性格特色和性格有什么样的发展,都不够鲜明。在前面大半部里,红英的形象是比较突出的,可惜在她找到游击队之后戏也断了。虽然当情节进入要表现第二代人物的时候,我们也并不要求仍然集中力量刻画第一代人,但红英(还有天祥)这时仍然是作为戏剧情节里的重要人物出现的,因此就不能忽视继续刻画这样的人物。着笔可以不多,分量是重要的。父女、母子相逢不相识的情节是有趣的,而且也有它的可信性,但仅仅做到这一点还不够,作家有可能利用这样的情节,不断写出第二代人也能继续深化第一代人。因而影片在这些地方也似乎过多地注意了情节而没能更多地致力于人物。因此,使人看了影片之后,觉得好像是听了一个生动有趣,也很有意义的故事,可是故事里的主人公所留给人的印象却不很深刻,故事不能令人念念不忘,久久萦绕于脑际。

求新求异求变
——读《阴阳关的阴阳梦》

在鲁彦周的艺术天地里,他新近又以《阴阳关的阴阳梦》创造了一个全新的境界。这是一个梦幻世界,一个充满着光怪陆离色彩的神秘世界,一个阴阳交错、真幻莫辨、人鬼共存、昼夜不分、今昔交替、恍兮惚兮的混沌般的世界。作者用梦幻把我们引到这里,又让我们在这里领略了一场触目惊心的人间悲剧。在这个世界里,有跃动着的生命意识与泯灭人性的封建礼法的殊死搏击,有民主主义思潮与旧势力顽固堡垒的抗争,有资本主义工商业者与地方宗族势力的较量,有正义同邪恶的格斗,而更为集中的则是一批争取个性解放、爱情自由、人身自主、人格独立的纯真女性,向肆意虐杀她们美丽心灵和生命的封建道德的挑战。不幸的是,尽管有无畏的挑战与冲击,尽管有来自阴阳关内部和外部几种力量企图给阴阳关吹进一丝新风,带进一些新的社会思潮或传播一点新的道德观念,但由于阴阳关力量对比的悬殊,也由于改革者自身乏力,因此整个进程乃是美被绞杀、自由被窒息、真情被毁灭、人性被摧残、阳光被遮掩,留下的,仍是弥漫着阴阳关的阴森森的毒雾和几代挑战者的悲哀和叹息。

特殊的地理环境、社会环境以及与此相关的特殊的地域文化背景,为作者所创造的神秘世界提供了可以理喻的依据,奇异的梦幻艺术手法,又为这神秘世界增加了几分扑朔迷离的气氛。

阴阳关是把政权、神权、族权、夫权融为一体的绝对封闭的封建堡垒。因为地域的特殊封闭性,它几乎成为一个与世隔绝的、独立的、孤立的封建王国。因此在辛亥革命十几年以后,五四运动前后那样的剧烈社会变动,对阴阳关似乎毫无影响,仍然袭用着大清王朝的礼法和道德,而这里所袭用的清朝的老规矩,又是被阴阳关的神权族权地方化了的,它的封闭性决定了它的保守性,而保守性又保护着、延续着并加强着这种封闭性。因为只有封闭,才能保住那里的统治者的政治和经济利益,只有封闭起来,让那里的人们处于与外界隔绝的状态,才能使外界的社会变革波及不了这里的人心和民性,才能延续这座封建堡垒的生命。而这里的统治者为了巩固这种封闭性和保守性,就必然在统治手段上显示出更加残酷阴险和毒辣,政权、神权、族权、夫权的一体化,正是他们统治手段的集中体现。对于一切敢于试图反抗的人,不仅有砍头、沉河这样的镇压手段,更有日常化的对人们的思想统治的礼教规范和神魔邪术的迷惑。因此这里除统治者和从属于他们的那一伙人以外,只能容许并造就两种人的存在:一种是老老实实为他们服务者,再一种就是半痴半呆的弱智者。有了这样牢固的社会基础,那些来自内部和外部的几代试图冲决这座堡垒的男男女女,都难免不幸遇害。这部小说正是通过这些抗争者的悲剧命运,反映出历史上资产阶级民主革命几遭挫折的悲惨图画,同时又借此折射出:面对强大的势力的存在、中国社会变革的艰难曲折,要想使新的历史思潮全面战胜旧势力是必然要付出沉重代价的。小说中多次借人物之口说"人生也就是梦",恐怕就是作者对那段噩梦般的历史的痛苦的审视,也可以说是作家借助梦幻来隐喻现实人生的悲欢因果。

然而《阴阳关的阴阳梦》的主要价值并不在于作家准确地表达了某种历史思考,而是在于作家运用这一历史背景展现了形形色色人的灵魂。阴阳关的社会冲突,无论是人鬼冲突、善恶冲突、正邪冲突,实质上都是人性冲突,即人性与反人性的冲突。作品正是紧紧扣住这个中心,在揭示人物内心隐秘和艺术表现手法上,取得了重大突破。

塑造人物、刻画性格、展示人物的命运,是叙事文学共有的命题。鲁彦周在其丰富多彩的电影和小说创作中,早已在这方面取得了良好的成果,像《凤凰之歌》《婆婆妈妈小传》《天云山传奇》《呼唤》《古塔上的风铃》等名著中,都有性格鲜明、情趣可人的女性形象。但在这些作品中,主要是以抒写人物的命运来牵动作品情节的展开和变化,对人物的描写和刻画多是侧重外部和行动,即使涉及人物内心世界,也多半是为着印证人物行动和性格形成的内在依据而写。但在《阴阳关的阴阳梦》里,作家一方面保持了他精细地描绘人物的音容、举止以及人物性格和命运的发展历程;另一方面则把主要笔墨转向人物的内心世界。在这部作品中,作家有意无意地运用了弗洛伊德的某些观点,在揭示人物情感世界的隐秘区域时,不仅袒露了情感与理智的冲突,更把笔触深入潜意识层,让人物的"原我"冲脱"自我"和"超自我"的控制,将埋藏在潜意识深处的平时说不出道不出、想不清理不清的本能欲望,时不时地显露出来。作品中的一个接一个的梦,虽也有引发故事、叙述情节的作用,但更主要的是用于开掘人物的内心世界,特别是开掘潜意识层。这些梦不仅深入地揭示了女主人公星仪的丰富而复杂的情感世界及潜意识层的某些隐秘区域,也从中揭示了梅荪、冰云、水静以及徐明清和郁林一干人等的内心隐秘。值得称道的是当作家致力于探索人物内心世界时,他并没有孤立地、片面地游离于人物命运和作品情节去玩弄文学游戏,也没有因内失外忽视了对人物行动的描绘,而是把刻画性格、叙写人物命运历程和开掘内心做了较好的结合,从而使人物更加立体化,更加真切可信。像徐三老爷对冰云的爱、恨、怀、惯的多重复杂心态,只通过几个细节,便入木三分地勾勒出来。而冰云和肖思两个独特性格的出现,又为本书增添了几分浓郁的浪漫主义色彩和引人入胜的魅力。肖思的豪放和野气令人注目;冰云一出场,便以她的美丽、潇洒、雍容强而有力地吸引住了读者,随着情节的进展,她的火一样的性格,为追求自由而奋不顾身的大胆妄为,她以美丽面容征服甚至敢于挟持三老爷的叛道行径,她的大胆地爱,大胆地袒露内心隐秘,大胆地获取,大胆的举动,一步深入一步地被表现出来。特别是跳舞和吻尸两节,前者令人意乱神迷,后者使人触目惊心,把人物性格刻画得淋漓尽致,其魅力着实令人赞叹。冰云与梅荪、星仪、水静都是体现个性解放与封建法规冲突的主要人物,她们各自有自己的性格特征和不同的命运历程,尽管作者施笔墨于星仪者更为细腻入微,但冰云形象的强烈浪漫主义色彩,却构成了本书最为引人注目的典型。

在艺术表现方法上,《阴阳关的阴阳梦》体现了作家的大胆求新求异求变的突破精神。他在人物刻画上的向内转,是与表现方法的转变相辅相成、互为因果的。作品对人物内宇宙的探索,得力于梦幻手法的应用,而梦境中的真幻交错、虚实相间、人鬼对话、恍惚迷离的诸般情景,则可以释放潜意识,借以充分揭示人物自身以及人物之间的感情纠葛,甚至让"原我"冲破道德和理智的束缚,把某些非自觉的、无意识的本能释放出来。

与以往的著作不同,鲁彦周在这部小说中较大幅度地运用了魔幻现实主义的表现方法,并且对西方现代主义艺术方法的意识流、象征、意象诸手法均有所借鉴,对人物心态的把握上,也多多少少吸收了弗洛伊德精神分析学的某些观点。这在主人公杨星仪身上表现得十分突出。她的十五个梦,既是引发故事、推进情节发展的真实生活场景,又是非真而真的幻觉幻听幻象的朦胧境界,它可信又不可信,要摆脱它又要寻求它,作家正是依托这样的境界,有层次地展示了主人公内心世界里的愿望、矛盾、恐惧、痴怨、悲哀等诸般异常复杂的感情纠葛。此外,如阳山阴湖的象征意蕴,大自然的阴阳和谐与社会生活中的阴阳对抗,原始自然的诱惑力和破坏力,都含有某些隐喻和暗示,这比之于以往的创作确有突破和超越意义。

然而鲁彦周对于西方现代主义艺术方法,目前还只是某种借鉴和吸收,并非把现代主义某一流派拿来做自己的追求目标。尽管魔幻现实主义惯用真幻交错的方法来叙述情节和描写人物,但将梦幻融于文学作品,却是中国传统文化古已有之,且是被运用得相当纯熟的一种艺术方法。唐人小说中《黄粱梦》《南柯梦》早已脍炙人口,《红楼梦》中的太虚幻境乃是关系全书主旨的重要章节;至于《牡丹亭》更是梦幻艺术的杰作,那是先在《惊梦》一折中先出了一个梦中的柳梦梅,而在杜丽娘因情而死后才出了个真实的(也是梦中那个)柳梦梅,世人均把此作视为"四梦"的最佳代表。董说在其《西游补》的序言里,就他小说中出现的唐代赴西天取经的孙悟空何以在地府审讯宋代的秦桧一事,对梦做了非常有趣的解说。他说:"譬如正月初三梦见三月初三与人争斗手足割伤,及至三月初三果有争斗,目之所见与梦无异。梦中见之者,心无所不至。"他的这个解说,和弗洛伊德的《梦的解析》所说"梦是愿望的达成"有点近似。中国古典小说和戏曲对于梦幻手法的应用是非常广泛的,鲁彦周的《阴阳关的阴阳梦》可以说是既吸收了西方某些思潮和方法,又继承了中国传统文学的精神和方法,不管这种尝试是否已达到完美的程度,但求新求变求异之举,应该得到我们充分的理解与支持。

(原载《文艺报》1993 年 9 月 19 日)

人性的视角
——《双凤楼》管见

一个鲜活的故事,一个曲折多变饱含着血泪的悲剧故事,被鲁彦周在长篇小说《双凤楼》中讲述得淋漓尽致而又凄婉动人。小说最后一章的结尾,那张"白雪、老树、青枝和一个美得让人心跳的新娘照片"完成了这悲剧故事所要表现的主旨。"美得让人心跳"的"美",被撕毁了;丑,在黑暗中发出了惨笑。但作家向我们传达的信息并不只是展示美被撕毁,而是在讲述美与丑的对峙中,丑是凭借什么力量、什么方法、什么思潮、什么手段、什么心机战胜了或撕毁了美的。当然,小说不是历史经验的总结与分析,它是透过人物的命运和人物的心灵历程来表达作家自己的人生体验和在这种体验中所形成的一个观念,那就是:任何悲剧的产生,并不仅仅是为历史的、时代的思潮所铸造,人性扭曲、人性泯灭、人性失衡同样是铸造悲剧的根源。真善美与假恶丑的冲突与搏杀,不仅在社会政治生活中有着屡演不衰的记录,同样也在人的心灵世界,在人性的本能领域内有着剪不断、理还乱的搏击,因此人性失衡,往往是酿造悲剧苦酒的发酵剂。《双凤楼》内外所演出的一幕一幕悲剧,其内因均是来自人性的失衡。

关心鲁彦周创作的人会发现,在中篇小说《逆火》出现前后,鲁彦周把自己探视生活的目光,从政治的、历史的视角,转向了人性的视角。就是说作家在开掘题材、把握人物命运、探索人物心灵世界时,不再仅仅从历史社会环境决定一切的观念出发,而是在重视这些外部条件的同时,更注重人性的美恶以及人性的非常状态和失衡状态所引发的内因。这,我们在《阴阳关的阴阳梦》和《双凤楼》中可以看得很分明。当然,这两部小说的题材内容与时代背景完全不同,作家所表达的思绪也各自不同,但在注重从人性视角把握人物命运和开掘人物内心世界方面,却是完全一致的。作家把压抑人性、扭曲人性视为罪恶的渊薮,并且把它看作是铸造社会悲剧和个人悲剧的基因。《双凤楼》中燕朋的悲剧始于人性冲动,终于人性复归;曾季素的悲剧看似政治因果,实则是人性美的升华;季小纯的悲剧命运波折,既源于父母的人性基因,更有他自身本能的对于爱和美的执着追求和凝固信念;珍珍是美的化身,也是真诚与善良的化身,她的悲剧含有某种崇高境界,她的至高的人性美恰恰是被卑微的人性恶、人性失衡的丑恶势力所绞杀。因此可以说,燕朋父子两代人的命运历程,正是人性的美与丑的对峙和较量的过程,作家写了美的被撕毁,正是批判与鞭挞人性扭曲、人性泯灭的可悲、可叹与可怖。

反过来看,作为人性恶或者人性异化的代表人物杨秀、燕载、宫为安等,他们固然在社会政治斗争中获得了一时的胜利,他们多次用邪恶战胜了正义,但他们的命运最终也只能是悲剧性的。因为对于人来说,人性是本质的东西,人性泯灭了,失去了人性的人,那将不成其为人,而不是人的人,岂不是另一种意义上的悲剧?人们可以提出疑问,杨秀等人的扭曲不也是特定历史思潮的异化产物吗?是的,有这样的外部条件,但在同样的环境下为什么会有另一种完全不同的人呢?作家把它归结为他们自身的人性恶是他们铸造自己悲剧命运的内因。

尽管作家在小说《引子》里开宗明义地说:"没有想要写什么运动和施教于人","更不想对它做出什么评价。但事实上他还是让人物的悲剧命运对那段历史作了评价"。他说他"不想施教于人",但他呼唤用真善美、用爱心、用诚挚来铸造人的灵魂。这本身也是一种教化;他没有用什么解气的语言来诅咒那个动乱年代,但他写出了那场运动怎样把人性恶调动得淋漓尽致,怎样把人性美摧残得无以复加,便更深一层揭示了那场运动的非人性和非正义性。

从人性的角度来观察和思考生活,从人性的视角来把握人物的命运,使得鲁彦周的创作在摆脱政治观念化方面,有明显的突破。他的人物不再跟着政策需求走,情节架构也不再以政策观念冲突为核心,对人物性格的内心世界的开掘也更加深入和更加丰富了,有的甚至深入了潜意识层。作家也不再背着超重的政治负荷来阐释某种观念、某种思潮的正误,而是在一种轻松自如的心境下讲述按照人的本性、人的常情所能发生的故事。如果说《彩虹坪》《古塔上的风铃》还残留某些形象图解痕迹的话,《双凤楼》在这方面确实有明显的突破。

但是,从人性的视角来观察和思考生活,也会面临某种挑战。那就是:人性的观点能不能超越时空,超越历史思潮,超越阶级意识的影响、渗透和某种制衡?当作家从人性的角度把握人物命运时,应当如何恰当地、准确地掌握环境与人性两者的关系,如何使你的人物和故事的走向合情合理,写出典型环境中的典型性格,便是一种不可避免的挑战。

我们过去的理论不承认人性的存在,认为只有带着阶级性的人性而没有普遍的共同人性,这当然是不能解释人类生活复杂性、多样性以及人的共有本能的简单化理论。这种理论造成了文学的公式化、概念化长期泛滥,也造成了人们对现实生活极为简单化的理解。新时期以来的文学创作很好地改正了这种倾向,但随之而来也出现了泛人性的弊端。早在寻根文学发热时期,便有少数作家把他的人物故事放在与世隔绝的深山老林里,编织荒诞故事,塑造只具备人的本能的怪胎形象。这种超越时空现实的人物故事,没有可信性,当然也就没有文学的真实性。目前正流行的正三角、反三角的情爱游戏电视剧,更把泛人性化推向高潮。

泛人性化还引发了或者说导致了泛性化。于是男女作家、老小作家都毫不吝啬地写起性来。鲁彦周也似乎不甘示弱,在一些中篇和《阴阳关的阴阳梦》《双凤楼》两部大作中,性描写出现的场面相当多。我并不一般地反对性描写,但性描写应有两个基本条件:一个是必要性,一个是真实性。所谓必要性,就是看这种描写是否有助于揭示人物性格的精神实质,是否有助于深化作品的思想内涵;所谓真实性,就是此人此时在此景此情中发生性行为的环境依据和心理依据是否真实可信。如果不关注这两点,就可能使性描写失去应有的意义而流于撒"胡椒面儿"。

《双凤楼》中燕朋对曾季素的强暴并由此引发出至真至深的爱,我以为作家过多地从性本能的角度把握角色,故而缺少充分的艺术真实性和说服力。我不是说一个党员领导干部不能犯错误,但那时的燕朋是一个在政治上、思想修养上、处理公务能力上都已相当成熟的人,而那个历史时期又是思想、立场、品德、阶级观念都处在强化的时候,让燕朋这样的人,仅仅出于一种报复心理和美貌的吸引,竟然去强暴一个反革命家属,我以为作家为主人公这一唐突行为提供的环境依据和心理依据都不够充分。我绝不敢断定生活真实中没有燕朋或超越燕朋这样的事,我要求的是艺术描写的真实性和应有的说服力量。正面人物当然可以有两面性,哪怕是描写反差较大的两面性,但应当写得合情、合理、合时、合宜,让人信服,让人认同。要做到这一点,我觉得作家观察和思考生活的视角,应该更加全方位化、综合化、整体协调化,而不是凝固在一个视点上,因为这也可能失衡或流于另一种简单化。

追 求
——贺《鲁彦周文集》出版

鲁彦周新近出版的《鲁彦周文集》，厚厚八大卷，洋洋四百多万字，称得起是彪炳史册之鸿篇巨制，令人赞佩。诚然，一个作家用毕生精力写出几百万字，并不特别罕见，然要有一部、几部或多部作品存留于文学史册，那可就不多见了。鲁彦周做到了这一点。他为新中国当代文学史留下的一些堪称时代精神写照的精美篇章，将永远为人们所珍视。

鲁彦周的文学精神在"追求"二字。

他一走进文学门槛就开始了追求，直到古稀之年以后还在追求。他，早年追求成功，中年追求成熟，晚年追求超越。一生的矢志不渝的追求，锻炼了鲁彦周，也造就了鲁彦周。三个历史阶段的三大步，步步有根基，步步有成果，步步留下了成功的脚印，留下了属于他自己也属于文坛的代表作。青年期他捧出的是《归来》和《凤凰之歌》。这两部作品以塑造新中国第一代新型女性形象而饮誉文坛。童蕙云（《归来》女主人公）一反传统女性遭遇婚姻不幸时的忍辱、无奈、悲怨情愫，而以自强自立捍卫了新女性的尊严，并在精神上、情与理上战胜了无情无义的丈夫。王金凤（《凤凰之歌》女主人公）则逼真展现了冲破山乡封建宗族势力、封建礼法、封建陋俗等层层罗网的新一代年轻女性的成长历程，显示了人权意识的萌生和人性尊严的觉醒。中年期他留下了震撼文坛的《天云山传奇》和它的姊妹篇《呼唤》。《天云山传奇》因其在题材和主题开掘上的巨大突破性和超前性而被人广泛称颂，其实从真正的文学意义上说，使其可以成为传世之作的还是冯晴岚和宋薇两个感人至深的艺术形象。《呼唤》中的韩越芳和尹飞也有类似的魅力。冯与韩可能具有某种理想色彩。但首先她们是真实人生、真实情感、真实心灵的艺术再现，作家倾心于她们身上的是人性的升华和人性的复归，而这，恰恰是《天云山传奇》的最大成功。

如果说从《天云山传奇》到《古塔上的风铃》标志着鲁彦周中年期的成熟，其晚年力作《逆火》和《双凤楼》则是体现他自我超越的新追求。从《阴阳关的阴阳梦》起，鲁彦周将其创作视角，从政治转向文化，转向人性，转向对人的心灵的开掘与探索；创作手法上也在坚持写实的基础上吸收或融入了象征、意识流、魔幻等手法，走着求新、求异、求变的新路。《逆火》《双凤楼》使鲁彦周的创作出现了新的创作思路和新的表现手段，使晚年的鲁彦周摆脱了早年时期形成的某些思想束缚和困扰，主体意识更加自觉，对文学本性的把握更加成熟，对人性和人的心灵的开掘也更加深入，写起来也更加从容。应该说，他的追求是一步一个脚印地实现了。

泣 书 别 词
——悼彦周

  中国著名作家鲁彦周于2006年11月26日与世长辞,这是安徽文坛继陈登科、公刘之后又失去的一位杰出作家,实为安徽文坛和中国文坛又一重大损失。他生前是我的好友,我们相交近半个世纪,从无芥蒂,彼此相知,保持终生。我与他年龄相仿,志趣相投,具有共同的文学理念和事业追求,他在创作上追求真善美,我在理论批评上力主求真求实,故有许多共同话语相互交流,连共同落难在"牛棚"当"棚友"时,这种交流也未停止。他是文学大家,以独幕话剧《归来》崭露头角于文坛,此剧在1956年全国话剧会演中获剧本一等奖;以电影《凤凰之歌》饮誉文坛,此片于1958年获文化部电影剧本征文奖;以中篇小说并被改编为电影的《天云山传奇》轰动文坛,小说获全国中篇小说奖,电影获金鸡、百花双奖;以长篇小说《梨花似雪》封笔于文坛。他终生为千百万读者和观众留下了七八百万字的小说、戏剧、电影、散文,以高度关爱人民的情怀、鲜活的艺术形象、深厚的思想力度、卓越的艺术技艺感召并打动了千千万万的受众,成为人民喜爱的优秀作家。他小我一岁,竟先行而去,痛失良友挚友之悲油然而生,仅以悲歌《泣书别词》祭之。歌曰:

    彦周鲁公,文坛灿星。
    江淮文魁,神州俊英。
    稗林巨子,幕屏双雄。
    撒手西去,文苑失骢。
    痛失挚友,老泪纵横。
    与君相交,受益半生。
    慕君高洁,敬君赤诚。

羡君才识,仰君宽容。
庐州运笔,海内驰名。
著作等身,德艺双馨。
归来起步,凤凰腾空。
天云山顶,银稗高峰。
举国瞩目,海外扬声。
古塔铃响,坪映彩虹。
阴阳关内,迷雾重重。
双凤楼外,风起云涌。
悲歌逆火,浪漫于笙。
梨花似雪,封笔匆匆。
君虽西去,青史留名。
真情美文,代代传承。
文友景仰,百姓认同。
一世辛劳,美丽人生。
祝君安息,从容运行。
归去归去,永生永生。
泣书别词,悲从心升。

(2006年11月28日夜)
(注:自"归来"句起至"梨花"句止,皆指鲁彦周作品篇目)

爱情和写爱情
——略谈几个写家务事、儿女情的短篇小说

据有经验的人说，文坛上总是有一股流荡不定的风，现在，写爱情和家庭生活（所谓"家务事、儿女情"）的作品逐渐多起来，就称得上是当今的风向之一；创作既被视为已形成了的"风"，那么，谈这类作品的评论文字，事实上也就不能不算作是在"风"中谈"风"了。

但对于这个"风"，人们是颇有争执的。有人断定这是"新风气"，而另外一些人又说这是一股歪风。其实，只要我们仔细地研究一下当前创作实践的具体状况，我们便会感到，谁要仅凭个人感触、个人喜恶来笼统地评价文学现象，谁就不能不在现实问题面前跌跤。比如，陈亚丁、马寒冰等同志在他们近来发表的好几篇文章中，一次再次地企图向我们证明，写爱情和家庭生活是没有什么意义的，而现在呢？竟然有人写了这些仿佛足以"模糊时代精神面目"的东西，那还不是应该予以大声斥责的不良倾向吗？但创作实践的具体情形到底是怎样呢？我想，倘若不是带着偏见来看待问题，或者不是以个人的狭窄观感来衡量事实真相的话，我们就得承认，创作的实际情况远比他们的笼统论断复杂得多，其总的倾向，也不是如他们所断定的不健康。且不说"家务事、儿女情"并未成为压倒了一切的主导风向，单就已出现的写爱情、家庭生活问题的作品本身来说，其中也绝非毫无深受读者欢迎的好作品。这些作品的存在，不仅未曾"模糊了时代精神的面目"，而恰恰是通过不同的生活画面，展现了时代精神在人们的心灵和作为中的反映。作品的时代感和社会意义并不因它们未曾描绘轰轰烈烈的事件而降低，而是从不同角度上、不同的生活场景中体现了旁的作品所不能代替的教育意义。我觉得，像岳野的《同甘共苦》、李威仑的《爱情》、艾明之的《妻子》、王汶石的《春节前后》、俞林的《我和我的妻子》、黄远的《总有一天》、张麟的《上尉和他的妻子》、陈桂珍的《家务事》等等所谓写"家务事、儿女

情"的作品,就当前的创作情况来看,大都可以说是比较好的作品,把它们和描写其他生活斗争的优秀作品放在一起,不仅不会遮掩住旁的作品的思想光芒,反而会帮助读者从各种不同的角度来认识生活,并使文学创作的广阔性得到了一定的发展。当然,实际情况并不是仅此一面,这种类型的作品也并不都是清一色的成功。它们之中有不少一般化和公式主义痕迹相当明显的东西,也有少部分趣味庸俗、情感不健康的东西,甚至也有个别的恶劣得不堪入目的东西。作为批评家,陈亚丁、马寒冰等同志如果是针对具体问题或具体作品发表意见,哪怕他们的意见十分尖锐,人们不仅不会有异议,也许还要感谢他们的提醒和关怀呢!可惜,他们没有这样做。他们不仅十分笼统地把写"家务事、儿女情"视为不良倾向,而且还在好几篇文章里都设法证明爱情不可写,或者是写了爱情就会冲淡作品的严肃性什么的。为了证明他们的论点,陈亚丁在《关键在哪里?》一文中曾说:"如果今天有谁想把单纯的恋爱写成概括整个历史时期的事件,是不可能的,因为现在与托尔斯泰所处的时代不同了。"真奇怪,古今中外的文学史上谁曾经用单纯的恋爱概括过"整个历史时期"呢?托尔斯泰又在什么时候脱离开俄国的社会生活写过"单纯的恋爱"呢?不过,不单纯的恋爱他是写了,恋爱有时是他作品中不可少的情节,有时则是通过人物的爱情命运表现了那个时代的根本性的社会问题。但这种作品不是没有时代感,而是有相当充沛的时代激情,他不仅通过他的作品展现了那个社会的人际关系、政治、法律、伦理、道德、风尚、习俗、人的意识等等生活面貌,而且也以那些作品深刻地批判了沙皇俄国的社会制度。唯其如此,列宁才说托尔斯泰是"俄国革命的镜子",而要按陈亚丁同志的语气来看,托尔斯泰则仿佛只是一个写"单纯的恋爱"的圣手了!而托尔斯泰所处的时代,也仿佛不是动荡的革命年代,而是耽迷于恋爱气氛中的停滞时代了!不错,托尔斯泰是有他自己和他那个时代的局限性的,我们所处的时代也和他所处的时代并不相同,我们的作家有比托尔斯泰更重要的任务,也有比他优越得多的条件,也有许多值得大书特书的、在托翁时代几乎是不存在的伟大斗争,但是,表现我们这个时代的任务与写爱情是并无矛盾可言的。我们时代的作家,既可以不描写爱情而去描写伟大的斗争和巨大的建设图景,以表现时代生活的面貌,也可以通过人物的爱情命运来表现时代生活的某一方面。作为一种写作素材和艺术处理的方法来说,时代并不会把我们和托翁完全隔绝起来。至于"单纯的恋爱"概括不了整个历史时期,我是完全相信的,不过我也相信不管单纯的什么,比如劳动生产吧,也概括不了"整个历史时期"。

单纯地看生产操作过程,资本主义企业和社会主义企业并没有什么不同。

陈、马两位同志还在不同的文章中说了一个相同的意见:在"严肃的斗争环境里"不能写爱情。为此,马寒冰同志在《不能乱点鸳鸯谱》①一文中告诉我们两件事,一件是,在艰苦斗争环境里要写了爱情会影响斗争本身的严肃性和真实性;另一件是,假如像《上甘岭》中那位连长要恋爱的话,就会对"英雄人物有所损伤"。对于这个问题,我们是难以和作者辩论的,因为他所持的论点,不是依据事实而是全凭个人的主观设想和推断,对于不存在的事情,你能有什么话可说呢?不过,有一点是明确的,马寒冰同志之所以有兴趣做这种规定,无非是企图证明,爱情和"严肃的斗争""英雄形象"是不相容的东西罢了。

很明显,这些论点是关于"家务事、儿女情"的理论注脚。但是,把这些论点加在一起,我们也还是看不出,他们那样歧视"家务事、儿女情"有什么可信的道理存在。我们可以这样说,凡是在理论上站不住脚的东西,在事实面前也就不能不跌跤。为了说明这一点,我们不妨回过头来谈谈创作本身的情形,看看写"家务事、儿女情"的作品,是否命定的与时代精神不相容。

我在前面所列举的作品远非全面,也不足以代表同类作品,而且就现有的少数作品来说,我也不能在这则短文中都做粗略的分析。

我们可以这样大胆地肯定,前面所列举的作品尽管还都具有此种或彼种缺点,但它们还不失为有一定思想、艺术水平的作品,它们的内容大致都是以家务事、儿女情组成的,但它们也恰恰是以自己的特定内容来体现它们的社会意义的。它们虽然还不足以承担表现时代全貌的重任,但它们毕竟还是涉及了我们时代的人的生活课题中的重要项目。而这一点,也未尝不是艺术家的重要使命。正是在这个意义上,我们才有理由欢迎这些作品的出现。

李威仑的《爱情》②能在青年读者群中激起相当大的反响不是毫无来由的。它的出现,至少在当时还是创作中少有的新现象之一,被作者尽全力塑造的女主人公叶碧珍的形象,也得到了现实生活中她的同辈人的广泛喜爱,因此它才有资格被列入较好的作品行列中去。

这作品的显著特点是,作者抓住了青年生活中的一个重要问题,通过一件"不幸"的但是高贵的爱情故事,赞美了新的人的新品德。自然,人们喜爱它并

---

① 《光明日报》1957 年 3 月 19 日。
② 载《人民文学》1956 年 9 月号。

不是因为它抽象地宣扬了新的道德原则,而是因为作品的积极思想是通过感人的艺术形象表现出来的。

叶碧珍诚然是在一切方面都很可爱的姑娘,这一点作者做了令人信服的描写,但她的爱情命运事实上却是不幸的。周丁山曾经相当真挚地爱过她,她的内心虽然也并不是毫无这种激情,但在初期,也许是由于女孩子特有的羞涩,也许是由于她还没能来得及更多地考虑她的爱情命运,因此,她并没有接受周丁山的爱。可是在后来,当她已意识到无论如何也不能不把爱情献给原来爱她的人的时候,她发觉,由于她自己过去的拒绝和另外的原因,周丁山已经不能再和她结合在一起,他和一个叫小贞的姑娘已经有了不可更改的爱情了。

对于一个年轻姑娘来说,这种遭遇当然是痛苦的,而且如果她和他从此永远分别,也许她会凭借更能充实心灵的工作,使这种痛苦逐渐化为记忆中的事件,但共同性的工作又让她和他不得不在一起生活一个时期。于是,他们都自觉和纯洁地相处着,他们之间的关系没有可以挑剔的污秽之处,可是不管她是否承认,她还是在爱着他。在这时,他们之间生活得越纯洁、越真挚,你就会越发地感到不幸事件的严重性,而叶碧珍就不能不担当这个不幸的主角了。从个人的幸福来说,叶碧珍并非没有理由和周丁山相爱,她爱他并无任何私心,而且爱的真挚的程度也绝不会低于另一位姑娘。她难道没有权利取得这种爱情吗?但此时她是没有这种权利了,因为她除了要考虑自己的幸福以外,她也还得考虑别人的幸福。她懂得,倘如因自己的幸福而招来旁人的不应有的痛苦,那么,即便是她暂时获得了幸福,她在内心上恐怕是会更加痛苦的。她想过许多许多,也经历了十分痛苦和激烈的内心斗争,但终于把痛苦交给自己,把幸福交给了小贞。在这一点上,我们有理由肯定叶碧珍是我们时代生活所教养出的新型女性。倘若我们不把她的最终行动仅仅抽象为自我牺牲的话,作为一个有生命力的艺术形象来说,她将会对现实生活中的同辈人产生有益的影响。

李威仑所写的并不是什么人生中的新问题,而是人们日常生活都曾经感到过、见到过或者是经历过的普通问题。但作者并未使生活现象抽象化,把它仅仅演绎成一个"遇到三角关系怎么办"的问题小说,而是比较细致地揭示了人的心灵,描写了人的多方面活动,因而就使得叶碧珍的形象不是一个简单的自我牺牲的化身,而是一个可感、可知和可爱的具体形象,她的最终行动不仅有新道德原则的依据,而且也有她自己的性格的依据,否则我们就不能理解她了。

爱情的不幸,大概是在人类有阶级社会以来就存在着。历代作家也都有人曾把它当作社会性的悲剧描写过，有些伟大的作品至今还在赢得读者和观众的眼泪。但我们的时代生活却没有让不幸的叶碧珍成为悲剧的主角，生活使得她有可能用另一种东西——我们时代的新思想的武装，使个人的暂时和局部的不幸化为幸福，她的心灵，会被工作和她所爱的人得到了幸福充实起来，会被自己做了应做的行为充实起来。从叶碧珍身上，从她的爱情命运和结局中，从这个小说整个内容里面，我们是不难看到时代气质在人们的意识和作为中的鲜明痕迹的。

比起《爱情》来，艾明之的《妻子》①所展示的生活场景几乎更细微些，它的天地，看来只是在一个工人家庭里，主人公又只是一个相当平凡的工人家属，要说"家务事"的话，这个小说大概是最有代表性的了。但在这个平凡甚至可以说是琐碎的生活场景中，我们看到了一些什么呢？难道仅仅是主人公韩月贞的家务劳动（诸如洗衣、做饭、买菜之类）吗？是的，作者曾花费笔墨写过这些事情，但倘如作者告诉我们的只此而已，那我们就不会对这作品有什么良好的印象了。

《妻子》通过工人家庭的日常平静生活和一些小小风波，表现了一个普通妇女的成长，正是在这个人物成长的过程中，我们看到了新旧社会意识在人物身上的斗争和交替。这个有深广社会意义的思想，是借助于许多富有特征性的日常生活现象表达出来的。

韩月贞是经受过旧时代多种灾难的农村妇女，她以自己的坚强性格向苦难做了半生的斗争，而苦难也把她锻炼得更坚强了。但她毕竟还是旧时代的农村环境所培育出来的妇女，因此在新的历史环境下，尽管她原有的那种善良、淳朴、勤劳、温厚等等美好性情依然十分可爱，但农民的眼光、心胸，农民对待生活的态度，和新的形势及环境之间还是有某种不协调性的。她安于现状，以为只要有吃有穿，能够妥善地关照丈夫，就是最高的幸福了。她不愿学习文化，也不想参加任何社会活动，她的生活视野狭窄得只能看到自己的房间以内，甚至对自己也没有明确的认识，就更谈不上理解旁的工作意义了。她这种满足的感觉到丈夫被提拔为科长时已达到顶点，她几乎被这种幸福冲昏了头脑，但随之而来的却是对幸福的惊异和不安。以后，在他们的家庭生活中发生了一个小小的风波，这种风波尽管更多的还是在她自己内心里动荡着，但终于还是要在他们

---

① 载于《文艺月报》1957年2月号。

的生活中表现出来。这种风波是由韩月贞对丈夫的误会引起的,但产生这种误会的思想基础,却是由于她害怕丈夫当了科长以后在爱情上变心。对于了解丈夫和相信丈夫的妻子说来,这种想法和某些做法也许有些好笑,但她的旧生活经验使她可能有这种想法是不足为怪的。从这里我们看到的不是她的行为的可笑,而是旧意识对于人的心灵的可怕的戕害。后来当她明白了自己的过错以后,她的思想就随之向前跃进了一步,她不仅依然还是家庭中最可爱的贤妻良母,她也做了家务工作以外的丈夫的助手。她走出自己的家门,不再只是上街买菜,而是把自己的家庭和社会工作与丈夫所从事的劳动生产紧紧联系在一起了。她以自己的行动影响了许许多多的家属,她带动她们在可能的范围内支援着她们的丈夫或儿子的工作,她成为职工家属的一面旗帜。

很显然,作者所捕捉的生活素材是相当平凡而又细微的,而在这些表面上看来几乎是平静无波的生活现象中,作者发现了具有社会意义的东西。经过作者的提炼和概括,在平淡无奇的生活里,也是在一个人物自身的新旧意识的冲突中,体现了韩月贞的思想品德在新的环境里的成长和发扬。通过韩月贞的形象,我们不是看到了我国千百万普通的劳动妇女,在生活道路上前进的一个缩影吗?即使我们还没有分析整个作品在其他方面的长处,但仅从韩月贞的形象上,我们也不难看出作品是从另一个角度上,赞扬着我们的时代生活的。

《我和我的妻子》[①]所写的也是个人生活,但它的主人公是较老一代的革命知识分子。作品中的男女主人公都是在艰苦岁月经历过斗争风暴的党的干部。女主人公在当年虽然曾经是热情洋溢和满怀理想的青年,但在她和当时的战友、心爱的人结婚以后,由于家庭生活的牵连和爱人给予她的特殊"关怀",使得她越来越少地参加实际斗争和学习。在过去的不算短的时光里,她有时参加一点工作,有时就完全淹没在家庭生活之中。于是,在革命形势日益发展的情况下,她就越来越赶不上时代的步伐。渐渐地,她的思想也日益苦闷和消沉,她好像被关在笼中的鸟儿一样,表面上的安逸远抵不上心灵的空虚。但她丈夫的情况却完全相反,他前进了,而且前进得很快,他现在已经是党的某一方面的负责干部。他依然像过去一样爱她,但他不理解妻子的心。他可以想尽一切办法让妻子在生活上舒适,以使他们的家庭生活恬静和美满,但他不想任何办法让妻子过自己愿意过的生活。然而,事件的悲剧性因素也就在这种情况下逐渐露出

---

① 载于《光明日报》1957年3月19日。

了痕迹,甚至发生了对双方说来都是不愉快的冲突。

像"妻"这样的人,在生活中我们是见过不少了。我们有时也许发过议论,发过感慨……但老实说,在更多的时候我们没有认真地思考过是什么原因造成了这种现象。更糟糕的是,当人们在谈论这种现象的时候,往往把"女人毕竟是女人"这个概念搬出来,企图让人们相信,她们之所以失去了当年的战士姿态,就因为她们是女人,她们的现在和过去虽然是那么不协调,但因为她们是女人,这一切又是非常自然而合理了。习惯的大男子主义对待问题的看法,使得人们认为一切大概就是如此。但这篇小说却向我们唱了一个反调,并且是值得人们深思的反调。

《我和我的妻子》的女主人公的遭遇,并不因为她是女人,而是因为她的丈夫只把她看成了"女人",忘记了她是革命同志之故,否则她的命运是会有所不同的。

她的丈夫的确爱自己的妻子,对妻子在生活上的关怀也是无可挑剔的。但他忘记了一点,当他只愿意让妻子的工作比较清闲,生活比较安逸,只愿意让妻子依据丈夫的意愿而安排自己行动,把一个有生活理想的人逐渐变成单纯的"老婆"的时候,不管他是多么爱她,这种爱情里事实上就含着危害正常的爱情生活的因素了,不管他承认不承认,他对她几乎是有罪的。一个人在政治上逐渐消沉远比在生活上不够舒适可怕得多,但这位丈夫,却宁愿在生活上做一切照顾而丝毫也不关心她在政治上、思想上的进步要求。事情发展的结果,就是终于爆发了他们夫妇生活中的不愉快的冲突,差一点发生了悲剧性的事件。当然,他最终还是认识了自己的过错,但对于已往的事实不还是痛心的教训吗?

《我和我的妻子》,从家庭生活事件上批判了大男子主义的残余。虽然整个作品的基调显得很平静,但它所揭示的问题却是激动人心的。作者通过"我"的自我批判揭露了隐含在人们意识深处的不自觉的"海尔茂精神"是何等可怕和顽强。但愿生活中的具有海尔茂精神的丈夫们,从作品中的"我"那里,照照自己的面孔。

这个老干部的家庭生活故事,应该说是有着广泛的现实意义的,它触及了革命者应该怎样对待爱情和家庭生活的问题。是让妻子就只当作自己的妻子,还是把她看作既是妻子又是同志?认识了这一点,我们就会承认作家的这篇小说不是不值得赞扬的。

我极其粗略地谈了好几个作品,不必说还没有对那些作品的不足进行分析，就是它们的成就也还远没有谈出来。但即使是在如此简略的说明中，我们也可以明确一个问题，"家务事、儿女情"的题材不是命定地缺少时代精神的，只要作者能从更高的角度驾驭题材，发掘各种现象的本质，作家们是可以透过平凡的生活现象，表现出伟大的时代声音来的，而这声音也一样能震动我们读者的心。

从人的脉搏跳动上，我们会听到时代脉搏的跳动。从各个方面表现当代人的生活斗争是当代艺术家不可推卸的责任，我们所谈论的几个作品在塑造人物形象上都应该说是做了可贵的努力的。它们的作者，并未从概念出发向我们宣讲他们要表现的问题，而是在描写生活，描写有个性、有自己命运的人物的生活；作品中的事件虽然不是轰轰烈烈的大场面，但作者们也绝不是仅仅迷恋于生活琐事，并把生活中的小镜头予以孤立的描写。不，他们都是把细小的生活景象安排在大的背景之中，抓住了时代精神在人的身上的具体影响，从而通过鲜明的形象表现了这种影响，因而就使得作品不是无思想，而是具有一定的社会意义。

我们的社会意识和我们时代的精神，支配着当代人的心灵。因而人们生活历程上的家务事和儿女情，也就绝不可能脱离整个时代的气氛而孤立地存在着。因此，在这些所谓私人生活场景最终所显露的人们意识上的冲突，也就不能不是时代精神在不同人物身上的反映了。我们的艺术家有责任赞美新时代的新品质，也有责任谴责那些和时代精神极不协调的卑污的东西。这，除了在其他斗争生活场景中应该大加表现以外，在人们的所谓私人生活范围内，也应该是值得注意的重要方面。我们将以百倍的热情来欢迎那种雄伟的交响乐，但这绝不会妨害我们以欣喜的心情倾听七弦琴独奏。我们的作家——其中有许多是刚刚开始文学生活不久的青年作家，在这方面所表现的探索精神，是应该受到爱护和帮助的。

我所谈的只是少数几个作品，更多的好作品可以说明更多的问题，而好作品的存在，不管对于教条主义的理论或者是对于无思想性的描写身边琐事的作品来说，都是一种最有力的驳斥。

（原载《文艺学习》1957年4月号）

当代儒林群像图
——《同窗》人物谈

"这是一本丰富的书。"——当《同窗》①的作者问起我读后的印象时,我顺口就说了这么一句。这句话,是我初读《同窗》的印象,也是我掩卷思索后的一个基本看法。当然,仅仅用这么一句话,是不能也无法全面概括这部长篇小说的思想价值和美学价值的。比如:它在结构上的不拘章法并独创新格以及它在艺术描写手法上的精妙和对于重大社会问题的深沉思考,都不是"丰富"这个概念所能包容得了的。但我仍然认为,丰富性乃是这部作品的显著特色之一,而我又只是想从这么一个角度来说说我的直观印象。

丰富,在《同窗》这部作品里,包含着哪些具体内容呢?我以为至少有以下几个方面:1.历史内容的丰富性;2.人物性格和人物内心世界的丰富性;3.三代知识分子众生相的多彩、多姿、多面和多元性;4.文化视野的广阔性和多种知识的渊博性;5.人生哲理和价值观念的多边思考,等等。如果说,第1、第2两点乃是一切优秀作品都必须具备的基本素质的话,那么,知识分子群像勾勒之精细惟妙和多姿多态,以及善于将相当丰富的文史知识和谐地融入作品之中,则是《同窗》所独有的艺术个性。单凭此点,就可以使它在众多的以知识分子生活命运为题材的作品里,显示出别具风采、举座瞩目的气势。

描写当代知识分子命运的作品,在新时期文学中占有相当显著的地位并具有广泛而深远的影响,无论是较早出现的《天云山传奇》《人到中年》,还是近期涌现的《井》以及《阴错阳差》,它们都强烈地震撼了读者心灵,都在新时期文学里程碑上刻上了自己的名字。这些作品也都在自己的艺术天地里浓缩了知识分子在各自的历史时期里的悲剧命运,并在抒写他们的奉献精神和奋进精神之

---

① 《同窗》系韩瀚的长篇处女作,人民文学出版社1985年出版。

中,向我们展现了高层境界的人生价值观。

如果单就描写知识分子历史命运这一点来说,《同窗》的立意仍属于这个大范畴,作者在后记中就曾说明是要写知识分子"与我们的祖国一起几经磨难"。但《同窗》有自己的根和自己的眼,它没有重复其他作品已经表现过的思想和形象,没有以一两个人物的悲欢离合为中心来表现不同历史时期加诸知识分子的不同命运,没有从呼唤改善知识分子处境这个角度去开掘主题,没有把知识分子圣洁化、超凡化,同样也没有把知识分子视为不谙世情的可怜巴巴的一群。我们甚至可以说这部作品并没有一个可以用三言两语就说得清的主题,也没有一般长篇小说共有的书胆式的中心人物,没有严密精巧的结构,更没有贯穿首尾跌宕起伏的故事情节。它的作者,好像一位无为而治的政治家,似乎漫不经心地听任他的人物和生活情景自自然然地走进他的艺术领地。随之,一幅纵横交错的历史图画在我们眼前铺开了,在这个历史图画中,又清晰而真切地映现了老中青三代知识分子的沉浮、聚散、变异、升华、奋进、沉沦、爱恋、恨怨、幻灭、复苏、求索、期待等人生旅程的苦辣酸甜。

从小说的后记《窗外絮语》中,我们可以窥见,作家写这部作品时似乎不是在生活中因受什么启示而孕育了或凝聚了某种意念、情志而唤起的创作冲动,而是被一批他敬仰的前辈、熟识的同辈和喜爱的后辈的人物催动着下笔,进而形成了"他们便朋友似的来到我面前,甚至左右我的笔,让我不由自主地写下他们的容貌、举止、言谈和心理"。可见作者是把写人物作为基本的立足点,如他自己所说:"小说家的使命是把人物奉献给读者","我把笔墨大量倾注在人物身上","至于能从这些人物身上悟出什么道理,那就只有仰仗亲爱的读者了"。由此我们又进一步看到,作者不但把写人物当作他的创作出发点,同时又把它当作基本目的和使命,把开掘主题、表达思想、思考人生等等,都隐藏在人物身上,并让读者从自己的角度去自行领会这些人物能告诉你一些什么。

但是,在写人物问题上,作者又不是把视角始终凝聚在一两个主要人物形象上,他好像是用广角镜头把思想界、知识界、文化界中几个层次的儒林众生相都摄录在感光片上,或者说是用精细的笔触,在一幅长卷里勾勒了多彩多姿的知识分子众像,然而在勾勒群像时,作者又绝不停留于类型化的描写,而是力图写出每个人的个性和揭示他们的灵魂。如同作者所说:"我写了一群人,老年人,中年人,青年人","写下他们在百废待兴、思潮纷乱的现实面前,对待真理、事业、人生、友谊和爱情方面的不同态度",并围绕着一些社会矛盾和爱情纠葛,让每个人"展示着自己的灵魂"。这就是说,写人,写人物群体,写群体中的每一个人的灵魂,正是《同窗》的艺术个性。

当然,任何优秀的小说艺术都是以写人为主,而且也都要刻画性格,展示灵魂。《同窗》在这一点上并没有什么与众不同之处,它的贡献是在于写出了群像的个性化和个性化的群像。在长篇小说中,作家调动各种艺术手段把一两个中心人物写得有声有色,我们已经见得比较多了,但在一部作品里,几乎平分秋色地向我们展现一群人物的生动面容和灵魂,那往往是为一般作家所不取或望而却步的。因为这可能费力不讨好,可能流于浮泛,可能因分散笔力招致失败,甚至还可能认为写群像与艺术典型化原则不相容而完全采取排斥态度。其实,在中国古典文学作品中,以谱写群像作为基本骨架的传统是有的,而且也取得了杰出的成就,《水浒》就是突出的例子。《红楼梦》《三国演义》虽然在结构上与《水浒》有明显的不同,但它们在致力于塑造主要人物形象的同时,也非常注意勾勒群像,并善于将多种多样人物的形态和心态做出传神描绘。一部《红楼梦》几乎囊括了封建社会里的各色人物,其形象的丰富性,恐怕是世上任何文学名著都无法与之媲美的。我国古代绘画中的《韩熙载夜宴图》《天王送子图》在构思布局上也有类似的特点。现代当代长篇小说创作,很少有人采用这种方法,但钱锺书的《围城》却是显示这种艺术方法的很有成就的著作,赵树理的《三里湾》则是当代文学中的一次有益的尝试。在《三里湾》里,作家用细线勾勒群像的方法,在广阔的农村背景上,将一批各具特征有血有肉的农村人物映现在一幅画图里,其中如"常有理""惹不起""糊涂涂"等等,至今仍生动地留在人们的记忆之中,成了赵树理笔下的典型。当然,由于历史条件和农村政策的变化,《三里湾》中的某些思想倾向及对若干人物的评价,今天看来可能会有不同的认识,但作家能够在写群像时十分注意对个性的开掘,则是难能可贵的。《同窗》也选择了这么一条吃力而难以讨好的路。因为这种群像小说,往往因人物众多、头绪纷繁、矛盾交错、分合多变而容易造成顾此失彼、浮光掠影或游离主体的局面,故作家多不愿采取此法。韩瀚在《同窗》里敢于大胆地去写"一群人",除了艺术探索的勇气,还和他具有两个优越条件分不开。首先,他对那个人物群体太熟悉了,那些人,有的为他所敬仰,有的为他所倾倒,有的为他所喜爱,有的为他所眷恋,有的为他所怜惜,有的为他所厌恶,有的为他所不齿,他对他们的思想、感情、言谈、举止、音容、嗜好、思维方法和心理状态,几乎都了如指掌,故而有条件写出一个个性化的群体,倘写另外的题材,作者恐怕就未必采用同样的方法了。其次,作者受中国古典文化熏陶较深,对于文学、戏曲、绘画艺术善于在同一历史场景、同一舞台框架、同一画面中表现出多姿多彩的个性化群体形象的艺术手法十分熟稔和钦佩,他自信在描写自己比较熟悉的生活领域时,可能使笔下的群体人物达到个性化境界。

他成功了。我们至少可以说他的试探显示了自己的艺术个性和横溢的才华。

《同窗》并非鸿篇巨制,只有三十多万字,然而作者竟能将三代知识分子融于一堂,把二三十个人物写得各有其貌、各具其情、各持其道、各露其心,又实在是一项浩瀚的工程。我们知道,在一部作品中写活几个人物已非易事,写活一群人,即属大难,倘再进一步写出各色人物之不同,则更加困难了。《同窗》不但程度不同地写活了一群人,而且写出了性格和心灵的差异,其中,有个别人物形象,即使不能被推崇为典型,总还可以说为当代文学画廊增添了一个具有独创性的艺术造型。

有必要说明,我们说《同窗》写活了一群人,绝不是说每一个人物都是成功的艺术典型,也不是说所有的人物都具有同等高度的认识意义和美学价值,更不是说勾勒群像就意味着作家在每个人物身上都付出了同等的笔力和精力。在小说艺术中,把人物写活是一个最基本的条件,至于形象所概括的社会容量、思想深度和它的艺术魅力,则是深一层的要求。因此,即使是群像小说,作家也不可能绝对地平均使用笔墨,他总还要在某些形象上更多地体现自己的社会思考和美学追求。《同窗》里,既有作家全神贯注、倾心注血而塑造的人物,如兰子烟、孔初屏、赵越、洪钟、秋星、石愚、小辉、廉上清等,他们占据着整个作品的情节中心,也占据着作者的主要精力和笔力,他们的如生面影和复杂的内心,是被作者或精描细勾或浓墨重彩绘制出来的,作者感情上的爱、敬、怜、愤,在他们身上也体现得相当充分和强烈。也有一些人物是为了拓展历史的纵深面和横断面交错依存关系而穿插进来的,如老一代的秋光夫妇、兰田玉夫妇、孙远扬、柳望春以及中青年一代的苏剑、赵岫、严峻,和小一辈的丑丫头、小风等,他们有的是为表现几代知识分子的历史渊源,有的是为了表现不同人物在历史和现实面前的各自情态,有的则是为了交代人物命运的环境因素或事件的因果关系。尽管他们在作品情节中并不占有重要位置,有的甚至着墨不多,但作家注意到了让每个出场人物尽可能都有自己的音容和禀性。不要说那些作者怀着敬意写下的兰田玉、秋光、柳望春等,都有着一些令人感佩或令人心碎的笔墨,就连穿插于情节中的孙逸扬、夏梅、秀竹,也都只用一两个细节,便把他们的举止和心态,逼真地勾画了出来。还有一些人物,只是某一事件偶尔涉及进来的,作家则用点睛之笔,抓住人物的主要特征,使其在一举一动、一言一行之中,达到传神的效果,如柳木鹰之狡诈、关慕尧之阴险、李守芳之俗鄙、黄丽住之轻贱、宝贝之自炫、劳若士之憨诚、孟其广之圆滑,几乎都寥寥几笔,便将其神态跃然于纸上。从这里我们可以看出,作者勾勒群像的功力着实不浅,他既能抓住各色人物的有特色的一角,把他写得活蹦乱跳,又能在几个充分体现历史感和当代意识的人物身上,倾注全神,着力运笔,探微求精,刻意创新。我以为,兰子烟、孔初屏,特别是赵越、石愚,都可能给人一些思索、感悟和启示,作家自己也似乎要从他们的生活经历中向读者昭示些什么。

在小说的卷前题词和后记中,作者都引用了"人随流水东西"这句古诗。那意思是说,人总是被历史长河的流向催动着自己的人生旅程的,任你随波逐流也好,乘风破浪也好,戏水弄潮也好,你总要受流水的冲刷、细浪的拍打和波涛的袭击,但是人们又是以不同的姿态、不同的气度和不同的反应来面对这种冲刷和袭击的。

兰子烟、洪钟、赵越、石愚、廉上清、秋星、孔初屏等,都是受同一历史长河淘洗过的,但有的变成了鹅卵石,有的变成了顽石,有的变成了五彩石,有的变成了砺石,有的变成了基石。兰子烟、洪钟,在某种程度上可以说是作家的感情、意志和理想的化身,他们都是生活和事业上的强者,都是清醒地意识到自己的历史使命的社会基石。对于20世纪50年代成长起来的知识分子,有些作家往往习惯于从热情、正直、单纯、追求、奉献这种角度去开掘他们的性格,当人物走入逆境后,则多是表现他们忍辱尚能负重、受难仍求报效的精神。作为一种美德,这种精神自然有其值得赞颂的一面,但有的因过分强化了忍辱和受难,有时竟无意间给人物涂上了一层类乎殉教徒的色彩,其间甚或流露出某种甘心被作践的心理。与此相反,《同窗》在洪钟等人身上,则是从开掘他们的自觉承担历史使命的进取精神出发,着重表现知识分子在严重历史关头的敢爱、敢恨、敢说、敢做的抉择和勇气,这与那种单纯把知识分子写成可怜巴巴的被怜悯对象是完全不同的,洪钟是一个才华横溢和正气凛然的作家,他疾恶如仇,"仿佛任何锉刀砺石都磨不掉他身上的棱角和锋芒",故敢于在"江青反革命集团"淫威极盛之际,与一些同道者积极参与一场揭露江青罪行的斗争,尽管事发之后他被迫逃亡,妻子也被捕入狱,但那毕竟是一场真正的较量。在天安门事件尚未平反之时，他又敢于写出长诗颂赞它千秋功业，在社会思潮纷乱、气候阴晴不明的情况下，敢于以剧作《岁寒图》显示自己对真理和正义的坚定信念，直到人们围绕这一作品展开了一场严重的政治斗争，某种政治势力借此向他施加大的政治压力以后，他依然以迎风搏浪的姿态面对这一挑战，充分表现出他这位进取型知识分子的勇气和力量。

兰子烟也是强者。但他的强，不是像洪钟那样披甲上阵进行正面斗争，他是以对事业痴迷的顽韧精神来体现他的强者气度的。他外柔内刚，似钝实利，任你怎么折腾，他还是坚持他的事业，随你怎样磨，也磨不掉他的追求创造之心，做自己该做的事，以不变应万变，成了他的强者性格的独特表现。

他博学多识，在考古、古代造型艺术、陶瓷、艺术史、诗、书、画诸多方面，均有较高的造诣和独到的见解，并且还是一个京韵大鼓的入魔般的迷恋者。他爱事业爱到了痴的程度，而且正是以对事业的爱来体现他对祖国、对社会的赤诚之心的。因此，即使在身遭大难之际，父母坐牢、自身入狱、妻子离婚、儿子远别，几乎集人间苦难于一身之时，他还是不忘记事业，旁人蹲监狱只有忍受痛苦和悲伤，他却完成了一部《陶瓷美学》的构思，出狱后在监督劳动的条件下，竟偷偷在《红旗》杂志的铅字缝里写下了这部"新中国成立以来美学研究的最新成果"的著作；在农村监劳时，他不但上书要求保护曲艺艺术家孔初屏，还向国家文物局报告他发现了一块不见著录的汉碑，并要求他们"采取措施，加以保护"；在考古队里，他甘愿搬进古墓里长期住下去，"整天摆弄那些石头、砖头，要不然就趴在煤油灯底下写，写……"外头日出日落、刮风下雨、寒来暑往，都仿佛跟他不相干。甚至连分别多年的老同学跑到古墓里来看望他，他也不问人家从哪里来和干什么来的，却是抓住人家胳臂，大讲古墓石刻《人兽斗》的态势气度、功力等妙处，而且一讲就是二十多分钟。总之，他不论处于何种状态，只要进入事业领域，他就"充满了生机，充满了创造，充满了情趣，充满了美"。不过，作者也并没有把兰子烟的形象囿于书痴、事业迷这一点上，写了他的许多生活侧面，特别是着重写了他的爱情婚姻纠葛，《同窗》的情节，有很大一部分恰是围绕着他与秋星、孔初屏的爱情波折发生和发展着的。应当说，这是一个交织着友爱、情爱以及柔情、眷情相生相克的错综交替的爱情悲喜剧，而且还由此派生出廉上清与孔初屏，秋星与赵越、严峻，柳望春与沈沉，石愚与赵岫的离合聚散波澜。兰子烟与秋星既是通家无猜密友，又是同班同学，他们的结合，几乎是所有人意料中的事，但在他们自身，却似乎是友情多于爱情，友爱多于情爱，因而就埋藏下了一定的不幸因素。因为在秋星，她更爱洪钟，但人家有了未婚妻，她只能当一个好友了；在兰子烟，他深爱孔初屏，却被廉上清捷足抢先。故而这两对在婚后都没有真正的爱情延续，一遇政治风暴，廉上清立即背叛了孔初屏，秋与兰也因坏人从中作祟而离了婚。但不幸的生活却使兰子烟和孔初屏有幸地相逢了，秋星也先令赵峻倾心而后被严峻荡涤了灵魂并征服了感情。这些穿插于书中的爱情波折，虽然具有一定的戏剧性意味，但它们既非调料，也非旁枝，而是深入揭示人物灵魂所不可缺少的组成部分。兰子烟形象之所以比洪钟形象更为可亲和可感，恐怕就是因为他的心灵秘密在其爱情纠葛中被展示得比较充分和真切的缘故。因为读者不仅可以看到对一块砖、一片瓦痴迷入神的兰子烟，也还会看到他对京韵大鼓的痴迷，他对孔初屏其人其艺的痴迷，特别是对孔初屏留给他心上那种甜美、温馨的痴迷。与此相关，秋星也在这场聚散离合的波折中升华了，她的纯净的心灵，她的大痛至木和极度空虚而不自觉空虚的散淡化性格，一直到最后的复苏，主要也是借助这一事件而得到表现的。

但在这三个人当中，最能打动读者的心的，恐怕要算孔初屏了。她本不属于兰、洪等等的同窗之辈，她闯进这个生活圈子里来，完全是因她的一曲《剑阁闻铃》而使兰子烟成了她和她的艺术的崇拜者，后者因与廉上清结合酿成悲剧。作家在这个人物身上倾注了更多的深情眷意，他赞美她的艺术："那声音是有颜色的。那颜色涂抹出的不是图画，而是让人领受到的情感，曲中人物的情感，演唱者的情感，让人倾倒的美的情感。"他赞美她的顽痴求艺精神，明知双亲皆因母亲唱大鼓出了名被权贵迫害而死，养父又让她读书、学画、学外语，唯绝对不准学唱大鼓，但她偏偏偷着学，越是因此受到责难便越发学得快，并终于没听从养父的遗言，"一心把自己交给母亲以生命相殉的艺术"，从而把她对母亲的爱和对艺术的爱统一在一起。他赞美她的品德高洁，对"道德和信念的坚贞恪守"，甚至可以"牺牲通常被认为爱情果实的那些无法补偿的东西"，他赞美她灵魂至美，她与兰子烟再度相逢而燃起的思暮之爱，"像白云与山岫，久久地眷恋，而从容不迫；像千尺深潭，虽有千年奔突的涌泉，水面上却常常平静无痕"。但她对于这样深的爱，这样纯的情，一旦听说秋星准备与兰子烟复婚的消息，哪怕"如五雷轰顶般"震惊了自己，哪怕因心灵震颤而昏倒在台上，哪怕她有一切理由和一切权利得到应得的爱，但她还是准备牺牲自己。"吃过苦果的人，知道苦果是什么滋味。不愿因她再让别人吃同样的苦果。"不过，尽管作者带着浓厚的感情色彩来赞美这个人物，但她并没有被罩上理想的光环，没有被拔高到不可理喻的超凡境界。相反,作者倒是朴实而平易地再现了她的半生忧患以及被索走青春和幸福的伤痛,并把隐藏在她心底的急风暴雨做了明晰的透视,以至使人能够看到她的搅动着的心潮和透明的肝胆,因此也就更容易为读者所理解,甚至比着墨更多的秋星更为引人注目。

在《同窗》一辈人当中,赵越的命运和性格是最为独特的一个人。如果说《同窗》在文学上有什么贡献,我以为塑造出个赵越来,便是主要的一项。

赵越性格是历史造就出来的具有普遍品格的社会典型,它早已在现实生活中诞生、成长、壮大、成熟起来,甚至已经作为一种人生哲学、一种生活信条、一种处世良方、一种安身立命之道、一种飞黄腾达之途,被许多人所接受并恭行之。可惜,我们的文学创作,往往只注意两极,而对于徜徉于两极中间的诸色双重、多重人物,则缺少细密观察和摄取,致使许多极有特色的社会典型,至今尚未化作文学典型。《同窗》的丰富性,不仅在于它勾勒了儒林众生的面容与灵魂,更主要的是,在其多样化的群像中,为我们增添了一个具有多重色彩的造型。他,就是赵越。

赵越虽与作品中的两个主要情节都有一定的关联,例如在兰、秋、孔的婚姻纠葛中,他一度倾慕于秋星而形成了感情卷入,在围绕《岁寒图》而进行的思想和政治斗争中,他又曾摇摆于两大阵营之间,但在两个事件里,他都不是主要角色。然而,作为"人随流水东西"的同窗一员,他又是一个必不可少的主要角色。如果说《同窗》是一代知识分子的群体写照,其间倘没有命运不济的赵越,那将是一幅不完整的人生图画,它对时代精神的概括也将受到很大的局限。

赵越,人送外号"戴高乐"。不过这绝不意味着他在容貌或性情方面与同名的法国总统有什么相似之处。这只是一种性格和作风的象征,意思是说:给人戴上高帽子叫人快乐。高帽这玩意儿,有点类似拍马屁,但比拍马屁高雅,像是阿谀又比阿谀含蓄,抬举人而不致自贱,奉承人也不流于肉麻,让别人于不知不觉间得到一种快乐,这就叫戴高乐。

戴高帽,古已有之,中外皆然,这并没有什么值得奇怪的。每个人在日常生活里几乎难免有意无意地给别人戴戴高帽以取悦于对方。但在赵越,他能把这种举动提炼为一种人生哲学信条,并在实践中不断提高它的使用价值,甚至化作个人的性格和意识,又实在是个创造。

赵越一出场不久,就在兰子烟面前显出了一下他的本领:"……你的《陶瓷美学》在王府井新华书店已被抢购一空。内行人的评价是:新中国成立以来美学研究的最新成果。"到洪钟那里,又来了个一箭双雕:"咱们班著书立说的还有洪钟。《岁寒图》,我看过剧本,也看了演出。我特别欣赏剧中人夏明那句台词:'这庭院是一面镜子。二十年、三十年以后,我们再来照照自己吧,究竟是美了,还是丑了?'好极了!那天在剧场里,我为这句台词大鼓其掌。我想起了我们读书时的红三楼,那也是一面镜子,我们也该照照自己。"但在场的石愚却说:"有什么好照的……我看不如让下一代去照照。"石愚的驳辩表明他根本没理解那段台词的含意,赵越偏替他来个额外发挥,说:"老石的意见也颇有见地。让后一代用前一代的生活做镜子,对照一下,也很有意思嘛。"一时间他对双方都来了个戴高乐,且使石愚果然"面带喜色"。

他躬行"人拣有用的交,话挑好听的说"的处世之道,而且全凭上对高级干部、下至营业员,都来戴高乐那一手,因此他不仅在逆境中求得了生存,还获得了意想不到的好处,使他这个社会弃儿,有时竟也可以当当弄潮儿,非但能成为地、市首长的雅客,他的戴派作品《春雨》,还能"上头看了,评价很高",一下子就在"上头挂上号"了,甚至被当作有影响的人士约他参与对《岁寒图》进行政治批判。可见戴高乐原是通过叫别人乐,达自己乐的目的。然而,实事求是地说,要得到这种乐,也实在不容易,他得拉得下脸,弯得下腰,忍得下辱,受得下冷,摸得清别人的脾性,拿得出别人最爱听的言辞,既要蓄意讨好,又得含而不露,既要立竿见影,又不能急功近利,终日在这种情境下生活,哪怕这一切已化为本性和本能,那也还是很累人的,就像秋星对赵越说的那样:"你随时都在强迫自己……你好像很累,是吗?"

是的,赵越是很累的。因为他的戴高乐性格,既非家教遗传,更非本性如斯。相反,他的少年、青年时代,倒是一个生性倔强,敢拼、肯搏的人,在大学时,他甚至比洪钟还要锋芒毕露。只因1957年那场政治风暴的袭击,他才在"痛定思痛"之后,选择了一条扭曲自己灵魂的道路,推行起"戴高乐主义"来。半是社会,半是个人,半是求生,半是利己,半是移性,半是沉沦,半是强迫,半是自贱,使他失去了自我,异变为一个人格分裂、灵魂分裂、信念分裂的戴高乐。

赵越16岁就进入了华东军大,在部队当过文化教员,参加过抗美援朝,负伤后回国在军区当新闻干事,这时他已经成了共产党员。他年轻志大,好给自己题格言来勉励自己,准备写一部长篇小说,以表示他的"报国之心,凌云之志"。第一次爱情挫折,一面令他痛不欲生,一面又从中悟出男子汉应当"志在功业"的至理,于愤激之余,考进了北京的一座高等学府。在学校,他把课外时间全部交给了图书馆，埋头于书海之中，为此在党内受到了批评，说他"郁郁寡合，脱离集体，埋头读书，不问政治"。他却回答说："党叫我们上大学，上大学就是来读书，谁不用心读书，谁就是忘记了党的嘱托。我在这方面，离党的要求还很远。我将用更多的时间去读书，用共产党员的责任感去读书。"他坚信他的一切言行都是布尔什维克化的，所以他说话总是既沉着又有锋芒，既睿智又充满自信。到1957年那个"不平凡的夏天"，他又以同样的精神作了一篇题为《母亲，请不要拔掉儿子身上的羽毛》洋洋两万六千言的发言，本来自以为是出自党员的责任感，不料得到的却是被开除党籍，加冕为右派分子，从此便在人生旅途上变成属于另册的"贱民"。但他实在不甘心年仅二十四岁就跌进地狱永不得超生，他从佛经和西方思想家的格言里去寻找解脱和再生之道，从越王勾践和韩信的忍辱精神中去领悟从弱化强之途。根据他在革命队伍和党内生活的经验，他悟出唯一能挽救他的出路是：检讨，认罪，脱胎，换骨。于是他用了一个星期的时间，写出了也是两万六千字的《向自己的昨天告别》的自我批判。这一手果然奏效，被校党委批示为"检查很好，可做典型，留校教育"，而与他获得同类称号的人，一个个都下农场劳改去了，他仍留校读书，这不明摆着是一条"新路"吗？于是，他沿着这条"新路"走下去，每周上交一份"思想汇报"，每次都要痛骂自己和祖宗三代一顿，每次还都要极力赞美一番党的各级领导对他的挽救，胜似重生的父母、再造的爹娘，平时又是逢会必检讨，嘴里不断地改造，手脚不停地找活干，什么刷厕所、扫走廊、擦黑板、摆课桌、取邮件、收衣服，样样都抢着干，很快就在这条路上走出了名堂，他的思想汇报材料，还在内部刊物《思想工作通讯》上发表过呢！从此，他不再依靠热情、奋斗、才学来求得进取了，他开始走门路。毕业后，他走一个老上司的门路到某市的四开小报当记者，在那里又通过情人的门路为这个地区的"老太守"写了一篇三万多字的回忆录，在一家全国性刊物登出来，然后又用这个材料编个多幕剧，上演虽未获得预想的成功，但由此"交了几个有用的朋友"，其中有一位是副市长。对高级干部当然要搞高级戴高乐，他跑到副市长蹲点的工厂住了一个月，写出一篇《领导下去蹲点以后》的调查报告，在北京的一家大报上登了出来，副市长因此变成了副书记，他也便利用这位副书记的门路，调到登他稿子那家报社去。在这里，他经历了几天得意的日子，在他刚想要直起腰杆说话恢复做人的尊严时，却立即被下放农村去锻炼改造。厄运再临，不但使他进一步懂得了"一日为奴，便要终身为奴"的处境，也更加坚信"戴高乐主义"的无往不胜。他从村里一位老人身上学来一句

"戴学"格言,叫作"见人减寿,见物增价",就是见人讲年纪要少猜几岁,见人买东西要多猜几块钱。他把这个经验举一反三用于生活,果然百试不爽,首先用于他下放的领导人朱科长身上,就得到他"帮了大忙",靠他"在领导面前说了好话",才得以回到北京原单位工作。虽然他在乡下又遭到亡妻丧子的不幸,但他仍然坚信"人,还是要挣扎的。物竞天择,优胜劣败",继续贯彻那位老人的"减寿,增价"学说,把工余时间"主要放在交朋友建立关系上"。他拜访老同学,先要按地位、影响排出座次,看望石愚以前,先翻看了石愚最近两年办的刊物,一见面,他就大谈其杂志,且对某年、某期、某个专栏、某篇文章、某期封面,都做出具体分析,并得出结论说:"在当今中国,人们肯一个月不吃肉,也不愿意一个月不看这本杂志。"石愚听了虽也觉得有点言过其实,"但心中却十分熨帖",当即向他约稿,并把他列为杂志的长期赠户。他去拜访洪钟之前,已能背诵他的一些短诗,所以一见面就大谈其诗,并且当场背出洪在两年前发表的一首,说:"我喜欢你的诗,有意境,有哲学,有功力。这样写下去,五年之后名字可以和郭小川排在一起。"还断言,"五年之后,我的预言不变成现实,甘愿把'赵'字倒写。"拜访兰子烟,他虽然没本事和他大谈考古,但特意带去一块上林瓦当和半截花纹汉砖,既能讨兰子烟的欢心,又准备用这两件东西做媒介,结交文艺界一些名人。他这种作风,久而久之,不仅已成为一种习惯,见什么人都能立即做出戴高乐式的反应,更主要的是,已日益化为求生存、争发展的生活观,因为他看到了"即使大家公认世俗习气比较少的洪钟,对他的戴高乐也没有拒之门外",并且"愿意帮助他把电影剧本写出来",还答应"为他介绍电影厂的导演"。

这样,他便从实用中日益领略了戴高乐的价值和效益,无往不戴,无戴不乐。但对赵越,作家并没有停留在揭示其戴高乐性格的形成以及这种性格的表现特征上,他还深一步地触及了赵越的灵魂扭曲与他的良知本性的搏击和斗争,特别是围绕着《岁寒图》而展开的政治性搏斗,赵越性格的两重性、摇摆性、可变性和顽固性,都得到了较为充分的展现。从本意上说,他是支持《岁寒图》的,而且他往往从洪钟的气质中唤起自己往日的情操,甚至暗暗发誓要复归二十年前的本来面目。但当他一旦听说批判《岁寒图》是上边的意图,并且约他参与批判时,他又在充满了矛盾的心情下半推半就地应下了这门差事。因为他既害怕得罪这家大杂志的编辑部主任,又怕上头以对《岁寒图》的态度来划分左中右,故只得违心地应承写这种"打棍子"的文章。然而,在另一种正义的气氛下,他又被赵岫激起了正义感,毅然做出了"我决定做个人了",答应写支持《岁寒图》的文章。有趣的是,文章他真的写了,但迟迟不肯拿出,一再推托,待到风止云散局势完全明朗化以后,他后悔没能早几天把文章拿出去发表。这种两重性的摇摆,既显示了在正当的社会环境和健康的政治气氛下,赵越的戴高乐性格是可以改变的,同时又预示了戴高乐性格的本质是利己、跟风的,乐他的目的是为了乐己,因而又具有相当的顽固性。在赵越的个人故事行将结束之时,他一反常态,给自己戴上了一堆高帽子,闹得别人要为他更名为"戴自乐",以象征他的悲剧命运的结束。

戴高乐性格的表象是喜剧式的,时见谐趣,但内涵却是悲剧性的。然可悲的,不但有个人的道德沉沦和灵魂异变,还有造成这种悲剧的历史环境和社会习俗,从某种意义上说,揭示这种灵魂的扭曲,比之于那些常见的描写知识分子挨整、受难、忍辱、苦熬,更能昭示历史的悲剧因素。遗憾的是,形成赵越戴高乐性格的历史环境虽已根本结束,但那些培植戴高乐性格的社会习俗却依然存在。直至今日,我们的现实生活中,还有许多人,包括一些长者和领导者、权势者,喜爱逢迎、阿谀、拍马,闻直言不悦,见高帽则喜,于是便有意无意地培植起新形势下的"戴高乐"来。如果说《同窗》里的赵越还只是半是强迫,半是自贱的异变,而新式的戴高乐则只能是自觉的、进攻型的彻底的利己主义蠹虫。赵越形象的出现,为文学画廊提供了一个新的性格,又能启示我们透视社会生活里的一个很值得关注的动向。

时下很流行"文化小说"一语,我并不赞同这种提法,但《同窗》确实有较为丰富的文化背景,书中涉及的文化历史知识面甚广,绘画、音乐、陶瓷、雕刻、古诗词、古代造型艺术、考古、戏曲、曲艺,包括中外古今的许多艺术门类,作家都能深入细部加以正面描写,从容不迫,娓娓而谈,不装腔作势,也不炫耀自夸,使拓展文化历史知识与人物命运融合起来,这是很值得称道的。作家之所以能在这许多方面得心应手地加以描写,是与本人在这些方面的文化素养有关的。倘不懂装懂,必定露怯,如一味夸夸其谈,也会使人生厌,只有使它和作品情节及人物命运揉在一起,那才能显得自然和谐。

(原载《清明》1986年第6期)

巾帼传奇

——评《画魂——张玉良传》

《画魂——张玉良传》（载《清明》1982年第4期）一问世，就在读者层中引起了广泛的热烈的反响。特别是在艺术界和青年当中，反响之强烈，实为近年所不多见。文学界近来常说：这两年的创作，深沉内向者多了，爆炸性的少了。这可能是事实。但关于《画魂——张玉良传》，我以为它既有意蕴深沉的一面，又获得了爆炸性效果，可谓二者兼得，该算作难能可贵的了。

这是一篇传记小说。它既有传记体裁那种忠于真实生活，忠于传记主人公真实经历和真实性格的一面，又有小说创作那种致力于塑造典型环境中典型人物的艺术彩笔。此外，由于主人公个人经历的独特和不凡，又使这个真实的传记故事，染上了一层相当浓郁的浪漫和传奇色彩。从某种意义上说，它也就是一篇情挚、格高、笔劲、意深的当代巾帼传奇。

作者凝聚了饱满的感情，为中国的一位女子，作了一篇有情有义、有悲有喜、有苦有乐、有爱有怨的传记。这是一个有着特殊经历、特殊命运和特殊才华的特殊女性的传记，它记载了一个为现时国内读者知之不多的旅法女画家的一生，在十二万字的有限篇幅内，写下了这个人物漫长一生的艰难而曲折的历遇和她的丰富多彩的创造与追求。

主人公潘张玉良——是中国一位旅法女画家。她以具有独创风格和高超技艺的绘画与雕塑，赢得了国际艺坛的崇高声誉。在法国，在西欧，她的盛名是和"杰作""独创的作风""对现代艺术的丰富贡献"等字眼连在一起的。被视为"最能吃苦、最有恒心、最不示弱的艺术家"，人们赞誉她对"国际艺坛的贡献和她所占的地位"，是艺术家们的追求和成长的"很好的榜样"。

从1938年起，也就是她第二次旅法并在艺术创造上已获得相当高的成就以后，她参加过若干在法国很有代表性的沙龙，并从沙龙方面得过十三次以上的奖;1959年4月27日获巴黎大学的多尔烈奖,并由巴黎市长亲自颁发给她奖状、银盾奖章和一颗星形佩章。她的作品不但在法国若干大都会多次举办过个人画展,而且在1946、1948、1953、1958等年度,先后在英国、希腊、日本、比利时、瑞士、西德等许多国家展出并获得极好的声誉,在比利时还获得了银盾奖。有一次她应约赴英国去参加英伦皇家美术院的展出,因所携带作品多有她的名字落款,被海关当局以名家作品不得出口为名,限制运出。为此,她不得不在外地临时创作了几幅作品参加画展,而这,却使她在英国获得了更高的荣誉,所展作品多被博物馆购去收藏。

她在人生的旅途上奔驰了七十八年,其中有六十个年头是和画笔、泥巴打交道的。我看见过一幅她的遗容的彩色照片,老人穿着中国旗袍安详地熟睡了,她的两手插放在前胸,两手的指甲多数都烂脱一半左右,据说那是长期搞雕塑造成的。由此一端,即可见她在艺术创作上是花费了怎样的苦功和苦力。难怪有的评论家把她的成长比喻为如同"罗马不是一天建成的"一样,是她"经过千辛万苦,朝夕不懈,聚精会神,全力以赴,方能有所创造"。老实说,目前我们还不能确切知道她毕生创作的丰富数量,但下列事实不也生动地说明了她在艺术上的奉献成果吗?自1938年起,她的作品被巴黎市政府先后收购了十五六件,法国教育部收藏了她的三张大画,法国国立现代美术馆收藏了她的一张裸体水彩《浴后》(高92厘米,宽65厘米)和雕塑《张大千头像》,赛鲁稀博物馆购藏她的油画《人体》和雕塑《格鲁赛头像》,国立教育博物馆收藏了她的雕塑《孟德梭雷头像》,等等。这只限于目前我们所知道的一部分,也足以令人信服地证明她的毕生辛劳多么值得人们敬佩的了。难怪人们赞美她是"第一个以雕塑作品走进巴黎现代美术馆的中国艺术家,在这世界艺术珍品的宝库中,占有一席位置"。巴黎东方美术馆馆长著文评述她"具有深厚的情感和纯真的画艺",认为"她的作品是中西方绘画融合起来,加上她自己的面目而创造出来的"。并且怀着敬意称道她"应新时期潮流而进,而绝未改变其对艺术的见解;独立于偏重具体与抽象两派之间。她用中国字画的笔法来形容万象,其对现代艺术的贡献已够丰富的了"。另一位批评家也同样热情地赞许她将中西方绘画融为一体从而构成了"潘玉良独特画法",认为她是"把西洋富于现实而具体,用中国富有诗意的画意来充实它"。因而她的作品便成了"既有诗意"又有"西画传统求实和具体的杰作"。

然而,就是这样一位早在20世纪30年代初便在中国当时两个最高的艺术学府担任过教授,并且在后来又名响海外的艺术大家,竟然曾经是孤苦无靠,落拓风尘,从泥淖里挣扎出来,又在人生旅途上辗转一世。如同作者在小说《题序》所列出的人物身世序列那样,主人公的一生是孤儿——妓女——小妾——艺术的追求者——中国最高学府的教授——世界艺坛出名的艺术家。单凭这独特的经历,我们就有理由称她是一个奇女子,在中外巾帼人物志上应当占有光荣的一席。可惜,对于这位奇女子,我们却偏偏知之甚少。特别是主人公的夫家在安徽,他和他(她)们的后人也在安徽,我们对自己的褊狭实在不能不感到遗憾。现在《张玉良传》的问世,填补了这个空白。一个小城的不知名的新作家,用她自己的心血和创造,为我们勾画了一个传奇人物的真实一生,而且写得那么诚挚深湛、细微酣畅,使我们不得不追随主人公的足迹走下去,并且与她在一起,或痛苦,或呼号,或挣扎,或拼搏,或欣慰,或歌吟,或思索,或明悟,或振奋,或追寻,或哭或笑,或喜或悲。我想,这一方面固然与题材的特殊性有关,更主要的恐怕还在于作者在叙述这个故事时,也像她的主人公对于艺术那样,倾注了自己的全部感情和才华,使作品具有了强烈的艺术感染力所致。

我们在前面说过,这部作品既具有传记文学的性能又具有小说艺术的特征。而这两者,则统一在作品的主要人物身上。

作为传记,作者把主人公的艰难曲折、悲喜交错、祸福间杂、忧患濒临以及她苦挣硬拼、顽强进取的一生,做出了真实而清晰的描述。这里既有人物生平历遇的叙述,又着重细腻地描绘了人物经历中那些最能展示人物精神面貌和最能震撼读者心弦的若干场景。例如,关于张玉良与潘赞化的奇遇和她攻考上海美专的情景,又如她在罗马从琼斯教授学雕塑时的极端艰难处境,或者像她第二次旅法前与大夫人相会那种场面等,作者完全摆脱了一般传记文学偏重叙述事实过程的手法,而以精雕细琢的笔触,深入地描写了人物的精神世界,淋漓尽致地揭示了主人公的内心冲突和她的感情波涛,使读者发生了强烈的感情共鸣,有时甚至使人有撕心裂肺之感。

作为小说,张玉良又是一个独特的活生生的艺术典型。我甚至认为,《画魂——张玉良传》的成功,主要不在为张玉良立了传,而在于通过为她立传,塑造了一个艺术典型。一部叙事文学作品,能否打动当世以及后世读者的心,主要是通过书中的典型人物来发挥其思想和艺术的威力的。典型,不是某种统计的平均数,也不是某种观念的化身。它以活生生的"这一个"来显示它的一般性,因而越是独特的、个别的,便越有广泛的社会容量。正是从这个意义上,我们认为张玉良的鲜明独特个性,具有一定的典型意义,而不是说这个形象已达到文学画廊中那些著名典型的高度。

张玉良是一个复杂的形象,她的追求美和创造美的一生,和她所处的社会环境的污浊与丑恶,成了鲜明的对比。而且这一矛盾也不能不影响她的性格和命运。

她是弱者,更是强者,她是社会最底层的一个被污辱被损害者,她又是登上世界艺坛高峰的大家,她是一个在世俗眼里微不足道的侍妾,她又是敢于并且终于主宰了自己命运的主人。她在人生旅途的航行中,穿越了那么多的急流、险滩和峡谷,终于驶向了她的人生港岸——做人,做一个有独立人格的人,做一个为国家、为民族争气增光的人。小说恰到好处地把这样一个复杂人物的多面性,真实地展现在我们的面前,使我们如临其境般地结识了一位用自己的泪水和汗水,洗净了社会泼给她满身污秽的刚烈女性。

人,是多样的。然多样的人,是由一个又一个具有独特个性的人所组合,而单就一个人来说,他(她)不仅是多样人中的一个,自身又有自己的多面性,他(她)的社会行为和内心世界,都常常表现出相当复杂的现象。这种复杂性主要是由于社会生活的复杂性影响于人物的。文学创作不应回避这种复杂性,不应把复杂的社会生活形态和复杂的人物性格简单化,更不能把多彩的生活和人物涂成一个色调,而是要"真诚地、深入地、大胆地看待人生并且写出他的血和肉来"。当然,不论多么复杂的人物都有他性格的主导面,都有支配他一生命运的主导精神。作家对他的人物,就是要把握主导,展开多面。

什么是张玉良性格的基本特征呢?或者说,什么是支配她一生命运的精神支柱呢?我认为,求索和苦搏可以概括这个人物形象的基本精神。"路漫漫其修远兮,吾将上下而求索",屈子的这两句千古绝唱,曾在历代人士中引起共鸣,也是张玉良一生的写照。然屈子所求索的是兴邦治国之道,他问天质神,哀民祭鬼,无不寄托着他的政治理想,而张玉良所求索的只不过是做人的资格和权利,进而发展到追求做一个对国家、对民族有贡献的人的权利。她把这个理想寄托在艺术上,因而她的追求做人和追求艺术便融合在一起。

张玉良的一生,是顽强进取的一生,也是和自己命运拼搏的一生。她自幼不幸被舅父卖入青楼,沦落于人世间最悲惨、最污秽的地狱,幸而在青春年华刚刚开始之时,结识了潘赞化。潘不仅用正义和同情挽救了她,使她脱离了苦海,更用真挚的爱情唤醒了她的人的尊严和一个有独立人格的人的追求。偶与洪野先生为邻和她的天赋的艺术敏感力,使她对艺术着了迷,启发了她对美的向往,始而把习画作为一种生活的慰藉,继而则有意识地把追求美和创造美作为消除或改变她那悲惨出身和卑微地位带来的不幸的寄托了。她哪里知道,她所生活的那个时代和所处的社会,是不肯给她"人的自由和尊严"的。世俗的偏见和歧视,到处追随着她,使她只能从"一个小小的牢狱进入一个大的樊笼",她"一直努力想使自己成为一个人、一个受尊重的人,可是世俗连这一点也不允许"。这使她悲痛地慨叹:"难道我就永远洗不净可耻可悲的污垢?而我热爱的追求的艺术也更因此受到牵连?"确实,摆在她面前的路是曲折多难的。谁能想象,一个在法、意两国最著名的艺术学府留学九年,获得很高造诣的第一个中国女西画艺术家,一个在当时中国两个最高艺术学府担任教授的知名艺术家,她的个人画展可以被任意践踏,她的"表达对挽救民族危亡英雄的敬意"的大幅油画《人力壮士》,不但被人划破,还被贴上污辱的字条:"妓女对嫖客的颂歌!"有什么对艺术家的污辱更甚于此者?在欧洲,她废寝忘食穷求苦学了九年,一度曾因极度缺乏营养而几乎双目失明。回国后,她满怀希望要把自己所学的一切技艺奉献给养育了自己的祖国,"为中华民族的文艺复兴献出赤子的心香",为此她奔走于沪宁两地任教,跑遍名山大川,采中西画各派大家之所长,创自己一家之风骨,十数年心血所酿之蜜,竟一旦被肇事流氓摧毁殆尽,她之所学和所望就得到这样的报偿吗?

不仅如此,在家庭中,这位堂堂正正的大学教授,为了使丈夫不受"痛苦的煎熬",竟不得不违背自己的意愿和性格,以妾的身份跪倒在大夫人面前行大礼。

张玉良无法在这样的环境里实现她的理想。她不得不痛苦地离开她唯一的亲人和良师益友,漂泊到异国他乡继续她的求索与苦搏。此后的四十个春秋,是张玉良孤身孑影向艺术高峰挺进的时光。这时,她对人生和艺术的探索,已不再只是求得一个平等做人的资格和艺术上有所成就,她要在"世界艺坛上为祖国争得荣誉和席位",要让自己独创的有中国韵味的绘画和雕塑"进入世界艺术珍品的圣殿",并把"我所创造的一切,都应是中国人的一部分",作为自己的生活信条,从而使她成长为爱国的,为民族争光增光的人。当然,这一切都体现在她的艺术天地里。她离群索居,潜心创作,把对祖国的忠诚、亲人的思念、故友的追怀以及她的政治的、思想的、情感的、道德的诸般思绪,都融在艺术里。几十年如一日,忍受着一切艰辛和折磨,在艺术视野上深益求深,广益求广,在艺术创作上精益求精,高益求高。一座雕塑《张大千头像》花费了二十年的时间和数不清遍数的修改,终于使其成为进入法国现代美术馆的第一个中国画家的作品,为了不间断写生,她甚至中暑昏倒在海滨浴场。她以顽强的进取精神和过人的毅力,赢得了胜利。她付出的泪水和汗水是够多的了,但一个刚烈的女性形象,不正是在泪水和汗水的莹光中映射得十分清晰夺目吗?

张玉良当然不会被视为当代英雄人物形象,也不是社会主义新人,但从她身上所体现的求索和苦搏精神,对我们当代读者来说,还是有巨大的积极意义的。生活中不是很有一些人徘徊终日而又怨天尤人吗?不是还有一些满口大志而行动上却毫无目标的混世者吗?莱辛在《汉堡剧评》中说过:"一锹挖一眼井是做不到的。事物的成长虽不易觉察,过一些时间之后,却可见到成长起来的事物。眼前有目标的人,走得再慢,也比漫无目的、浪荡徘徊的人走得快些。"张玉良在艺术探求的道路上走了六十年,单是苦练素描基本功就花了十年时间,可算够慢的了,但她"有目标"又有毅力,她是以"最能吃苦、最有恒心、最不示弱"取得成功的。单凭这一点,这一形象的思想力量也是不可低估的。

我们说张玉良的形象是一个典型,既不是依据她的传奇式经历,也不是依据她的艺术声望,而是因为在这本传记小说里,作者比较成功地刻画了主人公的性格,写出了她的精神面貌,构成了一个独特的艺术形象。它可以用自己所包容的思想和艺术的力量打动读者。

当然,作为传记小说,作品中总包含有虚构、想象的成分。主人公的经历和发展过程,基本上都是按照事实叙述的,但其间的若干细节,有的略加充实,有的则系虚构,目的都是为了更有利于突出人物性格。例如第十五、十七、十九、二十二等章节,恐怕就有某些虚构的细节,并且着意描写了主人公的内在感情,因而也就使人物形象更加鲜明了。对主人公的思想和行操,我隐隐感到有某些提高,但除十八章中个别地方显得有些生硬外,这种提高显然也是必要的。因小说究竟与生平传记不同,它要使人物更加丰满,成为一个典型,就不一定在一切细节方面完全拘泥于真人真事。书中的大多数人物,都是真名实姓,系在真人真事的基础上铺排而成,合乎事物的发展规律,并对于表现主人公的多面起了很好的作用。

此书也有不尽完美之处。例如作者还不善于用不同的语言来刻画不同的人物,所有的人物几乎都是用一式的语言来说话,尽管出场人物大多是知识分子,但各个人物应当用自己的语言来体现他自己才是。又如,由于作者没有亲历过欧洲,对巴黎、罗马生活情景的描写就显得拘谨而不自然。我特别感到不满足的是,主人公两次旅外的数十年生活,所遇坎坷大多来自国内,而且虚写、侧写居多,作者没有敢于接触资本主义社会对于外侨艺术家(特别是所谓"有色人种")所加的歧视、排挤、收买、腐蚀等方面,因而也就不能从更广阔的社会背景上来塑造主人公的形象。这一点可能与作者目前所掌握的材料不够十分丰富有关,但也反映了作者的阅历和对生活的认识有局限性,故不得不回避这方面的矛盾。我的这一点要求,也许有些脱离这一具体作品的实际,但倘能有所触及,不是可以使主人公更多面化和更立体化吗?不是能更全面地反映主人公所生活的时代和她所处的社会吗?

(原载《清明》1983年第2期)

寻找自己的最佳位置
——关于熊尚志小说的杂议

如果我们把正在崛起的青年作家群体比作天幕上的星群，熊尚志也许还算不上是灿烂的或耀眼的一颗。但星空中有他的位置，他在那里发着光，哪怕眼下还很微弱，然而那是他自己的光。

他是一位勤奋的、有追求并已显露出一定才华的青年作家。时下我们虽不能把他的才华和成就与他同辈中的佼佼者相比——他还没有达到那种境界——但他的勤奋是出众的。他在五年之内向社会奉献了九部中篇小说并完成了一部长篇小说手稿，这固然是勤奋的一个显著标志，但更重要的是他艰苦的自学精神。他生长在几乎与外界隔绝的穷山窝窝里，只读过小学，还在少年时代，便当上了一名小屠夫，度过了整整十年的操刀生涯。但封闭的山乡野寨，并没能封闭住他的求知之心。操刀之余，他学过木匠，学过书法，学过绘画，后来又和文学书本结成了良友。他的文学启蒙者和引导他走上写作之路的老师，可能就是这些书本。是这些作品给了他知识，熏陶了他的艺术感受力，也激发了他的艺术表现欲望。他可能在理论上不知小说为何物，只是按照读过的小说的样子而写起小说来的。他对语言的运用，对小说基本特征以及谋篇布局等表现技法的理解和把握，都是在反复的实践中逐步悟察得来。考虑到这些特殊因素，我们便可以想见他在学习和创作上所花费的心血是非同一般了。

当然，作家的成长并不完全取决于勤奋，但勤奋是熊尚志实现追求的基础。

凡是较系统读过熊尚志作品的人，不论在评价其高低优劣方面存在怎样的差异，但大都承认他的作品具有鲜明的地方特色，富有浓郁的山味乡情，语言有个性，特别是人物对话，时柔时脆、时文时野，用得相当得体，他还比较注重故事情节的跌宕起伏，从而增加了作品的可读性。此外，在选取题材和开掘主题方面，作者也有自己的追求，他是把表现文明与愚昧的搏斗作为主旨，贯串在一系列作品之中的。

熊尚志之所以能在短期内较快地获得了一定的收获,除其他因素,可能和他有意无意地找到了宜于发挥自己长处的适当角度有关。作家的一生在于不断地寻找和发现,他在生活中苦求发现的同时,也时时在寻找和发现自己,他应当找到自己的位置,找到自己观察和表现生活的最佳角度。熊尚志的作品,除《古老的东方有一条龙》,把它的地域环境挪到了县城小街以外,其他则多是描写山乡野寨诸色人物的命运变迁,而主旨也多是表现文明与愚昧的搏斗。这正说明,作者摸索到了最能发挥个人优势的角度:写他最熟悉的生活场景,喊出藏在心底最深沉的呼声。

"写你熟悉的,熟悉你应当熟悉的",这似乎是文学的常识,但许多人偏偏在这个常识问题上碰钉子。某些初学写作者,往往不愿意从自己最熟悉的领域选取题材,而是忙于追逐时髦题材、流行故事,不从自己的实际感受出发开掘主题,而是强行去表达什么当代最尖端的社会问题,结果常常是吃力不讨好,难免一再遭受挫折。熊尚志虽然在许多方面都还很不成熟,在这一点上他却没走多少弯路,在发表了中篇处女作《藕和花的故事》以后,他就一头扎进了他的山窝窝里去了。他生长在大别山腹地的农村,那里是老苏区,有着光荣的革命传统,但那里又是很少与外界往来的,弥漫着某些封建的、落后的甚至原始的观念和习俗的封闭社会,那里存在着贫穷、愚昧和野性,那里也存在着古朴、赤诚和善良,那里有些人安命知足,那里也有人渴求现代文明和过上富裕的生活。熊尚志对那里的山山水水、草草木木、老老少少、家家户户都了如指掌,对山里人的过去和今天、外表和内心、痛苦和欢乐、苦难和幸福、寻求和向往也都体察入微,同时对他们面临的问题,又有着很深的切肤之痛。作者把这些人和事作为表现对象,并把从这些人物命运身上提炼出来的社会思考作为作品的立意,无疑是非常适合发挥自己的主观优势的。因此,熊尚志的起点虽然不高,他的基础素养低于某些文学青年,但他的路子对头,作品成活率也就较高。

《丁家寨的文明与愚昧》《雾霭里的明珠》《斑竹园》《古老的紫铜锣》等几部作品,尽管角度不同,但内容里都融进了文明战胜愚昧的渴望。就作者的生活天地和生活视野来说,这一思想可能是早已孕育并形成于他的心灵深处了,然而只有在他敲开了文学大门以后,才可能使其化为作品的主题予以揭示。他亲眼见到并亲口品尝了愚昧给人民(包括他自己)带来的灾难,他感到有责任且有义务"埋葬愚昧",因此在自己的一系列作品中反复发出这个出自内心的强烈的呼喊。在前述几个作品里,作者借助于真实的生活画面,借助于人物命运的纠葛,揭示出贫穷是愚昧的根源,愚昧又是贫穷的土壤,它们互为因果,互为消长。作者期望现代文明之风尽快吹到山乡去,让那"左"声"左"调的"紫铜锣"之声永远消逝,让代表光明幸福的"明珠"照遍山乡。

  作品的鲜明的地方色彩和山味乡情,更是熊尚志现有长处的集中体现,他对山乡野寨的风物,山山水水的灵秀气,山民的淳朴厚美和可悲而又可怜的诚愚,山里妹子的诱人的青春活力,以及山寨里的恼人、恨人的野风陋俗等,信笔写来,皆能历历在目,表明作者与描写对象情谊甚笃。这就有了地方色彩,这就有了风俗画和风情画。但作者并不回避生活真实,他在细腻描绘优美的风光和纯真的少女心灵的同时,也敢于对山乡里那些落后的、原始的、野性的、粗俗的一面,予以逼真的描述和冷峻的剖示。自然,作者的用意不在猎奇,不在卖弄,不在展览,更不在赏玩。他要借助这样的描述和剖示来倾诉他对山民的深挚的爱、对丑类的痛切的恨,以及对文明的热切向往和追求。

  熊尚志在语言方面也没有舍弃自己现有基础去另搞一套,他大量采用地方语言并稍加提炼,比较注重语言的生活化、性格化和流畅性,对话因人而异,有情有味,叙述时也有些小情趣和幽默感,这使得他的作品读起来感到通畅。语言是文学特色的显著标志,熊尚志小说的山味乡情,倘离开他那柔脆兼备、文野相间而又浑然一体的语言,恐怕是不可思议的。因为在他的小说里,语言并不只是为渲染或烘托某种地方风味服务,那些从人物口里讲出来的一串串妙语本身,就是山味的重要组成部分。

  以上几个方面是熊尚志自身拥有的长处。扬其长,则转化为作品的长处。对此,我们虽不能过高估计为熊尚志已经形成了自己的风格,但也不能低估为不屑一谈。其实要把作品写得有特色是很不容易的,有的人写了很多,有的人写了大半辈子,就是写不出特色来,可见它不是可以信手得来的。扬长可以避短。但有了长处绝不等于就没有了短处。熊尚志自然也有他的短处。有的长处由于还没有达到较完善的境界,它里面仍含有短处,有的长处用不好也会变成短处。有的同志觉得他的小说时代感较弱,柔美沉郁有余,雄浑振奋不足;若干作品的情节、人物、语言相互重复,存在明显的雷同化痕迹;另外,他的作品一般都比较拖沓,枝蔓繁多,时有危及主干之弊。这些毛病有的是文学新手在创作实践中难免的通病,有的则是他个人功力的修养不足所致,如不及早克服,是会严重影响他的进一步提高的。

所谓时代感不足,或者说时代精神不强,绝不是说熊尚志的作品没有正面地、直接地反映变革,也不是因为他较多地揭示了山乡的落后面,恰恰相反,由于作者是把文明与愚昧的搏斗作为贯串于多篇作品的主线,因此他在小说的情节内容中,是注意到了代表文明的社会力量的。作者心目中的"文明",就是改革。他写到了责任田,写到了整党,写到了商品经济向农村的渗入,写到了农民上大学,写到了农村建电站,写到了改革的冲击波对封闭山乡的冲击。也就是说,他的作品并没有脱离时代把山乡写成世外桃源。那么,人们为什么还感到他的作品时代精神不足呢?我想,恐怕还是作品的生活画面所包容的思想过于肤浅或不太恰当的缘故。在某些作品的情节里,我们有时感到作者的思想有些混乱,有时又感到作者无意中流露出对古朴美和自然美的过分依恋、陶醉情绪,有时甚至开了不当的社会药方。这,不能不影响到作品的思想分量。

我们要求于文学作品的时代精神,实际上就是融于美的形象中的思想价值。时代精神不等于时髦题材。任何题材(包括古代题材和神话题材)都可以体现时代精神,但作家必须站在当代先进社会思想的高度来认识和反映它,才能使自己的作品富有时代感。不能用农民意识写农民,不能用封闭的山乡心理写山乡。熊尚志一头扎进山乡使他发挥了长处,但他有时陷于其中而跳不出来,就又变成了短处。所以,我们一方面要充分肯定他的作品中的浓郁的生活气息和那种独特的山味乡情,但也不能不指出,他有时太多地被山乡古朴的、淳厚的自然美所陶醉,而忽视了要用时代的新的社会思潮来评价这种古朴美的可爱而又可悲的两重性。作者确实痛苦地感到了贫穷和愚昧给大别山的人民带来的苦难,但作者在表现这个改造过程的时候,不是按照先进思想、新的社会观念来衡量某些人和事,而是用农民思想或固有的旧道德观念来衡量它们,故而自觉不自觉地流露出某些农民意识。例如,把劳务输出当作欺骗和悲剧,对农民离开土地或经商持怀疑态度,对近于麻木的自我安慰持欣赏态度等,都反映了作品在时代精神方面的局限性。另一方面,在塑造人物上,也暴露了这种局限性。在立意上,作者原是有意要写出几个代表新的社会思潮的新型人物的,像《雾霭里的明珠》中诸葛玉坤等人就是属于作者意中和笔下的新人。可惜,这类人物大都比较苍白、观念化而缺少真实的活力。相反,他笔下那种淳厚得近于诚愚的旺保(《丁家寨的文明和愚昧》)、野性和善良胶着在一起的叶艾青(《斑竹园》),以及青春气息和山野气息浑然一体的山妹子们,往往被刻画得性格鲜明、有血有肉、有情有趣。相比之下,新型人物形象的单薄,也势必影响作品时代精神的充分昭示。

　　雷同或重复,一方面可能是作者在小说结构上,还只习惯于情节结构而不长于性格结构,或只长于单项平面结构而不善于多层次结构。但更主要的恐怕还是作者没能致力于创造独特性格的缘故。熊尚志在创作上似乎还没进入真正的自觉状态,他全凭熟悉生活而让作品一篇一篇从笔底任性地流淌,这种文思喷涌现象当然是好事,但他创造的自觉意识不够,没能精心致力于在每一篇新作中有意识地创造属于"这一个"的人物形象。一个作家必须培育创造的自觉意识,没有这种意识是无法走向成熟的。如果说前一阶段还是可以谅解的话,在今后则不应任其自发地流淌下去。所谓创造的自觉意识,就是作家的自觉美学追求;文学创作的高级境界,是要创造属于自己的艺术王国,创造自己的艺术个性,创造不可重复的艺术典型。作家应当有自觉的美学追求,不能使自己的创作停留在信马由缰的自发状态上。重复是艺术的大敌,不要轻视这个大敌而原谅自己。不能把自己熟悉的一个人物分成三四个重复地走进多篇作品中,而是要把熟悉的三五个甚至十几个捏合成一个独特个性,应当力求在每一新作里出现不仅与自己不重复并且与别人也不重复的人物形象。这当然是高标准的要求,但也是对每一个有出息的作家应当提出的要求,熊尚志有了一个很好的基础,他是应该也能够实现这个要求的。

　　我们对熊尚志的作品进行了研讨。但这种讨论既不是鉴定式的,也不是会诊式的,更不是为了使作者就范于某种观念而给他划定几个什么框子。这是中青年作家之间的交流和对话,也是作家和批评家的交流和对话,是从熊尚志这个作者和作品实际情况出发的研讨,它的理论深度可能不够,但在交流和对话中,促使作者更准确地发现自己、把握自己、确立自己,恐怕还是有益的。

《凡人》与作家其人
——读王英琦《凡人》

王英琦步入文坛是从散文开始的。她把散文称为"至爱密友",并曾说:"只有在写散文的时候,我才感到,我是那样的愉快,那样的对路子,那样的得心应手……"确实,在青年作家群中,她的散文功力是不错的,我们在读她的散文作品的时候,也常常窥见作者的愉悦心境和下笔的从容。她的第一部散文集《热土》问世的时候,当代散文大家秦牧同志曾给予热情关注并为之写了序言,《文艺报》和省内评论家也都对这位青年女作家的破土而出,表示了祝贺和期望。人们称赞她是"努力开拓散文新天地的有志者",人们更期望她拿出比"热土"更热、比"绿宝石"更加闪光的新作来。王英琦没有辜负这种期望。近几年来,她不但继续在散文领域里耕耘着、开拓着,而且做起了"两栖动物"——也写起小说来了。虽然至今她还撑着面子说:"提笔作小说,这在我似乎'不务正业',我的正当职业该是什么呢——散文。"其实,她早就该做"两栖动物",她的散文路子也必然会促使她做"两栖动物"的。尽管她自称写小说是"因为小说的读者面实在太大了","不能自我放弃文学的一块重要园地"。好像是因经不住小说的广泛社会影响的诱惑而动笔的,实际上她的叙事散文里,早就包含有小说的成分,正如同她今天的某些小说中常常含有散文气质一样,像《有一个小镇》《旅栈邂逅》《羊城花感》《大救驾》等散文,那里边的抒情是和叙事糅在一起的,而叙事中不但有精微的细节描写,且有性格刻画和真切生动的对话,它们已经很靠近小说,只不过在结构形态上没有采用一般意义上的小说框架,在表达意念上仍属散文气韵。这类散文中的叙事,大多是作者亲身之所见、所闻、所感,然其间也可能有塑造成分,这方面再往前走一步,她就不能不进入"两栖动物"中的小说那一"栖"了。

大约是从1983年开始吧,我陆陆续续读过王英琦的几篇小说,《爱之厦》

《遥远的爱》《支点》《红楼逸事》我虽都看过,而未经深思,但也留下了一点印象。特别使我感到惊异的是,尽管王英琦在《热土》的《后记》中称自己是"野小子",在生活中她也确确实实有点风风火火的泼辣劲儿,但她的作品,仍是十足女性的。我不是说她的文章没有阳刚之美。不像《红楼逸事》那种对文场世俗的冷峻剖析,描绘中的犀利热情和有藏有露的幽默感,应当说是不乏阳刚气质的。但她到底是女性作家,她是把更多的思考放在女性命运上了。且不说《爱之厦》《支点》这样专门为女性命运呼喊的作品了,就连《红楼逸事》,她也没忘记为对女作家的不公正发一通牢骚。《支点》融进了作家自我,她把多年来对女性问题的思考,全部倾注在这部中篇小说里。什么是女人生命的支柱?是甜美的爱情还是艰辛的事业?女人的一生是应当奉献给温馨的家庭还是去追求事业的成就?女人在社会上是靠别人挽着、扶着,还是靠自己挺然屹立?作者对两种不同的女性都有所描绘,仅仅是借助在饭馆吃饭这一块小天地,作家使用女性作家对女性的独有的观察与感受,细腻地勾勒出一对对少男少女的儿女态,同时又用反馈和内心独白揭示了事业型女强者的自强精神和命运中的不幸。作家自然把同情倾注在作为自我化身的主人公身上,小说中的一些思想火花和某些哲理性的议论,也基本上是体现作家本人对她提出的社会问题的回答。从个人爱好说,我并不赞同作者把某些生活素材原样搬进作品,也不赞赏过分直浅地表露自己,但本篇是了解这位青年作家的重要作品,那里有她的深沉的思考,也有她的真情的流露,有她的追求,也有她的痛苦。

新作《凡人》是描绘大西北风情的系列作品之一,这是个短篇小说,倘有谁认定它是篇散文,似乎也无不可,因为它的散文气质确实很突出的。但我们要承认这是篇在表现方法上颇有新意的小说。我们在观念上所习见的那种短篇小说,通常是有一个完整的故事,有一个中心人物,有两个至三个典型细节所组成的情节线,在情节的开展过程中刻画人物的性格,揭示作品的主题,等等。《凡人》完全打破了这种模式,它以一个连姓名都没有的人物的心理流程为核心,把瞬间的意识流动和历史追忆穿插在一起,将一个人物的大半生,浓缩在短短的六千字之中。

作家着力赞颂的是位"凡人",他(或"你")的确很平凡,不过像沙漠中一株红柳或一丛骆驼刺,任凭沙暴袭击千百次,依然悄声不响地立在那里。他也的确没干出什么惊天地、泣鬼神的大业,只不过在沙漠、戈壁的荒滩里考古寻源,把肉体和灵魂都寄托给沙漠之神,在那里考查被沙神吞噬了又保护了的古西域三十六国的遗迹。他也的确尚未免除凡夫俗子所具有的本能,对他面对的超级孤独感到可怕,又时时刻刻都思念着人间的烟火气。然而越是这样,便越能显示一个高贵灵魂的圣洁。

说来也怪,这个没有情节、没有故事、没有人与人的矛盾冲突,甚至连主人公姓名都没有的作品,竟能给予读者以较强烈的精神冲击,我想恐怕是与作者致力开掘人的精神力量有关。

前些时,我读过她的散文《向戈壁》,那大约是她大西北采风录的前言,可本篇则是一支序曲或插曲。虽然一篇是作者的自白,另一篇则是虚拟的小说,但其中都有作家自己在踏遍沙漠戈壁考古寻源的身影,在她也是一种精神的寄托和象征。一个把身心交给事业的人,就要耐得住艰苦,耐得住孤独,耐得住折磨,耐得住挫折,从而才可能在探索的路上留下扎实的脚印。

王英琦在艺术探索的路上是很有几分勇气的。她在还是一个20多岁的少女的时候,便曾奔赴大西南,一直跑到西双版纳,从那里带回来一组闪光的"绿宝石"。去年她又只身探访丝绸古道和浩瀚的大戈壁,行程万里,一路上吃了许多苦头,笑过也哭过,有欣慰感也有孤独感。但顽强的探索精神给了她力量,一返程,她就立即着手描绘大西北赐予她的充满了梦幻、充满了神奇又充满了现实力量的诸多感受,我们有理由期待她写出她自己眼中的大西北风采。

(原载《希望》1986年1月号)

社会主义建设者的战斗记录

——兼论特写

我们的国家正处在"从穷苦庄稼汉的马上,跨到巨大机器工业的马上去"①的伟大变革的时代。人们打开每天的报纸,都会从上面看到祖国工业建设的新捷报。在我国任何一个角落里,都可以听到工业建设的巨大音响;在任何偏远的地方,都可以看到人们正在用自己的双手绘制着一幅无比巨大的社会主义工业化的美丽图画。把这个宏伟壮阔的图景描绘出来,把这场史无前例的惊天动地的斗争生活真实地、鲜明地描写出来,乃是我们文学工作者当前最迫切并且也是最光荣的任务之一。但如果把我们所做的和客观实际比较一下,我们就不能不承认文学创作是落后了。我们还没有能够把这个伟大的建设生活较充分地记载下来,直到今天,我们仍然很少看到反映五年计划期间工业建设生活的优秀作品。读者群众的呼声是值得倾听的,他们对于这种情况已经表现了极大的不满,他们要求作家能够把他们的同时代人的生活、斗争做更充分的艺术描写,从而教育人们去认识生活,并推动生活更快地前进。近年来的情况是有了变化了。我们已经开始看到文学界对这一问题的注意。《人民文学》发起的"在工业战线上"的征文,很显然便是这种注意的具体表现。征文要求通过发表相当数量的特写和散文,把我们这个时代最激动人心的生活斗争反映出来,并且通过这种方式,鼓励和吸引广大专业及业余作者努力写作以工业建设为题材的作品。这自然是应该受到欢迎的。

人们通常很喜欢以"时代的镜子"这样的话,来赞誉那些被认为真实地描绘了时代面貌的作品,不过这似乎往往是指那些广阔地反映了时代生活的巨型作品而言的。但是,我想,那种能够高度真实地记录现实生活若干侧影的优秀的

---

① 斯大林:《第一个五年计划的总结》。

特写文学，也应当无愧于承担这种赞誉。尽管在今天，还有少数对文学持有"正统"观念的作家和批评家，往往还喜欢把特写视为"第二等"文学，但特写这种形式已经受到了广大读者喜爱的事实，却再也没有人能够否认了。

从去年5月到12月，《人民文学》的"征文"栏中一共发表了三十四篇作品，这些作品是以短小明快的特色和富有浓厚的生活色彩吸引着我们的。它的每篇文章都是在三五千字，有时只是把一个动人的生活侧面勾画出来，有时是写一个场景和片段，有时是写一个人物的事迹。但我们如果把"征文"栏的全部作品加在一起，一幅壮丽的时代生活的图画便呈现在我们的面前，它扩大了我们的生活视野，把我们引到了多彩的生活天地里面去。我们看到了多种多样的人，我们看到了工业建设生活的许多角落、许多侧面，知道了许多我们从来不知道的事情。虽然我们还不可能从每一篇作品中都看到十分丰满、十分成功的人物形象，但整个"征文"栏的作品却塑造了一大批普通劳动群众的英雄群像。

特写，高尔基说它能"把我们的视野扩大到无止境"。在《论文学》一文中他正确地写道："'特写作家'告诉亿万读者们关于他们的精力在苏联广大无垠的面积上所创造的一切，关于工人阶级在应用自己的创造力的一切地方所创造的一切。"高尔基认为，特写应该"描写群众的热情工作、集体和个人的英勇精神以及有成绩的工作"，"宣传和广泛地显示我们的成就，应当而且能够加速社会主义新人的形成"①。高尔基在苏联国民经济建设初期所说的这些话，在今天是特别值得我们重视的。在广泛地描写工人阶级用自己的力量在"一切地方所创造的一切"这个问题上，我以为"在工业战线上"征文是有成效的。"征文"对文学活动的一个重要贡献，就是它相当广阔地接触到了工业建设生活中的许多方面，它使我们这些渴望了解工业建设生活的读者得到了初步的满足。读了这三十多篇作品之后，我们的生活视野比较开阔了，我们呼吸到了机油的气味，听到了工业建设的声音。当然，更重要的是我们受到了沸腾的社会主义建设的莫大鼓舞。在我们伟大祖国的辽阔幅员上所进行的伟大建设，不管是西北沙漠新铁路线的建设，也不管是祖国南方的海堤工程，不管是在大工业基地里，还是在矿山、在工厂、在水库工地上所进行的改造自然的艰巨工程，都是那样广泛地在"征文"中有所反映。

作品中写的有矿工、勘测员、架工、木工、女电焊工、瓦工、潜水员、碱工、火

---

① 高尔基：《论文学》，载于《人民文学》1953年7—8月合刊号。

车司机、工地上的接生员、工程师、大学毕业生、苏联专家、转业军人、工地上的领导者等等,这些劳动者用自己的手和脑为创造更美好的生活而斗争的事迹,构成了"征文"全部作品的基本主题。在"征文"中有正面描写建设者的艰苦卓绝的劳动斗争的,也有通过这种或那种侧面,例如通过描写友谊、爱情,通过描写新的师徒关系等来表现大建设中的某一生活片段。"征文"中所反映的许多人物事迹和生活场景,在我们整个文艺创作中还是很少见到的。例如在《安得克夫》《斯杰潘诺夫和王福厚》等作品中描写的苏联专家的国际主义精神,例如在《新路》里描写的一个农村手工业者的生活道路,例如许多篇中写到的刚走出校门的新型青年知识分子在建设岗位上的劳动生活,以及对我国工业建设高速发展的特征的直接或间接的描写,对保卫者与建设者之间的联系等问题的描写,在一般的文学创作中是不常见到的。

"征文"的作者们,几乎是无例外地注意了描写先进人物的光辉形象。在作品中,对于工人阶级的不避艰苦勇于向困难做斗争的战斗精神,对于高尚的集体主义思想品质,对于那种豪迈的乐观主义气概,都有非常动人的描写。我们的建设者所担负的任务是异常艰巨的,如何战胜自然的、技术上的困难,战胜旧的思想意识,这是极其重要的问题。我们对于在《跋涉者的问候》《两个年轻人》《幸福的"南村"们》《去工地的路上》《新入伙的碹工》《军人性格》《潜水员小程》《水利工程师》等作品中所看到的关于这种生活的描写,是感到十分兴奋的。

《跋涉者的问候》是有相当浓厚的生活气息并且是有强烈感染力的作品。作品一开始,便把我们带进了一个辽阔、深远、无边无际的万里大漠之中。在这里,我们看到了一支工业建设尖兵的艰苦但是有意义的生活。这支勘测队在戈壁滩上已工作了七天,这些日子里他们从未遇见过一户人家,在第七天的晚上,他们为了以更多的工作成绩迎接明天的国庆节,因贪工而和骆驼队失掉了联系。这时,他们遭遇到了在沙漠上最可怕的事,除了严重的疲倦和饥饿,他们已经滴水皆无了。在沙漠里水是比什么都珍贵的,由于缺水,整个工作队的人几乎是陷于绝境之中。但就在这个极端不平常的困难境地里,我们看到了工人阶级的真正的乐观主义精神。在整个工作队中特别引人注目的形象是团支部书记刘伍,他没有被眼前的绝境吓倒,相反地,他想尽了一切办法活跃大家的情绪,带动大家向困难做斗争。他把搜集起来的零碎干锅盔当作点心分给大家,把半支留兰香牙膏当作清凉剂分给大家解渴。他带领着几个青年在沙堆中用双手挖井找水,手指甲劈掉了,指头尖裂开了血口子,十指尖往外渗血,又青又肿……可是,他们还是没有找到水。严重困难的情况已使刚强的秦喜撑不住而倒下了。但这时,一种对祖国的责任感激励着刘伍,他下定决心要在天明以前找到水,保证明天能出工。刘伍平常很喜爱的诗句成了他自己生活的逻辑:

谁是快乐的——他就能笑,
谁有愿望——他就能达到,
谁要是寻找——他就一定能找到!

他继续带领大家向面临的困难境遇做斗争,又经过许多波折之后,终于找到了清凌凌的泉水,找到了村庄和人家。第二天,他们又以勘测二十二公里(比平常多一倍)的路程向西挺进了。他们是以这种独特的方式向国庆节献礼的,他们把对北京的致意,叫作"跋涉者的问候"。

这是建设者们一幅真实而动人的生活素描,对于刘伍的工作队以及千千万万的建设者们来说,这也许只是极为普通的生活故事,但在这个普通的故事里面,我们看见了工人阶级在社会主义建设中勇于向一切困难做斗争的豪迈气概。作者以满腔的热情歌颂了我们的建设者,写出了他们战胜困苦的精神力量,写出了他们对于革命事业的信心和乐观主义精神,写出了他们在最艰苦的境遇中团结友爱的崇高品质。这,正是这篇作品能够感动我们的地方。

不只是一个刘伍,我国千百万建设者都是像刘伍他们那样迎接着困难,战胜着困难。无论是《跌落崖》中的张黎明,无论是《女实习生》中的方倩英以及《两个年轻人》中的陈茵、《开凿秦岭的人们》中的小沈,等等,他们都把战胜困难看作是他们的义务,他们的年纪虽然很轻,但他们都做出了让高山低头、让河水让路的惊人业绩。

创造性的劳动是所有先进人物的共同特点。在《聪明的架工》里,我们看到了那些在高炉周围搭起五层架子,让七八百工人在上面进行立体流水作业的富有智慧的劳动者,我们看到了他们无论是在无缝钢管厂、大型轧钢厂、高炉工地都有创造性的贡献。在《新的成绩》中,地形测量组的工作速度,高到使工程师简直不能相信。《女实习生》中的方倩英为了解决工程上的问题几乎是彻夜不眠。在《好徒弟》中的小昌,他在一开始独立操作之后,便开动脑筋想出了新的工作方法而带动了保守的老师傅。《安得克夫》里的吴钢,《开凿秦岭的人们》

中的小沈、小刘,《金师傅》里的金师傅等,无不是以打破常规的速度在工作着。这种创造性的劳动态度,正是新人物最美好的一面。他们在工业战线上所取得的每项成就,都推动我们国家向社会主义迈进了一步。

在另外一些作品中,作者们非常忠实地描写了青年们如何掌握生产技术。在我国建设生活中,有相当数量的人是刚刚从学校、农村等地走到工业建设岗位上来的,原来对于技术是完全陌生的,因而如何更快地掌握技术,对于他们便是首要的问题。在《军人性格》《潜水员小程》《好徒弟》《速度》《新入伙的碹工》等作品中,对于这种情形都有很生动的描写。

《军人性格》是一篇从写人物性格着眼的短篇特写。复员军人李敏中在刚来工地时,被面临的复杂技术吓住了。当他看到工地上千百万劳动大军向大自然展开进攻,而独有他感到"英雄无用武之地"的时候,那一颗"战士渴求战斗的心就跳动起来",他没能抑制住自己的激动情绪,他找段长要求离开这个他不能发挥力量的岗位,"回部队"或者是"学习去"。他提出这个要求是有些害羞的,因为他自己知道,"这不是在前线一个战士向首长请求战斗任务",因此当他坦率地说出了他的心情之后,就好像认识了自己的错误似的红了脸。但段长是理解这个青年的,他知道这个小伙子不是要向后转,而是要求领导的帮助和支持。他当场并没说什么详细道理,而是斩钉截铁地说了句"不行",并且批评了李敏中"叫困难吓住了"的错误。晚上,当李敏中正在暗自检查自己的错误思想的时候,段长来拜访他了。段长把自己当初转业时所面临的困难以及如何战胜困难的经过告诉了他,他从这些亲切的忠告里得到了教育,也受到了鼓舞。以后他就以"军人作风"顽强地学习着技术,后来他已经是一个熟练的技术员,但仍然没有停止学习。李敏中在日记本上写道:"我遇见顽强的'敌人'——工业技术,我一定以'军人作风'把技术学会……"这不仅是他一个人的思想和性格,而是成千上万从"生手"到"行家"的青年的共同感受。

《潜水员小程》中对小程等学习潜水技术的描写是颇为生动有趣的。作者并没有在作品中去写那些纯技术的问题,而是写了人。小程几次下水的心理活动都有所不同。通过三个很有特征的描写,人物的成长比较鲜明地表现出来了。还可以举出像《速度》《新入伙的碹工》等许多作品中的主人公,他们每一个人都是在社会主义建设的鼓舞下奋勇前进着,他们对技术的苦心追求,是为了更快地投入社会主义建设中去。

《去工地的路上》《两个年轻人》《节日》《感谢与决心》等作品给我们展示了

另外一种类型的可爱的青年形象。《去工地的路上》在构思上有点像波列伏依的《雾》,但作品本身所提供的生活、作品中的人物形象还是有着自己的特征的。主人公女电焊工王玉娥是一个全新的妇女形象,她的坦率、热情、热爱生活及言行的大胆和豪爽都表明了这是一个新女性的性格。主人公的一切行动都是通过她和爱人在谈情话时表现出来的,从那些有趣的对话里,我们看到了在共同劳动基础上产生的新的爱情关系。《节日》是一篇相当生动的人物特写,尽管作者没有更多地直接描写人物的劳动事迹,但主人公李联彩的社会主义品质以及他的劳动态度却能从其他的生活侧面看得出来。

人们用创造性的劳动建设着美好的生活,而在沸腾的现实生活之中,人也受到了锻炼,得到了改造。在"征文"的许多作品中,我们看到了社会主义新人的形成和成长。《新路》便是一篇描写新人的形成的优秀作品。作品的表现方法并不是特别新颖的,作者也是采用了我们常见的那种访问记事的叙述方法。但是当人物一开始活动起来之后,人物的性格、面貌、声音就都活生生地显现出来了。主人公王书玉的生活道路是有典型性的,他能够觉悟起来砍断与资本主义相牵连的绳索,完全是由于受到了工人阶级集体主义思想的教育以及社会主义建设的影响。作者在很短的篇幅中把一个人物的命运——生活道路具体而生动地描绘出来了。由于作者善于抓取最能代表人物历史转折点的特征,因而对这个人物经历的叙述,丝毫没有冗长和沉闷之感。作者对王书玉的老伴王大娘的描写也是性格化的,这个人物一出场,从外貌到语言以及她的习惯动作中,一下子就让你认识了这是农村老年妇女的逼真的肖像。王大娘在整个作品中不只是一个陪衬,伴随着王书玉的成长,我们也看到了这位老大娘的成长。

《第三次要求》中的老矿工王老贵,在开始出现时就是一个受人爱戴的老人。但通过一段他只能坚持七天的养老的故事,我们看到了这个老人又往前迈了一大步。在先前,他也许只认为好好劳动是工人阶级的本分,对国家和社会的前途他没有想得很多。但通过这段对他说来是"痛苦"的养老生活,通过他对锡矿山发展和变化的认识,通过他对于党和毛主席关怀工人生活的深刻体会,通过他看到了的机械化矿山的繁荣景象,他无论如何不能安心于养老了。这正表明了老矿工社会主义觉悟的继续提高,在生活道路上继续前进的决心。

《新入伙的碹工》写的是两个新参加工业建设的青年农民,开始时他们很瞧不起这种工作,认为是干一辈子也没有什么出息的事。后来那个特别不满意碹工工作的郝黑则在实际工作中碰了好些钉子,他们终于在队长和群众的帮助下,都先后转变成了积极学习并安心工作的工人了。

这三十余篇"征文"作品,都具有比较浓厚的生活气息。在那些质朴的描写里,我们看不到对生活的粉饰,我们看到的是真实生活的自然流露。这些作品之所以具有强烈的生活实感,当然是与作者对生活的熟悉分不开的。"征文"的作者绝大多数是在实际工作岗位上的业余作者,不少作者所描写的就是他们自己或者他周围十分熟悉的人物。例如写《感谢与决心》《幸福的"南村"们》《军人性格》的周兢同志,他本人就是一位工人出身并且仍然继续做着实际工作的人。还有像《潜水员小程》的作者马道骅,《在风暴中》《新的成绩》的作者赵怀祖,他们本人就是工业技术人员。《安得克夫》的作者曾经长期在勘探工人中生活过。这些同志拿起笔来写他们非常熟悉的生活,对于我们的文学事业来说,也是莫大的喜事。

在这些作品中,我们还看到了一个可喜的现象,就是许多作者都注意到了描写人物。许多较优秀的作品都把握了文学的特征,他们都把着眼点放在描写人物的思想、意志、性格和行为上,既不是简单地摄取某些生活现象,也不是烦琐地叙述某些事实的经过。其次,许多作者都开始尝试着在描写巨大的劳动画面时抒发作者自己的情感,这也是良好的现象。枯燥地记录客观现象的作品是永远也不能感动人的,在特写中,也十分需要把作者对生活的热情渗透在里面。过去或现在都还有人认为工业生活本身就是枯燥的,没有像田野里那种诗情画意,因而写工业作品也就难免要枯燥,这种论调早就该破产了。事实证明,工业战线上的劳动和斗争生活是极其绚烂多彩的,如果我们能够用极大的热情真实地把这些生活画面描绘出来,那就能够增进人们对劳动生活的热爱,增进人们对劳动生活的向往。我们不仅不应该躲避,而且应该加强作品中的抒情成分。

除了许多值得称赞的部分以外,"征文"也还存在一些缺点。这些缺点有的表现了编者在组织稿件工作上的计划性、主动性还不够,因而"征文"栏作品在反映生活面上仍然有很大程度的不足。例如在已发表的作品中,反映勘探、水利、铁路建设的较多,而描写大工业基地生活的作品则少得可怜。那种最能显示我们时代气魄的大工业,是应该受到更多的注意的。如果编者的工作更有计划一些,组稿工作更主动一些,这种情形是可以改变的。另一方面,有些缺点则是从这些"征文"作品本身可以看到的。例如"征文"的全部作品都是写新人物的,这当然是极其可喜的现象。但我们却觉得有些作者对于描写新旧思想的斗争注意得不够。我们当然需要大力讴歌我们的伟大建设,讴歌人民群众的英雄行为,但社会主义建设的胜利是同对落后思想,落后势力的斗争分不开的,我们要真正表现出我们时代生活的面貌和建设者的英雄形象,就必须把他们的艰苦斗争——不仅是人同自然的,也包括人同人的思想斗争充分地反映出来。

特写要严格遵守生活的真实,但仍然要求概括、夸张和联想。可惜不少作品太倾向于客观地记录某一事件的经过了。有些作者对材料缺乏剪裁,看不出作者要突出什么。某些作品中只有一个故事,缺乏艺术的加工,作者如果能做一些必要的艺术加工的话,作品的感染力就会大不相同了。

语言在文学创作中是占着极重要的地位的,但相当多的作者对语言的追求实在太不够了。莫名其妙的比喻、不恰当的形容词、不通顺的词句经常被发现。这确是应该引起重视的。

在写作手法上有些作品是有自己的风格的,但还有为数不少的作品缺乏自己的个性,平铺直叙地记述故事,不大考虑作品的结构。特写也允许用多种多样的手法来写,可惜在"征文"中我们还没有看到日记、人物印象记、回忆录等手法的应用。

尽管还存在着这些缺点,"征文"作品在反映工业建设方面所取得的成绩仍然是值得我们热烈欢迎的。希望作家们更加注意去反映工业战线上的斗争,希望在各种建设岗位上的业余写作者更加努力地进行写作,为我们写出更多更好的作品!

(原载《人民文学》1956年3月号)

我们将怎样理解"阿 K"

——评《阿 K 经历记》

有一个姓氏不详、籍贯不清、身份不明的人,叫作阿 K。像我们在旧时代大都会里常见的那种游手好闲的寄生虫一样,这位阿 K——小说《阿 K 经历记》[①]里的主人公,虽然穷得"囊空如洗",但依然装扮得"衣冠楚楚",在繁华的大上海,不管有多少正当劳动者不能暖衣饱食,但既无资财又不事劳动的阿 K 却能过得很舒服。他——有时愚昧、无知、盲目、荒唐和滑稽得简直就像阿 Q 重生;然而,在另外的时候,他的的确确又是个"谈吐不俗"、"学识渊博"、说话时能"博古通今,引证中外"的文明人物!

人世间只有两件事使他有兴趣,"一是金钱,一是女人"。对于弄钱,我们除了见过他抢购过黄金而外,不知道他是否还有别的办法,但关于他是色情狂我们是知道很多很多的。因为这一点恰是整个小说的基本情节,也是阿 K 全部生活经历的核心。在他出场不久,作者就曾用整整一章的篇幅描写过他的"颠倒情场",展览过他的无耻和下流相。我们见过他引证古往今来许多污辱女性的"名言"作为自己行为的依据,我们也见过他"学着美国明星的派头","大踱其狐步舞"于国际饭店的豪华舞厅之中。但是,你还不要以为这个能够出入于"上等人"活动场所的阿 K,真的是一位花花公子;不,当你看到他在弄堂里打架骂人的神态时,你又只能说他是个小瘪三了。这时候的阿 K 一反他的"文明"气质,成为一个地地道道的另一种形态的流氓。

尽管阿 K 也常常遇到不顺利之事,但他先祖阿 Q 的精神却帮了他很大忙,多少次的吃亏和丢丑都不曾使他难堪,相反,他总有足够的理由把自己说成是聪明人。比如,据他自己说,一位林女士是因为爱他"一表人才,一见倾心,死命

[①] 载于《园地》1956 年 11、12 月号。

追他不放"才和他结婚的,但很不体面的真实底细被揭穿之后,他又拿出一套"高明"言论来证明自己的不凡:"有本事的,就像阿拉吃女人的,用女人的,睡女人的。"而旁人呢?在这位自以为是的"英雄"看来,"当然是猪猡了"。

这就是处在新中国成立前上海的阿K。但也就是这个阿K,随着上海的解放,意外地交了好运。阿K本来十分轻视解放军,他甚至说过:"有什么了不起,国民党真是脓包,要是我,哈!哈!"这种含有轻蔑和敌意的话,但仅仅由于看到邻居王丹穿上了"绿军装"便得到了一个姑娘的爱,为了想占有那位姑娘,他也就糊里糊涂地参加了革命工作。后来听说到南下服务团可以和大学生们为伍,他又莫名其妙地"经朋友介绍"加入了南下服务团。以后,这位得天独厚的幸运儿,仅仅凭他自己口头说是"工人贫农出身",就博得服务团人们的"啧啧称羡"。奇怪的是,尽管在服务团里他的表现一贯都不好,但"工人贫农出身"不仅帮助他掩盖了一切缺点,并使他永久保持了"正面人物"的地位。不仅如此,一年以后,他还入了党,并且当上了科长。

新时代、新环境、新思想对于"秉性最难移"的阿K并未发生什么作用,相反,在新的形势下,他的恶劣行为流水账上,比之以往又增加了新项目。其中最瞩目的当然还是色情狂事件了。他曾施用过无耻而下流的手段"追逐"过小陈,但因妻子是他这个"事业"的障碍,于是他就亲手把妻子推下大海。而当杀人罪行被揭发以后,作者就用一句话交代了他的下场:"听说阿K被撤了职,开除党籍,还送法院处理。"但不久他又露面啦,并且依然像从前一样,"悻悻然"地向人们"怒视一番"之后,骂一声:"唉,虎落平原被犬欺!"

小说就从这句代表阿K精神不败的话结束了。

这就是我们所要谈论的小说的基本内容。

遗憾的是,尽管小说按作者的预定安排结束了,但作者要通过这个作品所表达的思想却根本没表现出来。读者不仅未能从阿K的戏剧性的经历中,认识到阿K之流对我们社会的危害性,反而碰到了一连串的难以想得通的问题。于是,人们不得不疑惑地问道:这是可能的吗?这是真实的吗?在我们的现实生活中会有这种事情吗?

其实任何一个肯面对现实的读者,都不会怀疑生活中确有阿K之流的坏分子在。然而,不管现实生活中有什么样的阿K,他们的存在总是有合理的原因可以解释。当作家把生活中的阿K变为文学作品中的主人公的时候,人们就有理由要求作者把他赖以生存和发展的主客观原因表现出来,否则,人们就很难相信作家所描写的人物和事件是真实的了。我们之所以不相信小说中的阿K是真实的，正是由于作者笔下阿K的性格、行为、精神状态以及他的经历并不合乎生活逻辑，而是由一些零零碎碎的事实拼凑起来的产物，因此，他的偶然、奇异、复杂，便都成为不可理解的东西了。

我们在前面忠实地叙述阿K的履历时，曾对他的思想和性格也做了一点简略的评介。从那些远不是详尽的介绍中，就已经可以看出，尽管阿K在各个时期都有此种或彼种具体行动，而且孤立看那些行动也并非没有现实依据，但如果把那些行为加在一个人物身上并放在一定的具体环境里加以考察的话，他就成为一个不可捉摸和不可理解的人物了。

阿K并没有一个统一和明确的性格，他仿佛是随着作者的意愿随时作七十二变的人。他既不是某一类型人物的个性化，也不是能够显示一般的独特个性。在他一个人身上交织着各种类型坏分子的气质，作者需要在什么地方揶揄他，他就在什么地方出洋相；让他当什么人，他就担当什么角色，而这一切并不都是人物行动的必然表现，常常是作者对人物的附加语。于是，阿K便成为一个流氓、浪子、谎言家、糊涂虫、色欲狂、肤浅的知识分子、小瘪三、投机者，盲目地自高自大、吹牛拍马、官僚主义、不学无术的杀人犯等坏蛋的混血儿，就像把各种剩菜煮在一起的一锅杂烩菜一样。然而，杂烩菜是不能冒充什锦的，形象的混乱和破碎也绝不能视为性格复杂。因为不管多么复杂的性格总是有一定的历史的和现实的生活依据，而且相互间也都有一定的统一联系，但阿K性格的破碎，是无法用这些原因解释得通的，这也就无怪乎连作者在《引子》中也声称"很难说他是什么样的人"了。

由于作者对人物形象把握得很不明确，因而就不能不造成读者在理解这个人物上的混乱。比如《园地》编者和某些批评者认为阿K是具有二流子性质的知识分子，但只要稍微认真考察一下阿K的身世和作为，人们就会发现他和知识分子这个概念是毫无关联的。很显然，连人物的身份和性格都不能被读者理解和把握，我们怎么能够承认他是可信的真实艺术形象呢？

作者说阿K也是"人的一种"，这大概是谁也无法否认的，但这个抽象的"人的一种"能说明什么问题呢？生活中的任何一个人都只能是具体的人，并且也都是依附于一定历史环境生存的人。坏人只是个概念，要表现一个坏人，当然也就需要在一定的具体环境中来表现他的思想、情感、行动，离开具体环境来孤立地写人，永远也不可能写出具有真实生命的可信的人物来。而阿K恰恰是在许多时候就好像是不存在于时间、空间中似的。

阿K一出场便带着某种奇特的姿态,那些不伦不类的举动,有时也使我们不大容易把握,但只要我们把他当作旧社会种种恶习所培养出来的畸形儿来看,我们总算可以理解他。因为在这里,作品中总是多多少少提供了一些产生阿K的具体环境,他是那个时代的社会制造出来的,因而他依赖那个时代的社会条件生存着,因此他和环境之间,就有了比较合理的关系。尽管在那时候阿K的某些具体行动也不能完全令人相信,但他总算是一个生活于具体环境中的具体人,我们大致上可以相信,小说中的阿K就是旧时上海滩上可能有的阿K。但当阿K"赶浪头"走进革命队伍以后,他就越来越虚假化、抽象化和完全不真实了。

一个在旧时代品行恶劣的人,当然也会以不同的动机走进革命队伍,特别是在革命胜利如风暴般的年月,有各种人物混入革命队伍中更是不足为怪的事。在新的历史环境里,他们之中有更多的人逐渐地被改造为名副其实的革命者,但也会有少部分人,用巧妙的手段暂时掩盖了自己的丑恶面目,自始至终地保持着他们的本性。他们或者是用另一种办法表现他们的丑行,或者是暂时装得积极上进,伺机利用新条件来进行满足个人卑劣愿望的活动。阿K,就其本质意义上说应该是属于后者。作者如能把这种隐藏在浩瀚的生活海洋中的泥沙挖出来,让人们认识他们的真实面目,无疑是有很大现实意义的。可惜,《阿K经历记》并未能很好地完成这个任务,由于作者没能把阿K赖以生存和发展的原因,以及他和环境间的合理关系写出来,因此人们无论怎样也难以相信他的存在是可能的了。

阿K混进革命队伍之后,连一件哪怕是出于伪装的好事也没有干过,但做起坏事来却总是那么得心应手,他好像要怎么的就能怎么的,从来也不会遇到抵触和干预,而且还能在人们心目中保持着对他的良好印象,并能在极短的时间里入了党和被提拔……这样,读者就不能不发生疑问,阿K所经历的环境难道是处在一种真空状态吗?要不阿K怎么好像出入于无人之境呢?既然阿K混进了党组织并在一定的岗位(我们始终不知道他是干什么的)工作着,我们怎能设想他不受环境的一点约束呢?他的坏作风简单和明显得一眼就能看穿,怎么会丝毫也受不到现实人群中的干预呢?难道他的周围连一个有头脑的人也没有吗?连像在旧社会里那样敢于打击阿K的人也没有吗?阿K凭什么能够享受这种"福气"待遇呢?对于这一连串的问题,我们在作品中是得不到解答的。

也许作者可以说:生活中有官僚主义呀!一般群众之所以不敢反对阿K,是因为他自称"品学兼优",伪装积极骗取了领导信任,当科长,有权势,所以一方面被蒙蔽了,一方面怕他呀!老实说,如果作者真的合情合理地展示了一幅这种能够让阿K得以飞黄腾达的具体生活场景,我们的疑问就根本不存在了。问题是:谁是官僚主义者呀?他们是怎样的官僚主义呀?阿K什么时候有过伪装的积极表现呀?领导者和周围的人群又是怎样被蒙蔽和压制的呀?既然作品中不曾充分和合理地描写过这一切,我们还能凭据什么来解释阿K呢?我们又怎么能够相信,真实生活会是这样的呢?

"不"——作者还可以说:"我写过阿K周围的人群,也写过他们对于阿K的不满和抵触。"是的,作品的确写过这些。但那些人群都是什么样的人哪?不满和抵触又是何等抽象和模糊不清啊!

只要我们认真读一下原作品便会发现,这个长达三万字的小说里除了阿K以外,并没有一个面目清楚的具有独立性的人物,他们的出现,并不是艺术情节的发展必然,而都是为着要承受阿K的辱骂、欺侮和迫害才出场的。他们没有自己的性格、自己的行动、自己的头脑,于是他们不能理解阿K,而我们呢,也不能理解他们的命运为什么这样不如阿K,也不能理解这个环境怎么就是这些人组织起来的?他们的消极和懦弱且不必说,就是他们之中唯一曾和阿K发生过摩擦的张三吧,他的"勇敢"也几乎是令人哭笑不得的。他在阿K的眼里是唯一的障碍,但究竟他曾怎样抵触过阿K并没有什么具体事实。作品中所描写的就是一小段抽象的说明:"人家都称阿K为科长,偏偏就张三直呼其名而不讳,真是大不敬。有时,竟敢顶撞阿K几句,阿K说东,他偏说西。"为此,他被阿K扣上了一大堆帽子,并骂了一句"你是什么东西"。而张三呢,在内心里希望阿K"做个好领导",在他被骂之后找阿K个别谈话时,除了又被扣一堆新帽子之外,总算还表示了"我们不能同意",不过结果是又挨了一顿骂。

群众的存在既然只是为了要表现阿K的恶行,只能承担阿K对他们的侮辱,那么阿K的存在也就只能是任意凌辱他人了。于是,阿K就可以什么也不干,专门欺侮人。他开大会做报告,但大会和报告的目的和内容就是骂人,一星期以后,他又开大会,并且又只是骂人,开会骂人之余就是在下边骂人和要挟小陈,看来这个环境也就是专门提供给阿K使坏的场所了。

假如我们所提出的这一系列问题,不能得到其他合理解释的话,我们就只能再一次表示，人们不能相信小说中的阿K是真实的，他和生活的真实面貌难以相容。正像把复杂的生活用粉红色的纱幕粉饰起来，把人物夸大为不可理喻的神人那种不可相信一样，我们也难以相信被夸大了的坏蛋可以在我们的社会现实里自由地摇摇摆摆。倘如此，不仅和真实生活相违背，而且也是无冲突论在创作中的另一种形态的反映。

人们通常都按着惯例把《阿K经历记》视为讽刺作品，有的批评家甚至离开对艺术形象的具体分析，不研究人物形象以及整个作品所反映的生活内容是否真实，仅仅凭借"揭露了生活中的阴影"这样一个抽象的概念，对作品做出了完全不符合实际的盲目赞扬。在他们看来，仿佛只要大胆地写了坏人坏事就是好的讽刺作品，至于讽刺了什么、怎样讽刺的、作品的实际效果是否达到了作为讽刺作品所应该达到的目的，等等，好像倒成为无关紧要的问题了。这，不能说不是对于讽刺的误解。

就我读后的印象来说，《阿K经历记》并不是名副其实的讽刺作品，把它比之于那种和罗列丑闻丑事相仿的"黑幕小说"也许更恰当些。讽刺作品的任务，绝不能只是把一个恶徒的丑行做一番细微地暴露就算完事，不管这个恶徒的履历表上记载了多少丑恶的行为，作者如果不是清醒而明智地对丑恶事物予以批判和鞭挞的话，那个恶棍并不一定本能地引起人们的憎恶。讽刺作品绝不能缺少暴露，但只有暴露并不能构成讽刺。谢林曾说过："讽刺必须十分明确地认清自己锋芒所指的对象"，而且要能让"读者体会到讽刺的创造者赖以出发的理想"。要达到这一点，仅凭一张坏蛋行为的流水账是不行的，作者必须对自己所表现的生活斗争有深刻理解和评价，必须把作品中站在被讽刺地位的人物的丑恶本质揭示出来，让读者所看到的不只是客观的恶行展览会，而是通过具体形象能认识这是什么样的坏蛋，这个坏蛋是怎样产生的，他对于我们的社会现实有什么危害性。这样，作品给人的印象就不会是困惑或对现实失望，而将是激起人们的生活热情——为扫荡生活中的残渣而斗争的热情。

《阿K经历记》的作者并非没有鞭挞阿K，但那些鞭挞实在是太无力也太不深刻了。由于作者过分热衷于描写他的色情狂和其他坏行为，于是客观地罗列恶行便成为这篇作品最突出的东西，我们不相信作者对于阿K没有愤怒情感，但这种情感并没能在作品中得到充分的表现，因而就使得作品的讽刺锋芒远没有显现出来。再加上整个作品的基调和语言十分油滑，于是也使得讽刺作品的内在严肃性受到了破坏。甚至因此发生了作者本无意讽刺的人和事受到了揶揄,而在需要作者狠命鞭挞人物灵魂的地方,由于笔调的油滑,反而好像在为人物的恶行找借口似的。比如"引子"里阿 K 拿小朋友等寻了一通莫须有的开心,不少地方把严肃的东西随意玩弄一下,在写阿 K 明明是有意识地为了个人的卑劣目的而杀害妻子时,作者竟然让人物有"他要消灭一个敌对阶级分子"的想法,说道:"让大海吞没你吧!你这资产阶级的女儿,你这落后的东西,你这寄生虫!"用这些东西来寻求笑料,不仅不能产生笑,反而让读者感到这种写法倒是相当可笑。可见,油滑的揶揄是不能代替真正的讽刺的。至于作者那样不吝笔墨地写他的色情狂行为和性心理,也不能不带来一些副作用,作者在作品中所流露出的那种嬉笑态度也就只能令人啼笑皆非了。

有人说阿 K"既可气,又可笑",而我则既未感到可气,又没觉得好笑。不过要说对这个作品的观感的话,我以为"可笑"的字眼倒是未尝不适用的。

作者是很有才华的,他的长篇小说《总有一天》在读者中有很好的影响,本篇可能是偶然的失误,我为此很惋惜。

(原载《人民文学》1957 年 4 月号)

黎·穆特里夫的诗

我国新疆维吾尔族革命诗人黎·穆特里夫的诗,1955年才被介绍过来,他的诗集也只是在去年才和我们见面的。但穆特里夫和他的诗,在新疆各族人民之间,特别是在维吾尔族人民之间,却有着极为深广的影响。他的短诗《幻想的追求》,曾作为他亲自参与领导的革命组织——"东土耳其斯坦火星同盟"的战斗进行曲而流传过,他的生活道路和创作道路,至今还在影响着维吾尔族的新一代作家们。

他在15岁左右的时候就开始发表诗了。从他早期的诗作里我们就可以看出,他在中学读书时就已经是爱国主义者,并且是倾向于进步思想的、勇于追求、对未来充满信心的青年。他的诗一开始便是呼唤斗争,争取解放。虽然在初期(中学读书时)他的思想还比较朦胧,但反帝斗争的激情却很强烈。他是一个战斗者,诗,也永远是他的锐利的斗争武器。从1941年他到《新疆日报》工作以后,由于较多地受到周围一些共产党人和留苏学生的直接影响,因而奠定和巩固了他的革命理想。他的创作也更加成熟了。由于他的诗的战斗作用对群众影响日益增强,反动派便想谋害他。1943年,敌人把他调到阿克苏。在那里,他参加了地下革命组织的领导工作,后因组织武装起义被叛徒出卖,为国民党杀害。那时他才刚刚23岁。尽管他生活在人间的年龄很短,但是在斗争中生活着的。他的诗,不仅在当时起了极大的战斗作用,而且也为维吾尔族新文学打下基础。在他生活着的那个时期,正是日本帝国主义侵入中国、民族危机加深的时期,所以他的早期诗作,有很多都是以爱国主义或反对日本帝国主义侵略为主题的。像收在《诗选》里的《我们是新疆的女儿》《我这青春花朵就会开放》《会给你生命》《在伟大的斗争怀抱里》《中国》《战斗的中国妇女》《中国女儿——热合娜命令三月之风》《干吧,农民阿哥!》《五月——战斗之月》以及其他许多短诗,以及长诗《爱与恨》等,就都是从各个不同角度表现反帝斗争这个主题的。除此以外,就是在他的抒情小诗以及其他一些描写别的题材的作品里,斗争——为祖国美好的未来而不屈地斗争,也始终是贯穿他所有作品里的中心思想。那种昂扬的意志、火一样的热情、不屈的信念,从来不曾离开过他的诗。有时候,在许多篇诗作中,重复着一个共同的主题思想,常常难免流于一般化倾向,然而有才能的穆特里夫,并没有损害他的诗的艺术力量。哪怕是在少数诗篇中,作者还没有找到丰满的形象来表达他的思想,但总的说来,他的绝大多数战斗诗篇,都是既富有强烈的政治激情,又具有艺术感染力量的。尽管他在每一首诗里都在重复斗争的真理,然而他却不是空喊,更不是翻来覆去地沿用一个什么固定的套路。他善于从各个角度来表现一个共同性的基本主题,他也勇于揭开自己的心灵放声歌唱,在更多的时候,他都是喜爱在诗中表露"我"的理想和意志,但他也能够从广阔的生活背景上,从各种各样联想中烘托出他的基本主题。《我这青春花朵就会开放》以及同类的许多诗,都是以诗人自己作为青年一代的代表,宣布他对于生活的信念,但这种个人的信念和追求,在诗里则是被表现为始终是和祖国的命运、人民的命运交织在一起的。

他常常是在倾诉自己的生活理想中,表达了对于祖国深厚的爱。他期望祖国不再被帝国主义蹂躏,劳动人民不再受压迫,那时他的生命青春之花,就会开放了。

他的信念是坚强的,并且坚信胜利一定属于人民。他在《会给你生命》里豪迈地说:

这斗争,会使被压迫者的幸运像花一样开放。
给压迫者、刽子手、帝国主义带来无情的死亡。

并警告"嗜血的虱蚤"说:人民已经在"广阔的战壕里","正在给你们挖掘坟墓"。

他在《新疆日报》工作时期,诗写得更多,质量也更高。《当突破黑夜,留下足迹的时候》《五月——战斗之月》《是列宁这样教导的》以及长诗《爱与恨》等,就是这时期的优秀诗篇。而《给岁月的答复》则是他的作品的最高峰,也是他留给维吾尔族人民最宝贵的文学遗产。这首诗的感情很深沉,语言十分优美,作者把极为深厚的战斗情感和思想,用完美的艺术形式表达了出来。诗人一方面借助于向"岁月"倾诉他的信念而宣扬革命理想,同时,也通过诗的形象表达了他对于国民党反动派要战斗到底的决心。他把"岁月"比为"窃取生命的小偷",说它"窃取后,头也不回地,一个追着一个,匆忙逃走"。尽管:

青春是人们最美妙的季节,然而它又是何等短暂。
……
岁月那么慷慨地给姑娘们带来了皱纹,给男子们带来了满面的胡须。

然而对于这使人无力抗拒的岁月的折磨,诗人是以无比豪迈和乐观的语句来回答它的:

战斗的人们追随着战斗的岁月,
一定会留下他战斗的子孙,
昨晚为幸福而牺牲的烈士的墓上,
明天一定会布满悼念他的花丛,
尽管岁月给我带来了胡须,
但我会在岁月的怀抱里锻炼自己。

他挑战般地向"岁月"说:

你别得意地擂胸狂笑,
在你面前我宁肯断头,绝不会受你凌辱,
你别为了催我衰老而过分地枉费心机,
我会把我的儿子许给最后的战斗。

很显然,这里所表露的对"岁月"的宣战,无疑是他对当时的黑暗社会,对反动势力的宣战。诗的音调是高昂的,同时又是深沉的,诗的气势是磅礴的,而情感状态又被表现得很细微。这是诗人自己的战斗的声音,同时又是代表革命群众所发出的声音。你看:

岁月之海,尽管你的浪涛是那样汹涌起伏,

我们的船队一定突破你的浪头。

岂不正是亿万革命群众所共有的思想和情感吗?

穆特里夫的每一首诗,都充满了时代精神,一直是勇往直前,用战斗的歌声激励人民。他和他留给我们的诗,不仅是作为兄弟民族新文学的基础,有着特殊的价值,而且也是一个诗人和实际革命斗争相结合,以诗歌作为斗争武器,并最终献身于革命事业的榜样之一。

《黎·穆特里夫诗选》共收有26首短诗,一首长诗。据译者说,这并不是诗人的全部作品,而且他除了写诗以外,还写过一些散文、杂文、论文、剧本,作为读者,我是非常希望他的作品能够早点译出来和读者见面的。听说早在1951年,哈萨克斯坦就出版了黎·穆特里夫的诗集,可惜我们在介绍兄弟民族文学的工作上,还不够及时。更希望维吾尔语的翻译者们能在这方面付出更大的精力,这无疑是一件极有价值的工作。

(原载《诗刊》1958年3月号)

收 获
——安徽小说创作的一个轮廓

> 我不知道,过去有哪一个十年,能够产生这么多有价值的作品。
>
> ——高尔基:《论文学》

出生于 1949 年的婴儿,到今年还只不过是一个 10 岁的孩子。从人类历史的进程来说,10 年的时间,的确是短暂的。然而,诞生于 1949 年的中华人民共和国,就在这个只能使婴儿长成幼童的时间里,却已经成长为顶天立地的巨人了。她的步伐是那样巨大而神速,以至于仿佛在 10 年里所迈过的时间,不是 10 年或几个 10 年,而是几个世纪。

不管帝国主义和反动派施展了多少恶毒手段企图破坏我们伟大祖国的成长,我们还是飞跃前进了。仅仅是 10 年工夫,我们已经给祖国的万里河山换上了最新最美的装束,在工业、农业和其他一切战线上,都取得了旧中国几十年乃至几百年都不曾有,也不可能有的伟大成就。

随着经济建设的发展,随着 6 亿人民革命意志的不断高涨,我国的社会主义文学艺术事业,也取得了前所未有的巨大成就。我们祖国在各方面的成就,在文学艺术创作里也都有着鲜明的反映。关于这,我觉得正好用本文开头所引的高尔基说的那句话来说明。

一

要想对我省文艺创作的光辉成就做全面和系统的考察,我是无能为力的。这里只想就几年来小说创作(包括散文、特写)的某些方面,做一个轮廓性的叙述,目的是给研究我省文艺创作的同志提供一点概况。

我曾经浏览过我省的一些小说创作。我不仅曾被许多比较优秀的篇章感动过,同时,也被我们的小说创作的发展面貌,深深地打动了。以目前和新中国成立初期相比,我们的小说创作,不但在数量上增长了十几倍,它的质量——思想性和艺术性,也都逐步地大大提高了。在这方面,我们虽然无法用数字来计算它究竟提高了多少,但留下来的一批比较优秀的作品,清楚地说明了这个问题。

为了叙述方便,这里准备不顾体例差别和时间先后,而按题材范围来简略地谈谈我们的作品。

在我们的小说中,以国内革命斗争和抗日战争事迹为题材的作品,占的比重很大。由于许多作者,都曾经亲自参加过艰苦的革命斗争,从而在那场交织着血和火的伟大斗争里,积累下无比丰富的生活素材。许多感人至深的事迹冲击着作者们的表现欲望,他们把眼光投到这方面来,那是很自然的。提到这方面的作品,我们首先不能不提到陈登科的《活人塘》和《淮河边上的儿女》。

《活人塘》(人民文学出版社出版),是一部早有定评的作品。据现在所知,它已经被译成俄、英、日、朝、捷等五种外文,博得了国内外读者的一致好评。这部作品(连同其以前在苏北写的《杜大嫂》)是奠定作者走进文学队伍的基石。作品所反映的,是苏北人民在解放战争期间的对敌斗争。这是一部人民英雄的真实写照。天旋地转般的斗争风暴,尖锐、严酷而壮烈的阶级斗争场景,人民群众和军队的血肉联系,在这里都得到了极其动人的正面反映。作品中刘根生、薛陆氏、大风子等一系列人物,都是结结实实的英雄形象,具有震撼人心的思想力量和艺术力量。也许正是由于作者相当真实地反映了那场阶级斗争风暴,并且揭示了人民的最崇高、最美好的感情,因而我们不能不为这部朴实的"生活在说话"式的作品所激动,甚至忽略或忘却作品在艺术表现上的某些弱点。这,大概也是很自然的吧!

《淮河边上的儿女》(作家出版社出版)就其所依据的素材和生活背景来说,和《活人塘》几乎是相同的,但两篇作品不是相互重复,而是各有千秋。《淮河边上的儿女》的社会影响,似乎没有《活人塘》那样大,但它在把握人物、发展情节、内容变化这些方面都比以前有所进展。它仍然具备如前两部作品那样的阶级感情鲜明、情节紧张、在尖锐的阶级斗争旋涡中心表现英雄人物行动、明朗、富有中国风味等等特点。主人公李振刚、张学文以及许振银、王二嫂等等人物的坚定不移、威武不屈、爱憎分明的高贵品质,也都得到了比较充分的表现。

对李振刚及其游击队的斗争生活的逼真描绘,对敌人残酷罪行的愤怒揭露,从某种意义上说,比《杜大嫂》和《活人塘》都更宽广地展示了阶级斗争的艰巨和复杂的情景。不过,也许正是由于本篇规模较大,事件较多,不容易把握的缘故,比之于前两部作品,它显得不够精练和集中,而且某些人物性格比较雷同,个别情节重复,对背景和环境的描写也不够充分。这些毛病虽然也都很重要,但它并不足以损害作品在最根本方面所获得的成就。而且,对于一位在当时文学素养还不是太高的工农作家来说,艺术表现方面的某些粗糙现象,也是难以避免的。重要的是,作者以相当充沛的感情,比较成功地写下了革命斗争中英雄人民的英雄本色。

家声同志的两个中篇,《在狱中》和《到敌后去》(均由安徽人民出版社出版)也是以革命斗争为题材的优秀作品。作者是久经革命风暴锤炼的老干部,作品中所描写的人物和事件,绝大多数都是作者自己的切身经历和感受最深的部分,因而就显得特别真切和动人。前者描写了一批优秀的共产党员在敌人牢狱中英勇斗争的事迹。在这里,有着对共产党员们洋溢着那种人类最美好的感情的热烈赞颂,也有对反动派残酷兽行的深刻揭露和批判,别看监狱是反动派迫害人民的场所,但只要有共产党员在,它就是阶级斗争的阵地。鲁品山、周凤章、周达、郑邦、赵寿学们,都是普通的人,但也都是"特殊材料"制成的坚强战士。在苏区根据地,在战场上,他们是战士,在敌人的法庭上和监狱里他们还是战士。他们坚信反动派的寿命不会比他们的战斗生命长,在狱中也要和敌人斗到"民国末年"。酷刑止不住他们的斗志,只要活着就斗争,不管在什么样的情况下,他们也总是具有进攻性格的战士。《到敌后去》可以说是它的续篇,主人公还是鲁品山,它所表现的是抗日战争时期主人公到敌后去的斗争事迹,本篇将鲁品山的机智、大胆作为和他在一路上所碰到的种种艰险遭遇,写得有声有色,能吸引人,也能感动人。

这两部作品在艺术上也有其特色。它们都具有质朴而不粗糙、单纯而不单调、平易而不平淡、简明而不简单的特点。至于从作品中所流露出来的强烈的无产阶级感情、深沉的思想、战斗的气质,那又是一般作品所不及的。

杨杰同志的中篇《黎明前夜》(安徽人民出版社、作家出版社出版),也是同类题材作品中较好的一部。情节和主人公多多少少带有一些革命传奇的色彩,斗争复杂紧张,情节引人入胜。当然,小说的最动人之处,并不仅仅在于这些,而是主人公谢飞、田月兰夫妻以及沈志勇等人,在对敌斗争中的英雄行为和他们无限忠于党和人民事业的崇高品质。小说在刻画田月兰从普通农村妇女成长为坚定的无产阶级战士这一点上,写得比较细致和真实,有艺术说服力。

有关这方面的短篇创作还有不少比较出色的篇章,这里就不能一一介绍了。

以农村的阶级斗争和生产斗争(包括从土改、成立互助合作社直到公社化的过程)为题材的小说创作,在数量上一直是最多的。但,这方面的长、中篇较少,短篇、散文、特写等则比较丰富。农民作者王有任的《卖散工》(载于《安徽文艺》1954年11月号),从一个互助组员出去打短工的活动上,既批评了身在集体、心在个人的自发意识,同时也借助于这个人物的遭遇,很生动地展现出广大农民的集体主义思想的成长。作者从农民日常生活事件里,发掘出了两条道路斗争在人们心灵深处的反映,抓住了这个思想核心,通过具体人物形象的思想和行动,比较深刻地反映了这一斗争。作者对农村生活的熟悉程度,是一般人比不上的,所以他的作品生活气息也就特别强烈,情趣盎然、生动活泼,人物的声音、笑貌、语言,特别是他们的心灵动态,都被写得活灵活现。

晓鹰的《上山》(收入作者的短篇集《汛》,新文艺出版社出版),是表现山区农民两条道路斗争的短篇。主人公是个老中农,在全村因为修水库决定一起搬上山去,并趁此机会组织了合作社的时候,他却不上山,而要"火炉里拣红薯——拣热的干"。他全凭他的自信和才干和合作社比试了近一年,结果事实证明了单干不是"热",而是凉。最后他服输了,转变了。小说写得有些拖沓,且有过于平铺直叙的毛病,但它到底还是写出了一些山区农民生活的特点,而对那个资本主义思想浓,并特别相信自己才干的老中农的形象塑造,也还比较细致和丰满。

陈大斌的《茫茫风雪夜》(载于《江淮文学》1958年2月号,后收入作家出版社出版的小说集《茫茫风雪夜》),题材比较特殊,它的主要部分,不是表现农村生产斗争和其他现实问题,而是通过一个人物的特殊命运,反映新、旧社会人与人的关系。它所依据的事件,不是一般的借宿求食、相互扶助,乃是一个人偶然遇见了仇人(曾杀死过他唯一儿子的人)的儿子后所激起的思想震动。悲剧是在旧社会两村械斗(当然是地主挑起的)时发生的,事情虽已经过去了10年,但它留给老人的精神创伤,还是很深的。而今天,两村早已是亲如兄弟般的农业社,偶然相遇的一老一少,又都是两个社同行(饲养员)中的积极分子,那个老人该怎样对待这件事呢?对于这个颇为棘手的问题,对于老人在此刻的极复杂的精神动态,对于这两个人的奇妙关系,作者都做了妥善的合情合理的处理和把握。作者写了喜剧式和解,但他并没放弃对人物心灵的深入解剖,更没有以旧人道主义观点来处理这问题,而是把问题提到阶级斗争、阶级教育的高度,把人物命运和时代特征紧紧连在一起,让人物关系间思想冲突的紧张和缓解,作为控诉旧制度和歌颂新世界的焦点,不但为消除"世仇"刻在老饲养员心灵上的创伤提供了最合情理的基础,而且也由此把两个人物的紧张关系转化为与众不同的亲密关系。于是,劳动人民在新、旧时代不同命运的图画便展开了,一个深深刻记着新时代的思想、道德烙印的老人形象,也就鲜明地站立在读者面前。王庆丰的《未到差的人民代表》(载于《江淮文学》1958年1月号,收入同前小说集),全力以赴地歌颂了新型农村青年妇女。主人公冯亚男看起来只是个极平凡的普通农村姑娘,但作者恰恰就是把握住了平凡中的不平凡的素质,从日常劳动生活中塑造出了平易、踏实、勤恳、热情的劳动妇女形象。她是普通的劳动妇女,她也是站在生活激流先头的战士,她没有被渲染成神奇不凡的英雄,也没有被琐碎的细节掩盖住思想光辉。

本篇和《茫茫风雪夜》,都从不同角度、不同人物身上发出"爱今天的生活"的声音。但《茫茫风雪夜》是一个饱受旧生活苦难的老人,在欢度新生活时从心底冲出来的声音;而本篇主旨,则是从一个新时代所哺育起来的青年一代身上散发出来的。

治淮,修建佛子岭、梅山等水库工程,是安徽的,同时也是全国的著名大事件。千里淮堤和举世闻名的几大水库,吸引了省内外许多作者,直接或间接反映这一伟大工程的小说、散文、特写,在某一段时间内曾占据着很大比重。

孙肖平的特写集《水的声音》(安徽人民出版社出版),从多方面反映了水库建设者的劳动生活,歌颂了人民群众同自然做斗争的英武气概。几篇东西都是艺术性的真人真事的记录,其中《水的声音》和《风钻手》则是比较好的篇章。

陈登科在水库工地上参加了较长时间的实际工作,除了先后写下若干短篇、特写之外,还完成了长篇小说《移山记》。这是陈登科在创作道路上的一个勇敢的探索,也是作者的重要收获。小说出版后,在舆论界引起了一些争论。这是无足怪的事。通过认真深入地探讨,不仅会有助于作者,同时也会有助于一般性创作问题的解决。不管怎样,应该承认这是一部有价值的作品,说它"严重地歪曲了现实生活",根本否定它的现实意义和积极意义,显然是错误的批评态度。陈登科以满腔热情的态度,塑造了忠于党的事业的常云翔这样的高级领导干部形象,也塑造了袁秀珠、谭振群这些像花朵般的新人。在歌颂新人的同时,作者也批判地描写了杨熙这类人物反对党的建设路线,蔑视中国人民创造力量,盲目崇拜美国的资产阶级思想、观点和作风的错误做法。作品里,有热情洋溢的劳动场景画图,也有惊心动魄的抢险斗争,有尖锐的思想冲突,也有抒情的爱情生活和悲欢离合的插曲。同时,作者在揭示建设初期的困难情景和矛盾冲突的复杂性上,也做了勇敢的探求,敌我矛盾和多种形态的人民内部矛盾,在作品中有着错综复杂的反映。通过这一切,《移山记》反映了我们党在怎样领导广大人民同自然作战,以及人们在改造自然的同时改造自己主观世界的巨大主题。至于对这部作品所涉及的许多问题的探讨,诸如对于人民内部矛盾的认识和反映问题,塑造英雄人物形象问题,以及艺术表现手法(如剪裁、语言、细节)上的一些问题,等等,还都有待进一步讨论,这里就不去详谈了。

自 1958 年开始的风起云涌般的"跃进"浪潮,极大地影响了我们的文学创作,这时期的小说、散文创作,也呈现出比任何时期都更为活跃的景象。歌唱总路线,歌唱劳动群众的冲天干劲,成为这时期小说创作的主要内容。

《梅滩边上》(鲁彦周著,载于《安徽文学》1959 年第 14 期),可以称为当代沸腾生活的颂曲。那位对生活充满理想而又敢想敢干的闯将盖方,一露面就把读者吸引住了。他虽然很少正面出场,但好像什么地方都有他在,而且什么地方也都有他的思想光芒似的。通过这位闯将的活动,作者把农村生活面貌,以及人们在这时期所形成的那种意气风发的气魄,做了相当充分的表现。

《木料问题》(李纳著,载于《江淮文学》1958 年第 10 期)的构思很巧妙,它通过李主任为盖粮仓找木料的事件,展开了一幅农村社会主义建设的优美图画,使人看到了新形势给农村带来的一片新气象。同时,它通过找木料这件事,集中表现了李主任这样一个眼光远大、关心群众生活,把集体事业置于个人生活之上的新人形象。

《钢筋铁骨》(王兴国著,载于《江淮文学》1958 年第 12 期)将火热的劳动气氛和紧张而又愉快的生活情景写得很好。而钢筋铁骨这个比喻,也恰恰成了炼钢英雄们钢铁意志的反映。此外,像表现淮矿工人劳动竞赛的《舜耕山下英雄歌》(肖香远等著,载于《安徽文学》1959 年第 1 期);表现公社化与妇女生活的《春天的故事》(洪鉴著,载于《芜湖文艺》1959 年 4 月号);从一个工人家庭反映时代变化的《和平哨声》(甲由申著,载于《安徽文学》1959 年第 15 期)等,都是在思想艺术水平上达到了一定成就的作品。

这一时期小小说"应运而生"。它短小,宜于用来反映飞跃发展的社会现实;它短小,也易于初学者掌握。因此,它一出现就赢得了极广泛的群众基础,成为艺苑中的一株新花。从小小说已经获得的声誉来看,我们可以说它绝不是成不了大器的小玩意,也不仅是初学者掌握文学武器的"过渡形式",而是有自己特点的新品种。从体裁的属性来讲,它当然还是短篇小说,但从它的发展和某些特点来说,也未尝不可以独立门户,自成一家。它有别于一般短篇之处,固然是篇幅更短,但它之所以短,乃是在创作过程上(从取材、构思、刻画人物直到描写)有一些自己的特点之故。并不是不会写长东西的人,才写这些小玩意,而是会写短的人才能把它写得短小。小小说的作者,善于捕捉生活中最有光彩的镜头,把它升华为艺术内容,用最经济的文笔,构成篇章。它在风格上往往有一种清新、精致之感,虽则写的往往是一人一事,但由于被凸现的部分恰是生活中的最精彩的镜头,因而也就能够给读者以美感。从去年到现在,我省小小说创作的发展是很迅速的。安徽人民出版社从全省各地报刊上选辑了八十多篇比较出色的作品,结集为《安徽小小说选》,就是丰收喜讯的一个绝好的证明。收在这个集子里的《乔师傅的幸福》(徐大保)、《速度》(季全心)、《闲事家》(潘永德)、《过路人》(幼吾)、《失约》(严阵),以及未收在集子里的《高空中的蓝光》《一瓶纯氧》《灯来了》等,都是短而精、清新明快、饶有生活情趣的篇章。俗语说:"秤锤虽小千斤坠,竹竿虽高节节空。"我看,许多优秀的小小说,是可以和秤锤相比的。

除了前述作品之外,文学性的革命斗争回忆录和工厂史、公社史写作方面所获得的成就,也值得我们特别重视。前者都是出自斗争经历极丰富的老干部之手,他们所写的,大多是亲身经历中的感受最深刻的部分,那些事迹也都是极其生动并富有教育意义的革命故事,所以深受广大青年读者的热爱。老干部们以历史创造人的身份来写历史斗争故事,不但为当代青年和后辈提供了意义极大的革命教材,同时也为我们的文学宝库添了许多贵重珍品。安徽人民出版社曾以《野火烧不尽》和《在艰难的岁月里》两个集子,辑录了安徽地区的革命斗争故事数十篇,而最近由省文联为向新中国成立10周年献礼而编辑的《安徽革命回忆录》,则更是一部内容丰富、思想性很强的文艺的革命斗争回忆录。这方面的优秀作品很多,像廖容标同志写的《黑铁山下的抗日烽火》和《转战在胶济线上》,以及黄岩同志的《记河四农民起义》、傅绍堂同志的《红军钢枪队的诞生》、李务本同志的《冲出重围》等,都是回忆录中的出色作品,也是这方面的可喜的收获。

编写群众性的厂、矿、社史,一方面是群众性的自我教育的良好的方式之一,同时也是发动群众进行文艺创作的良好方式之一。历史的主人自己动手或参与编写自己的历史,让群众自己在自己的历史(被形象化了的)中认识自己的生活命运和道路,认识党怎样领导群众进行斗争并进而走上今天的康庄大道,用自己的历史进行自我教育,这个工作的意义是极大的。从目前已经完成的许多部著作来看,我们可以非常高兴地说:我们在这方面也已经有了初步的,但也是可喜的收获。

叙述只好到此为止了。由于阅览范围有限,这当然还只是一个很不全面的轮廓,但即使如此,它也清楚地说明了我们的小说、散文、报告文学方面的创作,获得了多么可喜的丰收。不管人们还可以从前述任何作品里挑出多少毛病,它们在主导方面所获得的成功,都是无可怀疑的。当然,对我们来说,最重要的还不在于一个或几个作品价值的高低,而是我们新文学创作的整体沿着党所指示的方向,大踏步地前进了。

我们的小说创作,像其他一切文艺创作一样,它是以任何旧文学都不曾有的姿态来开始自己的脚步的。我们的作者自觉地站在无产阶级立场上,打着鲜明的为政治、为人民服务的战斗旗帜,扎根于劳动人民的斗争生活土壤之中,反映劳动人民的斗争生活,并以此鼓舞和教育劳动人民。它的明确的思想观点,它和人民群众相联系的密切程度,它在群众中所起的积极作用,都是任何时期的旧文学所不可比拟的。

我们前面所提到的作品,以及还没有提到的大量作品,不管它们的内容怎样千差万别,也不管它们是长是短,但有一点是共同的:它们都曾经在人民群众中发生了积极的影响。现在也还在发生着积极影响,这种影响,为今天的革命现实服务,同时也就为明天、为未来起了作用,这是最主要的。

二

小说创作方面所得到的发展和成就,是随着我省整个文艺工作的发展而成长起来的。它所获得的一切成就,应该说都是党的文艺方针和政策的胜利。小说方面的创作,有今天这样的成就,不是一下子得来的,而是经过相当长时间的努力才逐步得到的。我们知道,在新中国成立以后一个时期里,我省的小说创作比较薄弱,数量很少,质量也不高,这是事实,但这是由当时的具体情况和群众对文艺工作的要求决定的。在当时,最主要的任务是用文艺演唱等形式宣传党的政策,对群众进行阶级教育,活跃群众文化生活,因而当时强调提供给群众演唱材料,强调逐步从群众中培养文艺创作骨干力量,是完全正确的。那时的小说、散文等样式的作品比较少,从当时的具体情况来说,也是完全正常和必然的现象。但我们并没有永远停留在这个阶段上,随着生产建设的发展,也随着文艺普及工作的逐步深入,群众的文化水平提高了,欣赏要求也日趋广泛起来,他们不但要求从更多样的文学作品中吸取力量,同时自己也拿起笔来,以小说、散文等形式,来反映自己的生活斗争。这样,我们就很快地逐步组成了一支小说方面的写作队伍。到目前为止,这支队伍已经成长壮大了。其中,不但有从群众中成长起来的已经成为专业作家的人,不但有从外地来的比较有经验的专业作家,而且也有了为数众多的依然坚持在劳动岗位上的业余作者,同时还有一些政治上成熟、斗争经历丰富的老干部也参加到这支队伍中来。群众创作的活跃和发展,为我们省的整个文学大花园增添了万紫千红的花朵,群众性的业余写作队伍,也就成了整个文学创作战线中的主力军的一翼。这种群众性的特点,反映在创作上,也必然要自然而然地形成某些特质。

　　首先,由于业余作者都是散布在各地区、各岗位上的人,所以他们所反映的生活面,也就必然跟着宽广起来。一个人也许只反映了他所熟悉的那一个方面,但人人都有一个方面,那就把我们的小说、散文的题材大大丰富了。许多极重要的题材和主题,许多引人入胜的生活领域,许多普通劳动者中间的光辉人物,在业余作者笔下都得到了比较充分的反映。同时,由于业余作者本身就是群众中的一员,对生活有着比较透彻的熟悉和理解,因而他们的作品里,也就常常闪烁着强烈的生活实感和语言上的群众化的风格,也由于他们所受的文学熏染,多是中国古典文学和民间文学,他们的作品也就往往比较接近传统文学的风味,显得朴素明朗。此外,由于他们都生活在劳动岗位或实际工作中,对新事物的感受比较敏锐,作品的现实性、战斗性便也比较强,几乎绝大多数的作品,都是配合一定的政治任务而写下的新人新事,特别是由于他们本身就是创造生活的主人公,所以作品中所流露出来的对党、对社会主义、对新生活真挚的爱,也就十分强烈。当然,也许因为他们毕竟还是阅历不够深,思想修养和艺术修养还都不够高的缘故吧,我们也不能认定他们的创作就比较稚嫩,或者说是还不成熟,但我们相信,这些在毛泽东文艺思想哺育下的文学新兵,终会成为老练的战士。

这一切,不论是创作方面所获得的丰收,不论是文学在现实生活中所起到的积极作用,也不论是我们队伍的成长和壮大,都明确证明了党的文艺路线获得了巨大的胜利。不错,我们的胜利不是轻易得来的。在我们高举毛泽东文艺红旗前进的时候,我们不但要克服许多困难,更重要的是要同一切企图歪曲或反对党的文艺路线的思想、观点进行不可调和的斗争。在初期,在我们的小说创作还不够发达的时候,某些轻视群众、轻视群众创作、轻视为工农兵服务的人,曾把我们的作品诬蔑为"这算什么文学",但这丝毫也不能动摇我们正确的立脚点,我们坚定地保护了革命文学的新芽,使我们的创作逐步成长起来。在我们沿着党所指示的方向大步前进的时候,也曾遇到过种种错综复杂的斗争,但经过各种思想较量,我们的队伍比以前更强大了。作家的政治觉悟和写作热情空前提高,大批的工农作者加入文学队伍,群众文艺创作出现了高涨局面,小说创作也越来越多、越来越好,作品的战斗性和群众性的色彩更加鲜明等等事实,就是最好的明证。

三

在我们满怀热情地肯定我们的小说、散文创作的成就的同时,在今天,当全国人民热烈响应党的八届八中全会的伟大号召,鼓起更大的劲头,更加昂首阔步前进的时候,我们的文学创作应该怎样加快步伐,更进一步和时代的脚步、人民的脚步完全合拍呢?或者说,已有的成就为我们提供了一些什么样的经验,提出了什么样的要求呢?我想,目前最值得我们每一个小说作者思考的,主要的就是如何把自己的政治思想水平提到和时代相适应的高度,继续保持和发扬已有的战斗传统,以更充沛的热情,创作更多更好的作品,来反映我们这个光辉的时代,鼓舞人民的斗志,以进一步满足广大群众对精神财富的需求。我们以往的小说创作,不管是长的也好,短的也好,它们都曾经为上述任务做出了贡献,但怎样把这个任务完成得更好,就是我们当前最主要的任务了。

要更好地反映我们的伟大时代,从而更进一步发挥文学的战斗作用,这不是轻松的任务。要想把我们小说创作的思想艺术水平,逐步提到和时代相适应的高度,这首先就要求我们每一个作者必须更加坚定无产阶级立场,大大提高自己的政治思想水平,并更深入和更透彻地熟悉我们的时代生活面貌。一个作家,只有他被先进的世界观所武装,并能够非常熟悉和理解我们的时代生活,熟悉并理解劳动人民的斗争生活及其精神世界,他才有可能真实地、深刻地反映我们的时代。从前面谈到的许多作品来看,我们的大多数作者和生活的联系还是比较密切的,但我们的生活视野还不够宽广,常常只熟悉某一个角落、某一部分人,而对生活的认识和人的思想面貌的理解就很不够了。因此,我们的小说创作往往容易流于一般,而不能更深刻地发掘和探寻事物的本质,不能更充分地揭示时代精神在人的心灵和行动中的反响。这是我们不少作者的最大弱点,也是我们需要努力解决的根本问题。

作品的思想深度,实质上就是作者认识生活深度的体现。所谓作家眼睛应该像钻子一样钻进生活的最深处,那就是要求作者在纷纭复杂的生活海洋里,不能被万花筒般的生活现象缭乱了眼睛,而应该从中分辨出、发掘出更具本质意义的东西,而要达到这一点,没有较高的思想水平是办不到的。有些作者苦恼地说:"生活变化得太快了,今天这样,明天又那样,怎么能抓得住呢?"这不正是我们认识生活能力不高的反映吗?变得快,这是事实;不易掌握,也是事实。但它还是完全可以抓得住的。要知道"今天这样",是由昨天的什么样发展来的,而"明天又那样",也是由"今天这样"发展去的。我们在观察生活、摄取素材的时候,是不是很好地研究过这个变化的过程和决定这种变化的根本因素了呢?如果我们所摄取的仅仅是这样或那样的现象,表现在作品之中的也只是这些现象,那就很难使作品具有更深厚的思想力量。发掘事物的本质意义,的确比搜集生活现象困难得多,但越是困难的,就越是应该花费更多的精力去追求。这就要求我们必须更加努力学习马克思列宁主义和党的各项政策,更加积极地参加生活斗争。

要更好地反映我们的时代,也不能不提到文学创作的现实性和战斗性问题。文学的时代精神,就其本质意义来讲,并不完全在题材问题上,而是就文学内容的思想实质来说的。然而题材问题,毕竟是重要的一个方面。我们不排斥任何对社会主义建设有益的题材,但我们也更应该热情地去追求最能充分体现时代特征的现实题材。文学的重要使命之一,就是教育人认识生活。反映伟大的社会主义建设,不但对今天的读者有现实的教育意义,让人们在艺术形象里吸取精神营养,同时,它也要为教育后代人认识今天的生活斗争服务。而反映这个时代的任务,只能落在我们这一代作家肩上,反映安徽人民的生活斗争的任务,主要的也要落在我们的作者肩上。劳动人民在现实中创造了种种伟大奇迹,而这些又正是吸引广大读者所关心的事物,因此,不管是创造历史的主人公,还是广大读者,他们都有权利要求作家表现这些奇迹。这是时代和人民为文学规定的任务。

我们的小说创作,从一开始就这样做了。这是使它们具有生命力的重要原因之一。而在今天,当现实生活向我们展开了一幅更加热情、灿烂多彩的图画的时候,我们也就应该更加热情地投入工厂、矿山和人民公社中去,以短篇、散文、特写等富有战斗性的艺术武器,积极地、迅速地反映现实的飞跃发展。当然,我们不能仅仅满足于一般的反映,而是要创造性地、深刻地反映生活中的新事物。当我们立志要表现某种题材的时候,也就要立志深透地了解这个题材所包容的一切方面,特别是一切人物的一切方面,从他们的所作所为,一直到他们的思想、感情、愿望等等心灵动态的反响。这样,我们在表现某一新颖题材的时候,就会更深刻、更有力。

更好地反映我们的时代,在艺术创作上,归根结底总要体现在塑造能概括时代精神的英雄人物形象上。因此,创造出思想艺术力量都非常饱满的新人物形象,也就是我们创作中的极重要的问题。

我们的小说创作,已经写下了许多丰富多彩的新人形象,他们是我们绝大多数作品的正面主人公,我们的作家也正是用这些来自现实生活的全新的人物,来充实和提高读者的精神境界的。前面列举了不少作品,它们的成功面各自不同,但有一点是共同的,即它们都写出了比较成功的人物形象。作品的思想力量,也都是通过成功的人物形象表达出来的。但是,我们也有一部分作品在这方面还做得不够理想。某些作者也是一心一意要歌颂新的人物,但在创作过程中,却只是致力于叙其事,而没有做到让人物从字里行间站出来,反而倒让事件过程把人物挤得只露出半个身子甚或是一个侧影。也还有一些小说,过分拘泥于对真人真事的实录,缺少必要的概括,也使得人物形象不丰满、不结实。看来,这些同志,对小说创作是以人物形象来决定它的艺术生命这一点,认识得还不够。自然,不能笼统指责这些同志对他笔下的英雄人物一律无知,作者们对于英雄人物所做的许多事情常常知道得很详尽,写得也很详尽,但他们对人物为什么会有如此如彼的英雄作为,这些人物的精神世界到底是怎样的,人物的性格和他的性格历史是怎样的,则了解得比较抽象,于是,写起来也就只能堆砌事迹,而不能从人物的行动中,充分地揭示出他的性格光彩和思想光彩了。

所谓揭示人物的精神世界,并不等于做大段大段的心理分析或哲理议论,最主要的是塑造鲜明的性格并在人与人的关系和纠葛中展示他的性格光彩,从这里来揭示他的思想面貌。假如我们让人物完全陷在生产过程里,只让他和机器打交道,不让他和人打交道,不让他接触思想斗争,不刻画性格特征,那就不能把英雄人物的光彩充分地表现出来。

一切成功的优秀作品,都以概括了特定时代、特定历史风貌和历史精神的艺术典型为骨架,作家的思想倾向和艺术心血,也往往倾注在典型环境中的典型性格里。罗贯中从"鞠躬尽瘁,死而后已"以及"既生瑜何生亮"的人物性格冲突关系中,概括了封建时代知识分子的忠君和智慧的典型;同样,他又以"身在曹营心在汉"等行为,概括出一个所谓"大义参天"的关云长。这些人物都是封建时代的思想英雄。他们之所以有深远的艺术效果,也都是作者充分展示他们的性格历史并从精神境界上把人物升华了的缘故。

社会主义时代的英雄人物,他们的精神世界比任何旧时代的人都丰富得多。别看他们做了一件了不起的事情之后,只说了句简单的话语,但决定他的行动和说出这句话的精神动态是极丰富的。如果说"鞠躬尽瘁"是诸葛亮的性格历史结晶,那我们也就同样应该在说出"一切为了社会主义"的人们身上,发掘他们的性格历史,从而深刻地表现这个历史——不是作者说出来,而是在人物的具体行动中表现出来。

我们的生活是绚烂多彩的,现实中的英雄性格也是极其丰富的,时代和劳动人民的伟大创造力为文学艺术家提供了一切有利条件,革命文学的传统和10年的经验,也为我们提供了走向更大胜利的基础,让我们高举胜利的旗帜,鼓起更大的干劲,用最优美的语言写下更多更好的反映社会主义建设的作品吧!

(原载《安徽文学》1959年10月号)

杂 花 生 树
——邹人煜杂文印象

邹人煜是个奇迹。80岁高龄的老太,长年累月地肩负着操办一份报纸的重担,还马不停蹄、连篇累牍地写作,差不多每年都要捧出一两百篇思想精深、语言精美、议论精辟的杂文随笔,其工作负荷之大,洞察世事之深,笔底锋芒之锐,奋笔疾书之速,实在令人觉得邹人煜现象是个奇迹。

在为她祝贺80大寿那天,我与黎佳共同为她撰写了一副寿联,上联是:八旬老妪,壮士情怀,激扬文字道尽世间百态;下联是:文苑才女,辞章大家,北窗走笔倾诉黎庶衷肠。这便是我对邹人煜现象(或者说邹人煜其人其文)的一个简要概括。

邹人煜是老革命、老党员、老干部、老报人、老作家、老诗人、老太婆、老百姓。她有这么多老字号头衔或身份,也有全面展现这些老字号人物心灵的随笔杂谈和诗词歌赋。

作为老革命、老党员、老干部,她的心始终牵挂着党和国家的兴邦大业,始终关注着国家民族命运之喜忧盛衰,始终期盼着社会主义事业高飞远腾。作为一个老百姓,她又时刻关怀着那些曾经为中国革命献出了身家性命,献出了辛劳汗水的底层人民的生存状态和理想前途,并和他们一起倾诉苦乐悲欢之衷肠。作为一个老太婆,她喋喋不休地劝诫老年人悠着点儿、乐着点儿、闲着点儿、稳着点儿,并一再呼唤全社会都来关切老年人的夕阳岁月。作为一个老报人,一个公共知识分子,她还始终关切着国家社会生活的方方面面,用自己的笔热情讴歌发展和进步,用自己的良知针砭时弊,指斥不正之风。她怒斥贪腐,如《接力腐败的警告》《读报札记》《窝挪屎臭》等篇的辛辣讽刺,足以令人振聋发聩;她痛骂豪强,如《奇语空前》对土皇帝的"打老百姓是天经地义"的狂言妄语,不只是迎头痛骂,而且对其残暴性、劣根性进行了透彻的剖析;《泯灭》《异化的"公仆"》等篇,更是以怒不可遏之情对那些反人性、反人道的罪恶行径报以最严厉的笔伐;对社会上渐行渐盛的不良之风和不正之风,她加以善意规劝,如《媒体跟风病》《还在灌输臣民意识》等就让人们远离污浊走向洁净;对改革开放以来的大好形势和民生改善的情景,她总是高调赞扬,如《医德,大德》《"保先"教育的启示》《走出误区》等等,都显露了作者对现实生活中的仁爱之举,充满了敬意。当然,她的杂文多数是批判性的,但辛辣中藏有对正义的渴望,鞭笞假恶丑中藏有对真善美的疾呼。无论是冷嘲还是热讽,无论是美还是刺,都是她忧国忧民之心的赤诚表白。作为一个老报人,一个公共知识分子,她做了她该做的和能做的一切,不说是楷模吧,至少是我辈同龄人、同行人应该好好学习的先进分子。

邹人煜的几部书我都大致读过,我惊奇地发现,她的视野之广,她的笔触涉及之宽,她对世间百态议论之多,她对社会政治文化生态敏感度之高,令人难以企及。我曾想从宏观上概括一下她都写了什么,我发现我办不到;我又想梳理一下她没写什么,我发现我也办不到。最后我只能走一条捷径,即用最简单的语言说一下她的文章里有什么、没什么。我想说的是,她的文章有正气、有胆识、有爱心、有良心、有真诚、有文采;没有阿谀奉承之言,没有为钱、权作伥之言,没有欺世盗名之言,没有弄虚作假之言,没有吹牛拍马之言,没有非肺腑之言。

如果说还有什么更高的要求的话,我以为作者近些年在文风上似乎过多地追求简约明快,少了些含蓄和婉约,少了些对语言诗性的追求,直白有余,韵味不足,故振聋发聩之声强烈,而回肠荡气则略逊一筹。

走 笔 传 神

邹人煜的杂文越写越老到。近读她的新作《北窗走笔》,使我感到她的杂文正走向内涵的深厚与技巧圆熟相融合的境界,人们期待的那种内容上要有振聋发聩的思想力度,行文上要有赏心悦目、荡气回肠之美感,正越来越成熟地体现在邹人煜杂文的创作里。《北窗走笔》是她的第七本杂文集了,它一方面延续着往日的选材广、开掘深、有锋芒、有情趣的特点,同时又在体例上和写作技巧上,更显得不拘一格和更加洒脱自如。她不拘泥于投枪式、匕首式、感悟式、书卷式、小品式或闲适式的任何一种固定章法,而是信马由缰,随感而发,有什么冲动就发什么议论,颇有点信手拈来、走笔传神的味道。

选材广、开掘深,在这个集子中仍然是最突出的特色。她眼界宽,见识广,根基厚,上至天下大事,下至街头琐闻,大到国家民族命运之兴衰,小到家长里短之习俗、社会热点、人性感悟、百姓心态、读书杂识,什么都有所涉及,但无论什么题材在她笔下又都能演绎成犀利中藏着善意的有理有趣的杂文。像《谋杀的后面》《秘密的秘密》《责无旁贷》等等篇章,都是纵论重大社会课题的,然作品的思想力度并不是依靠题材的重大而重大,而是靠作者对题材开掘得深入、深刻、深透而得。《谋杀的后面》依托的素材是几起骇人听闻的谋杀案件,每个案件的现象、背景、过程、手段都有许许多多值得大议特议之处,但作者抛开了任何一个案件的现象和过程,而直捣几个案件相同的动因——权力斗争。权力的诱惑、权力欲膨胀、权力对人性的异化,是构成谋杀暴行真正的内因,而权力不受节制,又使弄权者每每躺在权力的尊荣之中,享受"腐败的美味",所以必然会一而再再而三地引发争权而厮杀直至谋杀。作者一针见血地击中了谋杀案后面的根基,并发出以民主和法制来制约权力的呼唤,使思想锋芒、情感义愤和谐一致,构成了有情有理有深度的好文章。另一篇《逆水流》说的本是日常生活小事，但作者由人的生活"由低向高易，由高向低难"而开掘出某些居官者与老百姓之间主仆关系颠倒，只图个人享受升级，不顾民间疾苦的题材。当乡官在城里买房，上下班坐小车，坐老百姓凳子都嫌脏，也是一种逆流现象，所以作者用"叹叹！"二字结尾，颇显得意味深长。《"伯乐"放心了》以调侃讽喻的笔触，举重若轻般地将一个反腐败大题目，看似淡入淡出，实则深入深透地开掘得直达底里。

这本杂文集的另一特点是凝练。邹人煜的杂文一般都在千字上下，短的甚至只有六七百字，但篇幅小不等于容量也小。作者善于浓缩，善于从芜杂的现象中抓住要害，因而就省却了许多绕弯子的叙述，故能在简短勾勒中点明要义；作者在行文中虽然也常用典故，但她从不黏在典故上绕圈子，而往往只是借典故隐喻、烘托或由此生发开去，再加上她不搞杂文套路，不卖弄，不炫耀，所以就能够把文章写得短而深、短而新。然作者在注重精练性的同时，也非常注重文采，注重艺术杂文的艺术性。当然，杂文的艺术性不能像一般散文那样铺陈、描绘、抒发乃至精雕细琢，它只能抓住素材中的典型人物、典型个案的典型心态和典型形态入木三分地刻画和剖析，并运用富有幽默情趣的语言来完成叙述和抒发作者的感知与理念，邹人煜在这方面也相当得心应手。例如《摊上有本谎术书》抓住了"谎"的要义，《妙手混混儿》抓住了"混"的特征，《自找乐趣》抓住了宽松心态，把叙述、讽喻、感悟、议理融为一体，读来既见犀利又见美感。

杂文的特质是为了维护真善美而向假恶丑开战。既言开战，其间总难免会有讽刺、鞭挞与抨击，而讽刺鞭挞中又每每会显现作者本人的义愤、痛楚、感叹、无奈等种种心境，邹人煜是性情中人，感慨多多，自是每每溢于言表，有的时候甚至声色俱厉。像《真有此事》《秘密的秘密》《小人心态》表露的是义愤；《明察的无奈》《溺爱的后面》倾吐的是无奈；更有多篇则是对不良世风的抨击和对一些人的生存状态的感叹。但无论是义愤也罢，感叹也好，都是作者出于对真善美的热爱和追求，她的多卷杂文所体现的理想和信念，便是这种追求的佐证。在这本集子里还收录了一部分生活随笔和散文，如《父亲》《珍惜相处》《白鸽》《又到了清明时节》等等，都是真情浓郁、文采盎然的佳篇，其文笔之流畅一如她的杂文一样老到。

除杂文外，邹人煜还是一位旧体诗词的高手。她与夫君欧远方前辈二人合作出版的书法诗词集《两闲集》，饮誉文坛，传为佳话。我当时曾写下几句歌谣为之一赞，现抄录下来，算是我对邹人煜新作的双重祝贺。

其歌谣曰:

文集两闲,载誉文坛;
相得益彰,璧合珠联;
吟坛女杰,书界魁元;
诗词歌赋,真草隶篆;
慷慨放歌,力透笔端;
风骨清俊,墨韵飘然;
诗文警世,气象万千;
潇洒晚晴,庐城双贤。

青年杂文家的朝气
——由《中国青年杂文选》引发的感触

我一向以为杂文写作多以中老年为宜。一来是他们年纪大了些,经多见广,对社会的了解较为深透,故无论抒感怀、发议论、评世事、讥邪风,都会从容有致,刚柔并济;二来是这样年龄的写家,往往笔法老练,长于溯古追今纵横大千于笔下,侃侃而谈,娓娓而叙,把文章写得活而有趣,寓知识聪慧及教益于其间,令人读之有感,思之有得,嚼之有味。故每见报刊载有中老年杂文家之新作,总要浏览一下。

近来我忽然发现,我这也是一种思维定式,或者说也是一种习惯势力。前不久,我读了一本《中国青年杂文选》,使我自愧对杂文现状的了解实在太少,且对于新起的青年杂文家的新的气质和他们的视角、思绪、感观、笔锋,则更是一无所知。这本书总算使我开了眼界,看到了有那么多青年杂文家活跃于文坛。而他们之中又有一些人显露了难得的杂文才华,实在值得庆幸。这本《中国青年杂文选》是由已故的杂文大家廖沫沙担任名誉顾问,由李恒敬同志担任主编并得到全国各地杂文学会、杂文报刊的支持而完成的。据本书《后记》说,编选此书的目的是"激励青年杂文作者奋进,培养杂文新秀,繁荣杂文创作,让杂文更好地为建设有中国特色的社会主义服务,并充实祖国文库"。编委们从三千多篇来稿中精选出内容风格各有特点的佳作,年度跨十二年,选稿面涵盖全国各地及各行各业,这在杂文界恐怕是前所未有的。我不敢说本书已百分之百地达到了预定目标,但至少可以说它在培养杂文新秀和活跃杂文创作上,是起到了积极作用的。

本书的编选有两个令人耳目一新的特点。一个是眼睛向下,一个是眼睛向新。入选作品题材面广、作者面广、采录报刊面广,这和编选者眼光是很有关系的。本书固然不乏采自《人民日报》《人民日报·海外版》《光明日报》《中国青年报》《工人日报》《解放军报》《求是》《半月谈》《瞭望》等全国著名的大报名刊的名篇,但引人注目的,乃是那些来自地、市、县及某些小型专业报刊的篇章。大报名刊常出名人名文,但小报小刊的无名作者之作,也未必没有分量。即如书中的《心静自然凉》《吃儿童者戒》《相猫术》等,都是选自无锡、连云港、大连等市一级报纸,但其思想之敏锐、评议之犀利、语言之简洁,都有可赞之处。一般说来,选编文集时眼睛向下是不容易做到的。一来是地位高的报刊影响大,容易被发现也容易被推荐,而地方报刊较少引人注目,就连翻找也有许多不便;二来是大报名刊文章收录得多会提高文集身价,多收小报小刊之文则难免掉价之嫌。故习俗总是眼睛向上者多。而本书的编选者竟能打破常规,眼睛向下,沙里淘金,对地市小报及产业部门的小刊物倍加青睐,并从中发现了不少佳篇力作,这就十分难能可贵。至于说"眼睛向新",除了选题注意社会热点和新意,主要是注意新的写家。全书二百四十篇文章共有一百七十多位作者,我连一位也不知道,这除了证明我之孤陋寡闻,更证明着杂文界确实涌现了一批写作新秀。刘甲先生在《序言》中说这显示了"杂文作者辈出,杂文事业是后继有人的",又说这是"长江后浪推前浪,杂文创作中展示出来的'后生'劲头",都是很确切的评语。我以为这里的眼睛向下和向新,不仅显示了本书的特色,也是对拓展杂文视野、扩大杂文队伍、促进杂文创作的一个重要贡献。仅此两点,本书的价值就不可低估。尽管书中个别篇章的观点有失偏颇;选编者也似乎不必要对某一时期某类题材过分关注,但总体上它仍是对杂文界的重大贡献。

当然,如果就杂文文采而言,新手们自然还显得嫩点。但他们也有他们的长处,那就是立论鲜明,行文简洁,有敢说敢笑的朝气,而且在行文中不那么喜好引经据典或依托掌故引申。说得直白些,就是杂文套子少,弯弯绕少,这在杂文文风上也是一种新的气息。比如《取经的名与实》不过一千多字,行文几乎是平铺直叙,但文中既有警策、讥讽,也挺有杂文文采;《一条超级擀面杖》只有六七百字,更是言简意赅,情趣盎然;《从"黄土高坡"想到的……》也是千字文,开门见山,直抒胸臆,没有惯见的引经附会、解典旁议那些套路,但思想和艺术境界也都达到了一定的水平。这里,我只是信手拈来几个例子,绝不是说这几篇文章便是本书中的上乘力作。事实上,两百多篇文章中,比它们优越者不在少数,也就是说杂文佳篇在本书中是屡见不鲜的。可惜我在本文中无力展开具体评述,只能随手举两个例子并想就此发表一点感触。

关于杂文发展的趋势,有人预言可能有杂文春天的到来,有人又断言杂文已濒临绝境。其实,从实践中看,既非春天,也非绝境,只是不怎么景气而已。而不景气者,又岂止杂文一家,小说、诗歌、戏剧、电影也均今非昔比,恐怕大家都面临一个适应新潮、改善自己、创造新的生机的问题。杂文界也应当把注意力放在杂文自身的优化和拓展上。

　　杂文究竟应当怎样发展,不仅可在理论上仁智听便,更重要的是应在实践中鼓励和倡导多样化的尝试。我国现当代杂文传统是把杂文视为匕首和投枪,它一直是作为一种战斗武器生存和发展了半个多世纪,直到今天人们还是把杂文的视角投向社会政治生活中的热点上。几十年来杂文总是和政治靠得很紧,有时甚至是各式各样政治运动的重要舆论工具。由此有人干脆把杂文视为文艺政论,读者和评论界对杂文也主要是要求它切中时弊、尖锐、泼辣、深刻,至于其艺术方面,则无甚希求。虽有鲁迅及老一辈杂文家的杂文艺术楷模在,人们尽管口头上也承认杂文是艺术文体,但骨子里几乎都把它当政论看。这既给它带来殊荣,也给它带来灾难。殊荣,是它往往能成为某种政治斗争的晴雨表或舆论尖兵,有什么风吹草动,常有杂文吹风打头阵,批什么人整什么风,也总有跃马横刀式的杂文冲杀在第一线;所谓灾难,那正是因为它的政治性太强,风险也就太大,遭到的猜疑、忌讳、反感也必然太多,稍有不慎,甚至无缘无故地就会被戴上反动言论的帽子。所以人们又把杂文看作是一种惹祸文体,杂文文坛自然也就是是非之地了,常写杂文的人,没有几个不因写这种东西而受到误解、非议、打击或迫害的。这个特点是历史形成的,我们应当理解这种特定的历史因素,也应尊重杂文在战斗中所形成的战斗传统,可以继续发扬杂文的使命感强、针对性强、抨击性强的特点,用以评议当代社会生活中的种种热门话题。我们不应忽视或歧视这类杂文的作用,但今天倘若仍把杂文的性能和功用仅仅局限在政治范畴之内,让它永远在政治社会问题上兜圈子,那就难免对杂文的发展形成某种束缚,会使杂文的路越走越窄,甚至失却文学性能而演变成政论文体。因此,我以为今后的杂文作者,应当充分认识今天的以经济建设为中心的时代特征,充分理解今天的读者对文学艺术(包括杂文)需求之广泛性、多样性、开放性、新颖性、娱乐性等诸多因素,扩大杂文的功能,并最大限度地扩大杂文的题材、主题及其表现手法,使杂文不仅长于议理,也善于抒情,不仅关注社会政治生活中的热门话题,也把视角投向经济、文化、历史以及人间世态、社会风情、民俗民性、民心民风、青年梦幻、老人心怀等等任何一个社会生活领域,让杂文在题材上无孔不入,在手法上千姿百态,什么讽刺的、讴歌的、激愤的、愉悦的、议论的、抒情的、庄重的、幽默的、深沉的、淡泊的、华丽的、质朴的、婉约的、雄浑的、曲径通幽的、开门见山的,什么样的都有,让它来一个杂七杂八、杂乱无章、杂花生树、杂草成茵、杂莺乱飞。一句话,让杂文有杂有文,既要杂,又要文。杂要杂到人间百态尽收笔底,文要文到荡气回肠喜怒皆文。

丹心·丹青·丹枫
——吴树声的人品、文品、书品和画品

树声兄是我来皖结识的第一个朋友。1959年仲春之季，我从北京的中国作家协会调至安徽省文联工作，被分配到《安徽文学》编辑部，老吴也在那里工作，由此我们便成了同事。在那以后的几十年时间，尽管他的工作有几次变动，但因我们有不少共同爱好，且同住一院，常在一起吃茶、饮酒、打乒乓球、搓麻将，久而久之便成了同气相求的挚友了。在交往中，我对他的人品、文品、书品和画品日益产生敬重之情，所以当他辞世噩耗一来，我便十分悲痛地写下了一副挽联寄托我的哀思。记得上联是：文友、酒友、球友、牌友，同度风雨岁月挚友；下联是：笔声、杯声、吼声、碰声，文苑书坛永存美声。

我们成为朋友也是有因缘的。

先是我见他为人谦和礼让，故对他有几分敬重，后来在准备撰写评述安徽十年小说成就的过程中，阅读了树声兄执笔的两部小说，使我对他的敬重之情变为敬佩之意了。两部作品一部是长篇小说《在狱中》，另一部是中篇小说《到敌后去》。两部小说的内容都是叙述当时安徽省省长黄岩同志的革命斗争历史事迹的，而且由黄岩口述素材，吴树声执笔整理和加工。出版时署名家声。小说基本上是以真人真事为基础，再加以一定的艺术加工，使故事更加富有思想的感召力和艺术的感染力。《在狱中》是描绘共产党人在敌人监狱里的特殊斗争，故事情节是黄岩同志的亲身经历，恰巧吴树声早年也在敌寇的监狱里受过折磨和考验，有实际生活感受，故能把革命者的豪情、毅力、坚贞、智慧、耐性、乐观主义精神等等，写得真真切切，感人肺腑，也把敌人的残暴、狡诈、阴险刻画得淋漓尽致。主人公鲁品山等人的形象丰满，他们在炼狱的特殊条件中的特殊斗争，特别是他们的丹心和英气，被表现得栩栩如生。《到敌后去》是写鲁品山在抗日战争爆发后奉命到敌后去的一段历程，故事生动，叙事明快。两部小说在艺术上也颇有特色,它们质朴而不粗糙,单纯而不单调,简明而不简单,至于作品中所倾吐出的崇高理念、深沉思考、特殊战场的真实战斗情景,又为一般作品所不及。我从这两部作品中领略了树声兄的文才,然更令我触动的是他的人格精神。小说主人公身上寄托着他的丹心。后来我在一篇题为《〈收获〉——安徽小说创作的一个轮廓》一文中,对他的两部小说给予了热情的肯定和评价,使我们俩之间不仅是同事,而且成了文友了。

1960年夏,我会同树声上了黄山,那是我生平八登黄山的第一次。黄山风光之秀丽奇绝,云海之幻,奇峰之峻,瀑布之湍,雄、险、秀、幽之梦境般景色,令我们享受了大自然赐予的最美好的感受。山洞避雨,林中听蝉,仰首赏瀑,举手捞云之等等乐趣,令我一时间完全忘却了当时的生活艰难,然而一下山,艰难便跟踪而至。原来我们两个想出来一趟不能只游览一下黄山,还得深入一下农村生活,体验体验皖南山区人民的现实生活情况,所以就去了黄山公社表明了我们下基层的意愿。公社干部也摸不清我们的目的,选了一个比较先进的共同大队叫我们去看看。我们在大队住了几天,见不到什么可采访的人和事,也听不到一句真情实话,人们都在想方设法寻找代食品充饥,谁也不愿和外来人打交道。我们又不敢正视这种现实,更不敢深入了解,只好打道回程。谁知在这个过路小站怎么也挤不上车,只好徒步往歙县赶。亏得路过的一个大队干部出主意为我们用粮票买了几斤大米提着,逢饿时便找附近人家代为做一顿饭,把锅巴给他家就算两全其美了。我们用了三天时间赶到了歙县,但此时已弹尽粮绝:粮票没了,钞票没了,抽的烟也没了。老吴在当地找到了姓梅的农民画家,给我们弄了几包烟,又去县委宣传部借了点钞票和粮票,这才得以返回合肥。有了这番同甘共苦,我们的友情自然就更加深厚。"文革"时又同进牛棚,使朋友成了"棚友"。以后的日子我们便一直保持兄弟般的情谊。

我知道树声兄早年是从事美术工作的,还在部队文工团当过美术队长,但我们相识以后他一直搞文学、当编辑,写字只是在业余时间写着玩玩。但离休后,他却重操旧业,一头扎进书画堆里,没日没夜地在书画海洋里畅游起来。由于他基础良好,苦心琢磨,再加上多年文艺创作形成的审美眼界开阔,故能在书画创作的实践中,悟出自己的心得并形成自己的追求。我于书画是彻头彻尾的门外汉,无眼辨识书画,据我这个外行人来看,树声的书或画都不是专门承袭哪一家、哪一派,不是哪一师门的传人或哪一个大家的模仿者,而是他本人对自然美的赏识与领悟,采多家之长,成自家风格。他性情豪爽,故在书画两道中每每见到字的奔放挥洒,画的云飞泉腾,字的流畅中吐着豪气,画的静势中露着动感。

他为人谦和,一辈子只让不争。从不斤斤计较个人得失,体现在他的书风画品上,也常常展现出书画家个人的安详心态。他的字以行草见长,既讲究整体构图之美,更注重每个字的笔墨沉厚,于一笔一画间显现书家虽在奋笔疾书,然其心定神安,并无故露锋芒之心。他的画以山水取胜,由于基本上是师法自然,故其画面多以个人对自然山水的倾慕而设计构图,丛林峻岭,云缠雾绕,泉飞瀑泻,枫林似火,草木葱葱,是他的许多图画中常见的图景。但吴树声描绘的这一切,是他崇尚自然心境的写照,故于一涂一抹、一点一皴之间,用他那追求自然美的和谐与个人心态的和谐,来展现人与自然的和谐。他用心灵拥抱自然,用自然陶冶心灵。他的画虽不能与资深大家之作相媲美,他的功力也未达纯熟至美之境,某些画似乎尚欠缺灵气,但他在描摹山水之间,找到了表达自我情志,表达个人意趣和快感的途径。他的画就是他这个人。他在生活中寻找和谐,在绘画中表现和谐。他在画中不寻求奇松怪石之突兀美,也不寻求孤峰独云之幽寂,而是将高山流水、林泉烟云之和谐作为他的审美情趣追求。应当说他实现了他自己的夙愿,我赞佩他的人品和画品的双和谐。

也许是人到晚年方得重操旧业的缘故吧,我发现树声兄写字很爱写"霜叶红于二月花"、《枫桥夜泊》以及有关风霜秋色的诗句,画幅中也常见枫林红叶景色。他临终前送我的一幅字也是"霜叶红于二月花",那字写得十分苍劲,完全是一笔落成,字中似乎有说不尽的感慨,真是情动于衷之笔。我猜想,他偏爱这类诗句和枫林景色,恐怕也是晚年心境的体现。他一生坎坷甚多,壮志难酬,晚年以书画自娱又以书画明志,故以霜叶自喻自励,以期活出一个经霜益艳的晚年。他做到了,无论是自娱还是明志,他的书画晚年,都显示了"霜叶红于二月花"的艳丽。他多年积累下丰硕书画创作,举办和参与多次书画展览获得盛誉,他被国内国际若干名家辞典所收录,他被书画界认同并尊重。这证明他的丹心·丹青·丹枫都在活着。

与时代同步的安徽当代诗词

我以崇敬的心情,热烈祝贺《安徽当代诗词选》的出版发行。这是一本集安徽现当代诗词歌赋的精品力作的大展示,思想深邃,情感深厚,诗歌精美,也是展示不同诗人、不同风格的诗艺才华的诗词集,还是展示我省旧体诗词创作队伍不断发展壮大、江山代有才人出的诗词集。就编选而言,我既崇敬编选者的大度包容之心和他们的思想艺术眼光,也敬佩他们的无私奉献和辛勤操劳精神。我是当了一辈子编辑的人,深知要把来自全省各地六七百位诗人的几千首甚至上万首的诗词,精心挑选出来,是一件浩大工程。编选者完全出于对诗词艺术的热爱,心甘情愿地做义工,在一切向钱看的当日世风下,他们这种奉献精神和敬业精神,实在令我敬佩之至。

安徽是诗歌传统极为丰厚的地域之一。涂山氏女作的《候人兮猗》被《吕氏春秋·音初》定为"南音"之始,即南方诗歌之祖。尽管学界对大禹与涂山氏女的传说曾有争议,但专家考证后还是推定涂山氏女就是今安徽怀远那一带的人。安徽不但是古代诗歌的发源地,也是永传诗脉的肥沃土壤。从五四到当代,安徽文坛不但涌现了一大批新诗名家,也相继涌现了大批古体诗词名家,使古体诗词得以延续发展,成为当代文学百花园中的奇花异朵。这本诗词集的出版,就是古体诗词在新时代盛开的明证。

这本诗集的第一个特点是它的广泛的包容性,诗集中共编选了六百余位作者的作品,大体可分四代人。第一代是五四运动的主帅陈独秀、胡适和稍后的追随者;第二代是朱蕴山、张恺帆、黄镇等老一辈领导干部;第三代则是我省古体诗词界的骨干力量,除已辞世的丁宁、宋亦英、刘夜峰、宛敏灏、吴梦复同志外,邹人煜、徐味等等一大批德才兼备的诗词高手,长期坚守诗词阵地,经常赋出诗词精品,满足广大诗词爱好者的精神需求;第四代人才是一批积极投入诗词写作队伍中的中青年古体诗词爱好者,他们构成了我省诗词写作队伍的强大后备力量。这支队伍不仅有了这样一种纵向的继承和延续,在横向的面上,还包容了活跃于省内各市县的一大批诗词写作的执着的参与者,他们所提供的丰富作品,更显示了这部诗集的包容性之广博。

诗集另一个特点是所录诗词内容的思想深邃性与题材的多样性,以及格律的规范性,达到了完美的统一。

这些诗词,与时代同步,与人民共生。它来自人民生活,表达着人民的心声。有的给人以思想的启迪,有的给人以情感的慰藉;有的令人振奋,有的使人平和;有的庄重,有的诙谐,有的豪放,有的婉约;有的振聋发聩,有的心旷神怡。我们从陈独秀、张恺帆、宋亦英、徐味、邹人煜等人的诗作中读到关注祖国命运、民族命运、人民命运的真诚倾诉,聆听到他们的正义之声和正气之声;我们也可以从丁宁、潘培咸、江城等等许多人的诗作中得到怡然悠然的情绪感染,我们还能从许多礼赞祖国大好山河、关爱乡情、仰慕前贤和先烈、呼唤和平友谊,或陶醉于自然或感悟于人生等等多彩的诗篇中,得到对社会、对人生、对自然的感悟与体察,并从中获得美感享受。千姿百态的安徽当代诗词,还使我们认识到它虽然运用的形式是古体式,或称旧体,但它所承载和传播的思想与精神,却是时代的声音,若干经典篇章应被称为时代的强音。我深信这些优秀的诗词,将如同其他文体的当代优秀文学作品一样,进入当代文学史册,其中的经典篇章,将流芳百世。

倾泻真情
——序《贾梦雷诗文选》

贾公梦雷(平时我们都喊他老贾)把厚厚一大摞正在校对的书稿交给我,并嘱我读后为此书写一篇序文。他说:"咱们是在一起滚了几十年的老哥们儿了,我这个人和我的作品你都比较了解,你写最合适。"对此,我无言可复,只好勉为其难地接受了他对我的抬爱,每天上午捧读他的大作,从头到尾,一篇不漏。

贾公说得很对,我与他确实在一起滚了几十年,而且就在同一条文学战线、同一单位、同一大院、同一座小楼之上。正像他在《小楼春秋》一诗里所写的那样:"在这座小楼,我们将生活滋味尝够……在这座小楼,我们将人生参透。"他把小楼比作一叶方舟,在风口浪尖上颠簸万里;他又把小楼比作老君炉,让人炼出打不断、压不变、扭不曲的好筋骨;他还把小楼比作喷油之井,将精神石油送往天南地北。他用小楼浓缩了文学命运的沉浮,也借小楼倾诉了自己大半生的感怀。小楼人生,我们是共享者。我是1959年早春从北京调至安徽省文联的,他比我早来五六年,该是属于这个单位的元老辈人物,而我只能算是从外来户逐渐转化为坐地佬的同代人。我们在同一战线共事四十三个春夏秋冬,共同经历了历史老人给我们的诸般考验,共同体验了人生的苦辣酸甜,共同度过黑暗岁月,也共同迎来了从新时期到新世纪的盛世阳光。这期间,他从小贾擢升至老贾,又从老贾提拔成贾老,在文学事业上也从一个热情奔放的青年作家演变成日趋成熟的老作家,真是有说不尽道不完的沧桑。这本《贾梦雷诗文选》,是他自己的人生历程和文学历程的纪念册,也是他参与历史、认知历史、感怀历史、歌咏历史、反思历史的真情实录。当然,他不是以史学家的笔触来描述历史的,而是以作家的感知、诗人的情怀、形象的画面和炽热的心灵,写出一行一行的诗、一篇一篇的文,来抒发他对生活的爱、对人民的情、对领袖的讴歌、对英雄的礼赞、对美好山河的赞叹、对真挚爱情的倾心、对历史悲剧的扼腕、对丑恶灵魂的鞭挞。他生活阅历丰富，文学视野开阔，以诗文多角度、多侧面地展现了时代的风采，同时又在诗文中剖白了自己的心灵。

贾梦雷自幼在家庭中受到两位兄长的革命熏陶，少年时代（大约是15岁）即投身革命，并在文工团深受革命文艺思想的启迪和教化，这使他很早就爱上了文学，并且从一位业余诗人逐步发展成了一个日益走向成熟的专业作家，而且是一位多面手的作家。即除了诗歌、散文、报告文学之外，他老兄还在戏剧、电影、电视诸多方面，都有良好的业绩。我不知道贾公的处女作是什么，但本诗文选集中所收录的最早的诗篇是写于1956年的《合肥，我的城市》。这是一首热情的颂歌，一首情志昂扬、格调奔放、节奏明快的对一座新兴城市的深情赞歌。尽管从诗学的美感角度来讲，它尚未锤炼出那种或荡气回肠，或振聋发聩，或情思绵绵的诗句，在营造意境及协调韵律上，也尚欠火候，但发自诗人内心的对这座新兴城市巨大变化的强烈激情，以及他对新合肥的由衷礼赞，不仅在当时，就是在今天，也会唤起读者的深情共鸣。我以为，这首诗奠定了贾梦雷文学生涯的基础，给了他自信，也给了他探索文学旅程的决心。如果说这首诗给贾梦雷带来好声望和好运道的话，接下来的另一首也是他自己非常喜爱的作品——《一串辣椒》，虽然也一度颇受好评，但过了一阵子，却使他交上了厄运。这是一组讽刺诗，是批评官僚主义、藐视群众吹牛拍马等市侩作风的作品，可能是受当时的"干预生活"理论的影响，作者是以一种义愤的心情和冷嘲热讽的口吻，刻画了一些人物的不光彩嘴脸，问世之初还是很受欢迎的。但到了1957年的反右斗争时，这串辣椒却忽地变成攻击什么、歪曲什么、丑化什么、诽谤什么的毒椒了，作者也差点被"加冕"。这两首诗，虽是一美一刺，一个热情歌颂，一个冷嘲热讽，但它们所体现的贾梦雷的文学理念，却是同一种精神和同一准则的。即文学应当为人民的理想、时代的召唤和社会的需求服务。这样的文学理念，要求作家在自己的作品中要张扬崇高、张扬时代精神、张扬英雄品格、张扬忠于现实并服务于现实的基本原则，从而把文学置于净化或提升人类灵魂的地位。贾公从出道到而今一直遵循着这样的信念和这样的文格。尽管历史和文化思潮在半个世纪的运行中已发生了很多和很大的变化，其间既有"十年浩劫"期的黑暗岁月和与之相匹配的文化专制主义，又有改革开放带来的万象更新和文化上的百花齐放，贾公对此虽也有或怒或悲或恨，以及或狂喜或振奋或敬佩的种种心态，但他在用文学（无论是诗、文、影视）表达他的心境时，依然故我地保持着他的本色，还是以昂扬的格调、写实的手法和真切的感受，来抒发他的心灵感怀。甚至就连描述"文革"时期的牛棚灾难,他仍然以乐观的格调展现自己的不屈信念。当某些新潮理论家和作家高呼远离崇高甚至逃亡崇高之时,贾公却依然如故地把张扬崇高、礼赞崇高视为自己的神圣职责,并把自己的心灵和诗融入崇高境界之中。本文集的首篇力作《世纪伟人的几个镜头》,通过讴歌邓小平一生中伟大业绩的几个镜头,以凝练而深沉的诗句,表达出他对这位世纪伟人的真诚敬爱和尊崇。这首诗第四节的两次"挥手"和结尾的四个"笑得",把诗意和敬意融合得相当和谐。另一首悼念周总理的《永恒的怀念》,则以数百行充满悲壮感和哀思情的诗句,咏叹着周总理的伟大一生和至美的人格魅力,并对"四人帮"丑类的逆行,射出了愤怒的子弹。《真理之路》是赞颂张志新烈士的英雄品格和正义精神的,其中的"打进你胸膛的那颗黑色子弹/像射进我们整个民族的胸口/我们啊,是这样的难以忍受",将悲愤之情化作了对于崇高的礼赞。此外,像《我与共和国》《一九九七·这一天》《深圳十八岁》《淮河思绪》《马钢一九九〇》等等,都以不同的内容和不同形式,显示了作家对崇高境界的倾慕和追逐。他常常把诗的意境融入散文的叙述里,在诗境中倾泻真情。但我们这里所说的崇高,既是一种思想境界,也是一种美学境界。张扬崇高并不意味着作家在选材上必须着眼于政治色彩较浓的素材,或者在主题上必须表达某种政治的或道德的理念,在风格上必须搞那种高音喇叭式的鼓动调。文学中所体现的崇高精神,是在艺术形象中,在诗文的意境中,在叙事文学的人物、场面、情节的进程中,自然而然流露出的某种精神寄托。因此,它不取决于题材、主题、风格和表现对象,而是取决于作家的价值取向和审美取向,取决于作品的美感效应和思想感召的完美结合。这本诗文选集中的《路,从这里延伸》和《乡情、亲情漫曹州》,其内容近似贾公诉说自己的人生旅程和家史的枝枝叶叶,文笔带有随意性,像拉家常似的让笔跟着情思走,其间并没有什么震撼人心的大事件、大风波,但字里行间所展现的亲情乡情和对人生价值的探求,仍含有崇高境界。甚至就连爱情诗或游记类的风光散文,只要你表达出爱的纯真、高尚与执着,山河壮美与精神境界的升华,又何尝不能在艺术美中展现灵魂美呢?《陈登科形象》和《难得这一位县长》是人物素描,写得很亲切也很真切,作家的着眼点是主人公的人生际遇和人生追求,细致地刻画了主人公的人格魅力,然文中所吐露的情思,会使我们领略到作家是以主人公的人格魅力感召自己也感召世人。《燃灯》《花鼓世家的命运》是从关注农民命运的角度,展现了时代变迁给农民的物质和精神生活带来的深刻影响;描述钢铁战线和铁路战线的一系列报告文学，则是以真人真事、真情真录的纪实方法，讴歌第一线建设者的英姿。纵观整个文集，不论作家所选取的题材和主题是什么，也不论作家所运用的文体和风格是什么，他始终如一地坚持关注现实、关注时代变革、关注人民的生存际遇、关注改革开放大业的设计者、开拓者、苦搏者、奉献者等群体在当代历史上留下的业绩和心声，并把这种关注化作诗文，借以激发人们的美感与良知，提升人的精神，把展现崇高、追求崇高作为自己的毕生理想。当然，追求这样的美学境界，不能只在思想内涵上下功夫，在牢牢把握时代脉搏的同时，还必须真真切切地写出真实的生活场景、真实的人物图像、真实的时代思潮、真实的人民心声、真实的情感倾泻，去浮华、远矫饰、扫虚夸、荡伪情，以真善美的融合来铸造艺术的崇高美。不管文坛的时尚如何，贾公走自己的路总是坚定不移的。他肯定还要往前面走、往高处奔，我祝他步步登高的同时，也望他文风更质朴些、抒情更自然些、叙述更白描化些。成熟老作家的心态不能老，但文笔要老到。

我所认识的白榕
——序《花街》

我与白榕相识、相交、相知已有四十五个年头。这四十五年中,我与他共同或各自经受了时代和历史风雨的洗礼,共同或各自走过了一段又一段磕磕绊绊的路,也共同迎来了新的时代,还共同走进了老人世界。我与他最初相识是在1953年的北京。1952年末,因大行政区撤销,中南直属机构要重新调整,我与涂光群从《长江文艺》编辑部被调往《人民文学》编辑部。那时《人民文学》的主编已由茅盾先生换为丁玲,副主编是艾青、周立波,在编辑部轮流当班主持日常编务的是肖殷和杨思仲(陈涌)。编辑部的成员大多是中年人,且在文学上有所成就,我与涂光群是少有的几个青年人。尽管这里的文化气氛极好,同志关系也非常和谐,工作环境既严肃又宽松,且经常能在一些高层次文化活动中受到教育和启发,但我一面庆幸自己的幸运,一面又为自己的年轻幼稚而惶恐,生怕自己融合不进去。恰在这时,白榕他们来了。他是与张保真同志一道由文学研究所分配来的,而且都被安排到小说组。张保真除看小说来稿还兼看翻译稿,白榕则兼着戏剧、电影文学的阅读和组稿。因为我们是同一年龄段的人,故很容易打成一片,相识就开始了相交,玩在一起,聊在一起,外出参观访问更是摞在一起,假日时他还常到我家蹭顿饭,并夸我烧的鲫鱼好吃。不久,编辑部领导机构又进行了改组,由邵荃麟、严文井任正、副主编;再过一段时间又改为由严文井任主编,秦兆阳、葛洛任副主编,这期间还陆续调进一批青年人,一时间竟形成了一个青年群体。未成家的男士住在一个大套间的集体宿舍,晚上常有生萝卜就花生、兰花豆之类的大聚餐。我虽年长他们几岁,但仍然愿往他们堆里扎,一来党支部招呼我多关心他们,更主要的是我羡慕他们都受过正规的科班教育,羡慕他们的朝气和才气。白榕是个多识、多才又健谈的人,他热情、细心,事业心很强,心境又高,常表示他的人生奋斗目标是成为一名出色的大编导,而不是当个什么编辑、作家。为此,他十分热心于影剧方面的组稿。20世纪50年代中期《人民文学》发表的戏剧、电影文学剧本,大多数都是经他组稿并编发的,如老舍先生的经典名剧《茶馆》,就是他跑来的。不过他虽然醉心于影剧编导,但对手头的编务很有敬业精神,对老作家非常尊重,对年轻的业余作者也十分热情,好像王蒙刚出道时的《小豆儿》等,就是他推荐出来的。那一时期的《人民文学》正处在兴旺阶段,既能广泛团结各流派的成熟作家,也十分注重对青年作家的发现、推出、扶持和培养。被文坛视为胡风派精英的路翎,其短篇《初雪》《洼地上的战役》都是以头条地位发表的,还登过胡风的报告文学,至于鲁藜、绿原的诗更是经常出现。艾青的《双尖山》、何其芳的《回答》以及卞之琳、孙大雨、柯仲平等著名人物的诗篇发表后,曾引起很大争议,编辑部受到很大压力,但仍坚持广泛团结作家,继续登载风格多样的作品。在推出新人方面,不但对王蒙、刘真、白桦、杨大群、公刘、傅仇、梁上泉等一大批新生力量给以积极的支持,还连载了黄远的长篇小说《总有一天》那样的描写战争时期的缠绵爱情故事的作品,这在当时有很大的突破性。随后推出的《在桥梁工地上》《被围困的农庄主席》等所谓"干预生活"的特写,又进一步打破了固有禁忌而轰动文坛。理论批评方面,连续推出了蒋和森的《林黛玉论》等多篇红学研究新篇,又破例为新中国第一代硕士研究生的论文开辟了《作家论》专栏,连续发表了潘旭澜、范伯群等人的《郁达夫论》《巴金论》等等。当时的《人民文学》之所以办得有声有色,与秦兆阳的办刊新思路和李清泉的苦心经营有很大关系,但我们这帮年轻人乐于接受新思路,肯于积极体现并拓展新思路也起了一定作用。白榕就是思想活跃、手脚都勤快的人。手勤是指他的业余时间不断地挥笔舞文。他爱写诗、杂文和文艺随笔等,写作上他相当注重语言的精美和含蓄,且有一些幽默情趣和直言的锋芒。我在评论组当组长,常请他为我们的《创作谈》《短论》栏写稿,他总是有求必应,按时交卷,故而我们之间的交流也就必然多一些。不料,他的直言和锋芒却给他带来了灾难和不幸。在所谓的反右运动中,他说的几句直言,他在某些杂文中所表露的锋芒,都被视为不轨和放毒。那场轰轰烈烈的大运动,在《人民文学》编辑部的"收获是巨大"的,有两位副主编(秦兆阳、俞林)、一位主任(李清泉)、两位组长(吕剑、唐祈)、两位编辑(杜黎君、高光起)被打成右派,一位副主编(葛洛)受到党纪严厉处分,我被清除出党,有六人因严重右倾被下放劳动锻炼。一个不到三十个人的小单位,一下子被斗垮了这么多人,实在"战果"辉煌啊!白榕侥幸未被加冠,被"帮助"了一番以后下放到怀来县。我被清除出党又被"帮助"了几场下放到鹿县修理地球。不幸的是,白榕在下放期不知又出了什么故障,说他不好好锻炼改造,所以又在乡下接受了一阵子"帮助",并给了团纪处分才算了事。

这一年是"大跃进"年,我们个人的命运也以跃进的速度改变着。第二年,我们这帮"光荣下放"之士一回京,便被再一次地"光荣下放"。这一次是支援边远地区和落后地区,于是白榕光荣地去了青海,我来到了安徽。事有凑巧,由于白榕是安徽人,到青海两年多又辗转调到安徽,我们又继续相交了。他本想来皖圆他的编导梦,所以主动要求去文工团搞专业创作,不料他的事业发展没有跟着他的感觉走,不知是有意无意还是不由自主地走进了散文世界。

我最早接触他的散文,是两篇叙事散文,一篇是《红灯记》,一篇是《唢呐曲》。他真的是出手不凡。娓娓动听的叙述、诗情画意的描写、人物精神品格的展现、地域风貌的铺陈、作家个人诗情和激情的渗透、艺术美感和思想启迪的汇合,都比较和谐地融为一体,确实是那一时期散文创作中的精美之作。此后,散文也成了他的主攻文体之一,隔三岔五就能在报刊上看到他的散文篇章。

"文革"一开始,我们又各自被迫接受阶级斗争暴风雨的洗礼,他自然停笔了。粉碎"四人帮"以后,他老兄文思大涌,文才大进,文笔大振,不但恢复了杂文、随笔的写作,且使原有的幽默感和锋利性更加突出,于散文则如恋人般地沉醉其中,把他在人生旅途中的所见、所感、所悟、所思、所忧、所喜、所兴、所悲,统统都化作了散文,化作了他那诗情的、凝重的、明丽的、真挚的散文,几乎是天天命笔,日夜谋篇,甚至呕心沥血,长此不疲。报刊上如有多日不见到白榕的名字,就好像缺了点什么似的。我知道他不是追求数量之多,而是追求表达之美,更主要的是追求抒发心灵深处的对生活的爱,对人生命运的破解,对社会现实的诸多感受。应该说他的艺术追求是得到了体现的,这本《花街》散文集虽然只是他的心血的部分结晶,但也足以展现白榕的心灵世界和艺术视野。

白榕散文的第一个特点是关注现实,关注人生。由于散文富有的抒情特征,有的人往往视散文只是表现自我的载体,只愿在风花雪月中徜徉,只求倾吐个人的无奈、忧思或某种朦胧的爱、淡淡的愁。特别是在逃避崇高、脱身现实的思潮中,有些散文简直变成了展现闲情逸趣、描述个人琐事、谈天说梦的休闲上品。这类文章当然也有它的存在价值,但过多过泛也腻味人;白榕走的不是这条路,他的视角和笔触始终是投向现实人生的现实命运。《唢呐曲》凭借一个民间艺术家的经历,控诉了旧社会,讴歌了新时代。作家在行文中充分运用了散文的抒情特长，生动描摹了主人公超凡的艺术天分和人生追求，以美的文字、美的语言、美的意境完成了叙述，并给人留下了无穷的回味。《花街行》借助描绘一条小街的节日景观表现时代的变迁，其间有细致的灯市景象描绘，有民风民俗的真切风采，有对往事的悲怆回顾，有对今日新风的讴歌。《难忘赣江那边雪》写了作者在20世纪50年代参加土改的一段往事，但字里行间始终都饱含着他对小老百姓的爱。《怀念废名老师》以淡笔浓情赞颂了老一代知识分子的高尚品德；《水路三千》以融情入景、借景传情之笔，倾诉了兄妹亲情和他对人生的沧桑感悟。白榕当然也写景观散文或游记文字，如《青阳醉我九芙蓉》就把九华山的丛林、寺院、古树、溪流及至素食小吃都写得真真切切，令人神往和垂涎，而穿插其间的小尼姑罗巧云和果成的出家故事，却成了游记的真正主体，把我们又重新拉回到现实人生中来。

白榕散文的另一特点是崇真、扬善、重情。散文是作家说真话、吐真情、表真知的文体，任何虚情假意、矫揉造作、曲意逢迎或无病呻吟都是散文的大敌。白榕以真诚为信念，以写真实、抒真情为上旨，形成了他的风格和特色。在《难忘赣江那边雪》和《水路三千》里，作家所投入的情是相当凝重而又深厚的，毫无矫饰之态，读着它能让你和他一起共享同一种情思。《街上又卖白兰花》写的是真挚博大的母爱，其景、其情、其爱都写得真真切切、历历在目，令读者会情不自禁地体验母爱的温暖。从其写作时间看，他对母爱的讴歌和对母亲的崇高敬意，还暗寓着对祖国的爱与敬的深层内涵。他崇真是为了扬善，而扬善又切忌虚夸，所以他的许多篇章都穿插叙事情节，并在情节中扬善挞恶，同时又依托真实的叙述倾吐真情，形成真善美相依，这是他的追求也是他的成果。

他的又一特色可说是题材宽广，社会内容丰富。白榕散文所涉及的题材领域，可谓无框架、无套路、无拘束，天南地北，往昔今朝，大潮小景，兴事悲情，市井故事，山乡风物，他什么都写，当美则美，该刺就刺，这本《花街》正好说明他的视野、视角是多么宽广，作品的内容又是多么丰富。他喜欢到处跑跑看看，喜欢广交朋友，喜欢接触社会生活的方方面面，所以就能把笔头子伸向方方面面。

这就是我所认识的白榕和他散文的枝枝叶叶。倘说还有什么希冀的话，我就是望他在注重语言美的同时，不要过于刻意雕琢；在传情的时候不宜强求煽情；在铸造华美时不要丢弃质朴；在人生旅途的探索中还要修炼悟性和平常心态。他如今体弱笔不弱。伏枥之年，壮心未已，再上两个新台阶当然没问题。

祭 白 榕

老友白榕　　去何匆匆
撒手人寰　　我心悲痛
燕京初识　　君正年轻
英姿潇洒　　谈笑风生
诗林漫步　　剧坛穿行
慕君才杰　　结为宾朋
泛舟名园　　放歌长城
相处六载　　其乐融融
同逢下放　　各自西东
君赴青海　　我来皖城
中年再聚　　风雨同行
唢呐一曲　　文坛驰名
突来妖雾　　笔封口停
天开云散　　文运大兴
杂文议世　　散文寄情
诗歌咏美　　随笔点评
《花街》落地　《云诉》升空
古稀之年　　才气纵横
忽闻噩耗　　撕我心胸
人生何短　　君去何匆

悲歌拜祭　　呜呼白榕
悲歌拜祭　　呜呼白榕
　　　2004年12月14日　拜祭于白榕遗像前

活跃的艺术感觉
——序《小镇皇后》

喜作惊人之语的批评界,眼下还没有对新近崭露头角的潘军冠以新星、新秀之类的称号,他的作品,也不曾被誉为奇葩异草或开创了什么艺术新天地之类。但我在读过这本书稿时,脑里仍不时出现"后生可畏"这句话。确实,一个刚刚走出大学校门的青年,在短短的几年里,接连向社会奉献出四部中篇小说和十八篇短篇小说,这对于一个全靠业余时间爬格子的人来说,的确是难能可贵的。然而我感到后生可畏之处,却并不只是他的勤奋,而是他的出手不凡和他那善于捕捉人心灵秘密的艺术感觉。

我没有深入研究潘军的写作过程,不太了解他的体验和感受,但从阅读他的作品中感觉到,他写作似乎并不很吃力。他能比较自如地驾驭他的表现对象:既能顺应人物自身的性格逻辑,必要时跟着人物走,又能把握和调动人物的行动和心路历程。故而运笔从容、行文流畅,每篇作品虽也都是精心构造,但看不出什么绳墨刀斧痕迹,显示了当代青年作家共有的艺术准备比较充分的特点。

艺术感觉,说起来似乎很玄妙,难以三言两语说得清楚明白,但对于从事文学艺术创作的人来说,却是必不可少的素质。从某种意义上讲,有没有良好的艺术感觉,常常是一个作家或艺术家成败优劣的关键。有的作者生活阅历很丰富,很广阔,甚至不乏多重色彩,但由于缺少活跃的、细腻的、敏锐的艺术感觉,故难以提炼出很有艺术魅力的题材、人物、情志和意象,有的作者写作很艰苦,搜肠刮肚,苦心编织,抠字眼,找趣味,到头来仍难免疙疙瘩瘩,恐怕也和艺术感觉微弱有关。潘军写作似乎不那么吃力,我猜想可能得力于他的艺术感觉比较活跃和细腻。

倘从形象思维规律或创作心理学角度来探讨艺术感觉,那可能是一门很复杂的学问,但如果我们能抓住以情动人这个基本特征,在创作过程里始终掌握以情动人这个要素,那就可能容易调动和激发创作者的艺术感觉。因为在艺术中,无论是缘情、言志、明理、析义,大而至演述天下之兴亡,小而至叙谈个人之悲欢,都要借助于情,以情为网络中枢,来传达作家的人生思考。而这情,又无论是人情、世情、民情、风情、友情、恋情、真情、眷情、苦情、怨情等等,无不是人的心灵的表白。善于探测和捕捉人的心灵秘密,实在是作家凭艺术感觉来体察和感知社会生活的基本功。

潘军的阅历并不很丰富,除了童年的家乡和不幸与梦幻,就是一连串的学校生活和为时不久的机关环境。但他善于就地取材,不去寻找异国他乡的浪漫情调,不去攀附远离身边的诗情画意,而是在自己最熟悉的生活领域里,深开掘、广采撷,从老师、父辈、同学、朋友诸色熟人身上,找到了一个又一个艺术主人公。在本书里,作者着笔最多的,是大学生和大学生出身的领导机关的秘书。我们不能说这两种人都是作者自己,但确实可以说他们是作者用自己的眼睛和心灵来看取和感受人生的替身。像《黎明,他将启程》中的"2",《没有人行道的大街》里当上了市长秘书的"他",《啊!大提琴》中的凌石,《小镇皇后》中的地委机关秘书"我"以及《教授和他的儿子》中的儿子等等,他们的困惑、焦虑、期待和追求,都折射着作者对人生价值的思考和寄托。

在作者看来,人的生活和生命的价值,人在社会和群体中的存在意义,不是他人给予的,而是由自己选择、自己铸造的。《啊!大提琴》和《黎明,他将启程》中的两个主人公的选择,虽然不无理想色彩,但那确实是当代青年中一类别有风采的人物自觉的自我铸造。那个被称为"小镇皇后"的临江总机话务员,尽管在当地长期不被理解和尊重,甚至还要受流言毁谤,但她的内心至善至美,无私无惧,直至在工作中献出了年轻的生命,小镇上的人们才能够理解和尊重她。这又是一种自我铸造,也同样体现着作者的寄托。

《篱笆镇》是这本书里唯一描绘农村生活情景的中篇小说。作者自称是受文学界"寻根热"冲击而写的。这里展示了农民心理结构的变迁,历史文化积淀的背景、地域风情世态与两代(又是两类)农村强者的性格较量和智慧较量。这种较量其实也是双方各自追求自我价值的较量。老德安追求的是心理上的虚荣和满足。因为他当过官,一向被乡亲另眼相看。他不能容忍退休之后人们对他的冷落,他要把这种失落找回来,重建权威,让人们围着他旋转,以获取精神上的安慰和心理平衡。胜宝则追求社会承认他的高超的竹编技艺,用绝技唤起人们对他的存在的正视和重视。胜宝与德安本有积怨,但为着实现各自的追求目标,竟然奇异地联合在一起,又在联合中展开较量,最终他们又都在商品经济意识的启示下,精神境界有所升华。《教授和他的儿子》也有两代人价值观的较量,也有作者所期待的弥合。这弥合就是呼唤理解和尊重。人际关系的间隔,哪怕只有一层薄膜阻碍,也会造成对峙、歧视或排斥。如果有了理解和尊重,就会沟通心灵,在新的思想层次上获得真情和至诚。《别梦依稀》《教授和他的儿子》,是作者将自己胸中积沉已久的体验和思考诉诸笔端的篇章。他摆脱了故事和情节的约束,一开笔便走进人物的内心世界,似乎是冷静无情地剖析着父子两代人的内心秘密,但文中却藏着作者呼唤理解的强烈感情。有一位评论者谈及潘军作品时,说他"较早地唱出了'理解万岁'的旋律",我是完全同意的。

这是一本有新意、有真情的书。虽然她还稚嫩,称不上鸿篇巨制,作者在美学上的追求还只是刚刚起步。他也在较量,也在呼唤,也在铸造自己。我们有理由期待潘军更精美的作品问世。

(1986年11月)

乡恋——小城故事多
——序《徐瑛文集》

徐瑛是生在淮北、长在淮北、钟爱淮北并用真情和心血书写淮北的乡土文学作家。

说起乡土文学,人们很容易想起沈从文、赵树理、孙犁那样一些著名大家。然各人的文学成就虽有所不同,但视乡土为文学之根,视乡土为文学之魂,在把书写乡土作为个人文学的永生追求这一点上,徐瑛与那些他尚在遥望的大家之间,还是相通的,也可以说是一脉相承的。他正是追寻那些大家的脚步,去寻找他自己的文学之根和文学之魂。从他读初中二年级时写的《吹灯诗》起,到近年完成的长篇《呼唤》和大量散文、随笔,徐瑛的文学视野始终离不开淮北的山水,淮北的草舍茅庵,淮北的民风民俗,淮北的历史文化,淮北的名人和凡人,淮北的崛起与发展,淮北的兴衰和起伏,淮北的官场、商场、文场、情场、酒场、草根场的打斗博弈所引发的喜怒哀乐、爱恨情仇。他的笔端所流淌的,永远是他对淮北人民的爱,对淮北地域风情的迷,对淮北乡土的恋。

五卷本《徐瑛文集》,既展现了作家的文学才情,更体现了他的乡恋真情。这部文集,虽然不是徐瑛毕生的全部创作成果的总汇,但它是徐瑛不同时期和不同文本的代表作。其中,第一卷为儿童文学(均为小长篇),第二卷为中、短篇小说集,第三卷为长篇小说,第四卷为散文、随笔集,第五卷为传记文学、随笔和报告文学。这套洋洋洒洒一百五十万字上下的文集,一方面显示了作家多层面的文学才华,另一方面又在多种样式的文本中,凝聚着一个中心情结,那就是"乡恋"。我把本文的题目定为《乡恋——小城故事多》,就是我对这部《徐瑛文集》艺术内涵的总体认识和总体概括。

儿童文学,在徐瑛的文学生涯中,曾是主打项目或曰主攻方向。尽管他正式登上文坛的开山之作是短篇小说,而且后来也一直写小说,但在他的文学历程的各个时段里,都曾经在儿童文学领域里下过苦功,并为此做过倾心的追求与探索,且获得了良好的收益。其实,徐瑛的儿童文学,仍是他小说创作的一部分,他并不写童话、科幻、魔幻等类文本,他还是写小说,只不过是把描写对象和接受对象放在少年儿童身上而已。

徐瑛的儿童文学,比较注重故事性。编织一个好故事,把故事讲得生动活泼,并能体现出有益、有戏、有趣的完美融合,是儿童文学应达到的境界,也正是徐瑛儿童小说所追求的境界。这里所说的有益,是要求故事内容对少年儿童的思想品格和身心开发有一定的启迪或激励;有戏乃是要求故事情节具有波澜起伏、曲折多端或具游戏变化色彩;有趣则是要求保持童趣,既要写出少年儿童的活泼天性,又要准确展现少年儿童生活情景的原生态真貌,不要为强化教育功能,人为地拔高人物、拔高思想、拔高境界,把少年儿童成人化、刻板化、说教化。徐瑛在这方面虽尚未做到尽善尽美,但他在这方面所做的努力和取得的成果是显而易见的。本文集所收录的儿童文学作品,除第一卷的三个小长篇外,第二卷的中篇《野鸭洲历险记》也是他儿童小说的代表性力作。

《都市里的乡下少年》表面上是书写乡村学生进城与城市学生的融合历程,实际上作家在这部小说里,通过主人公杨明亮进城后的经历,将其在校内与同学的关系,学校与学生家长的关系,学校与社会的关系展现出来,多层面、多角度地描写了一幅广阔的社会生活图画。特别是通过讲述杨明亮与校外进城打工、拾荒、流浪乞讨儿童的关系,不仅以深厚的人文关怀之情,描述了他们生存境遇之凄惨,表现了城乡二元结构所造成的社会弊端,而且又把小说的中心情节由校内移至校外:以杨明亮与校外进城打工和流浪的儿童为核心的群体,积极参与了社会上的反盗窃、反贪腐斗争,并成功地协助政府当局清除了一个犯罪团伙和一位教育局的贪腐局长。作家这种写学校跨越学校,写学生跨越学生,写城市跨越城市的纵横交错的结构,大大丰富了小说的生活容量,扩大了小说的表现空间,并提升了小说的思想内涵。

与《都市里的乡下少年》相反,《野鸭洲历险记》写的是城市少女赴乡村度暑假的城乡少年融合的故事。我猜想,本篇可能是徐瑛的得意之作和称心之作,全篇自始至终都贯穿着作家对笔下人物和笔下乡情的由衷喜爱,叙述流畅,语言幽默,童趣盎然,堪称儿童小说中的优秀作品。小说围绕一个城市女孩和两个乡下少年在乡间度假期间的沟通、争胜、融合直至遭遇大险的过程,一方面真真切切地书写了淮北风情的诱人景象,同时活灵活现地勾勒了几个小主人公独特奇特的性格特征:陶小钏的清纯、柔雅与稚嫩,赵水龙的勇敢、多能与机智,丁三娃的憨直、鲁莽与顽皮,还有瓜王爷那人、那瓜,以及信笔写来的周遭相关的人与物,大都景象逼真,历历在目,颇有如闻其声,如谋其面之感。特别是最后的历险情节,作者抓住少年儿童的争强、好奇、探险心切心理,把几个小主人公在遭遇特大洪水袭击时既有惊恐、颤怵,又有挣扎定力,既有强烈的生命危机感,又有机智应对危机的求生举措和心理状态,写得细致入微、丝丝入扣、惊心动魄,使人物的心灵精神在历险中得到了升华和跨越,能对小读者起到益智和励志作用。

《向阳院的故事》出版于1973年的"文革"年代,那是文学荒芜及至泯灭的时期,但基于作者对文学的难以忘情,在无班可上、无事可做的情况下,便以身边一群孩子的生活素材为基础,以写作排遣情怀,写下这部想给孩子们一点正当教育的故事。书稿寄给人民文学出版社以后,立即引起关注,出版后大受欢迎,前后印了百余万册,好评如潮,许多电台连播,还被改编成连环画、拍成了电影,并翻译出版了英文、日文两种外文版本,而且在日本文坛和媒体也产生了一定良好反映。今天看来,由于作品是那个特殊年代的产物,尽管作者已煞费苦心地隐去具体的时间背景,又尽可能地把故事生活化、人情化、童趣化、人物性格化,甚至也融入一些地域文化风情,但总还免不了留下那个时代思潮的印记,如政治色彩过浓、阶级斗争弦绷得过紧、若干场景有牵强生硬之嫌,等等。由于本作品是作家文学生涯中的一个重要阶段的标志,《文集》将它收录进来,既可立此存照,也是当代儿童文学史现象的一个见证。

1964年,我在《安徽文学》编辑部工作时,第一次接触到徐瑛的作品。那时他名叫徐存英。作品是短篇小说《小道三站》。作品文风质朴、叙述简洁,内容是歌颂一位热心于公众服务事业的先进人物。到20世纪80年代初,我为他的《知县街上》担任责任编辑时,发现他的文风依然质朴如初,但文笔已很是老到纯熟,叙述流畅,语言诙谐有趣,在一个小故事中,演绎了一个呼唤关注民生(其实只是一个修建公共厕所的小事)的大主题。新时期以来,他的文学才华和文学抱负得到了较为充分的展现。长、中、短篇小说一起上,散文、随笔四处开花,可谓文思大涌,文笔大进,如中篇小说《天鹅恋》《并非英雄的故事》,短篇小说《知县街上》《县长夫人》《边村车祸》等等,都是徐瑛笔下很见功力、颇具文采的名篇佳作。

编织故事是小说家的必备才华。有人以为,强调故事性会降低文学的艺术品位,其实大不然。把故事讲得引人入胜、耐人寻味、动人心弦、发人深省,是传统写实小说的基本要素,也是优秀小说家的大功力体现,徐瑛在这方面是很擅长的。像《天鹅恋》《落叶》故事套故事,故事联故事,很有传奇意味,而《并非英雄的故事》,则是把一个荒诞故事演绎得入情入理,既真实又荒诞,既荒诞又真实,把人性的扭曲、人性的异化、人性的坚持写得步步入扣,将谜团层层剥开,使小说的思想意蕴的开掘与良好的叙事技巧得以较好融合,充分体现了徐瑛叙事能力之强。

　　长篇小说《呼唤》,是一个贪官临刑前的忏悔录,洗涤灵魂的身世录。

　　小说以线形结构从平面到立体地勾勒了我国社会转型期,在商品大潮席卷下,各色人等在社会上的生存状态和心灵状态,以贪官汤焕东的发迹和毁灭历程为中心,书写了这个乡间弃儿、悲苦少年、狡黠青年,怎样凭借欺诈和机缘,一步步从社会底层爬向基层,再爬向中层、上层,同时又适应了向上爬的需求,最后又一步步走向堕落深渊的终生路程。作品所包容的生活面十分广阔,把汤焕东所经历的历史时代的种种景象以相当典型的细节显现出来,并把与作品情节相关的各色人物,包括好人与坏人、常人与奸人、能人与庸人、强者与弱者、智者与昏者等诸般人物,都做出了有声有色的艺术表现。由于作者对地域生活风貌和书写对象都十分熟悉,所以写得很贴近、很真切、很得体。无论是官场的权谋战、商场的钱财战、情场的色欲战、文场的舆论战、酒场的浑噩战,包括汤焕东精心制造的一个个"政绩工程"和那些巧妙蒙骗上级的手段,都能从里到外揭露贪腐官员的丑恶本质。

　　当然,作品的中心思想不只是暴露和批判贪官的罪行,而是发出一种呼唤。作家把书名定为《呼唤》,意在呼唤汤焕东之辈不能重生,汤焕东现象不能再现。但要做到这一点,不能把希望只建立在公职人员的廉洁自律上,而必须在体制上、制度上建立起一整套对各级官员看得着、管得住的监督机制,让那些不良之辈不敢伸手,无处下手,伸手就被抓,才可以控制住贪官们的前赴后继。道德自律是对有道德、守道德的人才起作用,而对那些被贪欲扭曲了灵魂的人,或对那些被私利诱惑而可能走上歧途的人来说,全面的监督机制——民众的监督、法律的监督、舆论的监督才是最有效的反腐之道。当然,这种"呼唤"不是作家直接说出来的,而是通过小说的场面和情节以及人物的命运演化,自然而然地流露出来的。如今的徐瑛是名作家了,他的生活积累十分丰富,表达能力也日臻成熟。对于《呼唤》和其他一些作品,我们尚有更高的期待,还应进一步增强作品的思想力度和震撼力,增强对题材和主题开掘的深度。

　　第四卷的散文、随笔,显示了作家的生活视野日益扩大,表现领域日益扩大,对社会生活、自然名胜、地域文化的关注日益扩大,加之他的文笔已日渐成熟,故能及时把人生旅途的所见、所闻、所感、所喜、所怨,以抒情之笔或纪实之笔记录下来,写下他游历社会、热爱生活的真切感受。第五卷的主体是文学传记。十几万字的《有梦与无梦的岁月》,是徐瑛的人生道路和文学道路的全面而真实的传记。不说是裸传吧,至少可以说是把自己的里里外外、大事小情、喜怒哀乐、艰难坎坷、顺境逆境、社会磨炼、亲情友情、文学缘分、写作艰辛等情境,都坦坦诚诚地写了出来,不仅可以使我们从中全面认识徐瑛其人其事,而且可以从他的经历中感受到时代脉搏的跳动和时代精神的变迁。这部文集的出版,正好见证了徐瑛有梦追梦岁月的成果,文学之梦成就了徐瑛,徐瑛没有白白做梦。

自然·从容·鲜活
——序汤湘华《漂洋过海香椿树》

　　散文少不了诗情画意,少不了人生感悟,少不了对自然、对生命、对社会、对人间的欢愉与哀怨,对历史和未来的思考和叩问。散文作家,通常都力求把自己拥抱自然和巡视社会时的所见所闻,所感所悟,所思所求,用充满感情的文字传递给读者,让读者与自己一起分享自然之旅所领略到的美与惊喜,以及体察人生之旅所品味到的人性良知。

　　散文当然会寄情于风花雪月,但仅限于风花雪月之书写,并不一定真正产生诗情画意。只有当作家沉浸于自然之中,不只是领略自然,而是把自己化作自然的一分子融于自然;不只是张开双臂拥抱自然,而是用整个心灵去贴紧自然,那时才可能创造出高境界的诗情画意。同样,社会之旅的人生漫步,也不是见景生情之感叹遐思,不是要求作家对所见所闻来一番描述发一通议论就算了事,而是希望你把社会当作一个人的终身学校,在那里受教,在那里观察、思考、品味和咀嚼人生的真谛,从而要求你发出富有感召性和启迪性的真情感悟。

　　汤湘华女士是散文界的一位老写家了,几十年前,我就读到过她的清新文字,如今她虽已对散文驾轻就熟,文笔老到,但她对创作,依然保持着鲜活的艺术感觉和创造激情,没有陷入某种惯性写作的困境。《漂洋过海香椿树》这部新作是她 2000 年前后创作的散文的结集,也是延续了她自己的风格特色,追求在自然、从容的叙事中,达到真、美、新、璞的艺术境界。应当说,这部反映了汤湘华自然之旅和社会之旅的散文创作,成功地体现了她的追求和愿望。虽不能说书中所纳各篇都是精品力作,但它们是作家倾注心血的真情投入。无论写自然风光还是社会景象,无论国内游历还是海外体察,无论以人物为中心还是以事件为中心,作者都是把视野内所见之景、所感之情融入心灵而诉诸笔端,于是便有了一篇又一篇的情景交融之作。

文集共分"国内编"和"国外编"两大版块,每大版块内又以其内容近似分为三个小单元。她的散文取材极广,辐射面涉及国内及海外诸多名胜地带和知名人士,同时也以亲切的目光注视着普通人家的日常起居。

她以热情的笔触为那些她所敬仰的人物的德行和操守,高唱礼赞之歌;又以友善之笔为那些热爱生活、热爱事业、热爱生命的人们献上爱的心曲。《悬壶济世风范长存》是书写一代中医名家金容甫先生的医风、医德、医术的力作。在短短的三四千字篇幅里,作者以亲身医病和目睹老先生救治诸多疑难杂症患者,并使之起死回生的经历,动情动容地写出了金老先生的仁者风范。医学即仁学,"仁者爱人",医家之品和医家之德,首先体现为对人的关爱,对生命的关爱。文中记述了一位颇有地位的夫人,已被北京、上海等多家大医院"宣判了死刑的肝硬化腹水",那是一位"病入膏肓,奄奄一息"的不治患者,"家人已在为她准备后事",但金老先生的神奇医术却把她从阎王爷那里抢了回来。然金老先生不仅是医术高超神奇,更重要的是医德至上。他面对危重病人从不推诿,从不拒绝,甚至在自己卧病蒙眬入睡中,听到有人求诊,连忙高喊让病人进来,"不就是要一张活命的纸(指药方)么"。金老一生救治了成千上万的病人,医名远扬,令人敬佩。无怪老人逝世后,火化师傅竟然在他遗体前叩拜三次才将其推入火炉。作者对叙事主人公充满敬爱之心,但行文平实,运笔从容,不用浮华颂词表达出真情颂意,读来令人感动。《大恩不言谢》写的是驰名的骨科专家、安徽省立医院的章锦主任,当面对一位遭遇严重车祸虽被救活接上双腿,将来却要架拐的严重伤残青年时,他完全置个人得失和手术风险于不顾,毅然决定"我来给他重新手术",简简单单一句话就显示出一位医家的仁爱之德。而患者在出色的手术康复后,也只用一句"大恩不言谢"作为全篇结尾,从而更突出其医家仁爱之德的厚重!作家虽然写的是中西医两位医家高尚医风医德,而我们却能从他们身上看到一种民族传统精神的展现,那就是智、仁、勇的完美融合。高超的医术是智,关爱生命是仁,敢于承担风险是勇。医家大道是仁,是关爱生命。本书的许多篇章都凝聚了作家对关爱生命和生命价值的思考。《微笑着面对》以及这一组的不少篇章,都写到了人面对生命危机时的行为和心态。作品中不仅有着她对生命的终极关怀,且借助人物微笑着面对死亡,阐发了生命意义和价值理念。为几位活要好好地活,死要安然地死的告别者,谱写了安魂曲。

作者是位热爱生活的人。她对自然景象和人们的生活场景,都有很细微的倾心关注。她写《人龟情》，写《狗·猫》，写《在美国学种菜》，写《漂洋过海香椿树》，写在美国的种种见闻，什么《左邻右舍》《社区的街》《在美国迷路》，以及在美国赏景的《绿洲餐厅》《尼亚加拉大瀑布》等等，无不透露着作家对身边事物的细致观察和对于和平生活景观的爱。这些篇章都是小题材，看起来琐琐碎碎，但作家把它写得津津有味，情趣盎然，把读者拉进特定环境，让你与她共享生活之美，颇能令人愉悦身心。特别是"海外编"那些写在美国的见闻感受，既无仰视之姿，也无垂涎之态，更无开洋荤之状，亦没有花里胡哨地卖弄异域风情，而是真真切切地写生活，老老实实谈感受，使得这些文章可读又可信。作家自自然然地走进了美国人民之中，拉近了距离，亲近了感情，增强了沟通和理解，让读者认识了平民世界里美国人可爱可亲的一面，从而在沟通两个不同民族的感情方面有了潜移默化的良好影响。

礼赞大自然，是这本散文集的重要部分，虽有走马观花、信笔书之的少数篇章，但大都体现了作家对自然的无限深情和敬畏，甚至有某种感恩情怀。这些篇章有的着重表现领略、品味自然之美，有的突出对自然神奇景观的敬畏，像《尼亚加拉大瀑布》就属于后者，前者意在融入自然净化心灵，后者意在震撼中提升精神境界。

本书一个极为重要的内容是大力宣扬中国传统医药学、针灸学方面的强大生命力。"海外编"中以《美籍华人周敏华》为代表的这一组文章，着力反映海外华人、华侨弘扬祖国医学的奋斗经历，是作者倾注心血最多的力作，作者也希望通过这些篇章，呼唤国人更多地关注中华传统医药在国外的良好发展态势。《感受世界中医热》就逼真地再现了中医名家在美国开展中医学术交流时，以他独特的针灸疗效，生动、有力地弘扬了中华医学的宝贵经验的事例。《美籍华人周敏华》这篇则书写了"精医擅画之才女"周敏华，为使中医针灸在美国获得合法地位而做出的巨大的贡献。它是这本书的重头文章之一，作者以高度的热情礼赞了周女士的奋斗毅力和惊人胆识，勾勒了这位杰出女性的崇高精神和人格魅力。我们有理由感谢作者把这位荣膺美国总统政纲策划委员会代表的东方女性介绍给国内读者。

汤湘华女士散文的艺术风格、叙事技巧以及语言功力等方面的成功探索和修炼，有佳篇力作为证，相信读者们会从许多方面获得美感享受，无须我再多说。

活蹦乱跳的王兴国和他的小说

在安徽省的作家群体中,王兴国如今也算得老字辈人物了。可不,年龄已逾花甲,家中早已有了孙子辈的隔代人,文坛业已更迭几代,他还不该算作老字辈吗?但年龄的老化,并未使王兴国才思老化;虽退离岗位,但并未退出文坛;虽然退事且休,但笔耕从未休止。近几年来,他连续不断地出版了短篇小说集、诗歌集,现在又捧出了中篇小说集,同时还参与了不少报告文学集的写作。这说明作家的称号既不在职位上也不在职称上,而是在作品上。只要你陆续有新作问世,人们就会继续承认你是作家,倘经久不出作品,不论你有多么高的作家职称头衔,或者头顶多么大的作家"官衔",人们恐怕只好叫他"坐家"了。这样的"坐家"确实有。只要他有过一部(甚至是一篇)作品问过世,或者被评上过哪一级作家,以后不管他多少年拿不出作品,他照样还是作家,有时前边还得加上什么"著名""知名"之类的形容词;至于理事、委员、主席、副主席之类的"官衔",那也非加不可,否则就摆不平。王兴国可不是这样。无论是在位时或离位后,他一直把创作放在首位,除"十年动乱"期被迫搁笔,他始终如一地坚持笔耕,前后奉献出两百多万字各种样式的文学作品。这实在是难能可贵的。他的多产,除了表明他特别勤奋之外,也和他心无旁骛有关。他原是一位船员工人出身的业余作者,后来在他所在单位也混上一个小官,再往后又进了文化部门,也先后当了数年的文艺官员,尽管文场中的官场也如其他官场一样少不了明争暗斗、你抢我夺,王兴国虽不能完全免俗,但都真的没有热衷于官场争战或玩权弄势,倒总是一门心思地忙着写他的东西,不升官不调级可以,但若发不出作品他会急得团团转。近几年,文学走进低谷,文人"下海"之风甚盛,王兴国在他那一亩三分地上,也是人头混得挺熟、关系网也撒得挺开的人士,要办一个什么中心,拉几笔什么生意,碰巧也说不定会发起来,但他对此似乎无动于衷,依然忙他的写作,就是找关系,也还是为了办刊物、出版书或代朋友推销书什么的,与文学不挂钩的事,他是不参与的。我不知王兴国对文学是否有一种迷恋之情,但他的心无旁骛、专心写作,确实是保证他不断有新作问世,保持一个作家创作活力的关键。所以我认为他虽然在年龄和写作经历上已跨入老字辈行列,但在创作激情上,在对文学着迷般的热恋上,依然保持着青年似的朝气和活力,依然保持着王兴国式的王兴国。不管脸上是否有了皱纹,头上是否生了白鬓,他在创作精力上以及在文思和作品格调上,还是从前那个活蹦乱跳的王兴国。他是在二十岁左右时以一个产业工人的身份走上文坛的。他在长江大轮上当司炉,抡大锹,一锹一锹地往锅炉里送煤,那是一种又苦又累又脏,又要有技术的活,冬夏皆热,昼夜皆忙,没有上好的体力和顽强的毅力是干不下来的,这样的航运生活培育了他的豪放、热情、坚毅,也有些粗莽的性格,他初登文坛时的诗作,便是以自身性格的宣泄而见长的。他的强烈的翻身感、他当上了长江主人的豪情、航运生活的浪漫气息,给了他诗的灵感和冲动,于是他接连不断地唱起他的《海员之歌》。我于1959年来安徽时,他已在省内小有名气,以安徽的"四王"之誉活跃于文坛。所谓"四王"是长江南北四个姓王的作者,南边芜湖的王兴国就是其中一位,北边的则是蚌埠的王拓明和王庆丰。后来王庆丰英年早逝,"四王"出缺,霍邱又出了个王余九,人们就把老九补入了"四王"行列,重建了"四王"阵容。我那时作为刊物的编辑自然很快地就和这些骨干作者建立了联系,而与王兴国又是联系得最早,并且保持了最长久的友谊。

我结识王兴国之时,恰逢他创作生涯的第一次转变,那就是他从以写诗为主转而以写小说为主了。除去什么盛大节日或突发事件他以诗抒怀之外,主要的创作活动则放在了短篇小说领域。收在《王兴国小说选》中的二十几个短篇小说中,至少有一半以上我在发表时甚至在发表前就读过,有的篇章在其写作或修改过程时,我也曾作为编者在与作者的对话中相互切磋商量过。像《在中国港口》《第一次领航》《回声》《大院逸事》等可称为王兴国力作的短篇,我都是在发表之前就看过,有的还为其组织过评论或评奖。他早期的作品,是以船员、航运生活为素材者居多。他是干这行的,熟悉这个生活领域,熟悉长江的水、风和浪,熟悉海员的命运和性格,熟悉江南一带的民情、民俗、民风和语言,所以其笔下的人物、风情、情节总是显得真真切切,足以把读者引入作品所描绘的那个生活天地里。

粉碎了"四人帮"以后,王兴国的创作视野和表现领域又发生了一些变化。

一来是他已离开航运生活多年,难以从新的角度来开掘航运题材;二来是文学运动迭起的思潮也吸引着他去表现他本也十分熟悉但过去从未加以表现的领域。《大院逸事》是一个开端,他把视角投向他的身边,在市民生活领域里开掘出不少有趣而又有益的题材,写出了像《水月》《藤椅》《红白喜事》等一系列短篇佳作。写这类故事他很得心应手,因为他对那些市井人物实在太熟悉了,他们的言谈举止、音容笑貌、思维方式乃至内心隐秘,他差不多都能把握得相当精确,故而能够惟妙惟肖地写出他们的神韵来。我以为尽管这类作品在深厚程度上不及《港口》等作,但他在文笔上显得更加轻松自如,状人叙事更加生活化,作品增添了几分情趣化的格调,也是他在创作上摆脱观念化制约一个进步。《大院逸事》得奖,并且受到评论界的称赞,说王兴国往前跃了一步,确实是不无道理的。

这部中篇小说集,是王兴国小说创作又一种新的尝试。即他一方面在内容上要把所谓的伤痕文学、反思文学的思想内涵纳入他的作品,同时在表现手法上又要把通俗小说的跌宕情节、传奇浪漫色彩以及言情格调,作为艺术骨架。书中故事多是悲剧,既是历史悲剧,又是爱情悲剧,作者立意借助人物的悲剧命运来折射历史悲剧的沉思。然而这里的悲剧又不似传统美学所说的那种富有雄伟感的悲剧,而是悲情故事、哀情故事、悲惨故事在不正常历史条件下的不正常发展。作家要把政治小说和言情小说融为一体,故而一面编织美妙、纯真的爱情故事,一面又在爱情故事的波折中注入作家对酿造悲情事件的"左"倾思潮的愤怒批判,使读者既可以在作品情节的曲折多变中得到欣赏的愉悦感,又能从人物的悲惨命运中吸取一些积极的思想启发。在《水手和小镇美女的故事》里,有令人荡气回肠的情爱描写,有令人撕肝裂肺的痛苦篇章,还有叫人咬牙切齿甚至不忍卒读的场景,作者把这几者融合在一个故事里,对一些人的人性美做了坦直的表露,同时对动乱岁月中某些人的赤裸裸兽性异化也给予了无情的鞭挞。在《因为她美才惹祸吗?》《淫威当道的时候》《真实的梦》等等故事中,作者几乎都是着眼于人性与兽性、美与丑、善良与邪恶的冲突和演化,以因情生爱、因爱生坏、因坏生恨、因恨生恶、因恶生仇、因仇生毒,最终酿成悲情惨剧的情节链,来推进故事的发生发展和变化,把读者的思绪一面缠绕在情意绵绵的爱情波折之中,一面又引人不得不反思极"左"思潮给党和人民带来的灾难是何等深重和可怕。应当承认,作为一种新的尝试,王兴国没有白费心血。可惜的是,王兴国既非言情高手,也非批判大家,所以这类作品虽也取得了探索性的进展,但相比之下,似乎《港口》和《大院》这两类作品更能显示王兴国的优势。尽管这几个中篇在叙述、描写、人物刻画上都比以前的作品更为细致和精心些,但因过于追求故事的传奇性,情节又不断在偶然或巧合的因素中发出多变,故总不免有拖沓之嫌和造作痕迹。

我从来不反对所谓严肃文学、纯文学、美文学或雅文学的作家,向通俗文学家那里取点经,学学或者吸取一些他们作品可读性强、愉悦感好的长处,但要真正学到手,也得下苦功夫,也得好好积累经验。善于学别人是好事,但创作还得走自己的路。王兴国同志的新尝试取得了成果也呈现了不足,相信他一定很快就会改变这种状况。如果说《港口》是他青年时代的一跃,《大院》是中年时代的一跃,望他在坚持笔耕中再来一次老年期的一跃,跃向一个更新的高度,跃到一个新的水平线上,跃出一个在思想艺术上都更为成熟但仍然是活蹦乱跳的王兴国。

贴近人民的心声
——读《走入枫香地》

这里汇集的是历届"安徽文学奖"获奖的中篇小说。

安徽文学奖是经省委、省政府批准设立的省内最高层次的文学奖,目的是鼓励创作、推进精品力作问世、培育优秀文学人才成长、弘扬主旋律、提倡多样化,从而推动文学创作的繁荣,更好地为社会主义现代化建设服务。

安徽文学奖始创于1993年,迄今已举办了四届,累计有三十多位专业和业余的老中青作家的作品获得了这份荣誉。获奖作品包括长篇小说、中篇小说、诗歌集、散文集、杂文集、文学理论专著、电视文学剧本等等。其中,中篇小说在各类作品中占有较大比重,且涌现了一批具有较高思想艺术水平,在国内产生较大反响,受到创作界和批评界热切关注的作品。现在将它们汇集出版,不仅可以为读者提供一本较为精美的文学读物,而且也借此展示了我省中篇小说创作的发展面貌,同时也是倡导和鼓励出精品、出人才的重要举措之一。

这些作品虽然题材不同,主题不同,艺术风格不同,但它们都从各自不同的角度、不同的生活侧面,通过不同的人物命运、不同的矛盾冲突,展现了改革开放时代人民群众丰富多彩的社会生活和他们纷繁细腻的心态。这些作品的共同特色是贴近生活、贴近现实、贴近人民心声,与某些脱离现实、回避矛盾、自我表现、自我陶醉的作品是截然不同的。这些作品,在内容上都富有较浓厚的生活气息和鲜明的时代精神风貌,能使读者走进一个真真切切、历历在目的生活场景之中,作家们都相当熟悉他们的描写对象,熟悉他们的语言和举止,熟悉笔下主人公们生活的山村、小镇、工厂、企业、学校和那里的风物人情等等,所以给人们的生活实感很真切。在思想上又都融进了作家对现实生活以及社会矛盾的思考和认识,有的讴歌了默默的奉献精神,显示出一种崇高的情感;有的表达了在改革开放新思潮启迪下自强不息的觉醒;有的激励拼搏;有的倾诉无奈;有的嘲讽了不健康的世风和与之相关的不良心态；有的以戏谑笔调批判了与改革开放新形势极不适应、极不协调的官僚主义作风和守旧习气。尽管各篇作品的思想深度还存在某些差异，但总的来看，大都能不同程度地给读者以激励或启迪，能令读者在这些小说世界里感受人生、领悟人生，领略积极人生的内涵。在艺术表现上，这些作品虽然风格不同，但大多崇尚朴实、真切、自然，刻画人物在注重个性化的同时，也常常将笔触深入人物的内心世界，既展示人物个别的独特命运历程，又合理地写出历史、环境、社会关系、人际关系对形成人物性格的影响和制约，能让人物立体化地站在读者面前。至于在叙述描写和语言运用方面，作家们也各有所长，各有所爱。有的幽默风趣，有的简练流畅，有的刻意于警句，有的喜欢娓娓道来，有的在对话上下功夫，有的强调地方风味，成就虽各自不同，但读起来大都使人感到生动、流畅、耐读。

　　这些作品之所以能获奖，我想与上面所说的几个因素恐怕是分不开的。当然，我不是说这些作品已完美无缺或者篇篇尽是精品。我们应当清醒地看到，它们与广大人民渴望的那种具有强烈时代精神和感人肺腑的艺术魅力相统一的文学精品还有相当差距，它们在展现大时代精神风貌方面还缺少应有的广阔视野，在塑造改革开放新时代的新人物方面也还缺少震撼人心的力度，在艺术手法方面似乎也缺少一点大胆的创新。这些不足，我想将会随着我省作家群体进一步学好、领会好邓小平理论，进一步深入为实现四个现代化奋战而得到改进。我们希望在深入生活中，与群众交朋友做伙伴，熟悉他们的生活、思想、感情，以及他们的酸甜苦辣、喜怒哀乐，并且更自觉地承担起时代和人民赋予作家的光荣使命和责任，在学识上不断充实自己，在技巧上不断磨炼自己，我们就一定会突破现有的局限，走向一个新的起点，攀上一个新的高峰。

　　我省作家群体有良好的传统和良好的素质，为发展我省文学事业做出了令人尊敬的贡献，有不少作品曾饮誉全国甚至闻名世界，人民群众对此是满怀敬意的，但他们仍渴望读到更多更好的文学精品——上乘之作、惊世之作、传世之作。

　　我相信我省作家绝不会辜负人民群众的厚望！

（1997年9月16日）

战争传奇小说的真与奇
——《冷枪》评说

我把《冷枪》看作是战争传奇小说。"传奇"一语，在中国唐宋时期泛指文人创作的小说，到元明时期，因很多说唱曲艺和戏曲作品，多取材于唐宋传奇故事，故明清戏曲也叫传奇。因传奇所讲述的人物、故事多带有出其不意的奇幻性、突发性、神秘性、反常规性、惊险性等等神秘色彩，故能特别吸引人的感观，令读者或观众情不自禁地随着故事走下去。

《冷枪》是战争传奇故事，写的是中日双方两支特战队的殊死搏斗。他们斗智、斗勇、斗快、斗狠、斗机灵、斗心理、斗谋略、斗战术、斗胆识、斗性情，在斗争中展示了两方核心人物的品格、意志和力量，在斗争中揭露并批判了日本侵略者的凶残、野蛮、狡诈、暴力和兽性，在斗争中展示了抗日将士的英雄壮举，豪情快意和炽热的爱国情怀，以及他们的勇敢，机智和无私无畏的大义精神。敌方的代表人物是浅野正二，他是一个死心塌地遵循日本帝国主义侵略方针的顽固而又狡诈的死硬分子。他是特工高手，也是特战高手，有老谋深算的一面，又有狡诈善变的才能，他领导的特战武装——中野挺进队，以多种阴谋手段，对我方造成多次重大破坏和伤害，使许多无辜者惨遭杀害。他的挺进队，为日本侵略军的师团、旅团做开路先锋，刺探情报，破坏我们的抗击部署，收编土匪组成伪军，安插奸细，腐蚀和诱逼我方特战队员叛变投敌，袭击我方军队医院，屠杀医护人员，甚至强袭我军高层指挥机关，等等等等，不一而足。这个人有较高的智商和狡诈的谋略，又心狠手辣，残忍无端。作者把他写得可恨至极又有相当的可信度，是一个真实的、有性格特征的反面人物，不是那种标签化、脸谱化、符号化的反派角色。但，道高一尺，浅野碰见的对手却是一个既令他敬佩，又令他头疼，既令他恨又令他怕，既想置他于死地却常常被他逼近死角的一个难缠的对手，这个人就是林杰森。

林杰森原是国民政府中央陆军军官学校教导总队一旅二团的一个营长。在南京保卫战中,他率领一个营守卫光华门,在殊死战斗里,表现得极为英勇,在奉命撤退的行动当中,又表现得十分镇定、勇敢、有序和机智。从南京撤退后,他受命组成一支小型特战队——白虹突击队,专门担任袭扰敌方先头部队的任务。这期间,国民政府军第五战区正准备进行徐州会战,以抗击和打击日本侵略者。本书的故事,就是在南京失守和徐州会战之前的四十天左右的时间里,发生的一场敌我双方特战的浴血传奇。

这部书写抗战故事的小说,不是写我们常见的共产党领导下的八路军、新四军或敌后游击队的抗战,而是写国民政府军正面战场抗战中的特战情境。以林杰森为首的突击队也不受中共地下党的领导与指挥,而是受国民政府军的指挥,而且直接指挥者是国民党特务机构军统。林杰森的副手易楠就是军统成员,联络官史东升又是代表军统来监视和操纵这支特战队的军统骨干。然而,不管背景多么复杂,成员身份如何特殊,这支小分队队员还真的是视抗战为唯一使命、誓死抗日、奋不顾身、勇敢杀敌的英雄好汉。

林杰森是出身于黄埔门下的弟子,是一个正统的、爱国的职业军人。他为人正直,心地纯洁,指挥才能出众,个人军事才能高超(是神枪手)。他领导的小分队,虽然成分复杂,除有军统特务外,也有两名思想进步,在学生运动中,参加过共产党的外围组织,一心待机投奔延安的大学生。但林杰森的目标是抗日打鬼子,他以这个中心使命团结全队成员,他待人坦诚,光明磊落,视队友为手足,视抗日杀敌为终极使命。他,智仁勇三德兼备,不但料敌精准,指挥得当,技艺高超,深得队友的信赖和佩服,更以身先士卒、关爱队友、关照整体大局的高尚人格魅力影响上上下下相关的各色人等。他的个人魅力不但在队友中的影响根深蒂固,甚至使负有监视任务的军统联络官也不忍心对他进行任何一次告密,更令冷面冷血的军统女特派员唐婕淑对他从不理解、不信任,逐步转化为敬佩、倾心,直到爱慕。林所领导的突击队,在三打沙河镇,炸毁沙河桥,突袭滁州城敌师团指挥所,破掉定远县城内敌特安置的潜伏网,以及追歼浅野挺进队等等战役中,充分展现了林杰森的智仁勇三德兼备的品格和能量,在读者心目中树起一个有血肉、有性情、有风骨、有担当的热血好男儿形象。这个人物,看似有些理想化色彩,但作者并没有无限拔高他,写他与敌人的多次交锋较量中,有胜也有败,有进也有退,有功也有过,有得也有失,写出他具有常人一样的喜怒哀乐,也写出他常人一样地热爱生活、珍爱生命,因而能够给人以真实感、可信感,认同他是一个可敬而又可亲的艺术形象。

易楠的两面性也写得比较真切。他一面流气十足,一面斗志昂扬,既仰仗军统,又鄙视军统,有时嘻嘻哈哈,有战事时又能严肃对阵。就连史东升、齐方良、唐婕淑这些军统高官要人,作者也没有把他们脸谱化、僵死化,而是尽可能地接近真实生活面目,来书写他们的行为和内心世界的存在状态。

这是一部正面书写国民党军队抗战的作品,然作者把握有度、褒贬有度、分寸有度。一方面他把主要场面、主要人物放在了基层官兵身上,他讴歌的是那些富有民族正义感的爱国官兵,在涉及高层时,既以颂扬之笔写了南京撤退时尚司令那样为国捐躯的豪情大义,同时又以讥讽之笔暴露了国民党上层的怯懦无能,如指挥失灵、各自为政,把原安排有序的南京撤退,变成了凌乱不堪、混乱失控的无头无绪的大逃亡。而真正挺在前面拼死拼活抗敌的,是林杰森这些基层官兵。

处理特战谍战之类的题材,最容易把特战谍战高度神秘化、离奇化、神异化,把其中的主要人物神格化、不可思议化。比如,为了展示他们的神奇的无所不能的力量,则以无边际的想象和无度夸张的手法,编造一个又一个难以置信的离奇情节、离奇场面、离奇功能,甚至制造一些超人力所能为的离奇举动,以求达到所谓的"好看""好玩""涨眼球""玩刺激"的娱乐效果。这样一来就轻而易举地把严肃而又严酷的战争,儿戏化、游戏化和娱乐化,从而失去了真实性、可信性和可能性,完全是主创者以随心所欲的想象和夸张来编造一场游戏化和娱乐化的战争情景。如前些时候被公众怒斥为"雷人神剧"的一批电视剧,动不动就来一个"手撕敌人",扬手撒出一把钢针,立马有十余敌人倒地,射出一箭就能令敌人的一支庞大的运输车队全军覆灭,而自己又毫发无损,在敌人枪林弹雨密集火网中,翻几套跟头,却又安然无恙,这可能吗?可信吗?如电视剧《敢死队》《黑玫瑰》《猛犸敢死队》等等,都是书写军统或军统领导的女特工们超神奇功力的;另有《抗日奇侠》《女子别动队》《军刺》则是表现共产党领导的特战队,也过分渲染了中国武功的超凡能量,他们炸桥梁,烧仓库,刺敌酋,盗文件,摧毁细菌弹、毒气弹,全部如同出入无人之境,得心应手,手到擒来,无论敌人防范多严,火力多猛,他们总能全身而退,万无一失,直到编创者需要他们彰显大义时,才让他们神勇而又美丽地归天。

我不怀疑在漫长的战斗岁月中,会有某些场景、某些人物和事件,具有喜剧因素,可以在表现战争的整体进程中展示这些喜剧因素;特战谍战也都在战争中发挥着一定的特殊作用,当然也可以着重表现他们的勇敢和机智才能,彰显他们的英雄主义精神,塑造这类人物英雄形象,但一味孤立地夸大这样的情景,把战争游戏化和娱乐化是极不可取的。

传奇文学必然含有传奇性、悬疑性、惊险性、偶然性和奇异性。但传奇性要与真实性相接,悬疑性要与合理性相接,惊险性要与可能性相接,偶然性要与必然性相接,特异性要与可信性相接,以真实性为基础,把真实性与传奇性合理融合。电视剧《雪豹》在这方面就做得很好。

战争不是"逗你玩",不可以拿来作为"逗闷子""玩刺激"的游戏软件。正义的战争是神圣的,庄严的,壮烈的,是正义与邪恶的殊死较量,是厮杀,是血与火的拼搏,是人性与兽性的交锋。当然我们不能要求凡是书写战争题材都一定要板着面孔,一本正经,不许展现人性化、人情化及某些趣味性的一面,但把庄严的战争一味娱乐化,那会误导受众,特别是误导当今的青少年一代对战争的正当认识。

《冷枪》的可贵处正在于它守住了真实性这个度,它没有把特战过度神秘化、神奇化,较为真实地再现了战争时代、战争环境下人们的真实的生存状态和心理状态,能让受众在有益、有戏、有趣的情境中感悟战争。

作品的不足处是艺术表现尚显粗糙,人物刻画不够深入细致,某些细节处理不当,如突击敌人指挥所时,扫射杀死妓女或妇女是错误行为;林杰森与易楠议论时局所发的议论也欠妥,还有一些说法词汇是当时还没有的。但总体上说,《冷枪》还是一部弘扬爱国主义、英雄主义的好小说,它被改编为电视剧《独狼》后很受欢迎,也证明了这一点。

深邃的人生洞察
——读许春樵中篇小说随感

许春樵是一个正在走向成熟的作家。无论就思想境界来说，或就文笔才华来说，许春樵都已经进入了成熟作家的状态。我读他的作品，感到他熟知民情、关注民生、了解民心、洞察世事，能以直面人生的态度，直面社会基层特别是弱势群体的生存境迁和他们的心理状态。他往往在轻松并带有冷幽默的叙述中融进深沉的悲悯情怀。这种悲悯情怀，贯穿在许春樵绝大多数作品之中，它既体现了传统现实主义文学的固有精神，也体现了现代主义先锋文学的张扬精神。如此，许春樵便把传统与现代、冷峻与悲悯、底层叙事与呼唤良知做了巧妙的对接与融合。

这里所说的悲悯情怀，不是指大人物对小人物、强势者对弱势者、幸运者对困顿者发出的施舍式的怜悯或体恤，而是站在人与人平等的角度，站在人道和人性的立场所体现的对人的尊重、关怀与爱护。作者在中篇小说《暗伤》中，以伤感悲悯之笔，书写了硕士张水悲剧性的生存境遇，以伤痛之情写了小宝的无辜死亡；在《城里的夜光》里，又以悲悯爱怜之笔写了秋月悲剧命运的社会因果；在《苍天白雪》中，更以悲悯、关爱和敬重之情，书写了农村少女小枣的承担磨难的艰难生存之无助无望和无奈；在《一网无余》和《知识分子》中，将两个硕士毕业生（陈空和郑凡）之求职、求生、求业、求爱以及求住房之路的艰难搏斗，他们所遭遇的悲苦、酸楚、挫折、磨难以及莫名其妙的刺伤和打击，淋漓尽致地展现在读者面前，使我们对当下社会存在的某些问题有了真切的感受和认知。在《生活不可告人》中，作者写了一个另类的知识分子的一生悲情遭遇。主人公许克己青年时代即英姿勃发、才学出众、人品出众、相貌也出众，用今天的话说，可叫作"酷毙了、帅呆了"的钻石郎君，到中年时期他是学识渊博、事业执着、教学水平极高的模范教师。但因其正直不阿、不入俗、不沾污、不弄虚、不作假，对什么事都一丝不苟,成了同事眼中的怪癖另类,但他依然保持他的操守,坚持他的价值理念,故而他活得一天比一天不如意,活得一天比一天不如别人好。他的学生一个个评上了讲师,他还是助教;他最差的学生当上了副教授,他才当上了讲师;旁人都住上了教授楼,他和妻儿们仍住在三间透风漏雨的破平房内。待到晚年刚一缓过劲来,因妻子的一件违背他做人操守之事,而羞愧至死。他少年即深受儒家传统道德熏染,一生为人处世,只讲操守,绝不随波逐流做任何一件违心、违规、违理之事,虽在精神层面活得硬气,但在物质层面却活得窝窝囊囊。他可敬而又可悲,可亲而又可悯,是一个当代文学中少见的独特形象,也是许春樵笔下塑造出的鲜活的真实的成功的艺术形象。

作家的成熟化必须具有丰富的生活积累,正确认识生活和评判生活的思想水平,以及艺术表现技巧的臻熟和得心应手驾驭语言的能力。许春樵在这些方面的追求和努力是富有成果的,特别是在生活实践方面,他做得很扎实。他有广泛的生活体验,熟悉城市与乡村的人间百态,对都市边缘地带的边缘人物,官场、职场、商场、情场中的形形色色的一干人等,以及农村中的青年男女、孤老幼残,他几乎都有涉猎,他熟悉他们,因此他笔下的人物,个个鲜活生动。他善于把握当代社会的社会矛盾焦点和社会心理状态,善于开掘从生活中提炼出来的主题思想,对生活现实中的是非曲直、善恶美丑,有自己的思考和判断,在人生价值理念上有正确的把握,足使作品的思想倾向和思想价值保有正当性和健全性。比如"找人",那可以说是当代社会的一种典型心态,什么人在什么地方,出了什么事,第一个反应就是"找人"。一切冠冕堂皇的招标、招工、招考、评奖、评职称、选拔、选秀、选美、提职、提薪等等等等,甚至连看病、送小孩上幼儿园都要"找人",拐弯抹角地找,低三下四地找,不论管不管用,"找人"是必需的一课。许春樵的中篇小说《找人》,就是围绕一件不需要找人也不该找人的事件而引起的层层风波。他扣住了时代的心理,抓准了社会心态,饶有风趣地写活了主人公和当事的相关人物,一下子就吸引了读者、打动了读者。找人过程中的酸甜苦辣、喜怒哀乐,人情冷暖,处处令人暖意和悲情交错,其情其景,动人心弦。

住房,是当前社会民生的最迫切的问题之一。它事关千家万户,事关一代青年的生存和终生安康。没房子,你娶不到老婆,因为现在的社会习俗是女方咬定男方必须有房才能嫁给你(有的还要求有房还要有车);没房子,你安不上户口,没有学区,你的小孩便上不了幼儿园,上不了小学和初中;没房子,遇上急难事,你没处贷款。但过高而又不停上涨的房价,却使真正需要购房者望房兴叹,又使那些贪官污吏没完没了地十套八套甚至百八十套地占有房子,还使那些卖房者、囤房者,更加惜售捂房并进一步往上拱房价,造成房地产市场极端混乱,房价登天,令真正需求住房者苦不堪言。

《知识分子》这篇小说,不仅展示了郑凡买房难的痛苦经历,而且揭示出了因住房问题而派生的种种社会不公、知识分子操守滑坡以及逼良为娼、偷盗甚至是杀人闯祸等一系列社会问题。在这里,作家不是简单叙述谁谁买房难的经过,而是透过这一事件,深入开掘这一社会问题的成因和它对民生的影响,小说的结尾是主人公在梦中买到房子,真是情何以堪,从而大大升华了主题的思想深度。

许春樵的小说,是以内容的真实性和思想上的启迪正义、呼唤良知以及人道精神的悲悯情怀,给人以正能量的感召。在艺术呈现上,他很重视小说的故事和情节的生动性,使其可读、耐读;在叙述手法上,他注重变化、跳荡,有时天上地下悬空飞行,有时虚拟和写实并举(《一网无余》),有时将三组人物同放在进行时叙述,显得别致新颖,语言上他除了注意性格化以外,很讲究俏皮、幽默、灵动,将真善美较完整地融于他的小说之中。

如果说还有什么不足的话,我以为春樵在关注社会焦点时应注意避免趋同、类同,在细节描写上也需避免重复。

《白鹿原》随想

或许是因《废都》炒得过火引起了过分的负面效应,或许是"陕军东征"的说法原本就有点儿言过其实,或许是《废都》的城门失火,殃及了《白鹿原》的池鱼,人们几乎是以不解的心态,来看待《白鹿原》所受到的不公平的待遇。这不是很理智的态度。在号称"陕军东征"的六部作品中,尽管《废都》引起了文学界、舆论界的空前轰动,炒作得不可开交,争吵得不可开交,光是评论文字就出版了六七本,出现了文学界几十年从未有过或很少有过的热闹场面,但在书摊上,摆在《废都》旁边,没有《废都》那般抢手的《白鹿原》,却真的称得起是显示陕西作家实力的最新力作。陕西作家群体,无论是老一代或中青一代,为中国现当代文学奉献过众多的名篇佳作,贾平凹同志也是其中的佼佼者之一。然而如果说1993年有什么"陕军东征"或"秦军东进"的话,我以为有一本《白鹿原》便足以显示其力量了。

这是一部内容丰厚、思想深邃、情节引人入胜、叙述描写功力甚高、人物性格和人物命运具有多重性、多面性、多样性和多变性色彩,并且颇具独创风格和美感魅力的长篇佳作。

它是饱含关中人民近几十年的血泪、辛酸、挣扎、苦斗、求索的历史,也是关中地域文化的民心、民情、民俗史,还是关中各阶层人士在几次历史大变迁历程中的心灵史。在这幅大型历史画卷中,作家以高度的艺术真实描绘了从清末到新中国成立初期这一历史跨度中的若干重大风云变化,更写下了这一历史时期内的各阶层人士是以怎样的姿态和怎样的心态来迎接和被卷入历史风暴圈的,从而把时代特征、地域文化特征以及各阶层各色人物的命运、性格和心灵等等诸多方面,比较完美、比较和谐地统一起来,使读者可以身临其境般地领略一番关中大地的世情、民情、风情和关中人民的苦难与求索的血泪,而历史的悲壮感和作家在一些人物身上所注入的悲凉气氛,又可以使读者体察到作家对若干历史现象的独特思索和某种凄苦心境。

从认识意义上说,这本书确实给了读者相当丰富、相当纷繁、相当独特而又意味深长的历史沉思和人生感悟。比如,我们可以从白嘉轩、冷先生、朱先生几位旧式正义人物身上,领悟到某种道德回归的召唤,聆听到作者似乎在呼唤一种超越时空、超越阶级、超越政治的人性、良知、仁爱之情。尽管它是不现实的,也是难以在人际关系中真正实现的,但在那些人的行为准则和道德准则中,即在他们的心灵和行动中,却是真正付诸实践的道德感召。在历史风暴面前,他们无论处于何种地位,得到的无论是荣是辱,他们始终是以自己的道德信念、自己的方式来迎接、参与和体现自己的人格力量的。

正因为如此,本来是作为封建法统代表人物的族长白嘉轩,却在粉碎封建统治、撕裂封建观念的社会大动荡中,扮演了一个既正常又反常、既合理又悖理、既合情又违情、既顺应时代潮流又维系宗法族规的特殊角色。他经常处于矛盾旋涡之中,但总是以自己的人格力量来化解常人难以应付的矛盾,他的伸屈进退、动静思谋无不显示着他是以超越时空的道德信念来参与人生和改造人生的。尽管他的行为准则改造不了社会也改造不了人生,但他的人格力量和道德感召确实能够相当强烈地震撼人的心灵和默化人的心灵,能够令人得到某种与众不同的人生感悟。这,恰是作家对某些历史现象独特思索的例证之一。

与此相关,《白鹿原》的另一个显著特色便是在人物塑造上的独创性和突破性。

叙事体长篇作品,无论采用何种创作方法,人物形象总是核心问题之一。但在以往的创作传统中,人物的定型化、性格的单一化、内心世界的简单化,或者说完全依照人物的阶级地位、家庭出身、环境影响的视角来为人物定型的趋向比较常见,而《白鹿原》则可以说相当彻底地打破了这种传统观念和传统经验,他意识到只从政治、经济角度来观察和认识社会认识人生存在某种局限性,故而在把握这一视角的同时,又将传统精神、地域文化、人的本性、时代思潮的变迁等诸多因素融入他的视角,使人物性格摆脱了单一和片面的局限,具有了多重、多面、多样与多变的特征,使得书中的人物命运和性格,既有稳定持恒的一面,又有流动变化的一面,既有其性格主导面,又有性格的多重性与多样性,既有善恶美丑的延续,又有善恶美丑的交替,人物命运的转折也是既有转变也有突变,既有社会历史的原因又有人性因素和地域文化的因素,既有必然性也有偶然性。我们从黑娃和白孝文两个人物的多次变化中,可以看出作家在把握人物上力求逼近生活的真实而不是迁就于观念和倾向。雇农出身的黑娃,理所当然地成了大革命的先锋斗士,他叱咤风云,豪情似火,甚至连"大革命的失败也并没有能挫掉他的锐气",但命运的畸形突变却把他送进了土匪阵营,更不可思议的是,这个在土匪窝中仍然保持着和革命阵营有一定联系的人,从土匪窝出来时没有进入革命游击队,却进入了他原本准备打倒的反动政府的保安团当起了营长。后来,他又策动和领导了起义,但在起义成功之后却遭白孝文诬陷竟被革命政府枪杀了。黑娃的命运多变和他性格的多样性与流动性,表明作家力求把生活的复杂性、人际关系的复杂性、人性的复杂性以及人的心灵的复杂性做出真切、大胆而坦诚的揭示,让读者不是与某种观念或模式打交道,而是和一个活生生的人共同漫游人生旅程。黑娃的悲剧,也许还有白灵的悲剧,都蕴含着作者对某种历史思潮的痛切悲愤。

我以为这恰恰是现实主义艺术的真实的力量所在。黑娃与白嘉轩是两个从不同角度显示了独创性与突破性的艺术典型,争议也可能就在他们身上,但有突破性的东西怎么可能没有争议呢?顺便说一句,在不拘泥于传统和不膜拜抽象观念这两个方面,还有在大胆揭露人的本性方面,《白鹿原》可能具有某些与现代主义思潮相通的东西,但在叙述与描写上,特别是在人物塑造上,虽然也借鉴了某些现代主义艺术手法,但丝毫没有现代主义文学中常见的人物过分受到创作主体随意性摆布,从而失去客体独立自主的那般主观化痕迹。我想这是现实主义文学的一种新的发展,套用一句现代流行术语就该叫"后现实主义"或"现代现实主义"。

《白鹿原》的第三个特点是作家和作品的独特风格。作品写的关中,地域文化及地域民情、民风、语言、习惯诸般特色,全在作品中得到真切、准确、生动的再现,从官、民、匪、娼到志士仁人,从吃喝拉撒睡到节令风俗和祠堂礼规,包括一些神秘色彩的传说,都有着有声有色的描绘,可令关中人看到自己的前辈和同辈的生活历程,又可令非关中人如同亲临关中一样领略一番关中风情。前些年一度流行的寻根文学,在这方面做了不少有益的尝试,但有的走入歧途,变成了猎奇和展览愚昧,《白鹿原》则适度地把地方风味与整个作品的内容、思想、人物做了统一和谐的表述,这也是一个很重要的成就。

倘说有什么不满足之处,我只觉得作品内容时间跨度太长,有前紧后松之势,再一个则是性描写有重复和过粗之处,特别是鹿掌勺对炉头的报复那个细节,太污秽也太残忍,令人难以卒读。

读《归去来兮》的感受

　　前面的同志对作品思想、艺术价值多方面的分析都非常透彻,我想作者是能驾驭这种题材的。1956年我在北京工作的时候,那时候搞了一个活动,一批文艺界同志看禁演的戏,开了若干个小型座谈会。戏演得非常漂亮,唱腔好,功夫也好,老生、花旦、小生各种人物表现得非常充分,可以说是非常成熟的经典剧目,但最难解决的是《四郎探母》这个戏里歌颂叛徒,这怎么改,改掉非常可惜,要改也不知道从哪下手。这说明中国历史上中华民族内部的斗争,产生的现象、悲剧包括一批文化产品都成了后人的难点,后人难以涉足,难以驾驭,难以拿捏。没有办法,《四郎探母》只能是在内部演给内部看。这说明我们历史上民族矛盾、是非观念具有很大局限性。大概过了好多年以后,一个政治领导同志说,我们历史上民族之间的矛盾纠葛这样的事情不能把它当成叛徒看待,不能把它当作国与国之间叛变来看待,这是一个国内的大民族之间的内部矛盾。这是一个事例。评判一个人,要看他的行为是给历史带来进步,还是给历史带来倒退,他的行为对人民有利,还是对人民有害。我们老的观念,就是忠臣不事二主,那么事二主的人是不是就不对,后来我们从民族融合的观点来看,他的行为如果有利于历史前进,就是对的;不利于,就是害。要单独给每一个人统统下共同定义是很难的,要具体人物具体分析。因为我们今天完成了民族融合和当时没有完成民族融合观点是不一样的。

　　《归去来兮》中施琅这个人物写得很好,我认为他在大局上是有利于历史前进的,收复台湾,这个行为有利于历史,同时也有利于人民。我读了《归去来兮》以后,有两点印象,一个是很好读,有情节,有故事,有细节;另外一个给我震撼的就是小说意义,用大的仁、大的义来取代狭小的利益,把这个拿捏到恰到好处的分寸,是非常难得的。这部小说在这点上写得非常好,体现了大仁大义的观点,他这种不但是民族的、国家的,同时也是个人人性大义上的体现。这个作品中刘国轩也好,施琅也好,都写出了他们人性的提升、人性的升华,从个人私仇的情感中解放出来,以关注人、关注人道、关注人民的生活状态,使施琅改变思想,最后采取了和平方法来解决台湾问题,这就是从大义的角度来看问题。刘国轩是与施琅对立的反面人物,但作品也写出了他复杂的人性,他最后也转化了。康熙在台湾回归后,给郑成功树碑立传,虽然出于他的统治利益,但他行为本身是有利于历史、有利于人民的,而且他这种行为显示了人道主义精神。作品语言上有一个问题,海瑞对福建方言简直就是一点不懂,写起来是合肥话,如"过劲",在福建方言里没有这个词。写到某一个地方时,要把那个地方特色写出来,是要身临其境,是要到那里看看,民风、民俗、细节包括特色的语言,这方面做的是不足的。另外还有一个,写海战不怎么成功,战争指挥好像还是海瑞,不是施琅。施琅既然是有几十年指挥经验的人,而且他当时是中国海战最强的统帅,第一次战争把战争指挥得那么混乱,他有那么多准备、那么多设想却都没有用上,这不像施琅的指挥,太像海瑞的指挥了。我们不懂海战战事,这方面需要找资料,向懂得海战的人学习请教,要不就虚写海战场面,要实际写海战场面,就要从古典素材中寻找它细节的部分。第一次海战层次并不鲜明,第二次海战的战斗场面是有层次的。这部小说写得很大气,主题是恢宏的,很壮观,但是结尾太匆忙。

勤奋成就了他

——温跃渊的春风秋雨

温跃渊是一位非常勤奋的作家,他勤于学习,通过苦读,把自己从一个仅有小学文化程度的人,打造成一个视野广阔、学识深厚的多领域的写作能手。同时,他在绘画、书法、文学组织活动等方面,都显示了一定的才华。他勤于深入生活,远至西藏、缅甸,近至合肥的角角落落,抗旱的田间地头、防洪的大坝圩堤、矿山工厂、乡村小路,到处都有他的身影。他还勤于搜集和保存文坛资讯,勤于联络四方好友、勤于组织和参与文化活动,并把读万卷书、行万里路、交万人结很好地结合起来,为他在文学路上逐步走向成熟打下了良好的基础。更重要的是,他勤于写作,勤于用他的文字,表现大时代的飞速变化;勤于用他的写作,传达人民的心声;勤于用文学形式,向时代和人民做出奉献。这一大摞书,我只读了散文集《故土难舍》、长篇小说《春风秋雨》。《故土难舍》写得真实感人,其中《三妹》《母亲》《奶奶》《三叔》我都是含着眼泪读的。他少年的苦难境遇和我有点类似,所以引起了我的震撼和共鸣。

在中国当代文学史上,以农场为中心,以工厂搬到农场去大办农业为题材的文学作品几乎没有。《春风秋雨》开辟了文学题材的新领域,填补了一个空白。作品大胆而真实地展现了所谓"三年困难时期"那段悲剧历史的真相、真貌和真情。那段历史是中国现在所有中老年人都经历过的历史,但在文学创作里,大家不敢正视或不能正视。《春风秋雨》是第一部以长篇小说的形式,从细节到场面全面书写这段历史的文学作品。这部作品最大的特点是真实。它把那个时期老百姓悲苦交集、苦中作乐的生活景象、生存状态、心理状态、生存需求和生存信念,都真真切切、活灵活现地呈现在读者面前。老实说,这需要作家的胆识、勇气和文学的良知。书中的各式各样人物,都是作者的熟人、朋友、同事,因此写得非常生活化,包括开玩笑、想点子抗饿、怎么用饭票骗炊事员,等等。小说把那个灾难时期人们的挨饿状态写得非常逼真,我从中读到了凄风苦雨。但就在这凄风苦雨之中,还有人民的一种坚毅、进取和乐观精神,有中国普通劳苦大众的高尚情操和奉献精神。这本书为后代立下一部文学性的历史,即用文学形象的画面,用真实的生活,提供了这部文学的历史,为人们认识社会提供了一个历史层面的资讯。这本书还让我看到了文学的批判精神。所谓批判精神,就是批判不利于社会发展、不利于社会进步的东西,从而唤起人民,提醒公众注意现实生活中不太好的东西,更好地推动社会顺利前进、顺利发展。现在批评界不大讲批判精神,人民性这个词也不大用了,讲的多是文学的自我精神、娱乐精神,等等。但是,我认为不论什么时候、什么年代,文学都要保持批判精神,也就是人民性。批判精神是文学不可丢弃的精神。一说到批判精神,并不是要你否定社会主义,而是要从另一个层面、另一个角度来巩固社会主义制度。深刻的思想价值从来都是文学的一个重要元素,温跃渊的这部书就提供了一个非常有价值的方面。

三 个 亮 点
——《陈其美》印象

这是一部大题材、大容量、大气度的长篇历史传记小说,小说的大开大合的手法,叙述了陈其美在辛亥革命历程中为创建共和、保卫共和、走向共和的战斗的一生。陈其美是民主革命的先驱,是一位伟大的爱国主义者,是一位为民请命、为民捐躯的英勇先烈。作者以真实而细腻的笔触,书写了陈其美一生的奋斗精神和奋斗史实,以生动而又鲜明的仁人志士形象,打动着读者,激励着读者。当今的青少年一代,长期生活在和平岁月里,对历史缺少认知,对先烈缺少认知,常把盲目追星视为时尚,把游戏人生视为乐趣,并漠视或冷视英雄义举和壮烈情怀,更有部分文艺作品,以娱乐统帅文化,以搞笑消解崇高和正气,使传播社会主义核心价值理念受到干扰,难以提升受众的精神境界。

小说《陈其美》,勾勒了以孙中山为核心的一大批英雄群像,如陈其美、邹容、黄兴、宋教仁、竺绍康等等仁人志士的英武气节和献身精神,不仅在当时足以唤醒国人、激发民众的爱国热情,就是在今天,也依然会以他们的崇高义举和凛凛正气,激励和教育着今人和后人。本书是一幅描绘辛亥精英群像的长卷图谱,画面上的人生动、活泼、阳刚、壮烈、感人、励人。这是本书的第一个亮点。

《陈其美》的另一个特点是,历史的真实性与艺术形象的生动性达到了比较完美的融合。本书在描写陈其美战斗的一生的同时,也书写了辛亥革命的艰难历程,几起几落,大起大落,豪情壮举,鬼蜮阴谋,英雄烈士,阴险小人,都在历史风云的大开大合中得以真实再现,辛亥革命进程中的许多重大事件,包括其时间、地点、场面、人物、现场情景等等,都在作品中有着真切、准确、翔实的书写,就连当时的通电、广告、信札、诗词、挽联等等,也都是完整的实录,从而使作品不但具有形象鲜活的文学价值,同时也具备史实的文献价值,足以帮助读者真切地认识那段历史,真切地感受那段历史。

本书的第三个特点是叙述流畅,语言活泼,可读性较强。许多人物,如主人公陈其美以及竺绍康、戚氏姐妹等人的经历,都富有传奇色彩,且个性鲜明,举止超常,读起来津津有味,令人难以释手,作为以真人真事为基调的传记小说来说,这是颇为难能可贵的。

略感不足的是,作品场面过大,过程过多,作品欲把辛亥革命的全过程以及各方面的人物都写进去,作为纪实文学当然可以,但作为小说,则欠缺中心人物,中心事件的突出化、集中化以及主人公的个人细节叙事。应注意疏密调节,当粗则粗,当细则细。

包容与个性

《安徽文学50年》丛书,既是展示安徽当代文学创作丰硕成果的汇总,又是一项安徽当代文学发展历程中具有里程碑意义的文化建设工程。主编部门的精心策划、编选者的精心遴选、出版者的精心设计,使这部丛书从内容到外观都达到了较为完善的境界,体现了文献性与精品性的融合、导向性与多样性的融合、代表性与群众性的融合、历史性与当代性的融合、地域文化共性与作家个性的融合。在前述几项融合中,我特别关注文献性与精品性以及地域文化共性与作家艺术个性融合这两点,并想就此谈一点点感受。我们知道,凡编选带有历史性、文献性的丛书或文集时,人们往往更为关注代表历史阶段的相关资料,不如此便不能全面展示历史发展的面貌,故而容易出现偏重史料性能的倾向。但文学作品不同于一般文献材料,不能以庸品充当历史阶段的代表,而只能选择精品、上品来显示某一历史阶段的创作态势。然某个时期曾经轰动一时的作品,在今天看来未必是真正意义上的精品,故而必须在尊重历史和尊重文学规律的双重选择下,体现文献性与精品性的融合。以《短篇小说卷》为例,我们看到这里选录有20世纪50年代的《明镜台》(耿龙祥)、《央金》(刘克),60年代的《万妞》(菡子),70年代的《抱玉岩》(祝兴义),80年代的《被爱情遗忘的角落》(张弦),等等,这些作品既是历史的产儿,又是当时饮誉全国且经受了时间考验而永远留在读者心中的名篇力作。它们以文献与精品的双重"身份"走进丛书,一方面使读者或研究者能够清晰地看到安徽省短篇创作的发展脉络,从不同时期的文学形象中认识那个时代的生活情景和人的心灵世界,又能令读者重新欣赏这些短篇精品的思想内涵和艺术美感,做到彼此两顾、相互关照,使文献性为当代读者认识和了解历史服务,使精品品格验证不同历史阶段都存在代表时代特征的优秀成果,以两者的完满融合展示了安徽文学创作的雄厚实力和随着时代脚步积极发展的良好趋势。这种融合精神体现在丛书各卷并且贯彻始终,从而提高了丛书的欣赏价值、研究价值、收藏价值的多重品位。

如何看待安徽地域文化的共性和它自身的特色,历来是研究者们十分关注的课题,我所知极少,不敢妄自判断。安徽地理条件比较特殊,在文化传统、民俗语系等许多方面,南北悬殊,东西各异,我们很难用一两句话概括皖文化的共性和个性。在古代,楚文化、吴文化、中原文化都对这里有过深厚而广泛的影响,但在漫长的发展中,在北方形成了以道家思想为主导的涡淮文化带,在南方形成了以徽文化为中心的新安文化带,而沿江地区和皖西山区又有某些自己的与众不同的文化特性。安徽古代、近代、现代都曾涌现出不少杰出的思想家,他们为后世留下的丰厚的文化遗产,无形中会对地域文化的构成起到一定的影响;道家的思想跃动感和求异情怀,徽文化的既有稳重守成的一面,又有穿越大山阻隔冲向外界行宦济世经商的传统,使安徽地域文化具有包容性色彩。地理条件的封闭性使它有稳重守成的因素,但穷则思变的跃动情怀又赋予它强烈的突破性。所以在近代、现代文化史上,既有桐城文化派那些守成名士,又出现了两位领导五四新文化运动的大突破家。突破打乱守成而创造崭新局面,守成又可以实实在在地去完善新局面所开创的新生事物。它们交替出现,有时互争,有时互补,有时循环,有时共存,这便形成了包容性。这种守成与突破兼备的包容精神,对安徽当代文学的发展也有着明显的影响。半个世纪以来,安徽作家在坚持与时代同步伐、与人民同命运方面,在坚持以人文精神观照文学创作方面,在坚持写真实、抒真情方面,在坚持以人为本、以民为本,真诚表达人民心声方面,在坚持承担社会责任和坚持文人操守,固守精神家园方面,大家几乎有着基本相同的认识、理解和实践。尽管这些年文坛刮过不少风,兴过不少浪,但安徽作家很少有人跟着起哄,大家还是在那儿老老实实地深入生活,老老实实地体察民情,老老实实地爬格子。这种守成,决定了安徽文学创作总体风貌的质朴、热诚、凝重。但是,安徽作家守成并不守旧。他们在创作思想和美学追求上,也富有强烈的突破意识和求新求变的胆识。《中篇小说卷》收录的第一篇作品是江流的《还魂草》,此作发表的当时,文坛正盛行着鼓吹阶级斗争、乱贴阶级标签的理论与实践,但江流从生活真实出发,从以人为本的观念出发,大胆地突破当时流行的理论教条,从人性视角开掘主题,刻画女主人公的命运变迁。正因为小说打破了常规,深入而真切地展现了人性美和人性良知,因而它在受到广大读者欢迎的同时,也遭到了所谓"鼓吹资产阶级人性论"的挞伐。鲁彦周的

《天云山传奇》问世时曾轰动全国,个中原因除了故事生动、情节跌宕、人物丰富之外,思想上的突破是重要原因之一。作品发表的当时,对右派问题在政策上尚未有说法,但作家遵循生活真实的必然逻辑,在艺术形象塑造中为主人公做了彻底平反,以超前意识完成了一项思想突破,并赢得了党和人民的认同与欢迎。陈源斌的《万家诉讼》之所以受到广泛关注,不仅仅因为它超越了一般法制文学重情节、重案例的套路,更重要的是作品通过女主人公讨个说法的系列活动,展现了普通农村妇女人权意识的觉醒与萌动。而这一点,不论作家在写作过程中是否自觉地意识到了,但它的突破意义我们是不可忽视的。以《画魂》为代表的石楠的传记小说系列,是作家借鉴古人经验,独自探索出的新型小说体例。刘先平的大自然探险系列,开创了环保文学的先河。还有许多青年作家在吸收西方现代文学的模式和技巧方面,也都取得了良好的收效。这表明,安徽作家善于以创造性的思维和创造性的实验来寻求新的突破,也表明守成与突破兼备的安徽文学,正以包容精神充实自己、完善自己。

文坛思绪录

慎 言 经 典

一

经典一词,原来在我心目中是一种神圣而崇高的理念,无论是文学艺术经典,哲学、经济学或其他什么学术经典,都应该是久经历史考验、跨越国界、跨越民族、跨越意识形态、备受历代人们尊崇的学说。世界文化经典或中国文化经典都是少而又少、精而又精的典范。

近些年来,我们的某些传播媒体和出版部门对于经典的封赠却大方得令人瞠目,好像有过一点点影响、有过一点点票房价值、有过一点点炒作效应的东西,都能被封为××经典,甚至连某些毫无社会反响、也无社会效益、更无受众公认的东西,也被硬拉入经典殿堂而胡乱炒作。更有甚者,某些已经被历史定性为不当或谬误的称谓、头衔,又被重新抬出来招摇过市,真是令人难以理解。前几天,我在一家音像店看到一大盒摆在显要位置的音像带,右侧有四个大字叫"中国经典",中间有七个大字叫"八大革命样板戏"。我纳闷的是,在改革开放二十多年以后的今天,所谓的"中国经典",是何时、何地由何人、何部门封赠过的头衔?是官方的认定、文艺界的公认还是受众的推崇?我看都不是。那么,拥有五千年文明史和十三亿人口的"中国经典",可以由一家音像出版者来定而夺之吗?至于"八大革命样板戏"一说,那是由江青册封的,所谓的"红色经典"也是由此演绎而来,因为江青说过"从《国际歌》到样板红中间是一片空白"那么一句既无知又无耻的大话,"红色经典"也就意在其中了。我奇怪,莫非今天这位音像出版的策划者和出版者,还活在"文革"之年?还在尊奉江青为"文化革命旗手"?还把她插手的几个戏仍奉为"革命"之"样板"?

老实说,戏剧无样板,一切艺术都没有样板。因为样板就是照一个模子刻,是扼杀艺术的创造性、个性和独特风格的公式化、模式化的死框子。样板一词,其实只是江青为自己树碑立传、阴谋篡权的一个手段。"文革"结束后,这个说法早已废弃不用,如今有人又把它堂而皇之地抬出来,不知是出于无知还是另有什么别的想法。

二

如今"红色经典"被人用得泛滥不堪。过去我们有"红区""红军",对应者是"白区""白军",那么"红色经典"的对应者是否也有"白色经典"或"黄色经典"呢?当然不是这么一回事。

所谓"红色经典"的概念大约是以描写革命历史题材来界定的。然描写革命历史斗争的作品千千万万,粗精不一,文野各异,且各个不同时期有不同时期的代表作,各个不同时期的代表作又各有那个时期特定的历史价值和那个时期的局限性,谁能被尊为经典,不仅要有当时的时代鉴定,还要经受历史的考验和那个时代的后人(包括今人和今后之人)的认同。也就是说要靠历史的文化积淀来证明。有些作品在某个时期红过、火过、热过,至今仍保持着历史的厚重感和艺术的魅力,仍为今人认同并推崇;有的虽也轰动过一阵子,但因其内容欠缺历史的永恒精神或因其艺术粗糙而不被今天的受众认同。我们可以按其具体情况视其为特定时期的代表作、力作、佳作或一般作品,大可不必见到写红军的、抗日的、解放战争、抗美援朝的作品,都奉为"红色经典"而加以渲染和炒作。因为是不是经典,并不能靠某些人的随意封赠,那要靠历史的、美学的批评验证。任何时期,其文艺成果大抵一般性者居多,优秀者少,而能成为经典者则凤毛麟角,有时甚至根本推不出经典性的代表作。我们虽不主张将经典神化,但也绝不可将其大众化或泛化。再说经典不经典的,最好不要搞什么颜色划分,因为有许多文艺现象是不能确定其颜色性质的,而颜色本身又不能说明其思想艺术质量和它在文艺史上的地位。

经典之泛化,必然导致审美标准之混乱和受众理念之混乱。现在文化市场上和媒体上大搞经典大叫卖,什么"青春经典""动作经典""情感经典""时尚经典"等等,电视上有一个频道竟然把近些年来杂七杂八的电影,搞了个"经典一百部",受众却从中找不到哪一个是真正的经典,这种叫卖有什么意义呢?当经典的严肃性一旦消失,经典的崇高精神一旦被化解得一无所有,"经典"一词便也完全失去了它的榜样力量和人们对它的尊崇。

我们应慎言经典。

活　与　乱

把文艺事业搞活，是文艺领域贯彻党的三中全会精神的一项基本要求。

所谓把文艺搞活，就是按照党的方针政策，遵循文艺自身的规律，最大限度地调动一切艺术手段的使用价值，让文学艺术的各种功能（包括德育的、智育的、美育的及净化情操、愉悦感情、娱乐身心，等等），都尽可能最充分地发挥出来，使文学艺术展现出它应有的那种千姿百态、争奇斗艳的景象，从而满足人民群众对文艺的多种需求。

三中全会以来，我们的文学艺术开始活起来了。人们通常习惯用思想活跃、创作繁荣、人才辈出、期刊兴旺来形容这个时期的活跃局面。

我们的文学理论界，在拨乱反正、荡涤极"左"路线影响的基础上，对于文学艺术上的许多重要问题，包括对当前创作实践所提出的新情况、新问题，有着各抒己见、七嘴八舌的纷纷议论，人们为了探求真理，常常争得不可开交。

至于创作，它正以真实、广阔、深刻、多样、丰富、新颖而赢得人民的喜爱与赞赏。歌颂的与批评的、振奋人心的与催人泪下的、激越高昂的与婉约抒情的、质朴的与华丽的、明朗的与朦胧的、反映壮阔的历史图卷与描绘情致缠绵的个人命运、歌颂英雄壮举与谴责懦夫丑行、为四化谱写赞歌与鞭挞腐朽落后，等等，构成了新时期文学创作的多样而统一的新格局。

文学人才的涌现，更是令人十分欣喜。特别是年轻一代的文学新人，他们在特殊的历史条件下，难能可贵地进行了一定的生活准备和艺术准备，并以勇敢的探索精神闯进了文坛，无论在取材上、手法上、风格上，都为我们的创作带来了一些新鲜气息。

我们的老作家和中年作家，也比以往任何时候都更充分地发挥了创作积极性，为文学繁荣做出了新的贡献。

文学期刊的兴旺,几乎使人目不暇接。

这一切都是文学事业活起来了的表现,也是坚决贯彻三中全会精神把文艺事业搞活的积极成果。文艺界和人民群众的大多数都非常珍惜这个活跃局面。

但对于这种局面,有些同志也有完全不同的认识。

在有的同志看来:现在的文艺不是活,而是乱;不是前进,而是倒退;不是体现了"放"和"鸣"的积极现象,而是产生了自由化的不良倾向。因此也就有了防乱、反乱、治乱的呼声。有的义愤填膺,有的慷慨陈词,有的忧心忡忡,有的冷语笑骂,有的甚至专事传播一些流言蜚语,来散布一种很不利于把文艺搞活的气氛。

当然,如果文学界确实乱了套,或者如某些同志所认定的那样,文学已经成了制造种种社会问题的"教唆犯",那我们理所当然地要进行坚决斗争。问题是他们所认定的乱,并非真的是乱,而是不加分析地把正当的活跃、健康的发展、积极的探新以及艺术民主空气的日益发扬,都视为乱而加以反对。如果完全听凭这些同志的主张,以反乱为名来反活,则势必会把刚刚搞活的文艺重新搞死,因而也就背离了三中全会以来党一再强调的繁荣社会主义文艺的基本方针。

不容否认,文艺事业在发展前进过程中,确实出现了一些缺点与错误,也确实出现了一些不健康的或思想倾向不完全正确的作品,对于我们自己工作中的缺点与错误,应当进行热诚而严肃的教育和批评,而对于那种违反四项基本原则的言论或作品,则必须进行应有的批评和斗争,特别是要积极地、细心地引导和教育那些喜爱文艺的青年,帮助他们坚定不移地走社会主义道路。但在解决这方面的问题时,要强调对具体问题多做具体分析,既不能放任不管,也不能视活为乱、视新为乱、视艺术探索为乱。倘若把文艺上的活跃当作混乱来反掉,那就会重蹈历史覆辙,严重危及文艺事业的发展。建设和发展文艺事业,有两种对立的方法。一种是把文艺搞活,即坚持"百花齐放,百家争鸣"的方针,让各种题材、体裁、形式、风格、流派的文艺,都能在自由竞赛中发展和成长。另一种方法是用行政手段和一些不符合文艺规律的条条框框,把文艺统死、管严。后一种方法是违背党的方针政策的。但长期以来,我们的文艺曾受"左"的思潮影响甚久,简单化、公式化、一律化以及行政命令的领导方式,相当严重并相当普遍地存在于文艺界,加之历次运动中的过火斗争所造成的影响,使得一些人总是习惯于"左"的一套,习惯于简单化、一律化那一套。他们看不惯活跃景象,甚至害怕活跃景象,因而也就难免发生视活为乱的情形。

必须把文艺搞活,不是任何人的主观随意设想,而是由事物的客观规律所决定的。

第一,我们的社会生活是多样的统一,对于无比丰富的生活,必须有相应的极为多样的文艺加以反映。

第二,人民群众对文艺的爱好和要求是多种多样的,文野粗细,中外古今,各家各派,都应得到发展。

第三,作家、艺术家的视野、专长、爱好、特色各不相一,应充分尊重他们的自主权。

第四,文艺的社会功能也是多种多样的。

因此,坚持把文艺搞活,也就是坚持党的方针政策和遵循文艺规律的问题。

我们曾经有过这样的经验和教训,叫作:一放就活,一活就有乱,一见乱就怕,一怕就收,一收就死。时至今日,党和人民绝不允许任何人再把文艺的活跃局面给毁掉,我们的任务是既要防乱、治乱,更要保护活、发展活、促进活,要不断排除干扰,扫清障碍,什么时候,在什么问题上出现了什么样的阻力,都要奋力排除之,一定要坚韧不拔地遵循党的三中全会精神,把文艺事业搞得比现今更加生动活泼。

治治银屏上的错别字

有人说现在的书是"无错不成书",我看这个弊病大有漫延之趋势,报纸杂志不必说了,就连经过多道把关的电视屏幕,错别字也是屡见不鲜。我这个人爱看京剧,现在没有剧场演出了,只能看电视过过瘾。这也好,剧目、演员、唱段都是经过精心挑选的,故精品较多,也可以大饱眼福和耳福。一般戏曲都是在播映唱段时配有字幕,借以帮助观众欣赏和理解,这是好事。然而有的字幕却常常出现错别字,有时错得叫人哭笑不得,颇令人扫兴。首次引起我注意的是《淮河营》蒯通唱词里的"此时间休要闹笑话,胡言乱语真蛮杂……"我一下愣住了,"真蛮杂"是什么意思?"蛮杂"两个字组不成词啊?根据我的记忆,应是"怎瞒咱"(怎能瞒得过我)才对,但这个"蛮杂"竟在屏幕上长住了好几年,映现过无数次,直到近年才改正过来。如果说这是由于录词者不熟悉戏曲原词只能凭音定字而造成差误是可以理解的话,那么,像《三蒸骨》唱词中"虎穴龙谭"怎么也不该以"谭"代"潭"的。《连营寨》中刘备哭关羽时唱的"昔日桃园结义好,胜似一母共同胞",字幕上打出"胜似异母共同胞",更是以一"异"之差错解了原意。以"异母"代"一母"岂不是个常识性差错?《楚宫恨》中楚王的定场诗第一句的字幕是"熊居大业在楚邦"简直叫人莫名其妙。这可能又是以音定字造成的差错,但当事人稍加思索便可知"熊居"乃"雄踞"之误,因为那位得意扬扬的楚平王是不会把自己比作狗熊的。

还有乱用繁体字也闹出不少笑话。一出河南戏曲字幕全是用繁体字,可能是准备对海外发行,我们当然可以理解,但繁过了头也会令人啼笑皆非。如把"千里迢迢"的"里"改为繁体"裏"就是一例。须知这个"裏"虽是"里"的繁写,但里程的"里"在繁体里也独立有字,如"千里迢迢""一去二三里"等,如把孟姜女万里寻夫,搞成万裏寻夫,岂不成了在一万个人中找丈夫了?还有一部历史题材的电视剧里出现的"后土祠"匾额竟为"後土祠",置景者以为后是後的简写,古代不用简体字,所以就来个"後土"。要知道,后土乃是一位至尊的女神,全称是"承天效法厚德光大后土皇帝祇",她是道教尊神"四御"中的第四位天帝,主宰大地山川,与玉皇大帝配套,即所谓"天公地母"者。"后土祠"是供奉后土娘娘的庙宇,搞成"後土祠"就一错千里了。

电视剧演员读错别字的就更多了,我记得几个特别有意思的:《宰相刘罗锅》中一次乾隆皇帝对大臣训话时,将"衮衮(gǔn)诸公"读作"哀哀(āi)诸公"。我想乾隆皇帝虽有点喜好附庸风雅,到处题诗留字,但他还是有真才实学的,怎么也不至于闹出"哀哀诸公"的笑话,饰演者也是一位名气不小的演员,竟然衮哀不分,岂不哀哉!

《英雄无悔》中一位特区领导干部在激昂慷慨地讲话时,将"不容讳(huì)言"读成"不容伟言",错得有点离谱。因为"讳"并不是一个难认或难辨之字,那句话又是常用成语,连这么一个普通成语都弄错了,未免会令人觉得文化素质欠佳,恐怕是不容讳言的了。

无独有偶,唐代大诗人李白竟然连自己的名号都不认识。一部电视剧里,酒家和李白都把"谪(zhé)仙"读作"敌仙"。按:"谪仙"其意是谪降人间的神仙,据《唐书·李白传》称,李白往见贺知章,贺见李文才极高,赞叹说:"子,谪仙也。"所以后人称李白为李谪仙。现今让他自称"敌仙",令古代大文人跟着今人读别字,成何体统。

中国的汉字数量甚多,且有一些很冷僻的字,认错写错几个字是谁也难免的。但在大众传播媒体上,经常弄出一些连小学生都分得清的错别字,那可就有伤大雅了。再说,一部电视剧的完成并不是一两个人的事,而是规模相当大的集体性文化工程,个别演员读错了个别字并不稀奇,那些合作者怎么都充耳不闻呢?不是还有责任编辑、导演、副导演、制片人、制片主任、监制、总监制等等一大串统揽全局的管事者吗?不是还有看样片、审样片等层层把关的吗?怎么就让这些常识性的差错一道道顺利过关呢?这说明某些当事人既缺乏必要文化素养,更缺乏一丝不苟的工作作风,更不要说媒体还有传播错乱文字的社会责任了。你看:市长"伟言"大众听,将军"垂手"功便成,李白自称"敌仙"到,皇上"哀哀"求诸公,这像什么样子的高级文化产品哪!

说说官员写书

官员写书出书,这里当然是指非专家官员,在知识界部分人士中认为是凑热闹、瞎显摆:有的说是依权卖文,即当官有权,出书不难。还有更难听的说法是既要在官场上捞权捞名,又要在文场上捞钱捞名。这种情况当然不能说绝无仅有。我就见到过一位当官儿的,把他的蹩脚书法用多种方式大量出版,又把他的杂七杂八的各种会议上的讲话(许多是他人起草)汇成厚厚的文集,定价当然不菲,且有其"畅销"渠道。这的确令人不以为然。但也有另外的情形。那就是官员也像位作者一样,凭自己的学识,自己的感觉,自己的思考,自己的心血,自己的文笔,写下他自己在人生历程中的风风雨雨,或工作感悟中的点点滴滴。有的是长篇小说,有的是诗歌汇总,有的是生活散记,有的是随笔杂文,还有理论著述或读书心得等。这些书,都是作者个人真实体验、真实感悟、真实理念的结晶,有民意民情的表达和民风民俗的描绘,它们的出现,丰富了文化市场,也扩大了文化人的范畴。他们的书,与依权卖文或以权换文的书,最大的不同处是,书里没有官气、官腔、官派,没有抄书挂账、文件摘要,没有老八股、洋八股、党八股的写作模式,没有费劲拔力地做深刻状,没有那么多的耳提面命,所以读起来顺顺当当,自自然然,就算有缺点吧,那也像一般人的著作一样,或不深刻,或不严谨,或意蕴不足以引人深思浮想,或文采尚欠盎然生机。但这些有缺点的书,往往有点读头,因为那里面有作者个人的与众不同的人生体验和真情实感在。相反,另一类官员的书,可能什么缺点都没有,但什么优点也没有,什么特点也没有,什么真知灼见也没有,所以也就没有什么读头。我前面说到的那位官员的书,我也得到过一本,厚厚的足有四十万字,上百篇长长短短的文章,大多言之无物,要不就重来复去,见不到个人真知真情,实在没有多大的可读价值。但它出得来,而且印得很精美,比真正文化人出一本有文化品位的书要容易得多,定价不菲,据说销路也不错,收入自然也可观,不知是否与以权换文有关?这类书的问世,当然也会有人叫好、捧场,但我想,那主要恐怕是对人而不是对书,即所谓醉翁之意不在酒吧!

演艺行情推断录

某地的某一个单位搞庆典活动时,要举办一次大型文艺演出,可能是嫌本地演艺界的档次不够高吧,故特地派人去北京请几位星级歌唱家来压阵助威。待请到知名大腕儿时,对方的出场费是十万元,而且是税后的,至于包吃包住那就不在话下了。邀请方觉得开价过高,讲了许多困难,对方表示理解并大度地答应了减两万,定为八万。邀请方又来了个就地杀价,表示只能出两万。不料对方听了像是受辱似的,冷笑了声说,"两万请我唱歌,没听说过",然后就带着满脸不高兴拜拜了。

时下大腕儿的出场价该是多少,我不敢妄自议论,只知十万八万也算一个不小的数目。但这个数与海外明星相比,区区一万美元又该称得起质优价廉,他们那儿几十万、几百万、几千万美元搞一场演出或拍一部电影的大有人在,咱们真的是"小巫",足见我国的明星们还是很正视国情的。不过这方面真要与国际接轨,恐怕一时还难以做到,因为我们的经济发展程度和人民的消费水平离人家还远着呢,急着在这方面赶超世界,恐怕既不合情理,也不合实际,然而我对于出场唱一次歌挣上十万八万却也并不眼红和妒忌,因为人家是凭本事、凭名气挣钱,开的价大约也是随行就市,倘没有人肯出这个价,或者没别的同行拿过差不多的数,他是不会开这个价的。我想弄明白的是,这个高位行市是怎么抬起来的。从三百五百到三千五千到三万五万,而今是十万八万,再"牛"下去肯定是三五十万乃至百八十万,上扬幅度已达几百倍甚至可破千倍大关,这"牛"市是怎么"牛"起来的?是文化消费者哄抬的吗?是票房价值托起来的吗?是追星族捧起来的吗?是媒体炒起来的吗?是艺术家水准提高而自然升值的吗?是文化市场繁荣催动的吗?好像都不是。不错,媒体的炒作等等都可能使明星们的声望和身份有所提高,但怎么都不会膨胀到畸形的程度。我想来想去,这行市恐怕是公款抬起来的。这话从何说起？原来我们那些办晚会的,很少甚至没有营业性的演出,大多是政府部门、事业单位、企业集团、民群团体为什么节、什么庆、什么典、什么日、什么开业、什么落成而举办的,其经费来源一般都是拨款、摊派、集资、捐赠而来,都姓公、姓共,不存在成本核算问题,故而办这种晚会都只求风光,不计开销;只讲排场,不算花费;只求请到大腕儿,不怕大把花钱。再加上你攀我比,你抬我举,你花五千请张,我用八千请李;你用一万请赵,我就拿两万请王。如此循环,买方竞抬,卖方自然乐得水涨船高,于是就有了百而千、千而万、万而几十万的连年"牛"气冲天、月月行情看涨的行市。因此要想控制其恶性发展,应该是最大限度地限制公款办晚会的举措,让文艺演出及演员的收入按市场运行规律行事,不搞人为的压或抬,让市场和票房给演员和演出产品定位定价,使其逐步形成一个较为公道的行情,不论是劈账(分成)制或是包银(一次性协议价)制,明星们该拿多少,就拿多少,可高可低,可赚可赔,哪怕有人拿上百八十万,只要人家是卖票所得且依法纳税,谁也不好再说三道四。

　　再说,我们每年干吗搞那么多庆啦典的,搞庆典干吗又要配晚会,搞晚会又干吗不用当地人主持和演唱？说穿了,无非是花公款不心疼。刹刹这股风也许会有助于纠正演艺界行业之风。

《演艺行情推断录》续话

　　报上登过国内一些电影、电视制作厂家和公司联手限制影视明星的片酬的消息,好像有长篇电视剧每集不得超过一万元之说。消息发布以后,演艺界人士虽然也议论了一阵子,但似乎没有多少人在乎这个举措,实践效果到底怎样,我辈局外人自然不知其情,但从媒体上偶尔露出的信息来看,时见某些影视明星片酬日高(有一位不是拍了部没什么收视率的电视剧拿了一百万元吗),却没听说谁落了价。演艺界没有联手搞反限价措施,也少有人义愤填膺地呼唤公道之类,我看不一定是他们自知理亏不能唤起社会同情,很可能是料定限价举措行不通而不把它当一回事。是啊!你们联手的不才二十几家吗?没参与的当然不受约束,海外制作商更与此无关,何况那协议只是一纸道义上的约定,根本不具备法律功能,有谁暗地或找个借口公然违了约,谁拿谁又有什么办法?再说,那些实力强、名气大、票房高的大牌明星,他们片约不断,你不找他找,今天不找明天又会找,内地不找海外也有人找,故并不怕你联手施压,甚至会激起反弹故意抬价和你较量,时下影视制作成本越来越高,其中大概也包括从业人员酬金越来越高在内。所以我推断联手限价之举在实践中大约是没起到什么作用,日子久了,那协议恐怕会自然失效也说不定。当然,这只是我的猜测。

　　各类明星的收入过量,一般工薪层难免有些感慨和议论,但我们对此却也不能意气用事,指责也罢,限价也罢,可能都于事无补,也达不到控制作用。我认为,正确的做法首先是以法制规范文化市场的管理,让整个演艺行业的制作、营销、演出、拍卖、展示、税收、酬金、合同、个体艺员等等方面,都有法可依,以法行事,违法查纠。另一层则是要把影视制作营销全面推向市场,让价值规律去调节影视文化之经营,制片方面只应以贷款、投资等方式筹集资本,禁止或严格限制那种公家拨款、企业捐赠、摊派集资而筹集拍摄经费的做法,也不用公款搞行定宣传片和名人纪念片。制片方应当一律自负盈亏,自担风险,闯市场、争观众、夺票房、创盈余,以赚养赔,以丰补歉。艺员的酬金应以市场为依托(以成本和票房来制衡),逐步形成适当的标准,聘演双方自愿,各自量力而为,可高可低,能上能下,有伸有缩,制片方不必联手限价,演员方也不必担心他人施压。只要你守法、重德、纳税、不搞欺诈(搞假唱、假义演之类),你拿多少钱我们都不眼红,我们不怕有人合法成大款,我们只怕有人拿大把公款喂大款。对艺术家,我们只期望你们不断提高自己的道德素养和演艺水平,各方合力把影视艺术推向更美、更高、更新、更强的境界。

迎风户半开

有一位诗人说,许多编辑出版部门在对待"放"和"鸣"的态度上,还只是停在"迎风户半开"的阶段上。我看这个比喻很形象也很贴切,于是就把他这个发现偷来,并据此凑成一小段文章。

很久很久以来,无论社会上、文学界,乃至编辑部自己,都认为"编辑部是一道关",而编辑们呢,也就像是镇守三关的杨六郎那种"把关"者了。"把关"绝非坏事,问题是怎么个"把"法。杨六郎的任务是挡住韩昌者流的入侵,但如果他老人家把爱国者和对国对民都有利的非大宋正统臣民一道挡住,三关把得虽紧,动机虽无可厚非,效果就不一定都好了。至若敌国已去,他的守关办法当然就更加不同。编刊物恐怕也有点和这种情形相仿。既然有这么一道"关",自然就需要有人"把",但怎么"把"呢?按过去的老经验,叫作增强辨别力,提高警惕,不让一棵毒草冒出来,也严加防范什么野草闲花混入"正统"花园之中,结果是大门关得甚紧,园中只有"一花独放"。倘有的偶尔不慎,竟让毒草之类的东西披着香花外衣冒了出来,一经人们指出,无论作者、编者,就都得检讨一番。自我批评,在我们这里虽然是好风气,但常犯错误毕竟不光彩,而且自己也于心不安,关口没"把"好嘛,怎能没有失职之感呢?于是,任何一次检讨,都要促使"把关"者们的警惕性更加高,关口"把"得更严,更加兢兢业业,完全是出自好心地扶植"一花独放"。长此以往,我们也就习以为常了。

可是,从去年起,竟来了"百花齐放、百家争鸣",这一下子,在许多方面都打乱了原有的常规。如果说,过去的做法是适应于那个特定形势和条件的必要措施的话,而在今天,老办法就不能再适应新形势了。我们都很习惯于严加防范,但今天,除了还应该警惕那种出自敌人手笔的反革命的东西以外,头脑依然应该清醒和明智,但对于那些在过去提防惯了的什么毒草、杂草,或所谓闲花野草之类,让各种各样的花朵都来争艳,在自由竞赛中,让香花茁壮起来,毒草枯萎下去。这一切,对于在长时期里已经养成一套作风,工厂里思维状态上都有一种习惯势力的人们,实在有点太出乎意料了。在他们的认识还没有跟上形势发展的时候,他们也迎接了新的形势,但他们还基本上是用传统的思想来迎接新形势的。

从表面上看,你找不到一个人反对"百花齐放"的,他们写文章发言都说一百个拥护,可是一轮到真要叫他们把大门打开,真要让香花野草齐放,那,我们的编者可就既伤脑筋又有点头疼。于是,传统的看法,老牌的清规,新型的忧虑,就一个又跟一个相继出现了。他们在理论上都主张放,旁的刊物要放什么他们也没有异议,就是一涉及自己的刊物,调子就变为"我们刊物不同"。

比方说,全国性的大刊物因为它们国内外影响太大,所以不可轻易地放;而小刊物呢,又正因为它们影响小,所以就觉得放不放不吃紧;有的因为是以数十万青年为对象,怕放出毒草危害青年,因此不可放;有的因为是机关刊物;有的是以什么为主;有的……凡此种种,不少刊物大概都能找出点什么特殊的理由,使自己那儿百花不放,并美其名曰"坚持传统"。和诸如此类理由并存的同时,适应新形势的理论也出来了。什么"坚持主导,适当放手"呀!"力争香花,避免毒草"呀!"不冤枉一朵香花,不放过一棵毒草"呀!"健康地放""清醒地放""有条件地放""逐步地放""试着放"等等等等不一而足。这些论点尽管都有正确的一面,但也有对"百花齐放"保留的一面,何况在执行时,他们又往往是从保守的方面来实践他们的理论的。于是,他们表面上一百个拥护的"放",和实践上的"放"就产生了一个不算太小的距离。

不过,现在毕竟是"百花齐放"的时代,党号召"放",社会上呼吁"放",作者们力争"放",因此不管有多少特殊的理由和新型的理论,那个"放"字是谁也不能一脚踢开的。因此,应该"放"和不愿"放"之间就发生了矛盾,据我想,所谓"迎风户半开"恐怕就是调解这个矛盾的产物。半开户是很有趣的现象,你说放吧,我还有很大保留;你说不放吧,我到底试探着放出点东西。比之于关门,半开门自是进步,但比之于大放,却还是小脚婆娘,对真正意义上的"百花齐放"依然是很大的阻碍。因为半开门通常是只放他们认为"健康"的、"没问题"的东西,而他们所不喜欢的,或者可能引起风波的东西,那就还得关在门外,怕把它引进来"惹火烧身"。

半开门,是羞羞答答、扭扭捏捏的小"鸣"小"放"。它还不能适应"百花齐放"的新形势。且不说不让毒草进来,将来使香花居于温室,从而逃避了比赛和斗争,而且给自己订出太多的戒条也难免有压制香花的危险。因为有许多香花,常常带有某种奇异的、独创性的特色,倘如因为我们不习惯、不欣赏而又不放自己不喜欢的东西,那个香花的命运就可能身遭不幸。更何况半开门的局面,使得本来对社会主义文化有贡献的东西不敢登门,或者是因为门缝太窄而挤不进来呢?

放与不放,能放到何种程度,人家是要观察刊物的。你要老是开半扇门,那人家就只能伸出一只脚,甚至是在门外徘徊不敢入内,而这,对刊物、对事业都是损失。为着我们的共同的事业,"把关"者应该打开双门。

假如说"迎风户半开"是到达"齐放"的难免的过渡时期的话,今天,我以为已经到了该把双门敞开的时候了。

把"半"字改为"全"字吧!

原载《人民文学》1957年5、6月合刊号

耻　论

一

读《史记》时记住司马迁的一句话："知耻者近乎勇。"引申开来也可以说敢于面对错误、承认错误的人是勇者。我一向很推崇这个论点。儒家把"礼义廉耻"定为四维，不但将其视为人的基本素质之一，更将其定为治国国纲，足见司马迁把智仁勇的勇与耻字挂上钩是很有见地的。但近些年我忽地发现，知耻者固然勇矣哉，有些不知耻者也甚勇，而且可能更勇。这是几位"美女作家"用自己的言论、行为和"著作"给我的判断。当卫慧和棉棉宣称用身体写作时，我先是莫名其妙，不知女性用身体怎么写，一看方知是作者是用自己的身体体验来叙事，所写者多是城市边缘人物的什么吸毒、酗酒、迷情、乱性、自杀、同性恋等等，用她们自己的病态心理、病态感受叙述病态人物的病态生活，以一派沉沦景象和色欲挑逗取悦看客。所谓用身体写作的看点和卖点大概就在描写性过程和性感受上。后来又从别的地方看到两位美女间的笔战，那言辞立即使我联想到不知耻者可能更勇。卫慧用学历不高来攻击棉棉。棉棉反击："她想出名想病了，一个女人想出名就脱，真让人看不起。……书中（指《上海宝贝》）卖弄的不就是找个有钱的、性功能好的老外男人吗？""我不会把我和这个婊子联系上。"

这之后，文坛又出了一位九丹，她以一本《乌鸦》立马压倒了前两位。她给用身体写作下过定义，叫作"把跟男人睡觉的事写出来，然后又通过与另外一些叫作编辑的男人睡觉的方式把它发表出来……"。《乌鸦》的卖点当然也在性上。她写性特爱描写那种变态的、畸形的场面，脏兮兮的，令人恶心。这三位以所谓向世俗挑战的"大勇"壮举,确确实实使人恶心。这三位以所谓向世俗挑战的"大勇"壮举,确确实实使文坛震动了一下子。不管怎么说,人家是钱赚到手了,名声也传扬出去了,管他香臭!但这三位与新近横空出世的木子美相比,又是后来者居上了,人家那才叫不知耻者更勇呢。关于她,且看下文分解。

二

虽然都是走"用身体写作"之路,比起卫慧她们来,木子美要来得更加直截了当,更加无遮无挡,更加方便快捷。因为卫慧她们是搞"纯粹文学创作"(木子美语),要体现"用身体写作",则需要编辑故事、设计情节、刻画人物、描写场景,还得讲究语言叙述流畅等等,不管其个人化叙事如何私语化,还总得借助人物来展现"身体体验"或曰"生命体验"的情景。木子美则不然,她是直不隆通地把她在不同时刻、不同地点与不同男人的性交往的过程和体验写出来,以《性爱日记》名义公之于世,有时甚至把某次性伙伴的真名实姓在文中公布,那种惊爆效应自然是可想而知的了,于是立马达到了一夜成名的目标。有人说她的文字和行为是对现存道德、现存情爱理念的颠覆,但一个以参与群体淫乱派对为快,以不断更换性伙伴为乐,以享欲为趣,既不顾女性尊严又不顾社会公德的人,她能颠覆什么本该颠覆的东西呢?依我看,要说颠覆的话,她大约只能是把司马迁的"知耻者近乎勇"那句话,颠覆成唯无耻者更勇。正是凭着这种"奇勇",她敢说出"要采访我,必须先和我上床;在床上用多长时间,我就给你多长时间采访"。也是因为有这种奇勇,她呼唤女人要"多给男人机会",甚至公然宣称"淫乱、放荡"是她"喜欢的褒义词",而"忠贞"之类则是她心中的"贬义词"。她认为来自各方面劈头盖脸的批评,正是她追求的效应和借此扬名的大好良机。当然也有人说她只是一种个人的极端行为,不必大惊小怪,不必过多指责,也有人为她打气:"别管别人怎么说,走自己的路。"其实,倘若她只是个人有一种特别的如她自己所说的"人性化爱好",那是不会犯众怒的。但是她用行为和文字冲决了当今社会的道德底线,构成了一种社会公害,不仅伤及了青少年的身心健康,也危害了成年人的心理和道德准则,损伤了女性的尊严,污染了社会风气,故不能不招来公众的义愤。用心,用爱心、爱人之心、爱民之心、爱生活之心、爱大自然之心,展示心灵的美好一面,回到"知耻者近乎勇"的真谛上来,则是公众所希望的结果。

搭台与唱戏

常见许多地方举办什么什么文化节。这种节日大多以当地历史名人或当地土特产命名,比如盛产枇杷便叫枇杷文化节,出橘子就叫柑橘文化节。但这类文化节有一个共同的特点,那就是既不研讨其产品,也不研讨文化,更不探究其产品与文化有什么关系,甚至也不关心这些产品是否真的具有文化内涵,只是挂个文化节的招牌,开展招商活动,而且为它找了个说法,叫作"文化搭台经济唱戏"。

初见这种说法时,我有些纳闷,觉得唱戏本来是文化工作的事,怎么又让我们改行,变成干体力活的搭台工了呢?后来我有幸参与了一两次这种文化节,便明白了人家办什么文化节,目的不在文化,而是把文化当作一种招牌、一座桥、一个平台来促进经济发展。文化就像招财童子式的门童站在门外迎宾,真正主宾乃是各路财神。比如某一文化节,它的日程主要是:商品展销会、招商引资洽谈会、旅游推介会等等。文化呢?那些以名人的名字命名的会议,可能请几位专业人士说道说道,而以名产品命名的会议,至多请当地演艺人员或外地草台班子在开幕式上来一番歌舞表演之类,这便是"文化搭台经济唱戏"的文化节了。

这种搭台说,似乎是矮化了文化,也泯灭了文化的独立品格。十七大报告是把经济建设、政治建设、文化建设、社会建设平行并列为全面建设小康社会发展战略的四大方阵,由此我明白了文化建设与其他建设之间,不是主从关系,不是附庸关系,而是相互协调、相互支撑、相互促进的相辅相成关系。如果还以搭台唱戏来比喻的话,应是相互搭台,共同唱好全面建设小康社会这台大戏。

物质生产创造了经济,精神生产创造了文化,它们共同创造了人类文明的发展史。文化在悠久的长河中,既有顺应时代发展、适应人民需求的可变性和动态性,又有相对稳定的传承性和独立品格。它不是附庸。我希望将来哪里再办什么文化节,别只让它搭台或者当门童,大家一块搭台一起唱戏岂不更好!

失衡之思

当前文艺工作和文艺创作的总体趋势是繁荣的、健康的、向上的。但在发展过程中也存在一些值得思考和关注的问题,我个人有以下几点想法。

一、数量与质量的失衡。从创作上看,当前检视繁荣的主要标志是数量多、花样多、参与者多、传播渠道和传播手段多;现在是写什么的都有,怎么写的都有,从宏大叙事到身体叙事,可谓花样百出;电视剧一年能出一万四千多集,电影拍好几百部;长篇小说一年能出版近两千部,散文铺天盖地,诗歌车载斗量,小品比赛逗笑,轻歌曼舞令人心醉神迷,演出豪华、包装豪华、服饰豪华,真叫人眼花缭乱,一派繁荣热闹景象。但从质量上看,我们就不那么乐观了。我把创作分成四个档次,即精品、佳品、庸品、劣品。我个人的感觉是庸品、劣品居多,精品、佳品则居少数。精品中的上乘之作,即可成为传世经典的,则是凤毛麟角,有的领域可能是零。我承认数量众多和景象活跃是繁荣的标志之一,但还不是繁荣的最高标准。繁荣的最高标准应当是:既拥有数量,更拥有质量;既有千姿百态的活跃景象,更有代表这个时代的高端文艺巨匠和经典作品的持续涌现。现在社会上拥有大师头衔的人似乎不少,但真正配得上大师称号的文化产品,我们却很难看到。恩格斯在论述欧洲文艺复兴时曾说:"那是一个需要巨人而且产生了巨人——在思想能力、热情和性格方面,在多才多艺和学识渊博方面的巨人时代。"我们应该追求这样的目标,不要满足于眼前的活跃景象上。当文学艺术缺乏大师、缺乏经典、缺乏足以代表这个时代的高端文化产品的时候,繁荣可能只是表层的。

二、创作题材的新旧失衡。当前,题材的多样化是实现了,但从大格局看,题材选择上似乎存在着崇旧避新的趋向,怀旧、恋旧、崇旧的情绪很浓,而对当代生活的关注,特别是对崛起中的中国当代人物风采的关注和展现,则缺少应有的热情。改革开放三十年来，中国社会的所有领域都显现出全新的巨大变化，国人的精神面貌和人的个性张扬及人性升华，也都日新月异地变化着，现在可以说是新人辈出的时代、新创举层出的时代、新生事物不断涌现的时代，但我们从文艺的反映或表现上看，总是感到旧面孔太多，新面孔太少。比如说，民营企业家的崛起，是体现中国特色社会主义的一个极大亮点，它对中国经济的发展和吸纳劳动力，都有极突出的贡献，并相继涌现出了众多的富有时代精神、民族自强意识、现代思维且经历非凡的民营企业家和举世闻名的民营企业，但我们的文艺创作很少甚至没有去书写他们，而反映旧时代商人生活的，却在小说和影视创作中占有很大份额，如《大宅门》《大染坊》《白银谷》《乔家大院》《走西口》《酒巷深深》《关东金王》《金茂祥》《红墨坊》，还有什么扎掸子的、糊灯笼的，等等，有几十部，这是不是反映了题材上的崇旧避新呢？我不是说上述作品不该写，《大宅门》《大染坊》《乔家大院》都是优秀作品，在思想上和艺术上都有独到的价值，我只是呼吁创作者在回眸往事的同时，也应该对当代社会的当代工人、当代农民、当代创业精英的生存命运和他们的创造力给予足够的关注。又如"三农"问题涉及面那么大，民工潮中涌现的感人、励人、恼人、伤人的事那么多，文艺上的反映不也是太少、太弱了吗？我期望创作者不要老是盯住中国往事，总在帝王后妃生活中找戏，总在地主庄园里搜罗公子、小姐和姨太太们的风流韵事，而要多多接触现实生活，多多观察与思考当代人的生存境遇，多多书写他们在拼搏奋进中的情操与感情。

是的，小说和影视中有很多是书写现实题材的，什么董事长、总经理、白领丽人等人物面孔我们并不少见，但这些作品大多是围绕爱恨情仇打转转，在三角或多角的情爱游戏中躲猫猫，思想力度很贫弱。

题材并不能决定文艺创作的质量，但题材失衡却影响受众对文艺关怀的冷热度。新颖题材是受众青睐的，因为它能给人带来新感受、新视野。近日正在热播的《中国维和警察》就因内容新颖、情节生动、人物鲜活、制作精良而深受欢迎。有一阵子清宫戏大肆泛滥，引起受众强烈不满，便也从另一面证明题材失衡的弊端。

当然，倡导关注新题材，1.绝不能排斥题材多样化；2.要强调必须艺术地处理题材，不能搞题材唯上，更不能追逐配合形势配合节日去简单化地图解政策或概念化地演绎某种理念；3.要把选择题材与塑造改革开放催生的新时代新人形象完美结合起来。文学艺术作品有义务向当代青年一代受众，提供时尚偶像以外的既具时代风采又富有高尚情操和人性魅力的另一种青春偶像。

三、艺术品位上的精神深度与狂欢娱乐失衡。娱乐性是文艺的本能属性之一，和平盛世时期的文艺往往容易趋向华丽化和娱乐化也是可以理解的。但少数文艺创作为追求笑料而大肆耍贫嘴、玩弱智文化，也是值得关注的。比如在规定情景中，把一方人物弱智化，然后拿他开涮，出他的洋相，虽能产生哄堂大笑的效果，但恐怕有违道德文明和文化产品应有的精神品位。有一部叫《举起手来》的电影和一部叫《敌后交通站》的电视剧把敌人一个个弱智化到白痴的程度，说是战争喜剧，简直令人啼笑皆非。还有的在严酷、悲壮、凄惨的战争情景中，加入连篇累牍的贫嘴和油腔，令人觉得实在难以想象。《别拿豆包不当干粮》中的村长和村民简直是一群弱智，把影视创作小品化，是不值得提倡的。娱乐是多样的，也是有层次的。开怀大笑是一种，赏心悦目、心旷神怡也是一种，幽默调侃是一种，耍宝恶搞又是一种，我们不能把娱乐停留在嬉皮笑脸、装痴戏傻的弱智化状态。

四、文艺批评中的美誉与直言失衡。文艺批评一直备受冷遇，这几年由于中宣部和地方宣传部门加强和改善了领导，做出许多应对措施，给予评论很多扶持，使局面有所改观，但从批评界主观层面讲，尚存在美誉多、直言少，各自说话者多、争鸣交锋者少、泛论多、直面文艺现象讲真话者少，评论活动中讲思想标准者多、讲艺术标准者少等现象。如某期《文艺报》一个整版中有八篇文章评一位诗人的著作，其中只有一个人在文尾说了一句"有的诗流于简单浮泛"，还有一句"换一下语言方式效果可能更好"。另有一期上有八九位评论家谈一位作家的多部作品，竟然没有任何人指出任何缺点、不足或应予改善之处。

不是创作已到了完美无缺的程度，而是评论风气陷入了美誉怪圈。从客观上讲，批评界主要是缺阵地，缺资金支撑。我呼唤有关部门适度放宽理论批评报刊刊号的控制，让有条件创办评论报刊的省、市、自治区至少有文学的和艺术综合性的评论报刊各一份。我深信，只要有了专门阵地和专业人员操持，这项事业很快就能活跃起来。而只有评论得以健康活跃地发展，才能有效促进文艺事业繁荣发展的可持续性。

在文艺评论中不涉及艺术标准，不涉及对缺点、不足以及不良倾向的批评和关注，那就没有真正尽到批评的应有职责。批评的本质不是单一的解读和鉴赏，批评是一种对文艺创作、文艺活动以及文艺思潮的评判，是引领文艺创作和文艺思潮的思想武器和有效方法，当前应当为加强文艺批评阵地、改善批评环境、活跃批评局面多做些切实工作。

　　文艺事业发展过程中,某一时段某些方面失衡,属正常现象,但如置之不顾,任其倾斜,则会形成偏颇,影响发展的全面性和可持续性。

"妒"论

"妒",加了女字旁,依据汉字的会意,似乎是专用于女性或涉于男女情妒的。一则《妒妇津》的传说,便把古代女子的妒性,刻画得淋漓尽致,于可笑可怜中又藏着几分可爱之意。那故事说,晋代刘某之妻段氏妒忌成性,因为丈夫夸赞曹植《洛神赋》里所描写的水神非常漂亮,便生气地说:"君何得以水神美丽欲轻我?我死,何愁不为水神?"于是她就真的投水而死,后人就将其投水处称为"妒妇津"。这是愚妒,虽荒唐得近于不可思议,然段氏仅因妒而害了自己,并不曾伤及别人。《红楼梦》里的王熙凤可就大不一样了,她因丈夫偷娶了尤二姐,不仅设计害死了尤二姐,而且还演出了一场"酸凤姐大闹宁国府"的丑剧。古往今来,这种因情妒而酿成杀伤之祸者,实在是屡见不鲜。但这类悲剧,一般还只是影响个人及家庭,于国家、社会和公众,则不是一律都有什么危害。然而,倘妒性走出情场,进入人们的政治生活领域,那惹起的麻烦则往往会涉及社会和公众。

妒性,我不知道是不是我国国民性弱点之一,但妒祸,在我国确有悠久的历史。妒才、妒德、妒贤、妒能、妒名、妒富,妒什么的都有,因妒忌而造成灾难的事,也就无以数计了,以至连荀卿老夫子在《荀子·大略》篇里也说:"士有妒友,则贤交不亲;君有妒臣,则贤人不至。"这是告诫人莫亲妒友、莫近妒臣,可见那时的妒性和妒风也很厉害。但荀老前辈只注意到了妒友、妒臣的不肖,殊不知"士"及"君"们,有的也妒性十足,其妒害也是远远大于友和臣的。

庞涓对孙膑,可算是古代士族阶级间的嫉贤妒能的一个典型。孙、庞原本是一师之徒,但庞涓妒忌孙膑的军政才能均高过自己,于是设计迫害孙膑,直到给他施了刖刑。司马迁的《史记》是这样描写的:"庞涓既来魏,得为惠王将军,而自以为能不及孙膑,乃阴使召孙膑。膑至,庞涓恐其贤于己,疾之,则以法刑断其两足而黥之,欲隐勿见。"庞涓因为才能不如人家,又妒其"贤于己",于是就断其双足。一说是去了孙的膝盖骨,并刺了字(黥),以使他不可能出来见人,其计谋可算得周到,手段也够毒辣的了。但孙、庞斗智的结果,还是孙胜庞败,马陵一战,庞所统率的魏军全军覆没,连魏太子申也当了俘虏。他自己只好在马陵道上孙膑为他题好了词的地方自刎身亡。这是庞涓因妒生毒、因妒结仇而造成的害人害己且又祸国殃民的悲剧故事。

君王也有因妒而误大事的,项羽便是其中一个。楚汉相争,荥阳战役期间,楚的力量远远大于汉,刘邦甚至主张"割荥阳以西以和",被项羽拒绝了,但后来汉王用了陈平的反间计,遂使局势发生了根本的改观。而陈平的反间计之所以能得逞,就是因为他看准了"项王为人意忌信谗,必内相诛"。那离间的方法很简单,先是在楚内部散布谣言,说项羽身边的钟离昧等名将功高盖世,但项王不肯裂土分封,故欲与汉联合,"灭项氏而王分其地",项羽果然起了疑心,不再信任那几位名将,并派使臣到汉王刘邦那里去探听虚实。刘邦这边又玩了一个小小的花招,开始以最高规格接待使臣,办了最高贵的筵席,等到一看见楚使却又佯装惊讶说:"我当亚父(指项羽主要谋臣范增)派来的使者呢,原来是项王呀。我们这边只知亚父名高位重,项王算不了什么……"并且立即改变了接待规格,撤了"太牢具",更以"恶草具"。这位使臣回去一汇报,项王自然妒火中烧:"哼,只知亚父不知项王,臣的声望竟然超过了君王,这还了得!"于是因妒生疑,因疑信谗,因谗失聪,再也不听亚父的正确谋略,逼使亚父辞职退休,自己拆了自己的台,最终招致国破家亡,演出了一场"霸王别姬"的千古悲剧。可见妒性一旦渗入政治生活领域,将会产生何等可怕的效果。

如今庞涓和项羽都死去两千多年了,他们的教训也常常被人提及,但他们所害的妒病,却不知为什么代代流传下来,至今好像仍有不少传人。

目前社会上流行"红眼病"一说,这其实就是妒性的通俗化、形象化和当代化。妒的第一反映在眼。看见别人有了钱,他眼红;看见别人事业上有成就,他眼热;看见别人被提拔,他眼气;举凡别人出国、得奖、当模范、登报、上电视一直到出席什么会议,他都要眼中冒火,七窍生烟。不服别人并不是坏事,它可以成为促人前进的动力,但你得努力改善自己,用硬碰硬的真才实学去赶上和超过他人。可是我们的国粹传统却不鼓励竞争,而是一贯延用想方设法把别人拉下来的战术,因而也就逐步形成了一种往下拉人的"学问",我们可把它简称为"拉学"。这门"学问"虽然很不高雅,至今尚未见成立什么研究会、研究中心之类的组织来弘扬这门"学术",却相当实用,造流言,传飞语,告黑状,说瞎话,明枪暗箭,设障拆台,幸灾乐祸,诽谤中伤,什么手段都往上用,何愁不把令人眼红的对象拉下来或挤出去。漫画《武大郎开店》绝妙地揭示了妒忌心理的社会性,但漫画里的那位武大郎还算挺善良,因为他只是不许大个子走进他的店堂,以保证他在自己那块天地里的巨人地位;而另一种妒性更狠的人,则是硬要把大个子压弯腰、截断腿,以示世上根本就没有大个子,从而由他充当这个世界里唯一的巨人,就像庞涓对孙膑做的那样。

妒的表象是排他,排他的实质是利己。

陈平说项羽"意忌信谗""必内相诛"真是抓住了妒的要害。"内相诛"说白了就是自相残杀,轻一点的则是窝里斗、拆自己同伙人的台。我们有许多部门和学科是有人才有力量的,但窝里斗、暗拆台却耗费了一些人的无数时间和精力,而善于窝里斗和拆台的人又都是事业上的"二把刀",所以哪里有红眼病流行,哪里盛行"拉学",哪里的事业就要往下降,甚至会把一个好端端的地方搅得鸡犬不宁。

妒性十足的人,在搞窝里斗的时候,似乎很强大,但骨子里是虚弱的。他们害怕竞争,没有自信力,因此才不肯自己朝前赶,只会把别人往后拉,现在文学界不是有一些同志在寻根吗?我希望有人刨一刨妒病根,给红眼病患者开一服济世良方。

"哄"论

一个"哄"字有三种读音。"哄堂大笑"的"哄"读阴平,"哄孩子"的"哄"则读上声,"起哄"的"哄"则读去声。这大约是汉字的特色。一字三音,又表示三种不同的意思,着实很妙。本文且来说说那个读去声的"哄",即起哄的"哄"。

"起哄",是一种群体行为。一两个人不管怎么折腾也达不到哄的效应,只有一群人跟上来,再有几群人跟着效法,就算哄起来了。时下东西方新儒学研究者都认为东方文化的主要特征之一是群体意识强烈,所以才有了亚洲儒家文化圈国家的经济起飞。不知群体起哄是不是也该算作东方传统文化特征之一,但我确知我们有许多人是好起哄也善于起哄的。

时下的所谓流行趋势和什么什么的热,固然不乏正当的时尚需求,然其中也有不少是属于哄起来的。我们有过盛极一时的种种疗法,从硬往身上注射公鸡血到喝盐卤,从早晨起来往肚里猛灌五斤凉水到男女老少都到庭院甩手,都曾经哄得一些人丧命;还有各种练功热,有的说练到功成圆满就等于成仙得道,可以与鬼神同游,能令生者与死者对话。本来是对强身健体很有好处的气功,竟被一些人哄到迷信不堪的程度。又如听说老鳖有防癌作用,于是人们就争着吃鳖,把它的身价从五角钱一斤抬到如今一百多元一斤;听说外国人认为河鳗的营养价值极高,又可大量出口创汇,于是又一哄再哄,把原来二角钱就可以买一桶的俗名叫白鳝的鳗,抬到上百元一斤的高档食品营垒中去。从前我们以穷为荣,如今以富为尊,应运而生的便是贵族、富豪、老板、豪门等等尊称纷至沓来,买房子的有"贵族别墅",上学堂有"贵族学校",吃饭有十八万一桌的"豪门宴"……哄富之风越刮越猛。

起哄的最大特点是不思而随。有些人常常只是听到一点什么风声,便不假思索地闻风而起,随风而动,望风而追,顺风而哄。这样的人无论是追星还是逐潮,他都没经过自己的认真思索,也不去辨析是否合理或是否合乎自己的情况,反正看见别人赶行市,便不管三七二十一地跟着跑,于是就形成了哄。韩愈说过"行成于思毁于随",那是告诫人们凡事必须慎思,盲目地追随,即不思而随,那是注定要毁事的。在一般的日常生活中,喜爱听流行歌,跳流行舞,佩流行饰,道流行语,甚至硬憋出几句不伦不类的广东话,这不伤大局,害不了别人,谁也不会干涉你。但若在经济文化建设活动中,也搞不思而随的瞎起哄,那就有可能坏大事。比如,前两年流行房地产热,有许多部门听说此道能发大财,便不惜将其他工程项目的资金转投到房地产,你干我也干,一哄而上,一炒再炒,把房价抬到吓人的高度,弄得许多豪华别墅无人问津,许多工程半途而废,许多盖起来的房子卖不出也租让不出,积压和浪费的资金,合起来恐怕是天文数字了。又如在兴办开发区热潮中,不知又有多少不具备开发条件、开发能力的地方,也在那里毁良田,伐树木,建楼宇,平道路,据说要筑巢引凤,但到头来,却只见草长莺飞,不见有凤来仪,这损失合起来又是多少?

　　社会上刮什么风,流行什么热,起什么哄,那是任何个人和群体都无法阻挡的。但在风势和热潮中,你是慎思而行还是不思而随,那则完全由你做主了。

"异"论

现在大家都很重视观念更新,这之中,我以为改一改有些人的恐异和排异心态,恐怕很有必要。

异与同,原是事物的两种形态,它本身是没有什么优劣是非之分的,但在一些人心目中,往往以同为是,以异为非,或者叫作喜认同而非异,而且非得很极端,自从汉武帝"罢黜百家,独尊儒术",道统家便树起"党同伐异"大旗,对异,不仅要拒,要排,要斥,而且要"伐"——群起而攻之,奋起而讨之——必伐灭而后安。于是,我们便有了排异的传统,也养成了排异的思想习惯,甚至一见到诸如异端、异说、异己、异族、异党、异教、异心、异化、异议一类的字眼,心理上就不由得产生某种排斥感,绝不像见到同志、同胞、同窗、同事、同宗、同道、同伙、同盟、同心、同德一类词时那么顺眼。其实,所谓异,不过就是不一样。与我们司空见惯的、习以为常的、眼熟耳熟的、感情和理智都认同了的事物不一样,也可以说就是新鲜事。虽然新鲜事未必一律是好事,但一切有生命的新鲜事物,包括新理论、新思维、新观念、新主张、新方法的伊始,都是新鲜事,而且往往给人以异样的感觉。这里的异态,本是事物的新质,也正是显示这一事物的与旧不同、与常不同、与众不同的特征。但在恐异的人们看来,任何异态都是反常的异端,因而都要排斥。排斥的办法就是"伐"。"伐"的依据则是经典上没写过,文件上没提出,会议上没讲过,经验上没有过,常规上没见过;"伐"的手段无非是口伐、笔伐、刑伐一齐上,怎么方便怎么来。刑伐、笔伐虽重而难耐,但你总算能看得见摸得着,知道你触犯了什么,也还有申辩的机会,唯口伐则常常只能叫人感到舆论沸沸扬扬,人群对你侧目,你不知触犯了什么,也不知谁在治你,你找不到辩论对手,也没有申辩机会,你被一种伐异的空气包围着,你只能和空气作战,生活中有过许许多多的极其深刻的新思想、新观念、新见解、新方案,就是被这种空气伐灭的。在伐异者中虽也有少量的伪君子，但多数人恐怕都是自以为在捍卫某种思想的纯洁性，殊不知当他们用陈腐的、僵化的和教条主义观点来看待今天的社会变革时，他们那种见新为异、视异为敌的心态，实际上便构成了阻碍改革的某种势力，他们常常自觉或不自觉地干着扼杀新生事物的勾当，也常常是在反对异端的旗号下实实在在地干着抵制改革开放的异端行为。

改革，从某种意义上说就是求新、求异、求变，无论体制改革，还是观念改革，都必然要突破原有的模式和格局，都必然要提出一些新理论、新章程、新措施，而这些又可能都是书上没有的前人也没干过的，它们当然会以异态面貌出现。但异态并不等于异端，异论为何不可以成为高论呢？标新立异是改革创新之意，也不尽是邪说。异邦可以成为友邦，异论绝不是什么左道旁门的另搞一套，何况你心目中的旁门也未必真的就是旁门。这里要紧的是，第一不要见异而俱伐，要在实践中鉴别，在实践中认识；第二要变排异心理为求异心理，倡导一点求异精神。在处理国际关系或人际关系时，必须倡导求同存异，因为同在这里是大局的主体，没有同是不能共处的。但在学术研究、艺术创作、改革观念或改革体制等等方面，要有点求异精神，而且要有点勇敢的求异精神，所谓改革的闯将我看就是有点勇敢的求异精神的人，因为异在这里就意味着突破、发展和创新。推磨的人表面上是脚不停地往前走，实际上却是在原地兜圈子，要改革就不能推磨。

"醉仙宝"遐想

时下口服液很流行,治病的,养生的,滋补的,老人防衰的,小儿增智的,妇女美容的,什么样的都有。我手头有一种很特别的口服液,名叫"醉仙宝",用途是醒酒、止吐和防醉。据说明书介绍,此药原是明代太医院专为宫中和朝内大臣醒酒用的宫廷秘方,是明宪宗时太医院使方贤、御医杨文翰等整理和研制成的传统汤剂,如今又经有关部门运用现代科技提炼精制而成为新型口服液。这药到底灵不灵我还没试过。不是我不贪杯,乃是因为年纪大了,再没有豪情豪性来豪饮,慢慢品尝,自然是不容易醉的,所以至今还没试过这"醉仙宝"的功能是否可称为醉仙之宝。但我很佩服太医院那份眼力和心计。明代宫廷生活十分糜烂,有几位皇帝长年不理朝政,整日沉湎于酒色之中,淫乐无度,醉生梦死,许多朝臣也是花天酒地,终日晕晕乎乎,"醉仙"是颇多的,所以太医院才有针对性地配制了这份专门用于防醉和醒酒的药物,自然亦会受到终日醉醺醺的皇室和朝臣们的厚爱。如果碰上皇帝半醉半醒的时候,当事人说不定还会得一笔奖金呢。既是宫廷秘方,必有神奇效用,如今我们的科研机构和制药厂家花力气挖掘出这份遗产,也是很有眼力和心计的,我也更加佩服。因为明太医院所应对的"醉仙",只是当时社会顶层的极少数,其药力再神,也只能在很小的范围内转悠,难以名扬四海,大显药力神通。如今的"醉仙"可大为普及了,无论官界、商界、企业界乃至学术界,也不论男士或女士,老者或少者,官方或民间,都有一茬接一茬、一代胜一代的酒客和醉仙在繁衍,"醉仙宝"的用途可就大得多了。这个埋没于宫廷数百年的古方,得昌明于盛世,能为当今千千万万的酒客醉仙保驾护航,这才是广阔天地,大有作为呢!谁也没法统计当代酒客醉仙的数量到底有多少,但七八年前的可靠材料告诉我们,单是每年造酒用去的粮食,就要消耗全国总人口一个月的口粮。君不见所有城市乃至乡村小镇,到处都是酒楼林立吗？难怪有人篡改唐诗咏道，"一去二三米，酒楼四五家，公款六七千，八九十人花"，可见酒楼业是何等兴旺。然酒楼业的兴旺还不只表现在数量上，门面装修日益豪华，超级酒店日益增多，引进食品日益多样，招徕顾客手段日益奇特，酒筵名称日益翻新，餐饮及服务费用日益膨胀，老板宰客手段日益狠毒，都显示着餐饮业在任何一条街道上都是压倒群芳的。从前两三百元一桌菜算是过得去，如今两三百元一个菜或一瓶酒，那还只能算小菜一碟，一两千一个菜，三五千乃至八九千一瓶酒，一顿饭吃喝几万块，那才算得上够气派。想当初曹操待关羽以最高礼遇也不过三日一小宴，五日一大宴。现在无论接待什么，总是餐餐有小宴，天天有大宴，相比之下，曹操可太小家子气。是不是国人已个个成了富豪，人人有钱来肥吃肥喝呢？只要查一查中档以上的酒楼饭店，人们便会发现，那些吃家和酒客，多是不掏个人腰包的吃公吃共者，歌谣中所言"公款六七千，八九十人花"，看来并非诬罔之词。

据说少量饮酒于人体有益，但过量则必然伤身、伤神、伤智。民谣中有"革命小酒天天醉，喝坏了党风喝坏了胃"之句，就一语道破了嗜酒对个人对社会的两大病端。因酒失德而犯罪者，因酒失智而闯祸者，因酒失控而肇事者，因酒失礼而伤及亲朋至爱者，因酒失财而致家庭破裂者，屡见不鲜；至于喝坏了胃，喝坏了肝，喝坏了脑神经，那就更不在话下了。如今的吃喝风已越刮越猛，食客们的胃口也越吊越高。讲实惠，那是乡巴佬习气；重品味，不过小家子作风；求特色，算是刚开窍；现在讲究的是气势豪华、格调高雅和酒菜的稀、特、绝。鸡鸭鱼肉固然难登大雅，就连山珍海味也算不得名贵珍馐，只有那种难见的稀罕物品，什么天上的飞龙啊，海崖上的燕窝啊，山里的穿山甲啊，外国进口超级龙虾啊才算是稀奇；至于特色，不仅要求风味有特色，做法和吃法也要突出一个特字；有一个菜做四天的，有一顿饭半天吃不完的，有在古乐声中依照古人的样子来捧杯进食的；筵席的名称不仅有继承传统的满汉全席，还有从西方引进的人头马路易十三豪门宴，有从古典名著中移植来的红楼宴，有挖掘遗产开发出来的唐宴，等等，均可称为饮食艺术的绝活。价格也绝。为谐音要"发"，一桌酒菜竟贵至八万八。这样的吃喝，这样的靡费，这样畸形发展的酒楼业，这样日益膨胀的吃公吃共，已不能仅仅看作是不正之风，这实际上是一种社会病态，一种灾疫，一种危及国家、社会、民族生存的大灾大病，实在该好好治一治了。"醉仙宝"对个人虽有解醒之力，但对于这种社会性的酒精中毒症，恐怕是无能为力的。有人说十八般武艺都用过了，文件下过几十个，就是刹不住这股风。我看还是治得不得法、治得不得力之故。倘若对各类不同的交际应酬制定出明确的合理可行的标准,对其有令不行或随意超标挥霍国家财物者,课以政纪,该罚的罚,该降的降,该曝光的曝光,对那些大肆浪费者绳之以法,花掉的钱让他们自己掏腰包,支持并保护群众监督和舆论监督,在社会上造成一种声势,长此以往,说到做到,怎么就不可能治好这个顽症呢!

圣人门前不卖《百家姓》

"圣人门前卖《百家姓》",原是讥讽某些不自量力者的妄为。但如今的圣人门前真的不卖《百家姓》了,这是我前不久在曲阜圣人门前(孔府)、圣殿前(孔庙)、圣人坟前(孔林)所见到的。不是偌大的"三孔"圣地没有做生意的,圣迹四周热闹得很,时装街、吃食街、旅游纪念品及玩具街、土特产街都很繁荣,尤其是时装街,可谓五彩缤纷,琳琅满目,与大成殿的庄严气氛和那位万世师表的老夫子相比,真的反差特大。这当然没有什么可非议之处。这类旅游区都是把供奉的主人当作财神,无论他是佛祖还是圣贤,也不论他是伏羲大帝还是太上老君,反正只是利用他的知名度来实现自己的创收,因此也就没有什么反差不反差的问题了。更何况今日来大成殿者,既非祭祀先师,也非朝拜文宣王,到孔府去的,也不是拜会衍圣公大人,到孔林的,也不是去扫墓磕头,都是些慕名而来的观光客。瞻仰也好,凭吊也好,游览也好,总是观光性的,说白了就是来玩玩,因此如果没有熙熙攘攘的商业,没有叫卖嘈杂的吃食摊,没有蹿来蹿去硬向你推销旅游纪念品的小贩,没有向导抢生意拉客,没有各式各样体现当地民俗民风的什样杂耍,恐怕会显得过于冷冷清清,和旅游胜地的名称又不般配了。但也有缺憾,就是在热热闹闹的商市中唯独没有书市。不仅没有堪与服装、饮食抗衡的书市,连书摊也少得可怜,真的是圣人门前不卖《百家姓》了。挤在闹市丛中的寥寥几家小书摊又有两类,一类是与旅游纪念品合二为一的小摊,只卖几种介绍当地名胜的小册子,另一类则是专卖流行书刊小报的摊点,其间杂陈三教九流、天下奇观、影星秘闻、名人艳史、凶杀血案、奇侠怪匪,从古代房中术到当代中外性技巧大全,什么都有,唯独没有古圣先贤的道德文章。既没有圣人述作的语录精选《论语》,也没有圣人门徒的《孟子》《大学》《中庸》等著作;连老夫子亲自编选,亲自审订或亲自讲授的《诗》《书》《礼》《乐》《春秋》也一本没有,唯一能和圣人六艺挂上钩的是《易》。但这里所出现的《易》书,真正讲易理者极少,多数是江湖骗子算命打卦之类的种种星命预测臆说,最奇妙的是一本叫作《周易与股市》的书,内容是运用易学来预测股市行情运行变化的。真有意思,把最古老的玄妙哲学用于最现代化的金融投机,堪称古为今用的典范,应誉为股民和炒股家造福的宝贵思想武器。可惜我未涉足股市,否则一定要买一本刻苦攻读一番。对此,不事商贾的孔老夫子自然想不到,恐怕连知识分子下海先驱而且经商有术终成大款的子贡,也想不到他的"圣贤"后人能如此这般地活学活用《易》吧?今后谁还能说古籍研究领域脱离实际、脱离现实呢?

如果圣人门前仅仅是不卖圣贤之书,留给我们的,恐怕不过是有一点儿遗憾之情而已。谁知这里不是没有书市,而是挤在犄角旮旯或小巷空地。有一群男男女女,其间颇多中青年女性,身背、手提、怀揣或手举着几本"样书"向游人兜售。只要你过去看几眼或搭上一句话,便会有一帮人蜂拥围过来,拿出他(她)手中的"书""画""盒带"向你推而销之,并且都敢于声称全是"过瘾"的"真家伙"。裸照、交媾图片、淫荡色情故事、稀奇古怪的性工具性技巧介绍,还有放上一分钟就能叫人看到奇妙镜头的录像带,都可以当场验证,不哄骗。据说,他们那里从不搞"假冒伪劣"的。不过有一条,谁要是一搭上茬,谁就难以走脱,好歹也得掏出几张钞票买点什么,才能对你放行。我们一位同行者,便在孔林外被包围了。他虽然当过解放军,搞过大大小小的"突围"演习,但这次竟突不出来。那包围者时而嬉皮笑脸死歪活缠,时而又横眉怒目软硬兼施,亏他善于随机应变,只买了一本薄薄的小册子便冲出来了。晚上他向我们坦白了他的秘密活动,并把那本小册子交我和另一位同行者欣赏一番。那是一本污秽不堪的文字垃圾,没什么好评说的,但我们都奇怪,为什么这个闻名世界的儒教圣地,专门倡导礼义廉耻的圣人故里,怎么会有这么多的寡廉鲜耻的文化垃圾在污染着这块圣地。

文化进入市场以来,有了消闲文化、娱乐文化、猎奇文化、性文化、民俗神秘文化的兴起,这没有什么好奇怪的,但纯属导淫的书、画、带,恐怕算不得文化,叫它黄色文化实在是对文化两个字的亵渎。它是精神毒品,既能污化人心,也能污化社会,应当像扫除海洛因、阿芙蓉一样地来扫而荡之,圣地岂容它玷污!

我虽不以为圣地必须圣洁无上,但也实在不愿看到圣地的污化,还是打扫打扫的好。

莫把老君当老子

在一家报纸上看到了某地重修老君殿落成的消息。文中最后一段说:"老君殿落成,对弘扬中华民族优秀传统文化,纪念老子,研究其博大精深的'万经之王'《道德经》,推动社会主义精神文明建设都具有积极的深远意义。"真有意思,修建一座道观,既能"弘扬中华民族优秀传统文化",又可"推动社会主义精神文明建设",且都具有"积极的深远意义",这可真是莫大的善举,难怪有些地方宁可花大钱盖新庙,也不肯花小钱修补修补破败不堪的校舍呢!施主肯花几百万盖庙,自然也是大善举,应当欢迎而感谢。至于他们善的动因是否"弘扬"和"推动"我不得而知,但我们的传播媒体(包括电台、电视台、报纸)似乎应该知道老子和老君不是一回事,道家和道教不是一回事,盖庙敬神和"弘扬"与"推动"也不是一回事,研究老子学术思想与修建道观更不是一回事,把建道观与"弘扬、推动"直接挂上钩,不说是误导吧,至少可以说观念模糊。道观者,道教之庙宇也。如同佛教寺院庵堂一样,是供奉本教神祇、举行宗教祭祀、供本教信徒朝拜的殿堂。道教源于古代方士巫术,起于民间,最早的教团建立应是东汉末年张陵所创立的正一道或曰天师道,因道徒入道要交五斗米,故世称五斗米道。张陵创道时感到自己的身价不高,压不住场子,于是抬出一位出生早,名气大,学问深的古代先贤作为道教的祖师,并编造了一套神话,把老子神化为太上老君,由他度张陵成仙,"授以秘籍",同时也就把《道德经》尊为道教经典,这样便把一位道家学派的创始人衍成了道教教主了。后世道徒为了惑众以抬高道教身价,也为了与佛教争雄,对老子的神化越来越离谱,不但说他"先天地生,以资万类,上处玉京,为神王之宗,下在紫微,为飞仙之祖……授轩辕于峨眉,教帝喾于牧德,大禹闻长生之诀,尹喜受道德之旨。"连长相也很特别,先说怀胎八十一年而生,"生而白首,故号老子",又说他"身长九尺,黄色,鸟喙,隆鼻,秀眉长五寸,耳长七寸,额有三理上下彻,足有八卦,以神龟为床,金楼玉堂,白银为阶,五色云为衣,重叠之冠,锋铤之剑,从黄童百二十人,左有十二青龙,右有二十六白虎,前有二十四朱雀,后有七十二玄武,前道十二穷奇(一种神兽),后从三十六辟邪(也是神兽),雷电在上,晃晃昱昱。"这派头和架势,是够神气的了,要和佛祖抗衡,恐怕也够规格了。但到了魏晋以后,士大夫出身的道士们又深感把一个历史上实有其人,尘世间实有其书的思想家当教主并不合适,因为他在周朝只做过小小的国家文史馆长(柱下史),不能凌驾一切之上,更担不起创世神的角色,他的书也没有涉及鬼神之道,所以就干脆另造了一个道教最高创世神——元始天尊,把太上老君降为灵宝天尊之下的第三把手;《道德经》也因"暗诵此经不得要道"而把它从道教的第一经典排出,仅列为主要经典"三洞"之外的"四辅"之一了。

这是被道教加工了的、神灵化了的不是老子的老子。

然而,作为中国思想史上杰出思想家的老子,则完全是另一回事。他叫老聃,又名李耳,是道家学派的创始人,他的《道德经》(即《五千文》),是思考宇宙本源,探讨自然和社会运行规律,研讨治世之道,倡导无为养性等等。老子的思想的确博大精深,他对宇宙本源及自然运行规律的思考和阐释,显示了这位古代思想家的超常智慧,他对一切事物运行运程中辩证原理的归纳,堪称世界哲学史上的伟大发现和伟大贡献,他的清静无为的观念也一直影响着世世代代的后人。他的后人庄周等人,又继承、丰富、发展了老子学说,形成了中国思想史上最重要学派之一的道家学派。尽管在汉武帝时有了"罢黜百家、独尊儒术"的政策,但道家学说在历代思想界和广泛的社会生活中,依然始终保持着深远的影响。

道教虽然也从道家的宇宙观中吸取了某些原理,也把老庄著作中的某些观点拿来为己用,但道教的宗旨和终极追求与道家是根本不同的。道教是要修炼成仙,道家则是建立并倡导一种思想体系。道教的终极追求是修炼成各种档次的神仙。成天仙者,会被天宫最高领导封赠一定的官职,掌握着一方或一部神务,该算是天宫的在职干部;成地仙者,坐镇人间一方名山洞府,统辖着某一路神祇,如天宫召开什么仙界代表大会、仙术研讨会或蟠桃大会之类,他们总是会收到请帖的;散仙则是仙册有名,仙班无位,即只有神仙职称而无神仙职务的闲散仙员,因其没有固定任务,故得闲在人间四处云游,吕洞宾喜欢到处乱窜,有时还调戏妇女,可能就属于散仙者流。

不管哪路神仙,他们的日子可不像佛教徒那么肃穆乏味,更没有地藏王菩萨那般"众生度尽,方证菩提,地狱不空,誓不成佛"的自我牺牲的艰苦重任。他们是要把人间最美好的享受再加以最高的理想化而享受之。论寿命,要与天地同休;论吃喝,要龙肝凤髓玉液琼浆;论衣着,要云霞锦绣无缝天衣;论行卧,要云车龙马玉玑金床;赏有异草仙葩,游可九霄内外;文能琴棋书画,武可捉怪降妖;既能驱鬼神听命,又可召玉女陪侍……总之,人世间曾有的,可能有的以及人们心目中梦想的一切超级享受和超凡本领,神仙那里什么都可得到。这是道教送给信徒们的一幅梦幻图,也是道教的重生命、重享乐的终极追求的写照。

道家思想体系是古代先贤面对宇宙、面对自然、面对社会、面对历史、面对人生的思考、探究与回答。其学说虽有深奥难解之言,但并无宗教鬼神之说,虽有养生怡情之论,却没有长生不死之方;他们主张的清静无为之道,与道教的羽化登仙更是风马牛不相及。道家的思想体系对后世确有很大影响,在我国和世界学术思想史上都占有极重要的地位,老子的《道德经》在国际上也享有很高声誉。有报道说《道德经》英文译本1988年在美国出版时,哈泼出版公司以十三万美元的高价买下了版权,合二十六美元一个字,创下了美国版权费的最高纪录。因此,进一步深入研究老子的《道德经》及道家学派的思想体系,的确很有意义,很有必要,也称得起弘扬中华民族优秀传统文化。但这种研究并不依托于道教,也不仰仗太上老君的知名度,也和老君殿的落成与否没有直接关系。因为《道德经》本身并不是宗教经卷,而是含有多学科深邃理论的学术著作,舆论媒体无论如何不应把老子和老君混为一谈。

道教的确是正宗的国产教派,在其发展过程中,对医药学、养生学、冶金学有过一定的贡献,对文学艺术也产生了某些影响,道教文化自然也是我国大文化的组成部分。但道教中也有不少消极的东西,例如装神弄鬼、多神迷信、采阴补阳、男女合气等等乌七八糟的东西则是反文化、反文明的。我们当然充分尊重宗教信仰的自由,也不会干预道教徒把老子转化为太上老君来供奉,但我们的宣传媒体不应把建庙和"弘扬、推动"扯在一起。老子并不挂靠在老君殿,我们不能依托庙宇来"弘扬中华民族优秀传统文化"和"推动社会主义精神文明建设",更不要说还有什么"积极的深远意义"了。

思·随

"行成于思毁于随",是韩愈的一句哲理性的名言。不知那时的民风民性是否也像今天这样好起哄,但他老人家总是有感而发的吧,不论是自我感悟人生或者是看透世风,他这句深沉又凝重的话语,在一千多年后的今天,恐怕还是至理名言。一个人要办成一件事,可能性取决于好几个因素,但善思、多思、一思、再思、三思,正思反思,乃是使"行"达之于"成"的根本基础,谚云"三思而后行",讲的也是这个道理。但韩愈这里是把成毁与思随连在一起提出来的,不仅阐明成行之道,也点明了毁行之途,便包含了正反两面的深层哲理。

随的最大特点就是不思、无思、拒思,说白了就叫瞎起哄。哄,常常因最容易造成泡沫繁荣景观而一哄而起,最终又因自身制造的无序混乱难以支撑而一哄而散。这就叫"毁于随"。我们有多少因重复项目而造成不能正常运转?我们有多少蜂拥而上的行业的产品库存量超过需求量的几倍?我们有多少空闲的高楼大厦积压着几千亿资金?我们本来就稀少的土地资源又有多少被无人开发的开发区空闲着?我们有多少商厦里的营业员多于顾客?我们银行的债务里有多少是因盲目投入无力偿还而形成坏账的呢?

嗜哄,是国人的劣根性之一,这可能与国人趋同惧异的传统心态有关,所以随大流,跟风走,别人咋说咱咋说,别人干啥咱干啥,成了人们一种普遍习性,再加上媒体的热炒、爆炒、胡炒,便更加助长了人们参与起哄大业的兴致,随之而来的,则是"毁于随"的悲剧也就一出接一出地久演不衰了。

"毁于随"的另一面是"成于思"。我们从盲随的教训中,不但要学会一思再思,深思熟思,正思反思,更要学会创造性地思,走出趋同的思维模式,走出复制他人的误区,敢于思新、思异、思变、思别人尚未思甚至不敢思的新点子、新路子、新方子。

法·德

小时候见过一副商家对联,至今仍留在记忆里。对联是"温良恭俭让让中取利,仁义礼智信信内求财",这是一条典型的儒商思想格言。上联的一个"让"字,既体现了对消费者要让利,又表明对同行业要让争,在让中实现共同取利;下联的"信"字则体现了商家求财致富必以诚信为本的基本理念。这副对联可称是旧时商家的道德谱,能否为人人遵循,家家信守,当然不能一概而论,但有这么一个道德规范作为商家的自律约束,倒也是一种文明经商的象征。有商品交换,就有了市场;有市场就有竞争;有竞争就需要有保护公平竞争的约束和机制。法律是第一位的,完备的市场经济,应当是法治经济,即一切经济运行都应在法律的保护下、指导下、监督下操作。但法律是来自外部的并带有强制性的约束,在利的驱动下有些人可能置法律于不顾或钻法律的空子来谋取私利;因此除法律之外,还要有一种发自内部的约束,即道德自律。荣事达推出的《市场竞争道德谱》可以说是应运而生的具有广泛公益性的企业道德自律宣言,这是企业文化的体现。当人们只知道企业文化只是职工唱歌跳舞的时候,荣事达推出易于传播的韵文《市场竞争道德谱》来自律,表明他们有自省力、自信力和自强精神,这就是企业文化精神的高层展示。

中国传统文化是很讲究自律的,孔子的"独善其身"之说,孟子的"慎独",曾子的"吾日三省吾身",都是为人之道的自律。企业或商家的自律则应是遵循法律前提下的重德、守德、护德、行德、倡德。"道德谱"的内容很完备,是一个既可自律又可广泛传播的倡导企业道德的精神文明建设之果,应当通过多种传播方式大力宣扬它的问世。我国的市场经济发育尚未成熟,相关法律很不完备,监督机制更不健全,市场上处于原始积累状态的无序竞争泛滥、猖獗,除进一步完善法律,加大执法力度之外,也很需要倡导企业内部的精神文明。人人自律,家家自省,共同开发市场,共同保护市场,共同培育市场,则市场兴,家家富;无序干扰市场,损人利己破坏市场,则市场亡,家家败。愿"道德谱"走进千万家企业,愿"道德谱"之花开遍大地。

"制"与"治"

"没有规矩不成方圆",看起来只是讲器(规、矩)的重要作用,引发开来则是告诫人们:什么事都得有规矩,干什么事都得按规矩办。所谓"家有家法、铺有铺规"之说,实际上就是说一切行业、一切社会机体,甚至是凡有人群聚合的地方,都得有规矩,都得按规矩来管理或协调,就连跳出红尘的僧道庙堂或不在主流社会的香堂帮口也不例外。这规矩,在国家就叫法律(包括一切具有法律功能的条令、条例、规章、守则等等)。

从前我们的法律机制不完备,许多事无法可依,有的法令又不够严密,操作起来难以规范化,所以提出了国家管理的法制化、民主化的问题。多年来,经过政府和立法机构的努力,法律日渐完备。据有关资料显示,从1979年到1997年,全国人大常委会先后制定了324种法律,国务院制定了780多项行政法规。法律条文也基本上实现了科学性和严密性,操作起来方便多了,遇到什么事讨个说法是很容易找到法律依据的。法律虽尚待加强、充实和完善,但已有了良好的基础,今天面临的则是有法可依之后的有法必依、执法必严、违法必究的依法治理的问题。也可以说,法制化的全面落实,今天重在"治"字上。"依法治国"是党的十五大提出的决策,九届人大二次会议将它载入宪法,成了治理国家的方略。

我国可能是世界上较早具有法典的国家之一,同时又是人治传统最悠久、最牢固的国家之一。从前是皇上说了算,叫作"金口玉牙、说啥算啥"。他站在一切法典之上,可以随心所欲、为所欲为,咋说咋是。到了我年轻的时候,"金口玉牙"之说虽然早已不时兴了,但其传统精神似乎还在,有了"一句顶一万句"、"理解得执行不理解也得执行"的提法,好像还和"金口玉牙"挂着钩。其实所谓人治,实质是官治、权治。不是官,没有权,你什么也治不了;官越大,权越多,治的广度和力度也就越大。官靠权而治,权依官而行。他们行事的依据,主要的不是靠法典规章,而是听凭个人的意志、好恶乃至一时的情绪来决定问题。这便是人治的基本特征。我们且不说旧时代的法律不完善、不严密甚至有极不合情理之处,就是有法律明文规定的事,那法还是要由掌权人来随意解释和随意执行。那时虽有"王子犯法与庶民同罪"那么一句话,但那通常只是说说罢了,老百姓所能见到的,恐怕多数是王子犯法,庶民遭罪,甚至是庶民替罪。戏台上虽也偶有铡国舅、打太师之类的壮举,那大概是编戏的人让老百姓在戏文中过把瘾、做个梦而已,真实生活中最多见的还是官官相护、权权相护、亲亲相护、上下相护、朝野相护。人治的最大特点是一切要靠君主或官员的个人的德行和才干。遇到明智一点儿的皇上,臣民们要尊之为有道明君,史书上要大书特书什么什么"之治"或什么什么"盛世";偶尔碰到几位敢主持正义的官员,老百姓便要奉之为青天大老爷。几千年的人治传统培育了我们的感恩情结、依赖意识、盲从权力和丧失自我,直到今天它似乎还牢牢地主宰着我们的观念。

法治则要求以法律规定和法律程序为准绳处理一切公务,不论地位多高、权力多大,谁也不能站在法律之上,谁也不能置身法律之外,谁也不能触犯法律的尊严,谁也不能让法律服从于个人意志。遇到权力与法律的矛盾,只能让权服从于法;碰到人情与法律的纠缠,只能让人情退避出局。倘有谁不买法律的账,用什么歪的邪的、软的硬的、拖的抗的、瞒的骗的、赖的糊的等等手法来侵犯法律的尊严与正义,他就应当受到相应的查处。这就叫作有法必依、执法必严、违法必究的法治。这样的法治,将培育人们的知法、遵法、护法、自律和依法保护自身及公民权益的精神,不必等待哪位青天大老爷来施恩于民,就可以理直气壮地维护正义。

但事情往往是说起来容易做起来难。尤其是"有法必依""违法必究"做起来更难。时下常有法人违法之类的怪事发生,大概正好反证着"必依""必究"每每被不依不究取代了。其实,凡不依法行政者,那就是违了法,理该"必究"才是;更何况不依法者,往往伴随着依人情、依权势、依保护主义、依金钱贿赂等违法行为,那就更应当严究、深究、层层究。可惜我们常常在"究"字上搁浅。有的假究,有的拖而不究,有的不究违法者转而去究受害者或检举者。如此这般,使"必依""必严""必究"一一落空,到头来还是人情大于法纪,权势高于律条,成了实施依法治国方略的拦路虎。因此,踢开这个拦路虎,把"究"字落到实处,便成了当务之急。

"有"与"缺"

"有什么别有病,缺什么别缺钱",这是当今颇为流行的时尚谚语,使用频率极高。因为"有病"和"缺钱",都是人们日常生活中最不愿意碰到的事,所以就产生了这么一句颇具现代意味的格言。但我却想把它改为"有什么别有罪,缺什么别缺德"。因为"有病"可到医院治疗,"缺钱"也仅仅是日子过得清苦些。而"有罪"则只能到法院被治,"缺德"不管多么富有,然害人害己不仅遗臭于世,而且还终将招致犯罪。古往今来的许多罪犯,都是从缺德开始或始终伴随着缺德的。因此,兴邦治国,不仅需要完备的民主法律机制,还要与以德育民、以德济世的道德建设相配合,方能建构起完整而切实的治国方略。

道德建设,是任何时代、任何国家、任何民族都极端关注的治国大道。尽管由于民族的不同或意识形态的不同,在道德准则上可能有些差异,但各个国家、各个民族都会有自己的道德规范、道德准则和道德传统。我国古代社会,长期以儒家道统规范天下,号称礼仪之邦,对道德规范提出的要求,特别全面又特别细密,从三纲五常到四维八德,以及什么妇德、师德、士德、官德、商德等等,好像无论干什么,都有一定的道德来约束,甚至连盗贼中还有"盗亦有道"的说法。尽管古代道德宣教中有愚昧性和盲目性的一面,而且那些有权有势、有钱有位的人,并不是人人都真心实意地去实践那些道德规范,不少人甚至是满口仁义道德,一肚子男盗女娼,但儒家所倡导的道德准则,还是在人民中代代延续下来,成了中华民族的道德传统,其精华部分,一直被视为传统美德。因此,当这些传统遭到破坏或亵渎的时候,总会遭到人民的怒斥。当年蒋介石倡导新生活运动时,曾假"四维八德"之名欺骗公众,其党部内外,到处都刷写着"忠孝仁爱""信义科平"或"孝悌忠信、礼义廉耻"等等,但国民党的极度反动以及其官僚们在道德上的荒淫无耻和虚伪堕落,不能不遭到老百姓的笑骂,所以当年就有人给国民党党部送上一副对联,上联是:孝悌忠信礼义廉,下联是:一二三四五六七。上联隐去一个"耻"字,谓其无耻;下联略去一个"八"字,称其忘八;说白了就是无耻王八。可见老百姓对当政者的道德审视是多么犀利又多么辛辣。

新中国成立以来,随着社会政治、经济和文化的发展与变化,我国先后提出过不少适应社会主义制度的道德准则,例如"五爱""四有""三德""五讲四美三热爱"等等,在培育社会主义新人,建构社会主义道德新风尚方面,起到了良好的积极作用。改革开放以来,随着经济体制的重大变化,社会思潮、道德意识也随之发生了很大变化,除陆续形成了一些健康的、开放的、向上的道德意识外,在金钱和物欲的冲击下,也出现了道德素质下降,道德风气败坏乃至道德沦丧的现象。官场的腐败,商场的欺诈,情场的性泛滥,文化场的颓废和媚俗,人际关系间的无诚信,成了社会上的精神艾滋病或精神海洛因,戕害着人民和社会,严重影响着改革开放进一步向前发展,到了非花大力气整治不可的时候了。

道德建设,在兴邦治国方略中,可能是属于软件,但它和硬件的法治,是一样重要的。试看那些落了马的腐败分子,哪一个不同时又是道德上的堕落分子?他们之所以走上犯罪道路,哪一个不是从失德、丧德、缺德起步的?因此说道德教养就是一个人的每分每秒直到终生都不可或缺的根基。扩大点说,一个民族也必须把道德建设视为每朝每夕各方面各行各业都得真抓实干的根本大业。当然,既然属于软件,就不能操之过急,不能硬来,不能搞形式主义的起哄,而是要放远眼光,持之以恒地进行既便于推广、便于操作,又顺应民心的道德建设,对某些以缺德不为耻的顽主,除了好言相劝,积极引导外,也不妨配以口诛笔伐乃至必要的惩戒,形成处处事事都要讲道德的良好气氛和良好的环境,让德育一点一滴地渗入每一个人的心中,缺德者少了,犯罪者自然也跟着少了。

成也在人，败也在人

在中国的成语、谚语、格言中，有不少谈论成败的话语。诸如：谋事在人，成事在天；成也萧何，败也萧何；失败是成功之母；不以成败论英雄；有志者事竟成；事在人为；万般皆由命，半点不由人等等。有一副楹联说得更妙，叫作："人莫心高自有生成造化，命由天定何须巧用机关？"意思是说，人的一切都是天意定好了的，你再瞎忙活也是白搭。这些话语大约都是从成败的实践中总结出来的，不过角度不同，态度不同，评估和结论也就不同了。从"有志者事竟成"和"失败是成功之母"这样的话语中，我们看到的是人的进取精神和积极争取成功、创造成功的自信和拼搏；从"成事在天""命由天定"中看到的则是消极的宿命观。这两者的本质差别是在对人的因素的认识上。承认人是决定性因素者，主张谋事在人，主张事在人为，主张闯，主张进，主张从失败中吸取教训后再闯再进，直至成功；听命者遇到较大挫折则泄气认命，埋怨天公不作美。古往今来关于这类事的典故甚多，但楚汉相争后，汉王与项王的各自总结，颇能道出个中真谛。刘邦出身不怎么高贵，起事前只当过亭长，大概也就相当于今天村长那么大的官吧，其人虽有大志，却不见得有什么雄才大略，作风还有点痞气，但在楚汉相争过程中虽屡遭败绩，他却能屡败屡战，更因他善于知人、用人，重用杰出人才，依靠人才优势，最终得了天下。衣锦还乡时，能与父老同乐，还表演了一段狂歌劲舞，吼出"大风起兮云飞扬，威加海内兮还故乡，安得猛士兮守四方"那样的豪歌，并还在企盼优秀人才辅佐他。而项羽则是贵族出身，能打仗，会用兵，身经百战，破秦兵主力数十万之众，叱咤风云于当世，灭秦后自立为西楚霸王，可谓盛极一时。但他刚愎自用，不能信任和重用人才，最终没斗过刘邦，垓下惨败后，落得个别姬自刎的下场，成了英雄败于匹夫的历史掌故。可是直到他灭亡前，他还慨叹"天亡我楚，非战之罪"，把失败完全归罪于天命了。刘邦则与他正好相反。在一次国宴上,刘邦请列侯诸将分析一下"吾所以有天下者何,项氏之所以失天下者何"。高起、王陵两个人回答的大意是:项羽"虽仁而爱人",但"嫉贤妒能",且不肯赏赐有功之臣;而汉王则重视奖赏,能"与天下共利",所以得失各异。刘邦回答说:"公但知其一,未知其二。夫运筹帷幄之中,决胜千里之外,吾不如子房(张良)。镇国家,抚百姓,给馈饷,不绝粮道,吾不如萧何。连百万之众,战必胜,攻必取,吾不如韩信,此三者,皆人杰也,吾能用之,此吾取天下也。项羽有一范增而不能用,此所以为吾擒也。"不管刘邦一生的口碑怎么样,但他这段总结,却真的道出了他的成功全在于人的因素,在于知人用人,在于信任和重用人才,在于依靠人才优势,而不是靠什么"天助我也"。这里,刘邦只点了三位人杰的大名,其实辅佐他的文臣武将中的佼佼者,岂止这三位?武如曹参、周勃、樊哙、灌婴,文如陈平、王陵、郦商、陆贾等一大批兴汉杰出人才,都聚焦在身边,不但成就了他生前的帝业,甚至在他死后,也还是靠这一班老臣,剪灭诸吕,重整了汉室河山,可见刘邦的识才任才之道,便是成功之道。广而言之,他这个经验不只适用于他自己,也适用于古往今来一切事业的成败观。即谋事在人,成事也在人。至于"天意",我们得首先否定宇宙间存在一个有意志的能操纵和支配人的命运的天意。但倘如我们把顺应形势,适应规律视为一种所谓的合乎天道,那也还是顺应者的人是起着决定作用的。

楚汉相争的成败,印证了英雄造时势败于时势造英雄。这时势,大约就是所谓的天道。刘邦入关前的约法三章,在汉中的韬光养晦,荥阳忍辱突围,鸿沟协定后的出兵击楚,都是顺应历史大趋势的举动。而项羽刚愎自用,坑降卒,焚阿房,自立楚霸王,不把别人放在眼里,不善识人,不能容人,不会用人,既与大趋势相背,又失去人才优势,盖"天亡我楚"者,不是什么天意,而是民意民心也。所以直到他别姬前悲歌一曲时,还在一面自奈"力拔山兮气盖世",一面又怨天尤人地感叹"时不利兮",实在有点缺乏自我批评精神。我们虽然也常说不以成败论英雄,但在成败间总还能看到人的因素,人的素质,人的能量,人的决定性作用。

今日何来"父母官"?

有一个早已废止了的称谓,至今还常在传播媒体中出现,那就是"父母官"。文学作品中有,宣传报道中有,影视屏幕中更是常常出现。不仅对县乡级主政者有尊称为"您这位父母官"者,还有自称为"我身为父母官"之说,甚至还有一位村长在接受电视采访时也自称为"一村的父母官"。其实,所谓"父母官",乃是封建社会对地方官员的称谓,因为那时天下百姓全是皇帝的子民,皇帝派去的管理民众的地方官员,就以民之父母身份出现,以便教化,故称为"父母官"。那意思是县官是全县老百姓爹娘,百姓则如同县官的子女。因此,你的一切的一切,都得听凭皇帝硬派给自己的"父母官"来管辖和摆布。官场上虽有"爱民如子"之说,但大多是自吹或互捧,个别官员也偶有"为民做主"之举,但人家还是以父母身份为民做主的。这是君主制、等级制、家长制的典型体现,完全颠倒了官民关系的实质。新中国成立以后,这种等级制度已解体了,但反映这种体制的一些观念和作风,还久久地留在我们的现实生活中。"父母官"也是其中的一个小小例证。也许人们在日常生活中称谁"父母官"或自称"父母官",不过是随便说说的习惯用语,但这些习惯中却隐藏着一种陈腐观念的积淀,即总是有意无意地认为官在上,民在下;官是管民的,民是被官管的;官有权治民,民无权治官。有些地方小官任意横行,鱼肉乡里,甚至草菅人命,恐怕还是封建王权意识主宰着他。其实,今日的官员,是人民的子女,人民的公仆,即受民之托,为民跑腿办事的公务员。他们虽身负管理一方或一部门事务的职权,且有权有威处理他们管辖范围内的各项事务,但这权,这威,是人民通过相应机构赋予他们的,他们行使权力或显示威力时,也只能以体现人民意志的法律、政策、条例、公约、准则等为依据。你为民办好事办实事,是你应尽的职责,不是什么青天大人施恩于民；你的作风要民主，不要主民，更不能"民主少一点"成了"民王"。记住：别再称自己是"父母官"啦，说着玩儿也不好，因为它有观念上的误导之弊。

神仙与药

神仙,是道士或信奉道教的人经过修炼而达到的最高境界。道教是中国的国粹,道教最了解国人的心态,它不但抛给你一幅令人羡慕的仙人安乐图,还为凡人及走兽飞禽进入仙界开启了门扉并修筑了道路。这就是:行善事和修炼。

葛洪在《抱朴子内篇·微旨》中说:"欲求长生者,必欲积善立功,慈心于物,恕己及人,仁逮昆虫,乐人之吉,愍人之苦,赒人之急,救人之穷,手不伤生,口不劝祸,见人之得如己之得,见人之失如己之失,不自贵不自誉,不嫉妒胜己,不佞谄阴贼,如此乃为有德,受福于天,所作必成,求仙可冀也。"这是对善事的质的规范,在《对俗》篇中又对成仙要做多少善事做了量的规定,提出:"人欲成仙,当立三百善,欲天仙,立千二百善。若有千一百九十九善,而忽复中行一恶,则尽失前善,乃当复更起善数耳。故善不在大,恶不大小也。"

修炼,又可分为三个部分,即丹术、吐纳术、房中术。吐纳术,导引或行动,就是做气功和健身操;房中术则是指在男女交欢中达到采补作用的一种特殊的养生方法;丹术是炼丹和制药。三者中最主要的是丹术。

炼丹是以丹砂、雄黄、曾青、矾石、云母等矿物类(有时也掺以植物药)炼制成的丹药,有九鼎之丹和九转之丹。

《抱朴子内篇·仙药》篇把仙药分为上中下三等,说是"上药令人身安命延,升天神;遨游上下,使役万灵,体毛生羽,行厨立至,……令人飞行长生;中药养性,下药除病,能令毒虫不加,猛兽不犯,恶气不行"。他认为:"仙药之上者丹砂,次则黄金,次则白银,次则诸芝,次则……"接下去,这位堪称伟大的医药学大师同时又是极端迷信仙术的幻想家,以次则什么列举了百十种药物,教人以祛病、养生及长生之道。这些药物有的是古今中外未见或未有者,如五芝之肉芝、石芝、玉芝、菌芝等等,和我们所知道的任何灵芝都不同,不但其生形怪异,且吃了它可活一千岁、三千岁、万岁乃至四万岁,恐怕纯属传说或想象;然绝大多数药物都是古今常见的药物,其药性及功能,基本上都有临床实证,不过其功效也因被列为仙药而被大大夸大或神化了。例如云母,如用他列举的仙药法炮制服用,则可"服之一年,则百病愈,三年老公反成童子,五年则役使鬼神,入火不烧,入水不需,践棘不伤,与仙人相见"。又说武都山出产的"赤如鸡冠,光明晔晔"的雄黄,按他的仙方炮制服下,能"令人长生,百病除,白发黑,堕齿生,千日则玉女来侍",又说胡麻可使人不老,有"耐风湿、补衰老"之效;"桃胶以桑灰汗渍漆服之,百病愈",多服可以"断谷";还有用地黄、黄连制成的"灵气散""未央丸"等等都可以使人"驻年却老";还说有一个人逃难至山中,终日是食术(又名山蓟、山精)可永不饥渴,几十年后回家,人们发现他比离家时更年轻了;还有人"服桂二十年,足下生毛,日行五百里,力举千斤";又有人"服五味子十六年,色如玉女,入水不沾,入火不灼";还有人"服地黄八年,眼夜视有光";更奇妙的是有一人服伏苓十八年,"得仙人玉女从之",还能随意隐形或显形。如此等等,不一而足。这些被提及的药物,对健身确实是有益和有效的,但绝不可能像他说的那么神,其中不仅有夸张或传说成分,恐怕也夹杂一些迷信色彩。从这里我们可以看出求仙者对药物的重视已达到何等程度,这既体现了求仙者缘药登仙的幻想,也反映了世人渴望凭借药物延长生命的心境,折射出药与生命的特殊关系。

然而在葛洪的心目中,一般的草木之药,"延年易也,非长生之药",然要成为地仙或天仙,那就非要炼制金丹不可。因此,他在《仙药》篇里给我们开列了诸如《小神方》《小饵黄金法》《饵丹砂法》等许多种丹药的方子和制法;又在《金丹》篇中进一步列举了各类丹方所用之原料、齐量、配料方法、火候、时间等制作方法和服用方法,甚至还专门罗列国内哪些名山、哪些州适合作为隐居炼丹的最佳地点。

吃药能成仙,长则一年半载,短则立竿见影即日飞升,实在太有诱惑力了,遗憾的是,虽有许多讲神仙故事的书记载了不少吃丹药成仙的掌故,但在真实的现实世界里,却从来没有过也不可能有吃药成仙的那档子事,误服金丹致死者倒还真有,《红楼梦》里那位贾敬便是一例。因为丹药原料含汞、含铅者不少,弄不好是会中毒的。

丹,是矿物药的化学合成,称得上是化学药物的鼻祖。据有关资料记载,西方早期的药物，也是以矿物药居多，且大都脱胎于十五世纪的炼丹术，然西方的炼丹术则是从我国经阿拉伯传出去的。《周礼·天宫·疡医》记载有"凡疗疡以五毒攻之"，就是说治恶疮一类的病，要用含毒的五种药物来攻克，其方法是：合黄堥置石胆、丹砂、雄黄、矾石、慈石于其中，烧之三日三夜，其烟上着，用鸡毛扫取炼出的轻粉、粉霜、银朱等，敷在患处，可使腐肉破骨出，从而治愈。这条材料告诉我们，中国在周代已有炼丹术并已把丹药应用于治疗。秦汉时代炼丹术又大为盛行。方士们起初是想从动植物的食品中求取长生药，后又改服矿物药，因尝试中常常引起不良反应，就又多方进行炼制，使丹术在实践中得以发展。尽管谁也没有炼出真正能令人长生不老的灵丹，但也确实制出了一些能够健身防病的妙药，特别是无意间发现了某些冶金和制药化学合成中的原理和实证反映。传说豆腐制法便是淮南王刘安的方士们在炼丹中无意发现的。晋代的葛洪是丹学丹术之集大成者，他既有丰富的炼丹经验，又在实践中总结出了一些基本原理，还发明了升华、蒸馏等等方法，如用升华法得出升华结晶体赤乳，还观察到铁和铜、盐的取代作用，并炼制出外表像黄金或白银而内部含有不同比例的铜、铝、汞元素的合金。他在《抱朴子内篇·黄白》篇里详细记述了炼制金银的方法，看来也不是空侃，只不过那不是真正的金银，而是合金。这就是说，仙丹虽然不可能有，但炼丹术开创了世界化学制药的先河，扩大了矿物药的应用范围，促进了化学制药的发展，研制出一批为人类健身、养生、疗疾、益寿的有效药品，时至今日的"磁朱丸""朱砂安神丸"以及"红升丹""白降丹"等药物都是古代炼丹术的遗产，这对于人类同疾病做斗争，还是起了很大作用。

"美谈"之不美

清初文士李天生,在当时的学术界颇有些名气,甚至被一些人尊为关西夫子。据说他性情豪爽,也很讲义气。他和顾炎武很要好,顾被诬陷时,他能急赶三千里路程,"哭述当事",为之营救。这自然可以称作美谈。但这位先生对待学术论争,怕是"豪爽"得有些出格了。《清人逸事》笔记里记载说:有一次他与毛西河论古韵,两人意见不合,西河善辩,他答不出,于是就怒冲冲拔出宝剑向毛砍去,把毛西河吓得逃之夭夭。按笔记里说,像李天生这样把文戏演成武打,动口不过就拿家伙动武的作风,"未免稍失儒者气象",不过,要对付毛西河那种能争善辩之士,不给他来点硬的,"恐亦不足以折其骄横诡诞之气"。所以说,这个喜剧性的场面,到底还不失为是一件"快事""美谈"。

《清朝艺苑》也有一条笔记讲到了这件事,只是情节略有不同。这里说,李与毛辩古韵,不相下,李大怒,于是"始而恫喝,继加拳勇",把毛西河给打跑了。拔剑事也有,但不是李天生,而是丘海石。这位丘某与一位同他齐名的诗人又是好友的丁野鹤论文,因见地不合,先是谩骂,接着就拔剑动武,丁匆忙上马逃走,丘还追了一程,不及而返。这也被"传为佳话"。

两条记载不必考据了。我只是觉得这样的"美谈"实在不怎么美,"佳话"也有点不见得"佳"。

毛西河被宝剑砍跑了也罢,被老拳打跑了也罢,总是被吓走了。那嘴,自然也因此被封住了——你再辩,老子揍你,看剑!——文戏武演,干脆得很。可是问题解决了没有呢?毛西河服了没有呢?胜利到底属于谁?这些问号,似乎倒成了"佳话"的反注脚。

古韵之争,谁是谁非,既不必那么自以为是,也不可唯我见独尊。即使毛西河完全错了,用正确道理也完全可以驳倒他,更高明的舌辩也说不倒最朴质的真理,真金还怕火炼不成?倘如说不过或说不倒人家,那或者是人家还有几分理,或者是你的理表述得很不够充分。大怒、恫吓,既无助于驳倒对方,也不会给自家增添一分理,何必如此,就算对方是强词夺理吧,拳头和宝剑又怎能解决古韵之争呢?古语有"理直气壮"之说,我想那大概是道理足、信心强、态度坚决的意思,而绝不是气壮得可以开打。再说,靠拳头宝剑为自己壮气,说不定恰恰是因为自己的气不壮,所以才会求助于学术论争以外的手段,来一个"武器的批判",据此,我以为应该把这类"美谈"改称"笑谈",把"佳话"改为"笑话",以防有人不慎继承了它。

游记之"最"和徐霞客的吃苦

徐霞客写了一部号称"古今游记之最"的书。这"最",道出了这部书在人们心目中的地位。这部游记散文,备记国内名山大川之奇景,异地风光之实况,地理山川之源脉,风土人物之详情,真所谓国内名胜奇地无一不叙;而非名胜之地,亦因其游记,而成了后来者心目中的名胜。"行万里路,读万卷书",不能不算博学多识了,可是霞客半生的行程到底有几个万里呢?"霞客之游穷地穷天"这般夸张的赞誉怕也不是毫无道理的。

对于旅行,我一向颇为羡慕。游山玩水,笑傲烟霞,赏心悦目,那真是惬意得很哩。不过,羡慕终是羡慕,自己却绝少亲领过风餐露宿的滋味,也许正因为如此,我一直向往此中之乐,却很少想到过这种所谓"游乐"之事也有什么甘苦在里头。更不曾把志向、毅力、艰苦之类的字眼和这事联结起来。

及至翻阅《徐霞客传》和别的一些关于霞客的资料,我才理会到霞客之游,并非只是名士之高逸,那半生的行程,实大有不少过人之处。《潘序》说"游,未易言也",这在霞客身上确乎是证实了。《徐霞客传》里称徐之出游,常常是"不治装,不裹粮;能忍饥数日,能过食即饱,能徒步走数百里;凌绝壁,冒丛箐,攀喙上下,悬度绠汲,捷如青猿,健如黄犊;以嵌岩为床席,以溪涧为饮沐;以山魅木客王孙为伴侣……"这已道出了霞客的游历生活实在不那么轻松,而且也真正吃到了苦头。

在三百年前那样条件下,一个人跣足携杖,漫游在崇山峻岭之中,几番出入中土人士罕到的滇黔闽鄂的所谓"百蛮荒徼之区",而且行不从官道,登山不必有径,涉水不必问津,无险不历,无异不寻;山多高、多险都要爬到顶,洞多深、多暗都要探到头;困了可以随便睡在洞穴树石之间,饿了能用草木果实充腹;"不避风雨,不惮虎狼,不计行程,不求伴侣"(《潘序》);哪怕睡在破壁枯树底下,也还要点燃松枝,记下自己的见闻,这岂是一般的游山玩水所能比得了的?他这样把生命和精力许给山水,把情感献给大自然的"以躯命游",又岂是一般名士所能做到的?论志向,他有"丈夫当朝碧海而暮苍梧"的心胸;论毅力,他有"溯流穷源"的精神;论记载,广博而又逼真;论文采,情趣天成。这一切,都勾画了那位风餐露宿、跋山涉水的徐霞客。他用他的足迹,用他半生历尽艰险,用他在古刹灯旁、山洞松明下记录的每一行见闻,不,是用他的满腔心血和力行夙愿的行为告诉后人"不论做什么事,亦想做出名堂来,你就得献出毕生精力,专一不二,吃得了任何苦头"。霞客愿以声言"贤人忽谓天不可登,但虑其无志耳"的王元冲自拟。我们从霞客身上,除了得到一部完美的游记著作而外,不也在这方面得到不少启示吗?

换心的故事

对于"过目成诵"那样的高才，我虽然羡慕而又钦佩，但自己实在学不来。偶翻杂书，看到一则介绍所谓天性愚钝的人自学的故事，倒给了我一点启发。故事的大意是：有一个人很愚钝，读书难得记住，于是他就想出了一种强记之法，用软功夫、慢功夫来"硬啃"。他把每次读书所遇到的要点和自己喜爱之处，一条一条地抄出，再念十几遍，然后贴在墙上，一有空就念，每天起码念三五遍以上，一直到记得烂熟，意思也琢磨透了，才把字条收起来。日积月累，一年之内竟学会了千余段，几年工夫，箱子里纸条装满了，肚子里的学识也渐渐丰富起来。后来他常说：有些聪明人读书记得快忘得也快，不如我这笨人的笨办法来得更结实。这个办法灵不灵，我还没照样试验过，故不敢擅作结论。但他这种软磨硬攒的劲头，倒也不失为针对所谓"愚钝"而开出的良方。俗话说"笨人也有个笨心眼"，这大概也是一例吧！

其实，天分差些并不是学习上的不治之症。人只要了解自己的弱点，并能对症下药，毛病完全能被克服。怕的是没有自知之明。不具"一目十行"之才硬要"走马观碑"，似懂非懂便以为大彻大悟，那倒是比生性愚钝更可怕。有的人虽然聪明些，倘不用功，也会弄成"聪明反被聪明误"。

由此我又想到另外两个换心的故事。一个是《聊斋》里的《陆判》，一个是《虞初新志》里的《换心记》。这两个故事都是写愚钝人读书不成功，最后换了心才变得聪明了的。《陆判》里的主人公朱某生性"愚钝"，后来多亏他新结交的在阴司当判官的好友，在地府"于千万心中拣得一枚"给他换了才变得"文思大进，过眼不忘数日"。《换心记》里的主人公原是愚钝得读书十数年，连"寻常书卷都不能辨句读"的人物，气得他父亲简直要把他弄死，哪知一夜间因梦金甲神给他换了一颗心，也就立即由"奇愚"而变成"奇颖"，并很快中了进士。

故事当然只能当故事听。人们虽然都很希望能变得聪明非凡,不过要真的动斧头劈胸,"抉其心出,别取一心而纳之",恐怕谁也不会干。

然而,我以为"心"还是可以换的,而且不用动心脏手术。人的天分有差异是事实,这差异可以经由人的主观努力而改变也是事实,那位在墙上贴纸条的人,不管方法是巧是笨,但到底变聪明了,总可以说是找到了换钝心为慧心的路子;而那两个靠神鬼帮助换心的故事却只不过是幻想中的捷径罢了。

无形之心自己可以换,有形之心神鬼不能换。

"集腋成裘"旁解

蒲松龄把自己的《聊斋志异》创作,说成是"集腋成裘"。那意思是说,这部"孤愤之书"是借助了许多人的力量,一点一点搞起来的。这句话,原出自慎子的"狐白之裘,非一腋之皮也",道理好像很浅。我虽没穿过狐狸皮袍,单凭看别人的,也早就知道了皮袍不是一整块毛皮所做。这,难道还有什么特别的深意不成?但细一琢磨,觉得还是有的。就拿狐皮袍子来说吧,记得有所谓狐狸腿的,脑门的,脖颈的,等等,都是一小块又一小块的毛皮拼在一起,但花纹工整,错落有方,不露痕迹,宛如天成,真是别具美趣。"集腋",在这里仿佛就是博取、工力、时间的象征了。制裘尚且如此,蒲松龄愿以此自拟其著述,怕也不完全是自谦吧!

一部《聊斋》,洋洋四百多个短篇,这在世界短篇作家作品行列中是并不多见的。所叙者虽多是鬼狐妖魔、花仙兽魅、奇人异行,但那怪异的外衣,却包容着不少面对现实人生的抗议;离奇的叙事中,又寄托着许许多多对封建秩序破坏者、被污辱与损害者的深切同情。那些美丽、善良、大胆的狐仙女鬼,竟然无视封建法规,敢于真挚而热烈地去爱他们所爱的人,敢于挺身而出擅管人间不平之事;可是所谓"明善恶"的地府,却又屡屡发生和阳世间贪官酷吏一模一样的事体。这里的嬉笑怒骂褒贬寓言,岂不都蕴藏着作家对那个朝代现实人生的爱爱仇仇和千般感慨吗?留仙自称这是一部"孤愤之书",并委婉感叹地说:"寄托如此,亦足悲矣!"正说明这是愤世之作,而不是玩世之笔。

我们自然可以相信蒲松龄对当时的社会生活风貌——从达官贵人、书生、闺秀直到市井小民、村夫野老的生活都是相当熟悉的,我们也可以肯定作家的想象力极其高超。这是成书的根基。然而我们也绝不能否认作家长时期地有意义地搜集鬼狐故事对成书的重大作用。传说蒲氏为搜集怪异故事,曾摆烟茶于门前,邀人谈狐说鬼,这不知确切与否。但他自己所说的"才非干宝,雅爱搜神,情同黄州,喜人谈鬼,闻则命笔,遂以成篇。久之,四方同人又以邮简相寄,因而物以好聚,所积益伙",则分明是对"集腋成裘"句做了注脚。《聊斋》故事里也有些篇章是取自前人的传奇、笔记演化而成,但绝大多数都是他自己搜集材料编写的。可以想见,材料的来源将是一点一滴的、零碎的、片言只语的、东拉西扯的、迷离恍惚的,什么样的都会有。要把它们构成一篇篇完善的故事,当然不会是简单的"闻则命笔,遂以成篇"的记录工作,而是要经由作者的匠心加工和创造,那些富有浓郁浪漫主义色彩的传奇小说、美丽的童话、精巧的寓言才会一篇跟着一篇出现,十六卷《聊斋》才会成书。如果说这就是"集腋成裘"的话,很显然,这比匠师制裘的"工程"是更为艰苦得多了。前人言"作者具一代之才,积数十年之精力而始成一书"恰好道出了《聊斋》的创作过程确乎颇为不易。

摔跤·商品·超现实派

前些日子,看电影《世界见闻》时,其中一个片名令我大吃一惊。啊!《美国女子摔跤》?!起初,我还想,人类有文明以来只有男人才从事的运动或游戏,"发展"成"女子摔跤",这也该算作"美国文明"和美国式"妇女解放"的创举了。及至一看内容,我不禁由惊奇转为痛苦和激愤。这哪里是摔跤分明是两个仇人在恶斗。您瞧,两个身材健壮的妇女,眼里冒着疯狂和仇恨的火光,彼此厮打。一个把另一个摔(打)倒之后,再狠狠地打上几拳,踢上几脚;另一个爬起一反扑,也照样报以拳打脚踢;甚至还有用牙咬、撕头发之类的"绝技"。打到兴处,那个胜利者把裁判(他是男人)也给打得鼻青脸肿,连滚带爬,全然无法控制这"战局"。

这是体育运动?这是游戏?这是竞技表演?

什么也不是。那两个大打出手的妇女(还有那个挨揍的裁判员)不过是一种奇特的商品罢了。这是老板们适应现代"美国文明"某些没落情感,新创牌子的商品。加一个"新"字,那是因为在美国,运动员是商品早已成为旧话,而今,雇用运动员(女人),不但要拍卖她们的精力和生命,连同人性和人的尊严、理智、感情都一股脑儿拍卖出去,用野性换取一些寻求刺激的人的钞票。

运动员的疯狂角斗,本是目不忍睹,但坐在台下的观众,恰恰从那些最野蛮的动作里,得到了最大的满足,一个个拍掌捧腹,笑得前仰后合。我听见周围看电影的人,啧啧连声,长吁不已,那声音里,分明是夹杂着对污辱人的尊严的斥责之情。

摔跤和超现实派联系在一起,也是从电影《世界见闻》得到的"新知识",此事不出在西方文明代表的美国,而发生在东方的日本。

有一群日本"画家",自称是超现实派。不知是不是得到了当代美国艺术大师大猩猩的真传,这伙"画家",大概觉得用人的两手随便抓些油彩往画布上涂一涂,还太接近现实,算不得很"超";至于用小鸡画画,用儿童玩具画画,虽然总算进了一步,也还称不上别出心裁。于是摔跤和绘画就"结合"起来了。看吧,两个脱得精光的"画家",站在涂满各色油彩的画布上,用传统的武士道风格的角力形式,大摔一通,于是一幅"牙碜著"就产生了。题目叫什么,你不必打听,反正这是超现实派的最新手法(现在也许又被更新的手法代替了)。据说这种画还很值钱哩!

要说这是污辱艺术,恐怕还过分抬高这些"艺术家"的身价了;要说他们是一群疯子,看样子他们的头脑又十分清醒;要说他们要恢复原始人的野蛮状态,那又污辱了原始人类;你说这是什么呢?

抛　　砖

　　我不想非议社会上这个热那个热的潮流,但我更期待读书热的兴起。世上各行各业的人,从粗通文墨到博古通今者,都需要通过读书来扩大、补充、更新自己的知识。所谓"书读得越多越蠢"那不过是对某些死读书、读死书而不知书的教条主义者的讽喻,绝不是说书可以使人变蠢。相反,读书会使人变得更聪颖、理智、通达、明察。书是智慧之泉,也是力量之泉。读书是课堂教育的延续、扩展和补充,是提高民族素质的基本途径。人的素质不外是由品德和知识两部分所组成,读书则可在这两个方面使人得到充实和提高。当然书本知识不是知识的全部,但有了丰厚的书本知识方能使人更容易也更深刻地理解生活知识和实践知识。所谓"知书达理",就是这个意思。反过来说,一个科学文化知识极端低下的人,往往不懂情理、不懂道理、不懂法理、不懂义理,那就既容易上当受骗,也易于因无知易犯过失。

　　人们的学习条件不同。有的人上了小学中学大学以后,又读硕士博士,他们读书既有导师指点又有同学交流,当然很幸运。但大多数人没有这机遇,只能把走上工作岗位后的业余攻读作为课堂学习的延续。在这一点上,大家的起点和机遇是一样的,能否学有所成,全看你是否能把读书视为充实自我、完善自我、更新自我、跨越自我的人生目标了。七十二行,行行出状元。一个人不论干什么,首先要确认自己是有用的,同时要力争当上本行业的状元。这就要求你既要钻研乃至精通本行的专业,又要博学多识,能把本行业与其他行业间纵向、横向的继承、交叉、联结、影响及制约关系厘清弄明,要达到这一步,除了实践,很大程度上取决于读书。所以古人把"读万卷书"作为成功之路,古今中外许多伟大人物的经历也都告诉我们,读书与事业的成功是紧紧联系在一起的。

　　我个人毫无所成,但我这一点点知识,基本上全是靠业余攻读而得来。我少时家贫，读不起普通中学，只得上了一所免费寄宿的相当于初中的技校，两年后毕业在煤矿当工人。当时才十六岁。那时我不懂得工人阶级的伟大，所以一门心思想摆脱那种处境，就开始了漫长的业余读书生涯。但我当时并没有明确的目标，只是力求在各方面充填知识，由于对文学有点偏爱，故对文学书看得多一些。入伍后，那一点爱好文学的念头，又驱动我进了冀察热辽鲁艺文学系学习，从此便开始了集中于文学的读书生涯。工作后，大多数时间是在文学期刊编辑部工作，由于经常要和作家、理论家、学者打交道，深感自己的底子太薄，学识太差，无法适应工作，同时又难有机会进科班深造，所以就横下一条心，几乎把所有的业余时间都交给了读书。古今中外、经史子集、文学名著、经典哲学，以至三教九流、杂学异说，我都尽可能涉猎一番。读不懂的，先囫囵吞枣，然后再慢慢求解；读不下去的要一遍又一遍地硬啃，几十年的时间下来，也就慢慢积累起一点本专业的基础知识和一般的学识。我自认是一个尝到读书甜头的人，也深领此中乐趣，不说上了瘾吧，至少也可以说是入迷。而今的年轻人比我的基础好，比我的条件好，当然会从读书中获得更多的教益。

业余攻读，没有固定模式，也没有特定章法，全凭追求和自我把握。要说时间，咱们中国人很富有；要说好书，今天更是琳琅满目；要说社会关怀，许多报纸杂志都很热心于倡导和辅导；任何人拿出一部分时间用于读书是一点问题也没有的。俄国的杜勃罗留波夫在十三岁那一年读了四百一十种书，这既是奇迹，也是恒心力量的显示。我们不必说要超过他，就是比他少了五倍，一年也是八十多种书，十年二十年下来，不也要学富五车了吗！那时，你也就是一位没进科班的硕士、博士、博士后或者是某一领域的状元了。